敕勒欢歌

会唱歌的草

张鹏飞 —— 著

首批全国优秀出版社　　中国农业出版社
农村读物出版社

图书在版编目（CIP）数据

会唱歌的草 / 张鹏飞著. —— 北京：中国农业出版社，2020.6

（敕勒欢歌）

ISBN 978-7-109-26635-3

Ⅰ. ①会… Ⅱ. ①张… Ⅲ. ①诗集－中国－当代 Ⅳ. ①I227

中国版本图书馆CIP数据核字（2020）第035115号

会唱歌的草

HUI CHANGGE DE CAO

中国农业出版社出版

地址：北京市朝阳区麦子店街18号楼

邮编：100125

责任编辑：李　梅

版式设计：水长流文化　　责任校对：吴丽婷

印刷：中农印务有限公司

版次：2020年6月第1版

印次：2020年6月北京第1次印刷

发行：新华书店北京发行所

开本：889mm×1194mm　　1/32

总印张：18.5

总字数：470千字

总定价：98.00元（全二册）

　　一直喜爱诗歌。从中学时代读席慕蓉、汪国真，到读泰戈尔、普希金，再到读海子、舒婷、北岛、顾城、食指，我都非常喜欢。也读了很多中国古典诗词，此半生，不断从诗歌中汲取养分。汲取得多了，自己也想写写。

　　脚下踩着的热土、抬头仰望的星空、鸡犬相闻的乡村、广袤无垠的草原、围炉夜话、柴米油盐……有生活，就有诗。有酒，亦有诗。古人说："且将新火试新茶，诗酒趁年华。"在最好的年华，幸与诗相伴。写过现代诗，也写过旧体诗。其实我写的旧体诗也只是"仿古"，平仄已难相对，仅借用旧诗体裁。

　　写诗为何？歌以咏志。文学体裁多，以诗歌语言最为精炼、精妙，为文学王冠上闪耀的珍珠。诗是流动的生命，人类历史长河中，任何时候都没有缺失过它。人生需要梦想、理想，需要幻想，需要诗意。如失去了诗歌丰沛的滋润，生命只能萎缩、干枯。作为农民的儿子，我对乡土、农民有深厚的感情。

　　我的作品能在中国农业出版社出版，可谓相得益彰，令我倍感亲切！我对文学充满爱与敬畏，在文学的殿堂里，我是如此的渺小。作品出版犹如母亲十月怀胎，一朝分娩，孕育的过程是艰辛的，但更多的是幸福与期待。感谢岳利平同志为我润色文字，使作品更趋完美。希望我的作品能为读者带来阅读的欢欣。

　　在诗歌与微语写作的路上，我才刚刚起步，路漫漫其修远兮，吾将上下而求索。

二〇二〇年元月

现代诗
Modern Poetry

旧体诗

Old style poetry

现代诗

❶ 爱你千千万

年少时光
爱你千千万
我的身体迸发激情
中年时期
爱你千千万
我的内心强大包容
年老时候
爱你千千万
我的孤独无法排解
世界需要阳光的照射
人类需要爱情的力量
我需要你真心的温暖
你需要我长久的陪伴
爱你千千万

❷ 愿你入景入画

梅香四溢的三月
愿你入景入画
青草在春雪下舞蹈
黄鹂在柳枝上鸣唱
你来了
逢山开路，遇水架桥
阳光为你保驾护航
世界因你而斑斓
春天因你而美丽
愿你内心丰盈，处处风景
青春永不凋落
花开四季
你轻盈地来
如你优雅地走

❸ 不负草原不负你

地球很大草原很小
岁月悠长生命很短
我爱青春我爱你
谁能留住时光的脚步
谁又能留住青春的容颜
细雨中奔跑
阳光下微笑
低头细看微缩的人生
星空下凝视放大的世界
花会谢云会飞
不负草原不负你

❹ 父亲的心思

父亲的心思很简单
简单的一眼望穿
他望子成龙
他望女成凤
虽然未能如愿
他依然微笑
父亲的爱依旧温暖
其实子女早已成龙成凤
在父亲的心中
没有细腻的表达
没有唠叨的家常
像一头不知疲倦的小毛驴
永远在外为家奔波劳碌
面对儿女
像一头强壮的牛

充满了力量和阳光
你生病时
委屈时
父爱也温柔
他的心思你永远能猜得透
父爱如夏季清晨吹来的风
父亲的心思如秋夜的月
明朗清丽

❺ 草原上伟大的骑手

眼前奔来了几匹蒙古马
擎着套马杆的汉子
威武雄壮
夕阳如血，草原如席
翻滚的，忧郁的歌
天苍苍，野茫茫
弯弓射雕的英雄
草原上伟大的骑手
雄鹰盘旋，狼群胆战
草原的清香
饮醉了盛夏的季节
马奶酒喝罢
我就是这里的金刀驸马

❻ 带你去草原

带你去草原
在悠扬的歌声中
看河水流淌
看马兰花开

看姑娘的裙子雪白

天高云淡，牛羊点点

喝高的汉子

把羊群牧到了天上

山缓水柔，蜂蝶双双

激情的汉子

把丘包梦成美女的乳房

一川烟草，一碧千里

铺就世上最浪漫的婚床

清风徐来，神清气爽

抹去心头所有的忧伤

这儿是离天堂最近的地方

❼ 天空的星

天空的星

掉在怀里那是我梦中的眼睛

姑娘的心

掉在草原那是我思念的柔情

饮不醉的河水

悄悄地流过

带来我许久的心愿

在星光下

在草原上

在毡房里

我想

抚摸你洁白的乳房

亲吻你秀美的脸庞

❽ 草原诗人的天堂，酒的故乡、歌的海洋

七月的草原

宁静而祥和

这儿有动人的画

这儿有流动的歌

有缠红头巾的萨林娜

草原是诗人的天堂

来到草原

美丽的其其格和阿吉那希

为您献上

蓝色的哈达和醇香的美酒

手指蘸酒

敬天、敬地、敬神

再饮尽这碗下马奶酒

手把肉摆上了桌子

热情的蒙古族人

用银碗向客人敬酒

百灵鸟双双飞

一双翅膀挂三杯

喝了一杯又一杯

歌声不停，敬酒不断

草原是酒的故乡

愿有美酒可回首

且与草原共白头

草原的七月

高亢辽阔的歌声飘荡在

壮丽的内蒙古草原上

拉起马头琴

唱起蒙古族的长调

深沉、豪放，忧郁而绵长

蒙古族民歌、赞歌、战歌、酒歌和情歌

一路酒一路歌

草原是歌的海洋

草原拥你入怀

月下你最精彩

这里有马背上的炊烟

这里有最辽阔的原始和自由

草原，诗人的天堂

酒的故乡、歌的海洋

秋风里一片青草的芳香

夕照下穿蒙古袍的新娘

归途中一种深情的凝望

❾ 人生没有什么大不了

把行囊放下把心胸打开
把心头的杂事扔掉
让自己尽情享受草原的芬芳
脚踏绿草头顶阳光
人生没有什么大不了的
生命不过沧海一粟
让我们
听听蒙古族的呼麦
喝喝清香的奶茶
吃吃草原上的烤羊腿
吸一口清新的空气
骑上彪悍的蒙古大马
驰骋于茫茫的草原
人生没有什么大不了的
我们只是石缝中的尘埃
在阳光下闪烁
在热闹里寂静
我们要努力
寻找属于自己的天空
我们要学会
拥有的自己的自由与快乐
人生没有什么大不了的
面向草原气象万千
面向草原一念通天

❿ 牧羊人

我愿做一个牧羊人
终生与草原相伴
羊群像云朵一样
跟随着我
我与草原的丘山对话
与树木交谈
与河流相望
行到水穷处
坐看云起时
与连绵起伏的丘山相看两不厌
与草原共绿
与自然相融
与天地和谐
与过去的自己告别

⓫ 如果我走了

如果我走了
你不要悲伤也不要哭泣
你应该自豪
因为你爱的人
倒在他英勇战斗的第一线

如果我走了
你不应自卑更不应自弃
你应该更加坚强
因为你爱的人
牺牲在他最喜欢的岗位上

如果我走了
你不应埋怨更不应诉求
你应该告诉孩子
为了救助病人
你的爸爸是个勇敢的医生

如果我走了
你最好将我忘记
最美的爱情就是
我希望你过得幸福
不想看到你心空黯淡的天

⓬ 父亲

儿时
我在驼背上长大
父亲拉着白驼有力地走向前方
父爱如一条浩浩荡荡的河
流过我的血液
十八岁
我告别了拉驼的父亲
匆匆的脚步中
我没有细看父亲的脸
他的背影如风中瞭望远方白驼
在风雪中跋涉前行
今天
父亲像一只搁浅的老船
停留在如画的记忆中

〔2013.3.13〕

❸ 故乡

故乡是儿时捉迷藏的草垛

是弹蛋儿的小洞

是两个倔强的小羊顶架的场地

故乡是少小离家老大回的地方

故乡是童年放飞的风筝

一天会突然飘落在屋顶

后院两小无猜的小女孩

是否还记得倚门把梅嗅的羞涩?

左邻的那个捣蛋的小男孩

是否记得拿弹弓打鸟的下午?

月下偷瓜的故事是否在记忆中传唱?

故乡是我梦中藏在床下的两只小蟋蟀

时时在月明的夜晚

唱起夏天思乡的歌

〔2013.3.14〕

❹ 大漠沙如雪

我的灵魂

喜欢游走在如雪的沙漠

月下我的脚印

留给岁月的风沙

驼铃声风干了的记忆

似一片枯叶从遥远的年代飘来

思想从大地深处酝酿了一坛美酒

我眼中世界从近到远

胸中燃烧的火焰

温暖了角落的绿色

我是沙中的胡杨

眺望着天一般蓝色的湖
心在游泳
捕捉着水中游弋的鱼

〔2013.3.17〕

⑮　木棉花开

羊城的木棉花开时
我曾答应
让你在我的诗歌里轻舞飞扬
你喜欢大海远方的颜色
就选择了水兵
在烟花璀璨的夜晚
你说相逢是首歌
在流星雨飘过的季节
我写下
爱你不长就一生

〔2013.3.16〕

⑯ 我期盼

我期盼世界如诗

世界有纷争

我期盼祖国如诗

祖国有贫穷

我期盼生活如诗

生活有坎坷

我期盼岁月如歌

岁月有流逝

我期盼幸福如歌

幸福有差异

我期盼生命如歌

生命有生死

我期盼爱情如歌

爱情有悲欢

我所期盼的一切

像太阳有升有落

像潮水有涨有退

上帝啊

睁一只眼闭一只眼

〔2013.3.24〕

⑰ 蒙古马

雄健的英姿

那奋进的气势

当年金络脑千里踏清秋

蹄踏飞燕留世图

草原的风景

战争的铁骑

通向世界的轨道
让一代天骄成为自己家族的图腾
你的心胸有多宽广
我就能驰骋多远
青草覆盖的地方
都成为我的牧养之地
你的家园

⑱　孤狼啸月

孤寂的夜
对着满月一声长啸
打破千古的宁静
从天而降的一腔寂寞
谁能领略
百年的孤独
明亮的白昼
你深沉细心
残雪飞扬
你纵行千里
卧薪尝胆
你绝地求生

〔2013.4.16〕

⑲　胡杨

我的灵魂
游走在冬季的额济纳
我的脚印
留给岁月的风沙

我的热情
被燃烧成天边的彩云
我的胸中
燃烧起熊熊的火焰
我的世界
明亮了记忆的驼铃
我的眼睛
眺望着湖底的蓝色
我的心
像小鱼游在梦中的天堂
我的身躯
铮铮铁骨 生而不死
死而不倒 倒而不朽
我的品质
同日月争光 与天地共存

〔2015.6.25〕

❷⓿　跨过朝阳区我想去看你

北京城那么大
有那么多的马路
有那么多的胡同
东城下雨西城干
北京那么大
那么多高楼大厦
一条长安街从东走到西
你在通州区我在东城区
跨过朝阳区我想去看你
爱情到底有几公里
我想告诉你

把我们姹紫嫣红的花事
进行到底

〔2015.7.25〕

㉑　致曾经当兵的人

八一，曾经是一片绿色
八一，现在是一个数字
相忘于心又萦绕耳边
有时轻轻传来一首歌
我曾经是个兵
八一，曾经是面旗
八一，现在是个记忆
相忘于心又飘落眼前
有时悄悄吟唱一首曲
相逢是首歌
八一，是当兵人的节日
八一，歌中有你有我
不忘初心又记忆犹新
有时偷偷写首诗
春天是眼睛的海
青春是绿色的河

〔2015.7.31〕

㉒　祖国，你好吗

祖国，你好吗
我从襁褓中露出小脑袋扫视了一下四周
只能看见人们的眼睛看不到人们的脸
病疫肆虐的春天

人们无暇欣赏万里长城秀丽江山
我多想被岁月温柔以待
我多想和你一起分享快乐

祖国，你好吗
让我们一起走过这段艰辛的路
熬过这一劫
等待樱花盛开
祖国，我相信你的未来
相信你的胸怀
你一定能带我们走出这雾霾

祖国，你好吗
没有任何困难能吓倒我们
终有云开日出时候
万丈阳光照亮你我
祖国，你好！
我要耐心地等待，等待天晴时
妈妈带我去武大校园看樱花

㉓ 我以诗相许

三月草长莺飞，我以诗相许
你做我田中的一犁春雨
六月初夏到来，我以诗相许
你做我园中的一架白荼蘼
满径黄花之季，我以诗相许
秋天送你一世繁花
白雪飘满天空，我以诗相许
冬天赠你一世深情

当你霜华满鬓，我以诗相许
你做我柜上的百炼青铜
当你尘虑萦心，我以诗相许
你做我梦中的七弦绿绮
当我执子之手，我以诗相许
与你共走柳陌花衢
当我深吻之眸，我以诗相许
与你适志竹篱茅舍

〔2015.11.13〕

❷❹ 这一夜

这一夜，我没有关注窗外的月光
这一夜，我没有亲闻桌上的花香
这一夜，我听你唱《真的不容易》
这一夜，你投我以桃，我报你以李
这一夜，我忘怀得失，我醉酒陶情
这一夜，情深几许？深山夕照深秋雨
这一夜，雪天萤席，梅花未动意先香
这一夜，月色如洗，默然相爱
寂静欢喜
这一夜，飞花万盏，死生契阔，与子成说

〔2015.11.29〕

❷❺ 面朝大海 彼岸花开

傍晚，我看到五彩斑斓的晚霞映照在你的脸上
雪夜，我看到江边满天的烟花照射在你的眼里
桌上，我看到九十九朵玫瑰深情绽放的艳丽
人生宛若一个庭，庭院深深深几许

人生宛如一条江，他朝勿忘烟水里

今夜，我望月感怀，笑看云白。
今夜，我对酒当歌，豪情满怀。
今夜，我面朝大海，彼岸花开。
一起走过的路，一同唱过的歌。
一起举起的酒，一同碰过的杯。
蓦然回首，时光是那么的醉人。
蓦然回首，岁月是如此的美好。
冬天，寒风凛冽，我贴着你的温暖。
黑夜，清冷缠绵，我触摸着你的指尖。
站台，挥手再见，我望着你素衣翩翩。

〔2015.12.8〕

㉖　许你一世平安

狂欢的圣诞夜，送什么礼物给你？
看着圣诞树上迷人的灯光，我许你一世平安。
爱你的一双花眼，宛如双星耀洛城。
今夜星光灿烂，不为来世还愿，只为此刻慈悲为怀。

喜乐的圣诞夜，送什么心愿给你？
看着时钟上转动的指针，我许你一世幸福。
爱你灵动的双眸，我愿一生为你画眉。
香火缭绕的河面，与你一同看穿这矫饰的世界。

寒冷的圣诞夜，送什么祝福给你？
看着清风吹过灯火阑珊的街头，我许你一世喜乐。
爱你善解人意的心灵，仿佛蓝蝶轻舞心弦。
在洗尽铅华的时光里，我愿与你一同老去。

〔2015.12.25〕

㉗　我是岁月的骗子

我是岁月的骗子，
骗过时间的无垠，
骗过岁月的沧桑。
站在春天的枝头，
站成雨后的绿肥红瘦。

骗过明月照大江，
骗过黄河落日圆。
走过阳关古道，
走成了大漠流沙。

我是岁月的骗子，

骗过贵妃吃汤圆，

骗过唐王吸大烟。

飞过高山草甸，

飞成了高老庄的猪八戒。

〔2016.3.23〕

㉘　春天来了，我想出去走走

春天来了，我想出去走走，

桂林山水甲天下，西子湖畔烟雨中，

云南大理茶花美，洛阳城里牡丹红。

春天来了，我想出去走走，

山里看看桃花，青青河边草。

海边看看落日，悠悠天不老。

春天来了，我想出去走走，

一个人，一匹马，

夕阳西下，人在天涯。

〔2016.3.28〕

㉙　不要爬在我的肚皮上唱歌

春天来了

不要和桃花多情

不要与杏花暧昧

她会让你掉眼泪

我是绿色的小草

是美丽的植被

不要爬在我的肚皮上唱歌

春天花会开

小草自由自在
花与草只合适做情人
不合适做夫妻

〔2016.3.30〕

❸⓪ 时光搞大了我的肚子

春暖花开，明月又来，
大千世界，滚滚红尘，
我就是我，你还是你，
大路朝天，各走一边。
时光坏蛋，搞大了我的肚子
跑到云间，我忘记了晴天还是雨天。

〔2016.3.30〕

❸① 快乐你就高歌

愿你快乐地如一只春燕
尽情地挥洒
除了生死其他都是小事
每个人的终点都是相同的
不必背着枷锁
脚步不要那么沉重
尽情地展现自己的精彩
快乐你就高歌
不必伪装，不要欺骗
愿你不负韶华，愿你不负春光

〔2016.4.2〕

㉜ 谁偷走了我的诗意

月下读宋词
爱上李清照
崇拜苏东坡
长安街上遇杜甫
约上李白喝大酒
三千红尘如桃花
谁偷走了我的诗意
因为生活的苟且
还是失去发现美的双眼

〔2016.4.6〕

㉝ 我的这一切

我的忧伤像草原上的苜蓿，燃烧着紫色的清香。
我的寂寞像夏夜天空的星，点亮世界的灯。
我的爱情像森林中的猎豹，追逐着美丽的麋鹿。
我的世界像斑斓的天空，飘荡着淡雅的云。
我的灵魂像高山之巅的雪莲，绽放着圣洁的光芒。
我的诗歌像响彻云霄的歌声，抒发了内心的情感。
我的这一切啊，在生命的河流中奔腾不息，浩浩荡荡。

〔2016.7.4〕

㉞ 冰川时代

太阳炙烤着大地
我想走在哈尔滨的街头
有清凉 有繁星
有蓝色入怀 有欢乐沁心

太阳炙烤着大地

我想去呼伦贝尔的草原

有黄花 有河流

有雄鹰盘空 有青草芬芳

太阳炙烤着大地

我像一个淘气的孩子

蹲在古世纪的墙角

翻阅着冰川时代的书简

〔2016.7.13〕

㉟ 生命中的过客

我是你生命中的过客

你是我远行中未曾忘记的风景

你匆匆走过葱郁的树林

闻着秋海棠的味道

像母鸡寻找温暖的窝

你是我旅行中遇见的爱情

我是你故事中的误会

你像猎手

在苍茫的草原中

寻找着美丽的白鹿

一次醉酒后

你把身体交给了骑手

从此开始抒写一首貌合神离的故事

我们之间有了一条不可逾越的河流

请你用一枝玫瑰纪念我

纪念一场未遇见爱情的旅行

〔2016.9.10〕

❸❻ 欲望的河水

人生中

欲望如同泛滥的河水

汹涌奔腾

道德和信仰筑起的河堤

摇摇欲坠

上帝喜欢乔装打扮

在人群的背后

讥笑尘世的虚伪

秋花

在九月的草原开放

秋月

在九月的夜空生辉

临窗眺望

你我

将来的日子里和过去一样

总是

寻寻觅觅

〔2016.9.14〕

❸❼ 有情的月光

深秋时节

月亮撒下了有情的月光

在胡杨树下捧一杯月光

用海一样的深情告诉你

一世姻缘

只因心中不倒的坚毅

和湖水般的迷恋

〔2016.9.17〕

❸❽ 莲

出水的莲啊

圣洁、纯情

在月光下亭亭而立

我甘愿化为水上的轻雾

为你添一份脉脉的清幽

我羡慕 一支笛

为你吹歌在拂水飘绵的隋堤

而我从未启口 在你身后

如果是千年才等一回

那么我情愿把生命浓为一刻

等你开放 等你飘香

那澹澹的秋波啊

分明就是你的眼神

悠悠地、轻轻地

传来的细语

在水之湄的弹箜篌少女啊

你可明白

那醉倒的是什么

在月下

在莲前

〔2016.10.15〕

❸❾ 破壳生芽

秋奔奔跳跳地来

又纷纷扰扰地穿梭于大街小巷。

从路的起点望到了尽头，

这是门前一条熟悉的路，

花草树木随着季节变化着装束

心情也如调色板一样，
或明或暗，或红或绿，
或浓或淡，或肥或瘦。
岁月的脚步跌宕起伏，
天空的颜色风轻云淡，
所有的演出都会落幕，
所有的梦都会醒来。
我看重生命的重生，
淡然看待季节的轮回。
日月星辰与我同眠，
山川湖泊同我共醒，
在我不大的胸腔里
一颗豌豆大的心
欢欣雀跃 破壳生芽！

❹⓿ 雪

冬季朔风
如刀似剑
山舞银蛇
大地白茫茫一片

野兽不见出没
却留几行足迹
太阳笑看东西南北
大风通透四野

秋隐冬出
混沌魍魉
忽隐忽现
风雪吟魂
不留一言

黄昏旷野
雪白亮眼
石头城下
白虎踞青龙蟠

夜晚狼嚎鬼叫
呼出天空白玉盘
人生如蚁寄
几度暑寒

帝王将相
不过如此
唳鹤立冰滩
高不过昆仑山

炭火烤鹿肉
草原白一口干
诗情出豪端
山垒垒，水潺潺
老子骑牛来
鸡鸣雾暗
浩然骑驴寻梅
我坐阳关

〔2016.11.21〕

❹❶　等待

倚闾而望
你再不来
世界就开始下雪了
心在大雪纷飞中奔跑

悲喜交集处等你
你再不来
快乐不入杯盏
月光之下
悲郁泛滥

爱情这坛酒
要淡淡地品
不要一口饮完

〔2016.12.4〕

㊷　美好的叶茂花繁不幸的随风而逝

天空飘下的雪花
遮住了我的双眼
无法看清楚
你晶莹的泪珠滑落
记忆中有留恋的时光
美好的
叶茂花繁
不幸的
随风而逝
爱情像河水流入海洋时
忘记了自己的存在
为什么你总是带着忧郁
为什么爱情在郁郁葱葱时
你却想遁世离俗

〔2016.12.18〕

㊸ 青春

青春
一闪就不见了踪影
再见青丝换白发
青春不再是容颜
化身为心灵的翅膀
栖息于生命灿烂的枝头
让我们拥抱每一个清晨
在人生的河畔
江宽湖浚春山含笑
秋风吹渭水
即使素裹秋霜身处迟暮
我们也会妙笔生花
以梦为马

〔2016.12.28〕

㊹ 人生的旅程太短

2016年的列车即将驶过

它将成为记忆

我们要踏上2017年的列车

驶向终点

人生的旅程实在太短

珍惜每一趟的列车

和同伴们欢言笑语

整理好自己的行礼

每一次旅途都有新的风景

逝去的风景永远不回重来

人生的旅途太短

谁也不知道自己什么时候下车

有时命运不公

上帝推你一把中途下车

告别了所有车上的人和车下的风景

要珍惜自己的每一段的旅程

2016年的列车将停运

我们即将登上2017年的列车

祝你一路平安

祝你一路顺风

人生的旅程真的太短

㊺ 我喜欢有雪的冬天

我喜欢有雪的冬天

孤舟蓑笠翁 独钓寒江雪

我喜欢有雪的冬天

绿蚁新醅酒 红泥小火炉

我喜欢有雪的冬天

黄河冰塞川 太行雪满山

西岭千秋雪 东吴万里船

我喜欢有雪的冬天

喜欢与冬天在冬天之外对话

荣耀、尊敬、智慧

感谢、赞美和力量

在死亡的那刻开始

在下一个新生到来的繁盛

我奔向那远方的未知的梦

向未来致敬！

〔2017.1.1〕

㊻　响沙湾

风吹过

沙丘点点如星

最是一年好景千里沙黄

且听风吟

鄂尔多斯美女巧梳妆

黄河畔边九回肠

常忆邻家小妹

树林下满身花香

驼铃风响

万里长空又见二月朝阳

梦回大唐 沙粒如金

漫瀚调曲悠长

〔2017.2.1〕

❼ 晒雪

一场平常的雪
让故乡入画
画中有景景中有画
一棵树 一条路 一首歌
重新唤起了泯灭的记忆
从来没有觉得一场雪那么美
站在村头
故乡就是一棵树
站在树下
故乡就是一条路
走在路上
故乡就是一场雪

〔2017.2.7〕

❽ 雪后

牛犇犇，马骉骉，
敕勒川上盖雪袄，
冰河如刀，剑如霜。
太阳爬上野山坡，
北风穿过白杨林，
寒鸦万点，山鸡鸣唱。
人爱扯淡，狗爱狂吠，
世界不得安宁。
卧雪静悄悄，枯枝压草香。
春寒料峭，足迹渺渺，
四野空旷旷。
古今相同，虎卧龙藏。

〔2017.2.11〕

❹⁹ 春水如空

十里春风
桃花三千
你在清溪之畔
阅过许多人
走过许多路
未见如你之人
朗朗乾坤
语挚情长
看尽人间繁华
三千浮生若水
错过时空 走错方向
蓦然回首真爱难寻
十年一觉扬州梦
春水如空
杏花歌飘烟雨中

〔2017.2.12〕

❺⁰ 写在情人节前

去年情人节
伊人如花
月如水
今年情人节
伊人如水
月如花
灯火阑珊
蓦然回首
所谓伊人已是红装
曾经落日的渡口

染红了走急的岁月
冷落了飞逝的时光
深情了璀璨的烟火
我是风中的一朵云
你是水中的一根草
春波碧草晓寒深处
总想执子之手与子偕老
人生却是
一路走来难于牵手
一棵树下各自白头
鸳鸯相对浴红衣
你我无心看微雨
只听得宋人的唱词：
今宵酒醒何处？
杨柳岸晓风残月

〔2017.2.13〕

51 水从桥下流，人从桥上过

寻找
一个适合我居住的地方
有我喜欢的人
有洁净的空气和悦目的风景
年轻人都有出仕之心
年老了都有桃园之梦
水从桥下流
人从桥上过
我欣赏风景
风景欣赏我
流星般划过夜空

在黑暗的天际
思想的蝙蝠在无声飞翔
一片云让我驻足观望
一块热土让我热泪盈眶
一个人让我终生难忘

〔2017.2.16〕

52 春天的故事

春花绽放
你依然不老
阳光灿烂
你依旧明媚
在时光隧道里逆行
原来就是为了多年
在河岸与你相见
蒹葭苍苍，你在水一方
呦呦鹿鸣，你在我心间
在青青的碧草间前行
原来就是为了一天
在山麓与你相邂
花开有声，你长发及腰
落雪无痕，你画眉如虹
在人生旅途中长跑
原来就是为此刻
在花田与你相恋

❺❸ 我与你

十里桃花
我在桃花之外
你在花下长吟
百里画廊
我在画廊之内
你在廊外轻舞
千里青山
我在青山之巅
你在山麓凝视
万里晴空
我在晴空之下
你在天际飞翔
无边草原
我在草原之上
你却打马而过
无际大海
我在大海之滨
你却远洋而去
清浅时光
我在时光之前
你却诗与远方
嫣然岁月
我在岁月之中
你却遗忘千年
洪荒世界
我在洪荒之后
你却穿越时空
我与你的距离
就是光与影的交错

我与你的世界
就是梦与醒的感觉
我与你的爱情
就是日与月的消长

〔2017.3.6〕

❺④ 草

生在泥土中
春风一吹
便四处开花
田野飘香
小溪清唱
青山看老了我
我看不老青山
我长在月亮上
月亮跑到鸟巢上
在清晨的霞光中
我喜欢上帝的拥抱
喜欢客人赞美的微笑
我在人间 在花前
留下淡淡的清香
留下青绿的容颜
换得三生三世的桃缘
我们遇见的刹那
莲花开满了盛夏

〔2017.3.8〕

⑤⑤ 七夕的花神

谁知道前方的前方有什么路？
七夕的七夕有什么故事？
水瓶座的你
总是裙摆摇逸
透露着
长久而不息的神韵
你卸下了晶莹透亮的翅膀
抖落了一身的露珠

温暖的春天已过去
繁盛的夏季已到来
汩汩的河水从你身边流过
芍药花开遍了七月的草原
你凝望着天空
天空注视着你
在佛光普照的清晨

你就是七夕的花神

鸟儿如诗句一样落在你的肩上

鸣唱着欢欣与爱慕

歌声剪开了天空的一角

落下了太阳雨

雨声叮当 彩虹如练

羊儿如云 马儿奔腾

芳草茵茵的草地上

清风如许

在你悠扬的长调里

千里山青 深情水秀

美丽的珠兰格日勒

祝你幸福

饮尽我献上的马奶酒

得到你美满如意的爱情

〔2017.7.5〕

56 当我们老去的时候（一）

当我们老去的时候

你依然可以深情地

想起曾经青丝的她

当我们老去的时候

我想和你跳一曲华尔兹

我慢慢地举起酒杯

你眼中不要带着泪花

当我们老去的时候

你可以在家做一桌好菜

我和你一起说着白头话

当我们老去的时候

我可以扶着你走天涯

不要想起草原泪哗哗
当我们老去的时候
我可以告诉你我还是那样
你放心吧
当我们老去的时候
你依然说
丫头，有你真好

〔2017.9.27〕

❺❼ 当我们老去的时候（二）

当我们老去的时候
早晨去吃稍麦去喝奶茶
傍晚去看草原上的日落
你笑我满地找牙
我笑你荒凉无发
当我们老去的时候
讲讲你年轻时的故事
谈谈你羞涩的初恋
当我们老去的时候
回故乡看看老屋
寻找童年的足迹
当我们老去时候
一起看大江东去
一起看浪打沙滩
当我们老去的时候
一起欢笑一起努力
老来喜作黄昏颂
满目青山夕照明
曾经认真地年轻
现在优雅地老去

〔2017.9.27〕

❸❽　秋

秋天的月像山上的树
月咋能像树呢
秋天的树像远处的山
树咋能像山呢
秋天的山像故乡的云
山咋能像云呢
秋天的云像年少的心
云咋能像心呢
秋天的心像爱情的花
心咋能像花呢
花谢花开似水流年
秋来秋去清景无限

❺❾　萨拉齐的街头

十月走在萨拉齐的街头
熟悉的声音
熟悉的味道
金色的树叶金色的秋
早晨走在稍卖馆的门口
我满嘴流油
街上人来人往
我没有了情愁

十月走在萨拉齐的街头
回想往日的时光
旧时的模样旧时的忧
往事轻轻地流
大青山下的小镇

和你一起走一走
我忘记了情愁

十月走在萨拉齐的街头
夜晚灯火阑珊
风起天凉
我把手揣进裤兜
夜空下小镇的尽头
想起二中的校园
我念起了情愁

十月走在萨拉齐的街头
秋雨亲吻着我的脸颊
在十字路口我没有停留
路上车来车往
怕见熟人
见我白发
我深藏了情愁

⑥ 舌尖上的舞者

吃不仅是一种饮食
更是一种文化
我毫不隐讳
我喜欢吃各种美食
我愿做舌尖上的舞者
舞出飞花逐月
舞出大唐无双
舞出三彩流涎
吃是一种享受
吃是一种幸福

吃更是一种艺术的趣味

你来我请你

我去你请我

今夜秋雨

让我们一起

红炉煮酒

雅舍谈吃

让我们一起

玉壶贮暖

醉墨题香

❻❶　姹紫嫣红的春光　美丽的姑娘

穿越时空

穿越夜幕

降临在皎洁的月光下

唱着曼妙的歌声

为了这歌声

我不愿做草原上的王

我们一起走在

上帝铺下的绿地毯上

望着散落在草原上的蒙古包

仿佛天上的星星

我们在敖包上相会

在月光下亲吻

当岁月不依不饶时

依然能想起草原上

明媚的春光

㉒ 会唱歌的蔷薇

六月的夕照里
我看到一枝会唱歌的蔷薇花
她有乳白色的花瓣和嫩黄的花蕊
我以虔诚地目光报以祝福
她向我歌唱
向我微笑
她燃烧着真诚和热情

在夏季明媚的阳光下
她又展示着新的姿态和光亮
蔷薇又在唱歌
我寂寥空虚的心灵被她唤醒
过去现在未来的我
就站在六月的面前
我所有的追求
都是完美着
理想与现实的差距

㉓ 天堂

薄薄的月光下
淡淡的清香里
看到受冻的蝴蝶
又一次飞舞
在秋天的夜晚
看到即将枯败的荷花
又一次绽放
密密的落英里
寻到了生与死的密码
长长的遗忘的道路上

爱情的春花
布满了整个金灿灿的天堂

(64) 生命的丛林

坚强的信念行走于生命的丛林里
爱情的游戏荒诞于青春的梦幻中
我不做你水中的鱼
你不做我空中的云
自由是一种幸福的追求
幸福是一种灵魂的香味

(65) 磴口村的春天

元宵节的夜里洁白的月光撒满了大地
空气中弥漫着淡淡的泥土气息
泥土变得松软
春水初生
几个麻雀站在院子李树的枝头
鸣叫着花枝招展的春天的到来
小羊羔跟着母亲走出了院子
闻着空气中新鲜牛粪的味道
村头的母牛正生产着自己的孩子
主人为这幸福的时刻洋溢着温暖的笑脸
祈祷着明天的平安
远行的人开始准备行囊
种地的人开始谋划春耕
大地听到了种子的欢呼
树木听到了河水的歌声
这是一个喜鹊叫我起床的春天

这是一个母亲煮奶茶的早晨
这是一个燕子翩然归来的春天
这是一个阳光照射在磴口村的早晨

⑥ 献给母亲的诗

（一）春天来了

春天来了，母亲笑了，花儿开了。

夜晚来了，母亲睡了，星星亮了。

雨季来了，母亲老了，黑发掉了。

离别到了，母亲哭了，眼泪干了。

天空亮了，母亲忘了，记忆远了。

儿子来了，母亲走了，世界空了。

（二）天空的一朵云

母亲是一张老唱片，让人忆起那风霜的岁月。

母爱如月辉笼罩着我心中这棵孤独的树，

让我夜夜梦中香。

母爱是岁月中那条丰盈的小河，让我时时闻鸟语，

处处听泉声。

我是母亲天空的一朵云，云自无心水自流。

（三）星下的一盏灯

年少时

母亲就像一片田野

我是田野间玩闹的孩子

总想远走高飞

多年后

母亲变成树头的一棵老树

我像一只游飞他乡的鸽子

总想栖息在老树的枝头

此刻

母亲像夜空中的一颗星

我就是星下的一盏灯
期盼着星伴我走过每个不眠的夜晚

❻❼ 十里春风不如你

我在北极望着你
十里春风不如你
在时光的隧道里与你相遇
穿越时空回到《诗经》里
白露为霜，在水一方
我漂洋去看你
十里春风不如你
我在北极等着你
格陵兰岛上做个格陵兰人
看着北极熊去抓鱼
看着黄金鸹排队去蹦迪
我在北极拉着你
在茫茫冰雪覆盖地
也能等到苍翠的夏季
世外桃源居住地
十里春风不如你

❻❽ 我想和你去漂流

我想和你去漂流
风高浪急不惧怕
激流勇进昂起头
我想和你去漂流
山山水水一程路
红尘紫陌一段缘
我想和你去漂流
平凡世界你和我

潇潇洒洒漂一回
我想和你去漂流
快乐人生几度秋
何处不是鹦鹉洲

㊉ 我在西塘等着你

我在西塘等着你
像等江南的一场雨
在西园喝一壶
酒香飘溢人不醉
我在船上等着你
渔舟唱晚也不回
桥上有行人
桥下有流水
一襟晚照我等你
我在画中等着你
瓦屋倒影
粉墙高耸
等你好风如水
等你明月如霜
我在西塘等你
像等浣纱沉鱼的传说
等你杏花如雨
等你梨花似云
等你杨柳依依
等你流水潺潺

⑩ 一人一马

远走天涯，一人一马，
看远处的景，行脚下的路。
吹江上清风，赏山间明月，
听晨钟暮鼓，看飞花霁月。
住一家明净的小酒店，
你煲你的汤，我写我的诗。
你做你的菜，我画我的画。
心亮着，你是我心中的一轮明月。
水是蓝的，我就是你眼前的一片海
梦是甜的，你就是我寻找的诗句。
爱是美的，我就是你今晚的心情。

⑪ 一朵云的记忆

我想你，那是一朵云的记忆。
我吻你，那是一弯月的相依。
我梦你，那是一扇窗的痴迷。
我画你，那是一汪水的相思。
我写你，那是一棵树的欢喜。
我寻你，那是一片叶的落地。
我等你，那是一场雨的相惜。
我念你，那是一只鸟的居栖。
我望你，那是一条河的福祈。

⑫ 春天里来了冬天

昨夜北风呼啸而来
冬天又来到了门口
不是羞羞答答
而是气宇不凡

小时候不喜欢春天里的风

现在是不喜欢春天里没有风

瘦树已显新绿

飞鸟已传山语

坐下来听 杏花微雨前

响响亮亮的一声春雷

一江春水哼着春歌

碧波荡漾

一树的风抽着枝条

婆娑起舞

一夜过后的清晨

忘了带钥匙的冬天

又来了

谁来告诉他

该来的时候来

该走的时候走

❼❸ 写在情人节

月光如水清风徐来
我在彼岸等你
等你回来
大雪纷飞红炉煮酒
我在春天等你
等你回来
枫叶流丹生如夏花
我在秋山等你
等你回来
斜雨竹林轻舟送远
我在黄昏等你
等你回来
盛夏光年拨筝听雨
银装素裹雪中漫步
秋兰飘香赏月归来
桃红柳绿品茗聊天
你若不离不弃
我必生死相依

❼❹ 牵手

牵手容易，坚持难！
相爱容易，相守难！
余生的岁月陪你一起，
白头相望共赏江南。
秋风无边，月无声！
人生繁华，三千景！
伴你走在生命的河岸，
左手花开右手佛来。

⑦⑤ 信

曾经没有QQ和微信

电话也不普及

两地交流全靠写信

等待信的过程

有一种说不出的感觉

收到信时有一种说不出的兴奋

一笔一画一字一句地写一封信

全情投入

写信的日子很美

等信的日子很急

生活很慢人生简单

信在这头

168个小时才能飞到那头

⑦⑥ 春水初生 山杏初开

四月的风吹来回头的雪

争艳的花冷的无处遁形

飞过的雁借了一身漂亮的羽毛

一犁春雪，塞外江南

大雁滩上绽放着一簇簇山杏花

千里花红万里雪飘

阴山角下流动着红色的火焰

春水初生，山杏初开

故乡的泥土上

草茂花肥

我愿是一堆牛粪

让牵牛花插满乌黑的头顶

防沙固林

⑰ 花雪情未了

清明之夜
雪与花一夜深情
当清晨的阳光普照大地
他们匆匆而别
陪君一夜不诉离觞
雪化为晶莹的泪珠
花在风中摇曳凌乱
在春天里的际遇里
花雪情未了
处处怜芳草

⑱ 故乡的雪

故乡的冬季总有雪
没有雪的冬天
就像没有繁星的夜晚
雪装饰了世界
点亮了村庄
雪欢乐了童年的时光
沸腾了宁静的生活
喜欢雪中等待雪后花开
在敕勒川上
雪月梨花雪塞霜疆
温一壶酒
等待故人踏雪归来

㉟ 让爱回家

在推杯换盏把酒当歌的场合里
我是如此兴奋和迷醉于酒桌上的人生
多少次地恭敬那些地位高的官员
多少次地羡慕那些轻松赚到钱的富翁
其实每个人都有自己的人生
自己的人生最富有
不必盲目崇拜那些所谓的幸福和感觉
种地有种地的自由
快递小哥有他自己的快乐
滴滴司机有他自己的自在
卖衣服有卖衣服的如意
上班族有上班族的潇洒
外面的世界很精彩
外面的世界也很无奈
让爱回家，家是温馨的港湾
在自己耕耘的天地间花香最持久
在自己的家园里寻找到的爱最深沉
在家庭里享受的幸福最美满
让爱回家，家是生命的乐园
让爱回家，家是爱的归宿
家是心灵的驿站，家是灵魂的延续。

㉚ 磴口村的天

磴口村的天
是蓝格莹莹的天
喜鹊鸣唱着春天
母鸡迈着悠闲的步子
厨房里飘出了

妈妈炖肉的香味
火炉里跳跃着蓝色的火焰
乡村里飘荡着
浓浓的年味
太阳以亲切的光芒
抚摸着村庄
人们
按照自己的方式
欢快而忙碌地过年
我走在
城市喧闹而拥挤的街头
常常想起故乡的天空
磴口村的白云

⑧¹ 磴口村的夜

深夜
蓝色的天幕上
繁星闪烁
夜空像波动的海洋
北斗星像妈妈舀粥的勺子
在天幕上横挂
是谁放在了繁星之间
让它永不生锈
头顶的星空
让我想起了儿时的梦想
想起了父辈们的勤劳与汗水
一条记忆中的河
从过去涌向未来

⑧ 磴口村的早晨

磴口村的早晨
在暖阳照耀下
像一只刚睡醒的小鹿
清新活泼
甜美自然
天空飘过
一朵朵肥厚的云
载着儿时的记忆
撒下成长的欢乐
磴口村的早晨
红红的辣椒
挂在屋檐下
亮丽欢歌
妈妈守在火炉旁
奶茶飘香
岁月悠长

⑧ 马鞍雕花

岁月悠悠
孔子作春秋
大雪覆盖
云霄万里
嬉笑骑青牛
过大年
响大炮
孩子无忧愁
马鞍雕花
妈妈蓝棉缠头

⑧④ 响沙湾上等你

不管有无风雨
我在
响沙湾上等着你
沙粒似金
大雪成银
弹起阳光的弦
唱起树林召的歌
喝下鄂尔多斯的酒
等你一起听
驼铃响在响沙湾
驼铃响在黄河岸
岁月流沙
妩媚成花
不管有无风雨
我在
响沙湾上等着你

⑧⑤ 人生一晃而过

人生一晃而过
站在河流的两岸
每个人和孔子一样的感慨
逝者如斯夫！
我们敬畏生命也尊重死亡
生命 如一条奔腾的河流
带着朝气和春意
流向远方
我望着水流
水流也凝视我
我攀登在半山看河流
风景最美丽

⑧⑥ 喝喜欢的酒，恋喜欢的人

在我们未老的时候，
让我们去寻找远方的风景。
当我们老了的时候，
疾病缠身，心有余而力不足。
都说来日方长，来日并不长。
每个人都怕老，
都有放不下的牵挂。
趁着现在我们未老，
做自己喜欢的事，
看喜欢的电影，
写喜欢的诗，
吃喜欢的菜，
喝喜欢的酒，
恋喜欢的人。

⑧⑦ 对话

秋雨滋润着干枯的大地
玫瑰初绽着蓓蕾
叶子吸收着甘露
花园里
水气蒸腾
烟雾茫茫
九月的最后几天
时令已达深秋
能感到秋的气息和凉意
我听到了
大地与天空的对话
月与星的对话

山与水的对话
鸟与林的对话
秋与春的对话
雨与草的对话
光明与黑暗的对话
现在与未来的对话
爱情与婚姻的对话
身体与心灵的对话
庙宇与云天的对话
檀香与禅师的对话
灵魂与佛陀的对话

88 草原上最美的情郎

岁月饮醉了夕阳
记忆的碎片散落下尘埃的光芒
最美年华的遇见是玫瑰色的朝霞
没有遇见的时候
为什么时间荒芜了青春
为什么青春失去了芬芳
我问佛
佛拈花微笑
她等的是
草原上最美的情郎

⑧⑨　小时候

小时候
我像父亲心爱的小毛驴
行走在乡间小路上
长大了
我变成父亲心爱的骏马
奔驰在他看不到的草原
现在
我成了父亲心中的大山
巍峨着他苍老的额眉
小时候
我像母亲心爱的老母鸡
踱步于院子的中央
长大了
我变成母亲遥望的雄鹰
盘旋在她追忆的天空
现在
我成了母亲梦中的河流
清澈着她视力衰减的眼睛
小时候
我像奶奶手里黑黝黝的拐杖
支持着她虚弱的身体
长大了
我变成奶奶白发里的记忆
流淌在她老泪纵横里
现在
我成了奶奶看不到的月光
轻抚着她的坟前的绿柳

⑩ 奶茶的芬芳

额吉的勒勒车
碾过美丽的裙袍
阿瓦的马鞭抽响岁月的青云
草原上的敖包诉说着
古老的文化与美丽的传说
金帐的汗国和射雕的英雄
蓝色的河流吟唱着
草原的恩泽与天边的夕阳
奶茶的芳香与岁月的悠长
腾格里护佑着
草原上的牛羊与小狼
草原上的牧民与黄羊
当熟悉的蒙古长调响起时
热爱草原的人
在远方回望故乡

〔2017.12.17〕

⑨ 读书

一行行
飘荡着
灵异的
带着温度
带着肤色
的文字
犹如美丽的胴体
让我深陷其中
不能自拔
在我心中

是流动的山

是静止的河

是唱歌的草

是跳舞的花

还有妩媚的月

灵魂在一个

异域的国度里

舒适地

享受着

风的爱抚

阳光的亲吻

灵魂在这里

游走与奔腾

升华与飞跃

〔2017.12.29〕

❾❷　人到中年（一）

人到中年

不会抒写心中的压力和惆怅

家中上有老下有小

中间还有柴米油盐酱醋茶

早出晚归

回到家像朵凋谢的花

忘记了年少时的梦想

失去了憧憬的理想

奔波劳碌在挣钱的路上

有人笑我庸俗有人说我无能

为什么没有诗和远方

人到中年

不会抒写心中的压力和惆怅

虽然我曾经也是文艺青年

孩子要上课外班

老人要住医院

谁借我三头六臂

让我拿什么拯救你

我的中年生活

我举起双臂也只有两手

我羡慕李白写出那么多好诗

羡慕他不用工作还整天游山玩水

后来终于知道他家有矿我家有床

我不会抒写心中的压力和惆怅

〔2018.7.29〕

❾❸ 草原上的王

我是草原上最大的王

你做我身边的白绒山羊

让河水从你身边流过

让青草为你芬芳

让夜空为你呈现

最完美的星光

我是草原上最大的王

你就做一只幸福的白绒山羊

让白云为你铺床

让野花为你装饰

最漂亮的衣裳

我是草原最大的王

你做一只自由的白绒山羊

〔2018.8.2〕

❾❹ 草原上的蒙古马

奔放的马儿
要在草原上安家
天为枕 地为床
蓝色额尔古纳河
河水清亮
喜欢这片宁静的土地
为了梦想中的苍茫
欢快的马儿
要在草原上安家
月为证 星为媒
蓝色的蒙古包
遍地是花香
喜欢这片辽阔的草地
为了马头琴曲的悠远深长

〔2018.8.3〕

❾❺ 草原的天空下

草原的天空下
有我安放灵魂的地方
我是远走的一片云
又飘回了故乡
天地之大
草原最美
蓝色的额尔古纳河
从这里静静地流过
我的心找到了
一株心爱的草
一棵栖息的树

〔2018.8.4〕

㉖ 草原的芬芳

草原的芬芳

犹如情人的体香

有我迷恋的味道

草原的辽阔

犹如情人的胸膛

有我依靠的肩膀

草原上心可以自由飞翔

草原上人可以磋砣时光

这里就是梦想的天堂

〔2018.8.20〕

㉗ 美丽的科尔沁姑娘

马头琴奏响起悠扬的琴声

科尔沁姑娘跳起了蒙古族的舞蹈

蒙古袍上闪亮着太阳的光芒

靴下是八月的芳草

头顶是吉祥的云朵

我拉起你的手

美丽的科尔沁姑娘

共同舞蹈飞扬的青春

共同歌唱草原的清晨

捧一碗马奶酒

献给我的女神

美丽的科尔沁姑娘

我是天空的雄鹰

你是草原的百灵

愿你喜庆永存

祝你千秋吉祥

〔2018.9.1〕

⑱ 一半秋山一半春意

三月的一壶清酒
煮沸了流年的沧桑
在山高水长的日子里
共同举一杯洁白的月光
向未来致敬
兄弟情一杯酒
岁月蹉跎不回首
西风古道的尽头
瘦马饮水
一半流水一半彩霞
雄关冷月
胡琴弹暖了塞北的风沙
千里莺啼里
对着时光的树
与君一咏一觞
一半秋山一半春意

〔2018.9.11〕

⑲ 秋天的李树下

坐在院子的李树下读书
头顶飞过几只欢叫的喜鹊
她们享受着秋天落地的谷粒
而我品尝着秋天弥散的况味
有淡淡的干草的香味
有天空流动的云的形体
飞驰而过的夏留下美丽的羽毛
千里之外的冬酝酿着酒醑春浓
我在秋天的树干上孵化梦想

谁在秋天的大道上坐等收获
一粒粒种子和我的诗句被风带到旷野
期待生长出一个风流倜傥的春天

〔2018.9.12〕

⑩ 愿你活在青春之内

思念久了，思念也变瘦了。
相聚久了，心情也变绿了。
你走了，把春天也带走了。
你来了，山野的花也开了。
愿你年少时有花样的年华。
愿你年老时百战归来仍少年。
我在青春之外愿你活在青春之内。
我在秋天之外愿你美在秋天之内。

〔2018.9.14〕

⑩ 许你一季秋美

我许你一山花开
我许你一季秋美
山林披着七彩的外衣
秋天在静美的秋日中含笑
山路上回望
青春的印记
曾经以为念念不忘的事情
却丢在奔波的路上
岁月啊！
总也留不住你的影子
总也留不住我的心情

让我们踏着白云旅行

一路芬芳

一路欢歌

一路秋色斑斓

〔2018.10.4〕

⑩ 一代天骄

弯弓射雕

我是一代天骄

在辽阔的草原上

金帐顶着九月的天

铁马奔向远方的河流

深秋

一轮金黄的太阳

绽放着雄性的光芒

孩子们拾起的马蹄铁

勾勒着金戈铁马战场

天苍苍 野茫茫

射雕引弓塞外苍茫

八千里路云和月

马背上崛起的天骄

描绘了大漠草原雄壮的风光

〔2018.10.5〕

⑩ 人到中年（二）

人到中年

老婆说我洗碗偷懒

儿子说我长相像老汉

小姑娘叫我油腻大叔

没有了年轻时候的雄姿英发

没有了当年豪情满怀激情澎湃

曾经千里走单骑

现在张果老倒骑小毛驴

曾经喜欢热闹

现在喜欢宁静

曾经吹牛敢捅天

现在雨天怕打雷

人到中年风轻云淡

人到中年不纠缠

人到中年不得已

保温杯里泡枸杞

〔2018.10.7〕

⑩ 有爱的日子

有爱的日子，冬天是温暖的。

有你的日子，色彩是斑斓的。

人生总是迂回式上升，波浪式前进。

希望快乐的时光可以倒流，

希望不开心的时候也有春暖花开。

生活有阳光也会有雨天。

不要总记着泥泞的道路，

要想想那些风停雨住的时候。

黑暗总会过去黎明终会到来，

年轻也会消失，衰老终会相伴。

年轻时不要计较得失，

年老时不要嘀咕过往。

要记住

有爱的日子，冬天是温暖的。

有你的日子，色彩是斑斓的。

〔2018.12.3〕

⑩ 冬

这个冬天

爱上了寒冷

喜欢锋利的冰

喜欢野蛮的风

在自己的世界里

雪花漫天飞舞

不去饮酒

不去吟诗

独坐江边

老狗陪我

垂钓一江寒雪

〔2018.12.4〕

⑩ 有的人

有的人走着走着就渐行渐远

有的人天各一方还彼此牵挂

有的人多年后就相忘于江湖

有的人多年后共饮一壶老酒

来日不方长

今天又荒唐

明天山高水长

〔2018.12.17〕

⑩⑦ 爱是生命的主题

爱就是让对方变得更加优秀
爱就是让对方变得更加自信
爱就是让对方变得更加快乐
爱就是让对方变得更加幸福
爱像阳光既热烈又温暖
爱像月光既晶莹又温柔
爱像星光既璀璨又闪亮
爱是人性的救赎
爱是灵魂的归宿
爱是黑暗中寻找的光明
爱是迷茫中寻找的希望
爱是不老的神话
爱是美丽的传说
爱是永恒的传奇
爱是生命的主题

〔2018.12.17〕

⑩⑧ 与你一起

巉肩斗酒，与你一起笑傲江湖。
纵马江山，与你一起横槊赋诗。
青梅煮酒，与你一起共论英雄。
陌上花开，与你一起倾世温柔。
暮雪折枝，与你一起踏歌而行
锦瑟年华，与你一起长浩吟诵。

〔2019.12.18〕

⑩ 杀猪菜

有种菜叫作杀猪菜

有种关怀叫作妈妈的爱

内蒙古的冬季天气寒冷

屋里却是暖烘烘的

火炉上的奶茶冒着蒸蒸热气

铁锅里的酸菜已经烩好

左邻的张三来了

右舍的李四到了

众人围着

热乎乎的一盆杀猪菜

各自盛上一碗

老百姓说得好

亲不过的姑舅

香不过的猪肉

寒冷的冬季里

有暖暖的微笑

有浓浓的亲情

有忙碌的身影

有钱没钱

杀猪过年

〔2018.12.22〕

⑩ 到南方去看雪

今年

到南方去看雪

雪跑到了南方

北方只有呼啸的风声

和冰封的河面

北国风光

不见雪飘

南方人不用再来北方观雪

风水轮流转

今年下雪到你家

我站在山岗上

用虔诚的情怀

等待一场盛情的雪

来爱我

〔2018.12.29〕

⑪　**我假装是一个诗人**

我假装是一个诗人

还很多愁善感

还很义愤填膺

我假装是一个诗人

能吟诗作赋

能指点江山

我假装是一个诗人

有怀乡的情怀

有救济的胸襟

我假装是一个诗人

寻求浪漫的爱情

创作不朽的诗篇

我假装是一个诗人

才高八斗

妙笔生花

我假装是一个诗人

高力士为我脱靴

杨贵妃为我研墨

〔2018.12.31〕

⑫ 我们都是追梦人

年末岁终

站在岁月的彼岸

回望来时路

起起伏伏 悲悲喜喜

茫茫大地 悠悠高旻

我们都在奔跑

我们都是追梦的人

向着太阳升起的方向

绿水长流 青山依旧

我们从不放弃从不抛弃

我们从不抱怨从不埋怨

待到山花烂漫时

战马犹未酣

待到年老时

轻轻拍马鞍

〔2018.12.31〕

⑬ 愿你爱美爱自己

心情与雪花一起飞舞

飘落在新年的大地上

阳光在东方微笑

愿你爱美爱自己

爱空气爱自由

愿我爱你爱世界

爱蓝天爱飞翔

把我们心中的灯点亮

在新的征程中

愿你不疾不徐收放自如

愿我人淡如菊心素如简
愿你活得专注活得精彩
愿我如星君如月

〔2019.1.1〕

⑭ 希望

希望
每年的此刻是新的征程
每年的年末了无遗憾
每年的新年祝福多多
每年的今天无牵无挂
每年的这时候飞雪迎春
每年的冬季星光满天
新年
是一场奔跑的旅行
是一列开往春天的动车
是一场欢欣的离别
是一场雀跃的风声
在不长不短人生里
岁月清浅
不喜不悲 不嗔不怒
不怨不恨 不愠不恼
不骄不躁 不怒不争
时光似箭
淡然一笑 花开富贵
义薄云天 上善若水

〔2019.1.1〕

⑮ 干净的灵魂终会游走在花锦的世界

新的一年
愿大千世界风调雨顺
愿踽踽独行者有爱的陪伴
愿孤苦伶仃者有温暖的佑护
愿痛苦的人有结实的臂膀依靠
愿那些错过的人还会再度相逢
愿奋斗者有温情的鼓励响在耳畔
愿所有的生命都能得到呵护活得尊严
愿所有的日子里没有缺席的公正
愿所有的明天没有迟来的正义
愿所相信公平和正义的人前方有一片晴朗的天空
愿有人陪你颠沛流离
愿有人陪你千山万水
愿你不乱于心
愿你不困于情
愿你不畏将来
愿你不念过往
昨夜多么泣不成声
愿你早上醒来城市依旧车水马龙
愿你在理想面前傻瓜一样坚持不需要取悦任何人
愿你不惧怕黑夜相信路上总有一盏为你照亮的灯
愿你相信每个干净的灵魂终会游走在花锦的世界

〔2019.1.1〕

⑯ 在薄情的世界里做个有情的人

在薄情的世界里做个有情的人
在有情的世界里做个深情的人
在深情的世界里拥抱爱的光辉

在爱的光辉里歌唱生命的自由
在生命的自由里享受人生的快乐
不论伟大还是渺小
拥抱尊严拥抱爱
不论天涯还是海角
拥抱阳光拥抱爱
不论天荒还是地老
拥抱幸福拥抱爱
不论生老还是病死
拥抱自由拥抱爱

〔2019.1.3〕

⑪ 不论晴雨不论悲喜

不论晴雨不论悲喜
我自欢歌
我自起舞
芬芳了似水流年中的忧伤
我自领悟
我自坚强
在这纷纷扰扰的世界中
我自孤独
我自欣赏
每朵花和云都是一种美丽
原点出发
回到初心
生命本来就是一次短暂的开放
刹那芳华
精彩瞬间

〔2019.1.4〕

⑱ 你做我的掌上明猪

我们在一起的时候

我觉得每刻都是春天

我们在一起的时候

我觉得时间飞快

我们

在大雪里奔跑

在火炉旁涮肉

牵手走过所有的路

天涯明月，明月清风

只是为了那朵雪莲在高山上绽放

只是为了芍药花陪伴草原的辽阔

云雾茫茫，山高水长

你做我的掌上明猪

云山苍苍，江水泱泱

你做我的掌上明猪

愿你温暖纯良

愿你冬暖夏凉

〔2019.1.5〕

⑲ 带你旅行带你飞

总想给你打电话

听听你的声音

寒冬里想温暖一下耳朵

春天想闻闻野外百花香

总想给你打电话

听听你的声音

夏天里想寻找一丝清凉

秋天里想瞭望那片金黄

我想带你旅行带你飞
我想带你品茗带你归
和你坐在椅子上
看秋山无云
看十里荷花

〔2019.1.5〕

⑫ **花开成景　花落成云**

喜欢宁静的夜晚
读一本宁静的书
喜欢太阳西斜的午后
给自己泡一壶温热的茶
喜欢早晨起来
在花园里寻找一束束阳光的影子
生活最不会遂人愿
走着也有石头绊脚
就在自己的桃园种植一首诗
花开成景　花落成云

〔2019.1.6〕

⑫ **在冬天之外**

不论悲喜交欣
不论日升月恒
我心素如雪
你的一滴眼泪
可以浇灌整个冬天
我的一片天空
容纳你所有的热情

在冬天之外
在炉火之前

〔2019.1.7〕

⑫ 没有冬季的日子

没有冬天
就没有寒冷的感觉
从火星上看地球
人像蚂蚁一样奔波劳碌
一生来不及回味
就在不到百年的时光里死去
谁也阻挡不了人类的欲望
建设家园又在破坏家园
终有一天
人类会面临离开地球
过一个没有冬季的日子

〔2019.1.9〕

⑬ 庭前花落

任何的爱情
都会尘埃落定
再美的相逢
也会像烟花绽放一样短暂
爱情树下的风花雪月不长久
人们总相信
诺言像星辰一样永挂天幕
昨夜还想着共剪西窗烛
今晨已各奔东西

紫陌红尘中凝望远方的春
挥挥手告别过去
春水初生
春林初盛认识你
秋池渐涨
秋叶渐黄离别你
又是庭前花谢
谁家燕子飞

〔2016.3.26〕

❷❹ 盈盈秋水，淡淡春山

你是那隔叶的黄鹂吗？
在春色碧草间鸣叫
你是朱雀桥边的野花吗？
在春风十里中柔情
岁月的清陂里想你
春草碧色，春水渌波
明净的秋波中知你
琴瑟和鸣，清箫凌烟
大雪的草原上爱你
豆蔻词工，难赋深情
漫漫的长旅中伴你
盈盈秋水，淡淡春山
在回望的青春里忆你
疏影横斜，暗香浮动
你是梧桐间的蝉声吗？
吸着甘甜的清露
你是将南飞的鸿雁吗？
远望里月满西楼

〔2016.12.17〕

⑫⑤ 迟开的花

迟开的花
在闪烁的星空下绽放
飞鸟在宁静的月夜
欣赏着花容月貌
聆听花开的声音
春天谁与草原有个约会
谁能与我骑马奔驰在草原上
谁能与我横槊赋诗
在金莲、紫菊开满草原的时候
额尔古纳河流过草原的时候
草原像上帝的一双柔软的手
腾格里注视着草原的苍生
我心中也升起草原的图腾
牧羊姑娘明眸中
草原更加开阔、辽远、丰饶

⑫⑥ 到内蒙古去看海

到内蒙古去看海
内蒙古有草原有沙漠也有海
她叫哈拉乌素海
过去人们叫她牛轭湖
她是大黑河的女儿
是土默川平原上的一颗璀璨的明珠
到内蒙古去看海
去看那塞外西湖
烟波浩渺
苍鹭齐飞
秋水共长天一色

带你去捕鱼

捕那黄河金翅鲤

哈拉乌素海

蒲苇丛丛

野鸭出没

青山因你不老

渔歌因你嘹亮

黄河为你激流

草原为你骄傲

哈拉乌素海

上帝掉下的一滴眼泪

今日

我为你吟诗

明日

你为我作画

〔2018.7.28〕

⑫ 我曾经是个兵

我曾经是个兵

扛过枪站过岗

瞭望过远方

我爱绿色的军营

我爱绿色的军装

我曾经是个兵

我有许多的梦想

有许多的心愿

我想立功受奖

我想荣归故乡

我曾经是个兵

像一棵小白杨

头顶蓝天

不惧风沙

守护着边疆

我曾经是个兵

从没有想当将军

我是一个兵

我脚踏大地

胸怀祖国

〔2018.7.29〕

⑫ 我把安静留给了自己

秋后的村庄很静

村庄外是富饶的土地

秋后的院子很静

院子里是怀孕的李树

秋后的天空很静

天空中是风流的云朵

秋后的河流很静

河流上是跳舞的阳光

秋后的阴山很静

山坡上是唱歌的石头

秋后的草原很静

草原上有交配的马匹

秋后的太阳很静

太阳下是肥胖的稻谷

秋后的女孩很静

静的像只跪乳的羊羔

秋后的时光很静

静的像吃糖块的孩子

我要把宁静留给自己

我要把喧哗送给上帝

〔2018.10.5〕

❶❷❾ 奶奶

奶奶的白发里
长满了我童年的故事
奶奶坐在小板凳上
晒太阳的背影
如一棵风烛残年的老树
奶奶的小脚
从未走出过嫁了的村庄
奶奶就这样地守着村庄
像是守着院子里开花结果的枣树
我对奶奶的记忆
像村头潺潺流水的小河一样
永不干涸

〔2018.4.8〕

❶❸⓿ 老房子

小时候的记忆
儿时的家
梦境中常常出现的画面
炊烟袅袅
牛羊归圈的叫声
父母喊孩子回家吃饭的声音
一座老房子
犹如白发苍苍的老人
走过了艰辛的岁月
经历过难忘的故事
院子里的花芬芳了空气
耀眼的光辉涌进眼睛
麻雀在电线杆上鸣叫

燕子在屋檐下搭窝垒巢

山羊牵拉着大奶在院里转悠

门口的老树看着孩子长大

看着老人离去

壁虎漫步在斑驳的光影里

粮房墙角的蜘蛛听过

岁月沧桑的歌

奶奶的烟袋锅里冒出了幽蓝的烟

墙壁上挂着爷爷生锈的镰刀

门前的石磨碾平过饥饿的肚皮

驴子蒙眼走过黑暗的夜

老房子沉睡在梦里

等待着后人敲门

在不是雨季的早晨

老房子流下了

纵横交织的

眼泪

131 圣诞节的雪

圣诞节的早晨

我等待着京城的第一场雪

就像等待青春的一场初恋

没有雪

圣诞老人

如何驾着鹿拉的雪橇从北方而来

孩子拉开窗帘看到了

雪花纷纷扬扬地飘落

他们欢欣雀跃

圣诞节的雪

让这个冬天变得很温馨

孩子堆雪人打雪仗

雪让世界充满活力

雪让灵魂装上翅膀

雪花璀璨的如夏日之花

不凋不败，妖冶如火

雪花如同秋日的落叶

不盛不乱，姿态如烟

这是雪花的生与死

守着岁月的痕迹和信念

孩子们

你们看

雪花的美

一路走来一路盛开

⓲ 平安夜

漫天风雪的夜晚

传唱着圣歌

天空中的星星

在圣诞树上闪烁

孩子们等着

圣诞老人把礼物放在长筒袜里

这是个期待的夜晚

老人们做蛋糕、布置圣诞树、张罗圣诞礼物

这是个忙碌的夜晚

大人们围在熊熊的炉火旁

弹琴唱歌

这是个团圆的夜晚

情侣们喝酒跳舞狂欢

这是个多情的夜晚

午夜时分大弥撒结束

圣诞节来临
伴随着教堂的洪亮的钟声
敲响了
对世界的祝福
这是个平安的夜晚
悄然飘落的雪花伴着
远处阵阵的钟声
让我们祈祷明天的幸福
和祈福世界的和平

⑬ 相约九月

绿肥红瘦的九月
在金色的阳光里
谁来约我煮茶赋诗
黑白对弈
让我们品一壶温热的时光
饮下岁月的沧桑
在秋风深处

⑬ 北风颂

在浓雾弥漫的大地上
人们呼唤着北风
亲切地称呼你为风神
来到我们身边吧
用你双翼
用你神力
赶跑雾霾
你正从漠北的高原而来

穿过乡村

穿过城市

飞过高山

为你唱一首英雄的赞歌

北风我亲切地呼唤你

你来了

今夜人们将好梦

梦中是满天的星光

海一样的蔚蓝

雪莱写过《西风颂》

今天为你我写下《北风颂》

⒀⑤ 等等我们的灵魂

雾霾笼罩着京城大地

我们要呼吸

我们要生存

我们要活下去

没有清洁的空气

没有蓝天与白云

没有青山与碧水

没有健康的身体

我们拿什么热爱生命

我们的脚步太快

等等我们的灵魂

雾霾里行走的人们

还不知道病魔的厉害

⒌ 我的女朋友要结婚了

雪地里的玫瑰绽放别样的风情
辽阔的大地上吹来了寒冷的风
眼前的列车驶向那远去的城市
我听到我女朋友说她要结婚了
我望着天空中飞翔鸣叫的鸽子
我该拿什么祝福你啊我的朋友
香炉里的紫烟笼罩着记忆的树
树上曾经结出过甜美幸福的果
欢乐的蜂蝶曾跳着曼妙的舞姿
曾在时间无垠的荒漠里遇见你
彼此追求着宋词中完美的爱情
山和水两两相望爱却渐行渐远
美玉在暖日里生起了蓝色的烟
我在悲伤之中掉下了苦涩的泪

⒍ 海面上开满了草原上夏季的野花

昨夜
你从我的梦中打马而过
在我的草原上驰骋
梦里
海水漫过草地
海面上开满了草原上夏季的野花
你在此岸
我在彼岸
中间隔着一首长长的诗
这是繁花盛放到漫天飞雪的距离

138 远航归来

满天星光
等你远航归来
讲述那神奇的遇见
和美丽的风景
你是爱风景的人
我是风景中的人
等你远航归来
讲述老人与海的故事
你爱远方的星光
我爱远方海的蓝
我想做一条鱼
尾随着你的船

139 青春将在生命的花园绽放最美的风景

山上
有人仰望天空
有人俯视悬崖
站在赤裸的危岩上面
我俯瞰繁盛的国土
在夕阳金色的光芒中
在火焰的飞腾中
闪电在夏夜点燃
荣耀、尊敬、智慧
感谢、赞美、力量
在黑暗到来的那刻
我飞向远方未知的梦
像一只雄鹰
明天青春将在生命的花园中
绽放最美的风景

⑭⓪ 陌上花开

陌上花开
故乡等我回来
一朵朵盛开的蒲公英
向我招手
一丛丛马兰花向我致意
陌上花开
故乡等我回来
小溪潺潺的流水
涤荡着青色的石头
天空中的风筝
承载着儿时的记忆
陌上花开
姑娘等我回来
曾经两小无猜
当年的明月
当年的情怀

⑭① 做一个深情的人

在这充满肥胖的世界里
做一个消瘦的人
在这个薄情的世界里
做一个深情的人
我和这个世界
浅语交谈 浅笑相逢
红尘嚣嚣 五光十色
我从不孤单从不遗憾
心中盛开着春天的牡丹

⑭ 七夕赋新词

你是一匹红马
在我的草原上自由驰骋
草原虽小也足够你
万里奔腾
你想安静的散步
也有河流相伴白云相看
七夕的金秋
愿你自由自在
从容不迫
愿你内心丰盈
四季如春
不管山高路远
花影吹笙
即使高柳晚蝉
也同赋三十六陂秋色
人生
永岁安好
深情相守

⑭ 面朝窗外雪落花开
——改海子的诗

从明天起，做一个安静的人
上班、读书写作、外出旅行
从明天起，关心快乐和健康
我家的房子面朝大街，秋风乍起
从明天起，给每一个朋友发微信
告诉他们我想要的生活
生活赋予了我的自由

我将告诉每一个人
给每一只猫每一条狗取一个有趣的名字
狐朋狗友，我也为你祝福
愿你喝得自如
愿你有幸福相伴
愿你在喧闹中获得快乐
我只愿面朝窗外，雪落花开

⑭ 我

照着镜子
我觉得镜子里的人就是我
走在路上
我觉得我身后的影子就是我
其实这都是躯壳已然
真正的我是我的灵魂和思想
有卑劣有高尚
有胆怯有勇敢
有短浅有远见
有丑恶有善良
我像五谷杂粮的面包
我是谁
谁是我
茫茫天地
我也问着自己

⑭ 夏季的故事

谁会在夏季为我唱首童年的歌?

谁能在炎热的天为我吹来故乡的风?

谁在村头的树下说评书?

谁在葵花地里抓蝈蝈?

走出半生归来仍是少年

小伙伴们耍水的小河依然清澈,

月亮还挂在邻居家老榆树的树梢。

生锈的镰刀割光了岁月的麦垄,

老母鸡的蛋孵化出了记忆的新生。

我睡在了城市的床上

看见金色的田野中

飞翔着两只蓝色的蝴蝶

一只叫过去

一只叫未来

⑭⑥ 朋友

朋友

让我们

尽情地享受今朝

尽情地享受阳光

尽情地释放自己

尽情地喝一杯

朋友

人生路上最美的相见

漂洋过海来看我

千山万水不怕远

有一种感情叫相识很久

有一种感情叫相见恨晚

相聚一堂就是缘

这辈子是朋友

下辈子也许就不再遇见

人生不到一百年

活好每一天

⑭⑦ 站在朝阳北路我仰望北京的天空

站在朝阳北路

我仰望北京的天空

天空和清朝时一样

有几只麻雀飞过

而时光转眼百年

人们追求的东西没有变

喜欢天空是蔚蓝的

喜欢街道是整洁的

喜欢人与人之间是和谐的

站在朝阳北路

我仰望北京的天空

看见白云朵朵

风在呼啸

我感受着新时代的气息

在天与地之间

在花与香之间

看见匆匆的人流

留下浅浅的脚印

希望上帝

赐予我们幸福多于痛苦

赐予我们力量多于软弱

赐予我们阳光多于阴暗

赐予我们健康多于疾病

⑭ 沙圪梁梁上唱个《拉骆驼》

趁年华未老

趁网线未断

我站在那沙圪梁梁上唱个《拉骆驼》

四十里的那个长洞羊羔就山

好婆姨出在我们张家畔

在明朗的天空下

在和煦的春风里

歌声化为青山的一弯眉一轮月

不唱了那个山曲我不好盛

唱上两句那山曲我就想亲人

歌未唱完

身后几个顽劣的孩子

向我扔来土坷垃

太阳当空照

花儿对我笑

孩子们蹦蹦跳跳

⑭ 故乡

故乡
是黄河臂弯里的几亩水田
生长着沉甸甸的稻谷
这是布谷鸟眼中的春天
故乡
走出了她单薄的青春
风吹过她细长的头发
故乡的脸上开着
火一样的罂粟花
金灿灿的田野中
故乡低下了
她谦卑的头
走向远方的路
一场雪
让故乡满头白发
在冬天的黑夜
她述说着桑麻的往事

⑮ 过年

一个希望团聚的日子
一个渴望圆满的时刻
孩子喜欢得到压岁钱
老人喜欢儿孙绕膝前
年轻人想牵着手
一起回家欢欢喜喜过个年
春的脚步近了
我听到了大地的心跳
听到了梅开的声音

嗅到了故园的清香
走在春天的路上
我在想
繁华的城市是你的风景
安静的村庄是我的星辰
昨夜星辰昨夜风
画楼西畔桂堂东

⑮ 红月亮与蓝月亮

在我生命的天空
有两个月亮
红月亮与蓝月亮
红的庄生梦蝶
蓝的良玉生烟
年少时
把红月亮挂在胸前
松间明月照清泉
中年时
把蓝月亮放在枕前
月光疑是地上霜
老年时
把红蓝月亮放进酒杯
伴着清清淡淡的忧伤
一饮而尽

❶❺❷ 春雷

明亮的阳光
照在了萨拉齐的街头
薄薄的一层雪含羞而现
这是昨夜的一个梦
没有期待中的厚重
雪成了心头的爱恋
怕他不来又怕他乱来
冬天的阴山像一头牛
横卧在土默川上
黄河冰封平原苍茫
风停止了脚步
在我耳边私语
冬姑娘怀孕了
将在来年三月
在花海的大雁滩
诞生一个响响亮亮的春雷

❶❺❸ 我就是我，你还是你

我做不了高尚的人
我只喜欢做一个平凡的自己
不愿意让道德的十字架束绑双臂
我也不是一位高尚的人
我喜欢有一个自由的灵魂
让阳光明媚地照在头顶
不愿意为了别人的赞许
伪装地活在人世
不愿意为了让人吹捧
故作高深

喜欢你的人愿意理解你
不喜欢你的人在诽谤你
按自己喜欢的方式生活
按自己喜欢的道路行走
对与错
好与坏
那只是闲人对你的评价
做一朵快乐的白云
飘浮在蔚蓝的天空
做一朵美丽的浪花
激荡在春天的大海
问心无愧地生活
不苟且地度日
我就是我
你还是你

⑮ 冬天里的故事

夜
在冬天里哭泣
伤心地掉下了眼泪
雪地里
两个脚印在奔跑
月亮和星星在拥抱
风
在演奏一曲关于爱情的乐章

两个人
身体可以叠加
心灵却不能互通
所有的分手
不是爱得不深
是理解得不够

⑮ 大寒过后

大寒过后
温暖的阳光洒满了大地
麻雀的鸣叫催促着春天的脚步
腊八、尾牙、小年、春节
北风不再鸣树
寒气不再砭骨
水仙花
在一场大雪之前盛开
花瓣亲吻着黎明
我把祝福挂起
给马备了鞍

去花果山

或者是灵隐寺

或者去黄河边

看一次烟花烂漫

ⓖ 父亲

（一）

小时候

父亲牵着我的小手

走在乡间的小路

走不动了

就坐在父亲的肩头

遥望远方辽阔的大地

他总是早出晚归

抽着烟

阿花的狗跟着他

跟着春种

跟着收秋

他的力气像是奔腾不息的河流

（二）

一天

我远离了家乡

写信给他

他也写信给我

父亲变得越来越唠唠叨叨

后来发现他两鬓生了白发

那也觉得父亲就如村头的白杨

永远向上生长

（三）

再往后的日子

我就不再留意父亲的变化

因为我也忙着当父亲
一天
突然接到电话
说父亲病了
我突然发现父亲已不再年轻
我想起了过去粗茶淡饭的日子
虽然我忘记我们曾经说过的话
在做父亲的日子里
我也理解了做父亲的不易
尤其在艰难岁月里
（四）
早晨我给父亲打电话
他说一切安好勿惦念
我想说在他有生之年
我想做个好儿子
但我没说
父爱无言
子爱也无言

⑮⑦ 桃言风语

桃花对风说：你不来我也要开
风对桃花说：你不开我也要来
太阳：不论你们说什么，
我永远照耀着大地和你们的世界。

⑮⑧ 银杏落叶的月坛

一个普通的再普通不过的小公园
但她的旁边有一个闻名全国的医院
那是我工作的地方

月坛因医院而有名
医院因月坛而增辉
银杏树落叶时
我喜欢走在公园里的小道上
天空中有鸽子的哨声
时光里有岁月的印记
我不因年老
而放弃对生命的热爱
我不因平凡
而放弃对美好的向往
即使是一片落叶
也要纷飞在金色的阳光下
明媚的秋光里
静卧在温暖的大地上

159 日坛的樱花

风吹过日坛的门
阳光把我的影子拉长
樱花盛开的三月
我走过玉馨园
芳华年少
我心中也曾经也有一位太阳神
爱情却像樱花盛开一样短暂
每一个少年都有维特的烦恼
谁的青春不迷茫
谁的爱情不带伤

⑯ 天坛里对天的敬畏

多年前我走进天坛公园
最喜欢丹陛桥两侧的古柏林
阳光普照大地
斑驳的树影
雄伟的天坛
永乐皇帝建一个天堂般的建筑
再读《巴黎圣母院》时
我不再羡慕异国的建筑
这里是世界上最大的祭天建筑群
有严谨的建筑布局
有奇特的建筑构造
有瑰丽的建筑装饰
那时候我只是漫步
看看皇帝是如何祭天和祈祷五谷丰收
现在我才知道那是对天的敬畏
只有苍空的繁星才是我们真正的敬畏
古人用音乐同昊天对话
以舞蹈欢娱上苍
追求天人合一的理想
今天的我同样敬畏天
敬畏主宰生命与自然的天
脚踏大地仰望苍穹
我想再活五百年

⒗⒈ 地坛庙会

地坛庙会
人头攒动摊位林立
公园里满园春色
门口彩旗飘飘
正月里春风拂面
喜气洋洋
姑娘长得花枝招展
小伙长得帅气逼人
孩子们欢声笑语
老百姓不图什么
就图个团团圆圆
平平安安

⒗⒉ 华丽的世纪坛

走过军博
走过玉渊潭
我就想起华丽的世纪坛
新世纪里我成长
新时代里我欢歌
世纪之交
大风泱泱大潮滂滂
中华文明
与天地并存与日月同光

每当月光点亮了长安街
我就想起了华丽的世纪坛
世纪坛如一个大盘子
盛满了千年的月光
大江浩荡
星无语月无声

⑯ 北土城驶向潘家园的10号线地铁

腊月二十八的上午

北土城驶向潘家园的10号线地铁上没有了往日的拥挤

外地人回家过年留下了一个寂静的皇城

地铁像生命的流水线

有上的人也有下的人

坐在空荡的车厢里

我略显孤单

外面是一片繁华的市景

街道两边高高地挂起了红灯笼

灿烂的阳光照在高楼和地面上

大妈在早市上买了满满的一篮蔬菜和水果

公园里有许多晨练的市民

湖面上有几个孩子在滑冰

有的手里拿着冰糖葫芦

有的举着五颜六色的棉花糖

我仿佛听到了他们的欢声笑语

出租车师傅在街上继续跑着车

一些公园开始装扮着年后的庙会

我看到的是生活中鲜活的生命和幸福的笑脸

再有诗意的诗也不能描述这真实的画面

胡同里人来人往

天空中的云飞来飞去

腊月二十八的上午

我心头涌上了

一股脑儿浓浓的诗情

在北土城驶向潘家园的地铁上

⓵⁶⁴ 吐着芬芳的小麦

妈妈滴在地上的汗珠变成了青苗
爸爸掉在河边的头发长成了白杨
鸽子的哨声在天空拉成了渔网
一把岁月的犁头在田间耕作
我把奶奶的故事
播种在这片肥沃的土壤上
长成了吐着芬芳的小麦
多年以后
想起童年的夜晚
满天星光
一院清凉

⓵⁶⁵ 不负春光不负你

桃花潭水
不负如来不负你
天上人间
不负春光不负你
相约一起看苍山
相约一起看洱海
人生就是一场旅行
趁你不老
趁我年轻
相约一起看草原
相约一起看雪山
风光正好
红颜正美

⑯ 火车停在土默川

火车停在土默川

这里料峭春寒

这里的人们有颗火热的心

照亮明日的天空

在星光照耀的黄河岸边

在朔风吹过的阴山脚下

有两只奔跑的白鹿

在茫茫的大地上

在无垠的时间里

古老的传说书写着过去的历史

我爱这片肥沃的土地

我爱土地上勤劳的人民

火车停在土默川

这里料峭春寒

⑰ 初一早上的第一炷香

大年初一

雍和宫烧香祈福的人很多

烧第一炷香要等候一夜

虔诚的心在香雾的经殿中等待

在跪地那一刻修梵行

在拜佛那一刻念真经

谁在回首中听见诵经中的真言

有人为了超度

有人为了遇见

生命中的万水千山

在灵魂的深处逾越

我心中的佛啊

是我年迈的父母
走遍世界行走疆域
他们让我双目空晴
阅读人生追求美好
他们让我开窍通灵
生儿育女享受生活
他们让我心灵安宁
他们让我佛光普照

168 大年初一的北京站

灯火辉煌的城市街道上
行驶的车辆
像风一样吹过
时间与空间在我大脑里转化调整
往日驾车通过国贸附近如蚁爬行
今夜北京城是如此的畅通
北京站庄严肃穆人流稀疏
见到的人也不再有急切的目光
他们的步伐也不再匆忙
城市像一个森林
想要舒畅的呼吸
就不能如此密集
我们是奔跑的鸵鸟
需要一块自由的天地
我们是跳跃的飞鱼
需要一片宁静的海面
我们是翱翔的雄鹰
需要一个广阔的天空
愿心之自由共天地俊秀

⑯ 在我将睡未睡之前 在我将醒未醒之后

午夜的零点
我没听到鼓楼的撞钟声
也没听到北京二环内的爆竹声
年就在抢红包的兴奋中度过了
时间就是在不经意间流逝
谁也无法阻挡它的流逝
即使你是天神

窗外繁星点点
我寻思着
年为何来
我们又为何过年
年和我们每个人的关系
年年复今朝
岁岁人不同

二月的春风宛如童话里的故事
在我将睡未睡之前
在我将醒未醒之后
飘过耳畔
让我清醒又让我糊涂

每个人越来越走近死亡
我们却在欢呼又在庆祝
在有限的生命里
我们追求的是什么
爱与被爱
享受和快乐
还是金钱与权力
或者自由和平等
还是为了生存和生命的延续

⑰ 除夕夜抢红包

在哪里我也要玩手机

不管今夜是否是除夕

和谁在一起我也要看手机

不论父母还是孩子

干什么我也同样也要玩手机

不论炒菜还是吃饭

一边看春晚一边抢红包

美其名曰陪老人

其实你在陪手机

看到红包太兴奋

一分也要抢

一毛也要抢

今年过节不收礼

都在忙着低头玩手机

手机现在越来越像鬼

让人人着了迷

初一我要去减肥

扔掉手中破手机

⑰ 2号线上我记起了今天是情人节

2号线地铁经过西直门时

看到一位小伙子捧着玫瑰花

我记起了今天是情人节

中年压力下的我们

不是没有爱不是缺乏爱

忙碌的工作让我忘记生活的情调

我也想把平淡的日子过成诗

在玫瑰的芬芳里

在迎春的季节中

让爱情和空气一样

与我同在与生命同在

今天我上班

下班我就把工资卡交给媳妇

卡在爱就在

⑰ 生活

学历要求越来越高

都要博士后

我只混了个博士前

八宝山里进去的人越来越年轻

我们还总觉得自己宝刀不老

喝酒见人性借钱见真情

聚会不要总参加不请人

朋友相识很久

远远相见不再挥手

只因微信在手

朋友圈里的人越来越多

交心的却越来越少

人活得越来越实际

没有了诗意

我爸说：生活就是这个样

⑰ 岁月可回首，腰围壮如牛

我们对生活有美好的期待

人生却有不确定的未来

每个人只能把握好现在

明天不论是风雨还是晴天
也要好好珍惜自己的身体
照顾好自己和家人
我们都希望人生只如初见
愿岁月可回首，腰围壮如牛
朋友如相问心空总晴天

❶❼❹ 谁在路边上吃麻糖?

谁在唱响春天的歌?
谁在老店里卖稍麦?
谁打扮着春光似的脸?
是谁在路边上吃麻糖?
琉璃圪嘣儿里振动着童年的声音
风筝飞翔的翅膀上绑着儿时的记忆
剪刀布里藏着过去纯真的秘密
灯火阑珊处是父母老去的背影
老墙春雪里是你我回不去的童年
焖面烩菜里有中年忘不掉的故乡

❶❼❺ 天空飘着肥美的云

土默川大地上孕育着灿烂的黄土文化
阴山下的人民创造着自己幸福的生活
萨拉齐的元宵节
街上挂起缤纷的灯
空中吹来绿色的风
天空飘着肥美的云
广场上像精彩纷呈的盛宴
跳动的是欢快的旋律
转出的是平安的九曲
点亮的是冲天的旺气
燃放的是璀璨的烟花
正月十五里
萨拉齐的大街上走着高跷队
森态公园唱起了九曲的歌
我看见了情人的腰姿
嗅到了春天的芬芳

⑯ 二月里

阳光调皮地蹦跶在未耕种的土地上
村东的教堂里传出了唱诗的合唱声
村里的戏台上空空荡荡像刚散了戏
村委会楼上飘扬着鲜艳的五星红旗
春天的脚步被风追赶着越来越近
小孩子们一边玩耍一边唱着：
小皮球圆又圆
马兰开花二十一
原来二月里来呦好春光

⑰ 事宴

农村事宴多
正月里来家家有事宴
三朋四友老娘舅舅
还有七大姑八大姨
今天你娶亲明天他订婚
后天不知哪个娃娃又圆锁
红事宴白事宴
躲不掉避不开
五百又没了
你请他他请你
整天就吃喝
一个字：累
两个字：上礼
三个字：没办法
民俗风情就这样
谁来改变它
心知肚明不敢为
礼尚往来变了样
累！累！累！

⑰⑧ 小时候想远行，长大了想回家

村头的老树节前总是张望

村头的老树节后总是招手

小时候想远行

长大了想回家

外面的世界很精彩

家里的炕头很热乎

同一片天空下

有着不同的颜色

有着不同的想法

放飞的鸽子

又飞回

自家的屋檐

人生就是这样

不知不觉地变老

小时候想远行

长大了想回家

⑰⑨ 谁偷走了我的头发

七九河开八九雁来

谁偷走了我的头发

让我急着想知道

何时春暖花开

九九加一九遍地耕牛走

谁偷走了我的头发

让我像个小孩

光着脚丫和脑袋

小狗伸舌头，树下打磨磨
谁偷走了我的头发
我毫无办法
只能让时光徘徊
大人和小孩，不停摇小扇
谁偷走了我的头发
我终于明白
只好让岁月忘怀

⑱ 阴山脚下

阴山脚下
萨拉齐的街上
稍麦店里坐满了人
一壶砖茶二两稍麦就是一个上午
东街的新闻西街的旧事
小城里有着永远的故事
天空云淡风轻
大地一抹阳光
看阴山含笑
听黄河凌开
后生
再来二两稍麦

⑱ 小棉袄

女儿是父亲的小棉袄
小时候希望她快快长大
长大了又希望像小时候一样
上学希望她学习好

毕业了希望她找一份好工作
工作了希望嫁个好人家
上学时怕她谈恋爱
工作了又怕她不去谈恋爱
谈恋爱时怕她怀孕
结婚后又怕她不怀孕
父亲一生总是在为女儿操心
都说女儿是父亲的小棉袄
父爱却温暖着女儿视线
爱永没远离

⑱ 玉米地里谁在谈笑

太阳将落未落
戏场的戏将散未散
两个人就手拉手
黄白的狗蹲在玉米地边
风从村后吹来
有着玉米的味道
带着夕阳的颜色
田野里开放着野花
不时有野兔在奔跑
玉米地中谁在谈笑
风从村后吹来
带着玉米的味道
带着情人的欢笑
夕阳正美野花盛开
芳华正好青春年少

⑱ 花生

站在村头
望着空旷的田野
我想起自己有过似水的年华
生命在蠕动
青春很匆匆

站在村头
望着无际的天空
我想起曾经有过花样的人生
人生在卖萌
精彩在飞腾

站在村头
望着不远处的阴山
我想起过去有过一路的芳华
时光在流淌
道路很悠长

⑱ 中年恩爱如猪

春风换了秋风
时光让人无法抗拒衰老
你我
远离繁华
心素如简
即使住着茅庐
中年依然恩爱如猪

繁星满天
你我
如星下两棵松树
相望不疏
岁月蹉跎
共同窗下读书
中年依然恩爱如猪

你在河东
我在河西
也会跨过黄河来眊你
你我
从不困惑无助
中年依然恩爱如猪
我是你的猪
你是我的珠

⑱⑤ 太阳照在磴口村

狗年的正月
太阳照在磴口村
金光满地
喇叭里喊着张二旦到大队去开会
檐下的麻雀与电线上的麻雀对唱着情歌
三十里的明沙二十里的水

吃饱了六大碗席面的老婆儿老汉儿
东家进西家出串门儿溜达
孩子们欢天喜地的东跑西逛
村民们踩高跷扭秧歌
村里放烟花观灯火
土默川上充满了节日的气息
狗年的正月里
太阳照在磴口村
金光满地

⑱⑥ 乡村文艺队

踩着乡村的大地
扭出了春的风姿绰约
幸福的喜悦挂在脸上
乡村的文艺队
是地道的山药蛋派
他们穿得花花绿绿
敲敲打打
狗儿在叫
马儿在跳
狮子在舞蹈
正月里
村里男女老少
自在逍遥

⑱ 磴口青年

金鸡报晓
塞外梅开
新春的阳光洒满了院子
在外打拼的青年回家过年
君不见黄河之水酿萨白
君不见磴口青年喝酒端大碗
天生我材必有用
佳酿饮尽福气来
冰雪消融春回大地
土默川上
黄河滚滚奔腾千里
流向远方
这里的人民是黄河的儿女
是华夏的子孙

⑱ 花与露

明媚的早晨
春和秋相遇在山坡的一片枯草间
黄河里的鲤鱼偷偷亲吻河面的阳光
松软的土地里蠕动着淘气的小草
对面山顶有两朵携手结伴而行的云
一个三月的早晨在鸟鸣里苏醒
北方三月的春
不用化妆，不用打扮
带着野性带着自由而来
星光下生出闪亮的翅膀
呼唤着一场盛大的春雨
为了燕子的搭窝
为了农民的耕种
为了新人的婚礼
为了花与露的一吻情深

⑱ 春天的故事

仓央嘉措的诗在雪地里消融
冬天就过去了
纳兰的词在桃树的枝头吟唱
春天就来了
谁也没伤了冬
谁也没辜负了春
一滴雨
打破了万顷水面的沉梦
一阵风
吹来了春天的山清水秀
我想告诉世界亿万年前
我们在这里直立行走
互相牵着毛茸茸的手

⑲ 陪君三千场不诉离觞

是春风带来了你还是你带来了春风
是山花点燃了你还是你点燃了山花
春风十里你像山花一样的盛开
时光未央，陪君三千场，不诉离觞
在火树银花处
在悲欣交集处
我不孤单
你不必不安
如若真情必峰回路转

⑲ 山百合

——赠给磴口村养牛的主人郭全全

四月的早晨
风吹来挤牛奶的声音
声音里绽放着浓浓的奶香
牛栏里
花白色的牛低头私语
牛粪上散发着蒸蒸热气
一只麻雀飞来
落在牛身上
早晨在轻轻的薄雾中开始
麻雀记住了草籽的味道
草籽记住了春天的土壤
可爱的主人
我把邮箱发给你
五月到来时
寄我一朵山百合
一朵生长在牛粪上的山百合

⑲ 西单

我在西单看到一个绿头发的女孩
我在复兴门看到一只穿着花衣裳的狗
地铁上我看到一个老太太抱着会说话的猫
大世界的无奇不有
天安门毛主席的像前我投去敬仰的眼神
春天花会开
春天微雨来
通往天堂的路上芳草鲜美
多少匆匆脚步挤往天堂的路上
丢掉尊严的盔甲
放下护身的长矛
这是一场声势浩大的赤裸裸的囚渡

❽ 黄四娘

春天来了
带着炙热的情欲而来
一落地就是交织在一起的兴奋与激情
阳光在树下慵懒地享受美梦
小雨悄悄地向大地诉说自己的心事
风把外面的鸟鸣带进了帘内
杏花与潭水化为了酒香
牛把牧童带进了深山幽谷
黄四娘坐在家门口
等待着诗人的归来
蝴蝶舞动着春天
黄莺啼叫着江南
她想对诗人说的情话
化为一朵朵摇曳在风中的蒲公英
在黄昏时分深情忘我地歌唱
在月光下格外清澈动听

❾ 四季

春天我和大海有个约会
面向大海春暖花开
夏天我和草原有个约会
蒙古包前月光洁白
秋天我和泰山有个约会
高山绝顶陪我一杯
冬天我和西湖有个约会
断桥边上不再徘徊
四季是如此的分明
生命是如此的短暂

即使是一朵小花
也灿烂今朝
相逢有时
后会无期

⑲ 为什么我们的人生不读诗

为什么我们的人生不读诗
是因为工作太忙碌？
还是心情太浮躁？
为了挣钱我们不读诗
为了养家我们不读诗
为了生活我们不读诗
谁抢走了我们诗意的世界
谁剥夺了我们田园的梦想
又是谁让我们苟且偷生
让我们碌碌无为
如果不读诗
我们拿什么热爱生活
我们拿什么去远方
如果生活没有诗意
活着还有什么意义
如果心中没有诗意
远方的风景都走不进心里

⑲ 刹那烟花

风扯不住天空的云
石挡不住溪中的水
胭脂抹不平眼角的鱼尾纹

红颜易老刹那烟花

即使春水荡漾秋色斑斓

曾经

青山不及你眉长

水清不及你目澈

而今我们年老

依然爱着你苍老的白发

在院里种上你喜欢的紫色的花

依然爱你一秉虔诚的心灵

吟一首诗写你一生的过往

⑲⑦ 南锣鼓巷换乘6号线

我坐的是8号线

在南锣鼓巷换乘6号线

通往潞城的地铁少了往日的拥挤

今天是个晴朗的上午

地铁上我想着

三月的扬州是什么样的景象

京城的春比江南来得晚

听说还要有一场春雪赶来

在春雪来临之前

在地铁乘换之处

我想遇见一场惊心动魄的爱情

如春雷在晴空炸响

让爱在春天绽放

⑲⑧ 月亮望着你

夜晚星星望着我

我望着月亮

月亮望着你

你喜欢着星星

我喜欢着你

每个夜晚

我都希望自己

跳上天幕变成你的双眼

⑲⑨ 北京星期天的早晨

下了火车人流匆匆

出了站口人们各奔西东

星期天的早晨

北京站的广场上人来人往

很少有人去观赏晴朗的三月天

天空飘来淡淡的云和吹着柔和的风

典雅的皇城以他独特方式迎接接着旭日的阳光

大街小巷到处漫散着早春的气息

扑面而来的是一种习惯了的生活节奏

北京星期天的早晨

晨雾茫茫

护城河里水流清澈

街道上小黄车穿梭而过

三月春暖花未开

我听到了远处的江声浩荡

我看到了千山俊秀万里清风

⑳ 玉渊潭的樱花开的正欢

四月微雨蒙蒙

玉渊潭的樱花开的正浓

这是个宁静的上午

这是个花开的季节

市民们观赏着盛开的花朵

享受着春天的美好时光

这里是一个和平的国家

这里是一个古老的城市

中国北京

这儿没有战乱没有烽烟没有炮火

春天我们的军舰在南海演习

捍卫着自己的领土和国家的尊严

爱好和平的中国人深深地爱着自己家园

四月微雨蒙蒙

玉渊潭的樱花开的正浓

这是个宁静的上午

这是花开的季节

㉑ 童年

那时我们都很瘦

那时我们都很快乐

那时我们没有WIFI

我们不玩手机不玩iPad

我们跳皮筋，打沙包

我们跳方格，打三角

我们捉迷藏，滑冰车

我们挖野蒜，采蘑菇

那时我们都没吃过汉堡

那时我们没有买过玩具
但我们都很快乐
那时我们的作业很少
那时我们的书包很轻
我们放学后都在玩
我们感觉很快乐
我们感觉很幸福
不考虑长大干什么
不考虑输在起跑线上
我们拥有自己的世界
我们拥有自己的梦想
我们拥有自己的自由
我们拥有快乐的童年

❷⓿❷　我还小，不想在炮火中倒下

黑夜来临
我害怕这响声
害怕这炮火
害怕这明亮的光
我不惧怕黑夜，但惧怕闪电
我还小，不想在炮火中倒下

我喜欢童年的美好
也喜欢我长大的样子
我喜欢一家人住在一起
即使很贫穷
为什么我们天空要被炮火笼罩
为什么我们的家园硝烟四起
我还小，不想在炮火中倒下

动物世界里猎豹追逐着羚羊

世间坏人在欺负小孩儿

为什么弱者总是被追赶

为什么不能共同享受和平的阳光

谁来救救我

我还小，不想在炮火中倒下

203 萨拉齐的春天

星星掉在了大地上

大口滩上桃花盛开

大青山下杏花争艳

诗情流淌成河

这里是诗的故乡花的海洋

萨拉齐的春天

黄河流凌消融

两岸牛羊成群

春饮醉在五月的清风里

醒在七月的彩虹下

萨拉齐的春天

农民开始播种、锄禾、浇灌

绿油油的土默川大地上

人们开始忙碌

四十里莜面，三十里糕

二十里荞麦面饿断腰

巧手的妇女为春忙的汉子们

做他们喜欢吃的饸饹

鱼鱼还有窝窝

大地一片繁忙

天空一片晴朗

❷⓿❹　五月的阳光

向阳的渠坡上
生长着嫩绿的苦菜
苦菜与岸边的白杨述说着
大地的温暖
村庄的情怀
五月的阳光
在白云飘过的路上微笑
多想陪伴在你身边
我深情的故乡

❷⓿❺　一株草

柔和的月光洒满了幽静的小院
抬头不见一颗星星
天空只有一片云
我站在门前的李树下
仰望夜空
为什么如此的春夜
没有一颗星
在广袤的土地上
点缀着几个村庄
远望灯火阑珊
仿佛星星点灯
热爱故乡的心
仿佛深夜的一株草
在夜露下疯狂生长

❷⓿❻ 荷花开在西河堰

西河堰
一望无际的田野和湿地
鸟儿自由地栖息在黄河水畔
夏季的风吹来了十里荷香
盛开的荷花像炉中的火焰
八千亩湿地星空下
三千亩荷塘月色中
这里是塞北的江南
水稻在风中摇曳
鱼儿在水中嬉戏
这里有春草池塘的诗梦
这里有岳飞忠孝的精神
挂有岳字的酒旗
在烈烈的阳光下
在黄河岸边忘我地飘扬

❷⓿❼ 蒙古大营

马头琴飘荡在蒙古大营
悠扬的琴声是春天的声音
大雁滩的五月绿树成荫
蒙古包里正在烤全羊
土默川是酒的故乡歌的海洋
阴山脚下三千杏花
如遍野的红霞满天开放
敕勒川上到处都是肥胖的牛羊
纵马驰骋
草原在哪里
草原就在歌声里

献上祝福的哈达
端起手中的银碗
喝了它
马头琴飘荡在蒙古大营
悠扬的琴声是春天的声音

⑳ 带你一起去成都

带你一起去成都
成都的火锅烫
火锅的人气旺
带你一起逛逛春熙路
这里有钟水饺、赖汤圆、韩包子、龙抄手
带你一起走走人民南路
这里有参天的树木
春风和煦，阳光正好
让我们一起去旅行
且将新火试新茶
诗酒趁年华
带你一起去成都
走遍成都大街和小巷
享受那慵懒的时光
带你一起去看看
看那半壕春水一城花

⑳ 带着我的诗去远方

听说你要去远行
请你就带着我的诗去远方
去登高山去看大海

去观草原去踏沙漠

有诗才有远方

有梦才有希望

人生就应扬帆启航

旅途有寂寞有欣喜

打开一本书品一杯茶

带着我的诗去远方

手机握在手，浅笑且徐行

明月照翠微，清风送远程

天涯浩渺处，唯见一心人

⑳ 让我们一起去土右旗

让我们一起去土右旗

土右旗的春天很美丽

大雁滩的杏花开的正红

阴山宛如一条长龙

九峰山里草木深

让我们去萨拉齐的小镇走一走

听一听老人们的讲述

再去博物馆里看一看

让我们一起去土右旗

莜面窝窝、荞面饸饹真不赖

吃吃排骨焖面和稍麦

听一听山曲品一品萨白

主人的热情与豪情挥写在酒杯中

让我们一起去土右旗

去荣鑫茶楼品品春天的茶

杏花正美，茶香正浓

去汇园商场看看服装

青春正靓丽，身材很魔鬼

去夜色的俱乐部唱首歌——
《父亲的草原母亲的河》
让我们一起去土右旗
山寂寂，水殇殇
纵横奔突显锋芒

㉑ 春天里的冬天

雪在下午而降
寒风从北而来
穿过了青苗穿过了烟柳
冬天在春天里来临
夹岸桃花开的正艳
正值清明时节
大雪纷纷
雪亲吻着桃花
难道是冬天爱上了春天
给她送来了洁白的婚纱

㉒ 草恋上花

叶下都是晶莹的泪珠
草恋上了花
显得如此的卑微
而花是那么的活色生香

㉓ 梦中的乌拉盖（散文诗）

再不去，草原也老了，草都黄了！再不去，
你也老了，头发都白了。

一

天边的草原乌拉盖，梦中的情人，秋雨如烟中来看你。

傍晚时分，草原上空阴云朵朵，站在路边远望草原，草原有秀美的草，灵动的鸟，还有紫色的花。初秋的草略显发黄，但是丘山还是碧绿的。这里气温比市区低好多，风也大。站在草原上感觉苍凉而孤独，草原望不到边大得没有边际。

不一会儿就下起了雨，雨中的草原更加迷人，烟雨迷蒙。吃着手把肉，喝着草原酒，在白色的蒙古包听着淅淅沥沥的雨声。七月的乌拉盖草原，匆匆一瞥，美爆了。雨后的深夜草原上点燃了篝火，人们载歌载舞。我的草原我的马我想咋耍就咋耍。深邃幽深的夜空，火红噼啪的篝火，醇酽的酒香肉香，悠远深长的马头琴曲，高亢辽阔的歌声，载歌载舞的人群，激情狂欢的沸腾的草原之夜。

夜里睡得很香，虽然没有星光，但夜里梦中睡了草原！

二

早晨的乌拉盖草原宁静而秀美，有云而没有雾，能看到更远处，远处草地的边际与天相连，露水中的草等待早晨的阳光，每株草和每朵花都能与人交谈。这里空气清新带着浓浓的草与花香的泥合的味道，第一次住在大草原的蒙古包里，从毡房里就可以看到草原的天空，有大朵的云飘来，随时就下起了雨，雨多草肥。草原上气温比较低，风大，穿的少了都感觉冷。牛与马悠闲地吃着草，没有看到羊。坐在草地上和草原有次亲密的接触，我们是草原的情人，草原是我们的爱，爱着芬芳，爱着辽阔，爱着这里独一无二的一切。

三

风中的草原在清晨唱着秋天的歌，草与天在对唱，包与马对唱。壮美阔大的草原上空飞过不知名的鸟儿，带着我的视线飞远。我没看到乌拉盖草原上的芍药花，因为过了初夏。初秋看见的是蓝色的紫菊和白色的叫不出名字的花。草原是有温度的，早中晚各呈不同的颜色。草原是有感情的，用最大的热情迎接着不同的来客。草原是有胸怀的，包容着每个人优缺点。草原是有诗意的，抒写着无尽的优美诗篇。草原是会唱歌，不同季节唱着不同的歌。我与草原的约定就是我为她写一首浪漫而灿烂的诗，刻在草原的天空上。

四

草原上有一条明亮的小河流过，她就是霍林河，河面飞翔着一种类似鸥的鸟，河水在秋风吹拂下波浪起伏。河中有几片不规则而狭长的草地。河边是许多黄白相间、黑白相间的牛。仿佛草原上绽放的别样的花朵。燕子在草原上低飞，麻雀上下翻飞，翅膀剪着灰蒙蒙的天空。河对岸的绿色大草丘连绵起伏。这个河好像拍摄《狼图腾》里冻死马的冰河。对草原的爱如草原上的一丛丛盛开的野花，清香扑鼻。也如小河一样流淌在血液中。东边日出，西边下雨，车驶出不远，就下起了雨。情深深雨蒙蒙，秋雨在草原上散落，忽然感觉那就是洒落在草原上的诗句。

五

草原碧绿，远处青山可见，羊群星罗棋布，在草原深处有通往天堂的路。诗人们把诗句写在纸张上，而牛羊们把诗句写在了草原上。

六

再见草原，念你千千遍。再见乌拉盖，乌云遮日的天。再见神奇的可汗山，秀美的布林泉，我把草原的白云别在胸前。再见了静静地白桦林，蓝色的九曲河，再见东乌珠穆沁旗，明年七月再来看你。乌拉盖草原，梦绕魂牵。

214 尘埃落定

一天，当你老了

我也老了

我们心淡如菊心素如简

不再山盟海誓

不再打架互殴

我只是你的一根拐杖

你只是我的一个轮椅

我们互相搀扶

看看晚霞欣赏一下夕阳

责怪一下不利索的腿脚

吹虚一下曾经健壮的体魄

说说岁月的无情

谈谈时光的混蛋

笑一笑别人的无耻

叹一叹自己的无奈

虽然满地找牙

虽然光明顶上无发

吃了能消化

上床能睡着

睡着能醒来就是幸福

什么死生契阔与子成说

什么执子之手与子偕老

这都是年轻时的谎言

什么认真的年轻

什么优雅的老去

都是自欺欺人的想法

现在我什么都不想说

一天，当我老了

你也老了

我们就这样顺其自然

静等上帝伸来的双手

带我们去往未知的天堂

那儿或许不寂寞

许多朋友正欢坐在那儿迎接我们

像等待两只归途的小鸟

我们告别这繁华的世界

在另一个世界另一个空间

在荒芜的时光里

尘埃落定

㉕ 你是迎春的花
——致赴往支援武汉的全体医务人员

当你踏出家门的时候

你亲了一下她的脸

抚摸着她的头

你向女儿保证一定安全归来

当知道疫区急需医生时

你义无返顾地递上申请

你也是上有老下有小的普通人

老人需要你照顾

孩子需要你呵护

但祖国需要你时你挺身而出

你说

我不是英雄

我也不是天使

我就是一名普通的医生

国家有难匹夫有责

除夕的夜晚当人们阖家团圆时

你出征了

没有胆怯

在坚毅的目光下

有一颗负重前行的心

愿你凯旋而归

愿你笑容可掬

英雄是什么

英雄不就是

在困难面前不退缩

在职责面前赴汤蹈火

在战争面前冲锋陷阵吗

你说你不是英雄

我说你就是英雄

你是天使

你是医生

你是迎春的花

你是希望的星

你是光明的景

〔2020.1.31〕

216　待到山花烂漫时

所有的付出

人民都会记得你

所有的努力

都会留下光辉的一页

所有的辛苦

都会在未来的日子里闪闪发光

你逆行而上的身影

将被定格为最美的画面

全身防护的你

承载着千万人急切的瞩目

世间一切的美源于对生命的热爱

你带给人们生的力量

和活着的希望

待到春暖花开时我们再相偎

待到山花烂漫时我们再相依

待到病毒消灭时我们再相伴

待到重逢时我让你吻我千千遍不许再分离

㉗ 山水有相逢，望君多珍重

一个城市病了
像一棵大树静卧在森林中
啄木鸟一样的你们
飞向远方投入战斗
你照顾好病人的同时也要照顾好自己
看着每天增加的病例
真让人揪心
中南海里传出"生命重于泰山"的指令
在新年的春风里
我凝视远处的山峦叠嶂
想到那句：万里长城永不倒
美丽的霞光终将会重现这座城市
黄鹤楼中吹玉笛，江城五月落梅花
相信吧
青山不改，绿水长流
山水有相逢，望君多珍重

㉘ 武汉，我们在一起

小时候读古诗
"我住长江头
君住长江尾
日日思君不见君
共饮长江水"
我就寻思着长江的头在哪里？
长江的尾在哪里？
后来不仅知道了长江的头和长江的尾，
还知道了武汉位于长江中游
再后来

又因为崔颢的诗
"晴川历历汉阳树
芳草萋萋鹦鹉洲"
而去了解武汉
今天因为一种新的病毒
我又一次把目光投向了武汉
武汉有难，八方支援
巍巍冠楚，煌煌吾浠
尊凤尚赤、崇火拜日
武汉挺住，武汉加油
武汉，一个激情的城市
众志成城，抗击疫情
武汉，一个古老的城市
万众一心，爱我中华
武汉，我们在一起
凤凰涅槃，浴火重生

⑲ 等你回来

清晨醒来时
我想知道你昨晚睡得如何
整个上午我关注着手机上的新闻
中午我想问问你午饭吃的是什么
下午我又不时地想你是否累了
夜晚来临想和你视频聊聊天
想看看你今天是否平安
真的好想你
夜里又梦到了你
想你回来拥抱我
哪怕你什么家务也不干
我也愿意为你做你喜欢的菜

马上要立春了
春天来了
不要忘记我们的约定
等你回家
春天来了
燕子北归
北京街头海棠花开
等你回来

⑳ 你就是我心中那颗璀璨的星

心中有千万个不舍
我也会在你的身后默默支持你
心中有多大的恐惧
我也不会把你留在身边
你回首的刹那
我分明看到了你明亮的双眼
还有眼中的坚毅
挥手告别
千言万语化为一句话
等你归来
不论前方是悬崖还是绝壁
你依然义无反顾
勇往直前
真的勇士敢于直面现实的残酷和无情的挑战
真的勇士敢于直面生死的考验和无数的磨难
车消失在无边的黑夜
你明亮在无际的天空
天空因你而美丽
世界因你而精彩
你就是我心中
那颗璀璨的星

㉑ 等你白衣归来，等你一起看陌上花开

山花未开之季
病毒肆虐之时
我把祝福的话捎给你
愿你平安愿你胜利归来
黑暗终会过去
光明终会落地
在这样的春天里
大地开始萌动
冰雪开始消融
不安的心有了抚慰
惊恐锁住了脚步
居家的日子里静静地想想
雾霾遮不住心中的光明
高山挡不住太阳的灿烂
等你白衣归来
等你一起看陌上花开

㉒ 别告诉我妈

在灾难面前
有的人选择了逃避
有的人选择了放弃
有的人被吓倒
有的人去拯救
你选择了冲锋
不计报酬无论生死
你也是爹娘生的血肉之躯
却把自己的身体筑成钢铁长城
成了赴往前线的白衣战士
那一夜，临别时你轻声地说别告诉我妈

那一天，寒风凛冽你来不及享受春节的团圆
疾风知劲草，板荡识诚臣
你敞亮了自己的心扉
心与祖国同在
你用你的方式
在祖国的大地上留下浓墨重彩的一笔
财富是什么
健康是什么
生命的意义是什么
只争朝夕，不负韶华
此刻你用实际行动告诉了我
人民的生命大于一切
一道门，你我就是两个世界
盈盈一水间，脉脉不得语
一道门，你在里面我在外面
苟利国家生死以，岂因祸福避趋之
今天
你做了一个纯粹的人
一个高尚的人
一个赴往前线的人

223 春雪

立春后的又一场雪
比以往来的更猛烈些
覆盖了大街小巷的路面
屋顶、树梢随处可见
抬头仰望青色的天
二月飞雪这是不平凡的一年
推窗观赏春雪
希望大雪覆盖住所有的病毒和抑郁的心情
我瞭望远处的巍巍青山

雷神山、火神山、钟南山
三山屹立 青松不倒
没有过不去的火焰山
没有淌不过的流沙河
南湘雅，北协和
东齐鲁，西华西
精英团队都出征了
两万名最精锐医护全上阵
年轻漂亮的姑娘剪掉了长发
疫情不减，头发不留
岂曰无衣，与子同袍
王于兴师，修我戈矛
待你归来，梦里朝阳浅笑
待你归来，燕子还未还巢
待你归来，桃花依旧妖娆
等到明月轻吻蒹葭
我们在长江上空看醉烟花
等到白露为霜
我们去古琴台上共品茶
昨夜下雪了
我们心系武汉
我们都是中国人
我们都是龙的传人

224 疫情下的情人节

我愿做你春天里的一朵花
开放在你幽静的山谷中
可是在这病毒肆虐的季节
我只能隔空与你相望
你在雪地里写下：
天光乍破遇，暮雪白头老

我凝视着天空中你美丽的容颜

仿佛一朵飘过的洁白调皮的云

疫情下的情人节

送你鲜花不如送你口罩

你喜欢做我的肉夹膜

我喜欢做你的汉堡包

疫情下的情人节

只待寒风过

与你赴山河

静待花开处

甜美唤阿哥

㉕ 天边草原

我骑着马静静地走过天边山谷间碧绿的草野

翠雀草、三色堇和天堂鸟在自由的开放

宁静在遥远处摇曳

阳光追逐着一株奔跑的草

蜂蝶嬉戏着一抹跳动的绿色

草尖上闪耀着舞蹈的灵魂

我与世界的距离是星光与星光的距离

我与天宇的对话是草与花的耳语

我与马的合作是腾格里对草原的抚爱

㉖ 写给岁月的情歌

在温柔的岁月里

做一朵静静开放的花

在岁月的河流里

流淌着我炙热的温度

岁月爱我
我也爱岁月
岁月无情
我也爱岁月
岁月不待我
我也未曾辜负岁月

227 草原高铁

新年来临
我坐上了开往草原的高铁
三个小时
就开到家门口
看着窗外的塞外光
想想家里的热炕头
香喷喷两米饭和热腾腾的炖羊肉
草原高铁
经过了张家口
经过了怀安
经过了乌兰察布
过了呼和浩特
我看到了大青山的身影
还有家乡屋顶的炊烟
北风拂过白茫茫的大地
湛蓝的天空下
一列草原高铁驶向春天

旧体诗

❶ 清江引·清明日出游

问京郊往何处好？
雁栖湖边道。
花香草茵茵，
绿波虹鳟跳。
佳人痴笑春醉倒？

❷ 江城子·春雨忆邂逅

一城南北人海茫，邂逅慌，何曾忘。
十里春风，细雨晨微凉。纵使相交未相恋，
难少念，自牵肠。
昨夜西风雨乒乓，桃花殇，绿成行。
微信群里，情诗寄何方？又是锣鼓南巷处，
景依旧，忆成伤。

〔2016.4.5〕

❸ 菩萨蛮·宴芙蓉

风暖日丽午憩后，
咖啡香浓春心透。
梨花窗外开，
红颜踏雪来。
倩影桃花面，
何若初相见。
帐暖宴芙蓉，
你侬我亦侬。

174

❹ 蝶恋花·中年

东篱菊艳秋正皎，故人西来，明月窗前照。把
酒凭栏春去处，功名尚记成一笑。

岁月凭谁无可少，何苦空悲，昨日时光好。人
道是中年正妙，诗书相伴桃园老。

❺ 踏莎行·杏花春雨

杏花春雨，潺潺溪水，绿瘦红肥鱼文起。画眉
深浅知为谁，春风不解佳人意。

明月清风，长空如碧，依依垂柳情何寄。凤凰
有爱白头时，比翼双飞三千里。

❻ 清平乐·过年

云低树高，雪压凄凄草。农舍檐头炊烟袅，鸡
鸣又催年老。

炖肉老媪加料，关鸡老翁轻叫。最是小儿无
聊，牛粪中间插炮。

❼ 渔家傲

海棠花红蜂戏蕊，双燕斜风细雨里，
柳笛声脆青烟起，蝶影媚，真情何若春江水。
人生岁月能有几？耗尽白首留无计。遥寄山村
杏花语，春光醉，夜阑人静无心睡。

❽ 汉宫春·归乡情

正立春时，故园重又见，料峭天寒。慈严惦念，且归再问亲安。家乡朗月，照儿时、日日同餐。常起忆，当年老父，谁敌斗酒成酣。

悄问半生伤苦，案牍劳又重，悔错团圆。尝归故里，又逢旧灶炊烟。谁知孝道，问何人、善解连环？人间痛、由来常是，子欲孝亲不还。

❾ 清平乐·年年新春

年年岁岁，相聚拼一醉。鬓染寒霜霜成泪，忆起往昔无愧。

磴口今年上佳，高跷秧歌升华。翩跹舞嫣然笑，老妪头戴梅花。

❿ 江城子·戊戌年除夕午梦记

土默川上雪初晴，北风轻，晚霞明。三五少女，走来笑盈盈。阴山脚下双白鹿，似有意，慕娉婷。

大雁滩边拨玉筝，述深情，遣谁听。

梅意春香，此地现神灵。山花烂漫寻问取，鹿不见，九峰青。

⓫ 西江月·白塔寺

后海船上垂钓，白塔月下听蝉。老柳墙外话当年。车来车往花艳。

几个小虫唱戏，两三王八望天。世事如梦飘紫烟。武陵桃源谁见？

⑫ 水调歌头·戊戌中秋寄怀

桂树送香郁，蝉晚颂中秋。举觞称庆，佳期如梦解千愁。戊戌繁华盛世，挚友西来酤酽，高步望神州。娇客情何寄，明月满高楼。

听戏水，平成皱，弄清悠。清风拂袖，诗情良宵难久留。今夜清樽对客，明日挥手天际，来去有何忧。灿烂秋光处，月涌大江流。

⑬ 满江红·亥猪新春

岁月如梭，今又是，人间佳庆。见村舍，春联横纵，窗明如镜。水秀山青民乐有，风和日丽人欢幸。省亲人，笑意上蛾眉，红包奉。

年夜饭，行酒令。天伦乐，交相敬。人生何在世，诚当为重。算我平生肝胆义，胸襟谁与豪侠性。春风动，何处觅知音？新词颂！

⑭ 钗头凤·红酥手

红酥手，高粱酒，儿童医院墙外柳。北风寒，相聚难。嘉宾远来，相见成欢。酣，酣，酣。

人依旧，情怕瘦。万里长空晴碧透。秋斑斓，夜阑珊。小炉数盏，佳酿一坛。干，干，干。

⑮　贺新郎·为高智强刘博宇新婚填词

瑞气笼清晓。好风光、百鸟朝凤，百花齐放。
无限美好离蓬岛。快驾宝马初到。见拥个、仙
女窈窕。白色婚纱风缥缈。望娇姿、一似垂杨
袅。天上有，世间少。
新郎正是年轻少。道人生、良缘天赐，最好才
貌。玉树花容相映耀。喜事安排忒好。有多少、
佳人欢笑。直待来年儿生了。子如牛、大地连
芳草，同白头，共偕老。

⑯　温都水城

水城夜色秀，
温都月正白。
但闻幽兰静，
不见故人来。

⑰　雪

三月春风劲，
大雪万里来。
青天白毛落，
犹似梨花开。

⑱　送友人

站前再挥手，
牵手叙难够。
胡同旧时景，
依依惜别柳。

⑲　潭柘寺赏月

潭柘寺外悠扬里，
帝王树下黑白棋。
碧色寒潭映明月，
芬芳满院杜鹃啼。

⑳　桃子黄时

桃子黄时处，
树下几多蹊。
犹记青涩里，
多情谁可依。

㉑　秋思

玲珑秋水夜来霜，
正是京城银杏黄。
万寿寺中春秋树，
犹望明月思故乡。

㉒　和心士日月

溪边柳沟村，
山郭酒旗风。
离骚曲未罢，
豆腐宴宾朋。

㉓ 西贝打油诗三首

（一）

天阴日晚墨云垂，
打的远奔三元西。
大雨将至无所谓，
西贝有人笑微微。

（二）

郭燕宴请西贝村，
老乡相聚十几人。
茅台酒香随声溢，
笑语盈盈面如春。

（三）

今夜北京雨倾城，
邀来老乡共月明。
未及举杯人先醉，
犹到故乡已忘情。

㉔ 秋饮

桂花清香蟹肉肥，
月光如酒夜似杯。
愿把人生拼一醉，
梧桐叶落不思归。
（与友人饮酒品蟹赋诗一首。）

㉕ 听古筝《沧海一声笑》

江湖儿女几多娇，
风雨情长路迢迢。
笑问长河东付水，
何惧人生夕晚照。

㉖ 秋声

携手什刹穿秋风，
夕阳半落钓鱼翁。
船下一溪流水碧，
晚秋千树落花红。

（傍晚时分秋风起，寒意阵阵，与友人观什刹海，见海边垂钓者数人，此时天空新月如眉。）

㉗ 夜班遐思

枫香夜月听啼乌，
霜冷明晨过雁鹄。
遥想苏秦锥刺股，
羡慕左思赋三都。

（秋风瑟瑟，夜班推窗而望，睡意顿失，想起战国时苏秦游说秦国不成功，于是读书至深夜，欲睡时则以尖锤自刺其股血流至足，以使自己保持清醒，继续专心读书，后来苏秦为六国之相。晋朝左思作《三都赋》，十年乃成，人人争相传写，洛阳为此纸贵。）

㉘ 西海望月

云隐新月面含羞，
风舞黄叶见浓秋。
暮垂残荷蝶无恋，
谁吻岸上惊鱼钩。

（晚秋时节北京的西海边杨柳黄绿相间，秋叶在空中轻舞飞扬。傍晚时分天气渐凉，水边仍有垂钓者，恋人们在海边激情相吻，忘我投入。鱼迟迟不能上钩，可能恋人们的亲密打破了垂钓者内心的一片宁静，也可能吻声惊吓了

水里的游鱼。秋风渐起，秋景怡人，一弯新月
含羞地躲进了云层。）

㉙ 卢沟桥头遐思一首

宛平城下黄叶飞，
卢沟晓月映光辉。
烽火江花何烂漫，
红旗漫卷西风吹。

㉚ 相聚西贝

（一）
举杯畅饮坐窑洞，
鸿雁乡音意相通。
三元桥照千江月，
京城晚霞隐半红。
（二）
安达围坐烤羊炉，
美女持盘来者呼。
春风满面迎来客，
西贝风情万里图。
安达：蒙语中的意思是好兄弟。

㉛ 与发小手扒羊肉喝烧酒

发小都不赖，相处几无猜。
平时全在外，过年才回来。
新帽头上戴，礼品也要买。
四十才想开，转眼鬓染白。

吃肉也夹菜，畅饮敞胸怀。
喝醉也不怪，车锁不能开。
开心安全在，家人屋里待。
故乡情意在，明年再回来。

㉜ 高楼畅饮赋得一首

三月不见烟花愁，
春水门前空自流。
青梅煮酒高楼赋，
满眼风光望神州。

㉝ 我有一壶酒

我有一壶酒，
足以慰风尘。
金风见玉露，
刹那一夜春。
月涌蛙声动，
晨静鸟语闻。
醉倒花丛处，
悠悠学白云。

㉞ 四月相约洛阳看牡丹

我有一壶酒，足以慰风尘。
携得鱼鱼手，看尽洛阳春。
牡丹花下饮，酒醉风流君。
陌上寒烟翠，梦里侠客身。

㉟ 春暖花开

白头犹可邂佳人，
春暖花开又逢君。
茫茫人海情思在，
拨开云雾望昆仑。

㊱ 春

谁家茶新绿，江边十一洲。
伊人眉新月，田中呼水牛。
饮下杏花酒，诗人显风流。
相约黄昏后，眼望柳梢头。

㊲ 春归寄语

夜半新月沉，三更猫叫春。
天涯闻柳笛，诗杀白衣人。
大酒醉青松，白首望暮云。
人生天地间，悠悠过客君。

㊳ 唐廊对饮赋得一首

平安大街晚霞红，
护国寺边唐廊风。
桂酒何胜佳人俏，
似水年华一碧空。

㊴　南锣鼓巷

南锣鼓巷三月间，
飞花烟柳满街天。
云卷云舒牵手过，
曾尝烤鱼地铁边。

㊵　北海北路经什刹海忆旧

杏花春雨一树低，
旧时月色满碧溪。
留恋后海吧间酒，
那晚夜莺恰恰啼。

❹ 晨起步行至古楼地铁

二环路边柳色新，
行路匆匆朝阳心。
春潮地铁晚来急，
护城河水通古今。

❷ 雾霾化去晴天感怀

人间四月看牡丹，
山花欲燃满青山。
老树望尽天涯路，
雨露春风过五关。

❸ 村居

窗外雨静梦落花，
老来无事始还家。
人生几回伤往事，
村头老树发新芽。

❹ 春景行

柳绿桃红又一年，
草长莺飞放纸鸢。
忽闻村头驴声叫，
别有田园在心间。

〔2016.3.24〕

㊺ 探春

园中杏花枝头绽，
玉兰争艳竞先开。
诗意春情无觅处，
不知转入此中来。

㊻ 午睡起来打酱油

午后小酌懒下楼，
大院春光一湖愁。
欲折柳枝寄闲意，
诗情涌上骚客头。

㊼ 傍晚路经农家小院

山幽竹静两三家，
小溪潺潺流杏花。
沽酒老翁归何处，
远树隐隐日西斜。

㊽ 春情

花明柳暗雾锁晓，
风雨潇湘赴前朝。
人生花开又花落，
寻她众里千百遭。

㊾ 晨起

晨起宴日煮新茶，
鸟语花香好人家。
但见书中春一抹，
诗情胜于二月花。

㊿ 春别

芳草萋萋碧连天，
相思原在红豆间。
不见神雕侠侣在，
清风明月话柳烟。

51 迎春

水暖鸭知碧阶平，
鱼跃龙门春草生。
比海广宽是天空，
何处家乡无月明。

52 清晨古楼桥西等44路

玉树临风花开处，
护城河畔生晓雾。
休负如来休负卿，
落月摇情半江树。

(53) 柳荫公园观景

春和景明燕双飞，
鸳鸯戏水柳依依。
青云不知承何诺，
绿萝拂过红绣衣。

(54) 柳荫湖公园闲来散步寻春

留连戏蝶月徘徊，
观景应登碧阶台。
推门散步寻花去，
年年岁岁有春来。

(55) 离别

蒙蒙烟雨愁思飞，
别离燕子何时归。
无情最是江边柳，
依旧春风弄春晖。

(56) 梦云南

悠悠白云洱海风，
苍山巅上白头翁。
滢滢丽江生艳遇，
将谓骚客多情中。

⑤⑦　闲心看事

悠悠我心无愁事，
自在江水一钓船。
不求收鱼能几尾，
闲看人间瞎扯闲。

⑤⑧　望桃园

半壶小酒柴门东，
桃花树下一放翁。
梦忆武陵人何在，
夕阳西下鸟披红。

⑤⑨　清明节

清明雨后杏花红，
家祭不忘告乃翁。
儿孙自有儿孙福，
含笑九泉遇春风。

⑥⓪　挥手道别

春江明月照千愁，
雾里箫声锁秦楼。
万古爱恨多少事，
白浪滔天江水流。

(61) 北二环海棠花红

莽莽京华昨夜风，
花溪十里春意浓。
清明不知何处去，
北二环边海棠红。

(62) 牡丹园铁锅一居

铁锅焖面此门中，
小酒半斤脸映红。
尝遍天下菜系后，
合口最是家乡风。

(63) 青年湖公园散步

柳映碧波水泛纹，
湖畔桃花笑迎君。
人生年华不轻度，
林荫道上看红尘。

(64) 荠菜花

相思在天涯，
夕阳又西斜。
感时花溅泪，
手捧荠菜花。

(65) 清明即事

世间何事不尘埃，
功名利禄在身外。
梨花风起寒食过，
谁家子孙富万代。

(66) 北海公园

清明时节杨柳风，
梨花落泪听流莺。
把酒临风宠辱忘，
北海公园柳青青。

(67) 清明小长假

四月桃花怒，灼灼开夭然。
影落红映碧，游人忘愁眠。
清明泪怀故，思念无余年。
插柳踏青处，岸系钓鱼船。

(68) 塞外与江南

男儿本色血性高，
塞外茫茫射大雕。
雄鹰翱翔心还少，
骏马驰骋人未老。
江南暮春芳菲尽，
西湖晨夏鸟语早。
谁来约我苏堤处，
月夜教我去吹箫。

(69) 画眉

隐居蠡山笑红尘，
浅绿鹅黄郊外村。
愿为画眉啼自在，
不做世间富贵人。

（春秋时期，吴国灭亡后，范蠡和西施为了避免被越王勾践杀害，化名隐居于德清县的蠡山下一座石桥附近。每天清晨和傍晚，爱美的西施都要到附近的一座石桥上，以水当镜，照镜画眉，把两条眉毛画得弯弯的，格外好看。一天，有一群黄褐色的小鸟飞过石桥，来到她身边不停地“呖呖”地欢唱着。它们见西施在画眉，越画越好看，于是便互相用尖喙画对方的眉毛。不多时，它们居然也“画”出眉来了。范蠡见西施画眉时总有一群小鸟在陪伴着她，好生奇怪，便问西施：“这群小鸟，似乎和你结下了不解之缘，不知叫什么鸟？长得这样好看，叫得这样好听！”西施笑答：“你没有看见吗？我画眉，它们也画眉，它们都有一双美丽的白眉，就像用粉笔画上去似的。不管是什么鸟，我们就叫它‘画眉’吧！”由于西施这样称呼这种小鸟，于是，“画眉”这个美称就自此世代相传，并一直沿用至今。）

(70) 北土城河畔赏海棠

千年古墙海棠红，
护城河畔落雨风。
当年铁马随金帐，
多少英雄射雕中。

(71) 北土城河畔观海棠花

千里莺啼响古城，
彩霞投影碧溪中。
漫步云端品茶去，
一树海棠落晚风。

(72) 海棠

一朵二朵三四朵，
五六七八九十朵。
千朵万朵压枝低，
清风吹过起红波。

(73) 佛

一花一叶一菩提，
一尊菩萨一面旗。
一山一水一佛塔，
一季寒风一剪梅。

(74) 孤

一星一月一条狗，
一翁独坐一杯酒。
一生一世一场戏，
一马追梦一镜秋。

(75) 木棉花

木棉红云枝，
南国曾赋诗。
军校多少事，
落雨起相思。

(76) 蒸花卷

柔风过柳家燕归，
田间地头绿微微。
巧妇扶笼蒸花卷，
儿童弹雀惊鸟飞。

(77) 钓鱼记

春水才深黄莺飞，
开河正是鱼儿肥。
闲暇昌平垂钓去，
载得暖意盎然归。

(78) 西窗话雨

儿女情长雨霖霖，
西窗话雨共沾巾。
相逢不饮空归去，
路边桃花也笑人。

(79) 读李白

我愿与白梦天姥，
我欲与之登峨眉。
长安羞花水荡荡，
大唐闭月山巍巍。
酒量洪深谪仙人，
诗才俊逸惊鬼魅。
自古诗人多失意，
才情空付寄春归。

(80) 四月十九日闻友人归

春风帘幕燕双双，
扶疏绿竹正盈窗。
谷雨不见友人转，
云帆已是过三江。

(81) 诗成

晨曦莺并语，
微露燕双飞。
浩然驴入梦，
笔下生芙蕖。

(82) 山居图

疏慵乐山居，
不觉已桑榆。
溪边捞鱼去，
诗情醉酒壶。
笑看绿油油，
爱做一耕夫。
从小喜犁锄，
不做蔺相如。

(83) 思念

月思千里外，
泪流一梦中。
雨燕低飞日，
花落向晚风。

(84) 十里桃花

十里桃花带露浓
过午游赏忘听钟
峰回路转君不见
原是红颜坐青松

(85) 望月兴叹

衰柳老去奈秋寒，
月挂星际缺又圆。
登高长叹天地远，
大江茫茫何不还？

(86) 游千岛湖

潮生碧水三万顷，
画图难足负丹青。
凌波仙子今安在，
唯见湖映一天星。
（2013年6月作于浙江千岛湖。）

(87) 稍麦

内蒙小吃传京城，
清风万里送芙蓉。
莫问今朝花开处，
安外稍麦味正浓。

(88) 大院槐花开

五月黄寺槐花开，
晴天霹雳祥云来。
人间仙境芳香处，
天堂花落春城白。

(89) 早起排队买农场送来的新鲜蔬菜

师傅摆菜赶朝阳，
早起家妇忘梳妆。
谁家不吃绿叶菜？
正当橘绿与橙黄。

(90) 草莓

梦中红宝石，
月下生光辉。
神丹仙人赐，
霓裳腾云归。

(91) 摘野菜

春来湖如月，
田野生菜花。
最爱乡雨味，
摘满背回家。

92 春来喜雨

昨夜风来月掩门，
春花欲燃山为盆。
偷来马良三色笔，
借得唐诗一缕魂。
一犁膏雨苗更绿，
喜盼秋收无泪痕。
倦倚禾锄话桑麻，
未觉日落已黄昏。

93 三角梅

小家碧玉女，
厅堂一枝梅。
何处闻柳笛？
红花送春归。

94 忆当年

羊城梅雨送远行，
白云山绿空复情。
他年江湖若相见，
酒杯重把唱华生。

95 赠母

孔丘孝传书，
献母松鹤图。
江河流不尽，
遗憾无有无。

〔2016.5.6〕

(96) 提灯女神颂

五月雨开豆蔻花，
巧剪兰心在谁家？
深夜不眠听睡鹤，
节假无休护病娃。
黄鹂鸣翠胜金凤，
香薷沾袖绝喧哗。
孟训文公谈性善，
桂魄流光浸碧纱。

〔2016.5.13〕

(97) 百泉山

（一）

百泉水绕青山流，
青山不老龙颜愁。
我欲揽秀乘风上，
突闻山深映啼鸠。

〔2016.5.23〕

（二）

百泉仙子舞三秋
神龟望月水幽幽
猕猴谷中采猕猴
碧水渔夫晚垂钓

〔2016.5.23〕

（三）

万里青山碧水流，
青春人泛木兰舟。
莫问飞云何年落？
此处江南望白头。

（飞云即飞云瀑，瀑布高45米，瀑流由断壁悬
崖而下，枯水时瀑面宽1米，雨季时瀑面宽8
米，冬季瀑体形成宽5米、厚1米的冰柱，白中
透蓝。）

〔2016.5.23〕

⑱ 今日雨后彩虹又现观景叹吟

神女有泪去匆匆，
留下彩带明镜中。
若非珠泪拥怀入。
安能文鹓逗玉龙。

〔2016.5.26〕

⑲ 午后望园而感

驻笔望窗外，风吹绿柳前。
湖边生葭苇，飞鸟夕暮还。
流水如有意，落星满春山。
白云无情去，情深悲画扇。

〔2016.5.28〕

⑩ 中秋

蝴蝶迷梦幻庄周，
万里秋阳一叶舟。
共婵娟，一桂树，
故乡虽远不需愁。

〔2016.9.9〕

⑩ 秋

雝雝雁鸣冷三江
旭日始旦照书窗
又是一年秋风劲
羊肥马壮大野荒

（雝，读yōng，鸟和鸣声。）

⑩ 中秋夜

今夜月从故乡来，
京城草上露清白。
年年岁岁抬望月，
岁岁年年有情怀。

〔2016.9.15〕

⑩ 过年

朔风吹冰河，雪落满树寒。
慈母念游子，思亲把家还。
故人相聚欢，喜笑飘云端。
梅花报春到，暗香祝平安。

〔2016.12.28〕

⑩ 雪

室内春花发，
窗外落梨花。
又将佳节至，
香飘到谁家。

〔2017.1.16〕

⑩ 春节

北风送雨冬日寒，
梅花香映汾酒坛。
送走金猴雄鸡至，
爆竹声中祝平安。

〔2017.1.26〕

⑩ 鸡年春节

鸡年磴口村，
蜡梅早争春。
阖家团聚日，
花径起香尘。
我举一壶酒，
笑问谁是神。
倾尽江海意，
金樽报母恩。

〔2017.1.27〕

⑩ 酉鸡年磴口除夕有感

老少喜笑换新衣，
盘飧盛满鲈鱼肥。
祝福红包辞旧岁，
雄鸡未唱饮新醅。

〔2017.1.27〕

⑩ 大雁滩观冰雕

大雁滩上青风白，
阴山山麓桃花开。
鸿雁不知何处去，
唯见冰鸡展翅来。

〔2017.1.28〕

⑩ 酉鸡年初一

昨夜烟花映夜空，
晨钟声声撞东风。
最美人间二月天，
新春日暖满园红。

〔2017.1.28〕

⑩ 土默川

鸺鹠青山鸣雪野，
鹖鹰揽月衔九天。
金驼谁家树下系，
敕勒杨柳几残烟。

（鸺鹠，读qú liú，鸟名，猫头鹰的一种。）

〔2017.1.29〕

⑪ 敕勒川

雍雍雁鸣闻晨钟，
阴山脚下敕勒城。
黄河冰封大风过，
塞外茫茫横九峰。

（酉鸡年初二。）

〔2017.1.29〕

⑫ 初中同学会

老屋燕子几时回，
芳草斜阳送春归。
谁知兄弟干杯处，
棠棣之情两依依。

（大年初三中午，萨拉齐花苑园北门金湘玉梅
花庭，初中同学聚会，赋诗一首。）

〔2017.1.30〕

⑬ 高中同学会

何处春夜月华圆，
敕勒川上有神仙。
水远烟微落蓝月，
同学情深一海天。

（大年初二晚上，萨拉齐诺宝二楼餐厅，高中
同学聚会赋诗一首。）

〔2017.1.30〕

⑭ 品茶

茶楼昨夜品红茶，
晓燕拍照忘回家。
又是一年春风到，
红桃映日一山霞。

（大年初六，兰警官土右设宴款待亲同学
与包头青山关雷召集的同学的聚会遥遥相
应，共同举杯畅饮，欢度酉鸡年新春。）

〔2017.2.3〕

⑮ 初六萨拉齐乡土情同学相聚

鸡年畅饮乡土情，
敕勒川上满天星。
三彩衣遮千里月，
刘伶醉酒写丹青。

〔2017.2.3〕

⑯ 土右大雁滩

（一）
大雁滩上立冰雕，
夕阳西下人未老。
七彩斑斓梦幻宫，
童话王国献瑰宝。

（二）
土默川上春雨肥，
老屋檐低燕子飞。
人生易老青山在，
敕勒川中子规啼。

〔2017.2.4〕

⑪ 响沙湾

金沙碧空踏雪行，
远望如海问月亭。
哪有舞剑神奇处，
漠漠黄丘挥青萍。

〔2018.2.8〕

⑱ 元宵节总政大院观烟花

繁华盛世不夜天，
元宵闹市灯如莲。
天空夜放花千树，
星雨万点落云烟。

〔2017.2.11〕

⑲ 无题诗

闲来无事静翻书，
你做良马我为驴。
生活苦逼尽算计，
不若河畔钓晨鱼。

〔2017.2.15〕

⑳ 情人节赋诗

如霜夜月一钩纤，
未到声已掀朱帘。
湛湛春波为君净，
余生为你画眉尖。

〔2017.2.14〕

㉑ 春

大江自东去，
清风出云潭。
况且鸿雁到，
山野花欲燃。

〔2017.3.4〕

㉒ 桃花

溪中春水长半蒿，
风戏两岸武陵桃。
碧海潮生玉箫按，
霞映花影水滔滔。

〔2017.3.8〕

㉓ 骑小黄上班有感

柳影摇曳花有香，
春阳含羞白日长。
昔时长队等公交，
而今遍地骑小黄。

（共享单车ofo为黄色，简称小黄。）

〔2017.3.9〕

㉔ 卢沟河畔

河面银光万丈青，
落日余晖瘦风亭。
又是卢沟早春日，
河畔绿草藏天星。

〔2017.3.10〕

❶❷❺ 春夜

北风吹星落，
天幕挂云帆。
今夜春几许，
草原马雕鞍。

〔2017.3.11〕

❶❷❻ 海棠依旧

莺啼春风满京城，
白云戏影清溪中。
漫天花雨轻飞下，
一树海棠落晚风。

〔2017.4.3〕

❶❷❼ 古北水镇

长城飞跃司马台，
山下水镇写青白。
携侣齐赏春光好，
塞外惊见乌镇来。

〔2017.4.4〕

❶❷❽ 京城早春

墙腰雪老塞外寒，
暗雨敲花紫荆盘。
独有皇城春来早，
椢柳苏晴正适观。

〔2017.4.8〕

⑫⑨ 春夜

门掩梨花暗香送，
小院春深一帘梦。
谁料花影又吹笙，
树巅栖月惊飞凤。

〔2017.4.10〕

⑬⓪ 春来踏青

青山多秀色，空水共氤氲。
碧风拂绿萝，李树争早春。
仙子飘衣袂，彩蝶舞新晨。
却喜花开日，轻罗踏翠茵。

〔2017.4.12〕

⑬① 人生

帆落潮回过九关，
抬眼高峰几座山。
莫问前程风光处，
云顶越过水潺潺。

〔2017.4.13〕

⑬② 斗志

茫茫天地云雾蒸，
北风吹绿万池冰。
休言岁老斗志减，
深藏若虚一鲲鹏。

〔2017.4.14〕

⑬ 周末午后

午后槐花沁梦凉，
敧枕闻得一树香。
几处园林春色里，
谁家檐燕也姓张。

〔2017.4.15〕

⑭ 人生如寄

苍茫暮色大河流，
老尽英雄倚古舟。
谁能浩歌千盅酒，
人生如寄树何忧。

〔2017.4.19〕

⑮ 暮春感怀

将烟困柳催雨微，
荠菜开花夏鸟飞。
却忆年少轻狂度，
老来无成肚子肥。

〔2017.4.28〕

⑯ 人定湖

水光潋滟碧波澜，
胜景脚下叹为观。
草丛星落无觅处，
花开几朵问母安。

〔2017.4.30〕

❿ 春绿秋黄

春绿秋黄染峰峦，
起起伏伏几清欢。
试问乾坤何如此，
青衫薄袖咋经寒。

〔2017.5.1〕

❿ 春光易逝

杨花落尽一池春，
子规啼鸣正愁人。
人生苦短须行乐，
抛弃浮名自轻身。

〔2017.5.1〕

❿ 沙尘天气随想

风起塞外柳絮飞，
漫天黄沙掩翠微。
无限春光无颜色，
何处蔷薇送芳菲。

〔2017.5.4〕

❿ 春风无赖

簪花女子欲减肥，
路边小黄无人骑。
最是一年花开处，
春风无赖撩裙衣。

〔2017.5.4〕

⑭ 大风来袭

水净天蓝见鸳鸯，
大风来袭云飞扬。
料峭岂可阻春色，
立夏醉来诗兴狂。

〔2017.5.5〕

⑭ 端午节

屈魂不在汨罗江，
处处人间粽飘香。
逸响伟辞向天问，
美人香草绿盈窗。

〔2017.5.30〕

⑭ 怀屈原

日月生金辉，千古照汨涛。
兰香应犹在，屈平赋离骚。
人生有情泪，天公呈颜老。
天马频振鬣，诗魂入云霄。

〔2017.5.30〕

⑭ 大院散步偶感

池塘近在浮荷香，
夏夜柳影织月光。
蛙鸣声声争高下，
白发销尽少年狂。

〔2017.6.28〕

⑭₅ 今晨雷雨

暗雨敲花洗京空
南方水涝北旱中
又将一年暑伏到
祈雨摇扇光背翁

〔2017.7.4〕

⑭₆ 为沈晓钰大姐包稍麦贺诗一首

夕阳半落苍鹭飞，
七夕沙河碧清溪。
周末遥想如何去？
沈氏稍麦羊肉肥。

〔2017.7.8〕

⑭₇ 中华美德颂

（张鹏飞 张贺凯）
人生在世想称意，自古美德孝为先。
孩子眼睛明为镜，尊老爱幼行在前。
家风何以传子女，父母相爱家团圆。
都说家和万事兴，从小孝义担在肩。

〔2017.7.10〕

⑭₈ 昨夜雷雨大作

飞龙惊游过青天，
黑云压城水跳莲。
列缺霹雳君不见，
冰雹若花落生烟。

〔2017.7.15〕

⑭⑨ 晨

清荷隔夜雨后开，
鸟鸣一片晨光来。
人道读书觅封侯，
我言冰心藏玉怀。

〔2017.7.21〕

⑮⓪ 吃货

肥胖心宽不知愁，
白露秋夜懒下楼。
突想佳肴和美味，
垂涎欲滴如馋猴。

〔2017.9.6〕

⑮① 中秋吟

今夜人团圆，犹记苏子言。
月涌黄河岸，光照敕勒川。
风起青萍末，吹过九峰山。
雅兴抬眼望，举杯邀玉蟾。
嫦娥不解意，舒袖悟新惮。
诗人皆已醉，小酌我无眠。
月来花弄影，笛声惊鸣蝉。
乡关何处是，天下共交欢。

〔2017.10.4〕

⓲ 丁酉仲秋望月感怀

今夜故乡月更圆，
明晨汽笛响京天。
唯问玉兔何再来，
自古游子思乡田。

〔2017.10.4〕

⓳ 故土中秋

阴山枣红秋不同，
敕勒川上月升空。
佳节思亲千里外，
乡土辽阔酒吹风。

（阴山下的早晨有一种宁静的美，有一种乡土
气息弥散开来的韵味。狗儿眯眼卧着，树木在
秋天里依旧高挺翠绿，院子里枣结满了果，地
下有撒了一地从枣树掉下的枣，柿子零散的还
挂着几个，瓢葫芦吊坠着。威俊山下清泉寺静
静地看着远方，佛音清远，清晨没有香烟缭
绕。卧佛就在山涧里，金灿灿发着佛光。在同
学的小楼里望着窗外的天空，有一种回归田园
生活的感觉。中秋的早晨别有一番风情。小镇
的郊外走走是一种踏实的幸福。心中的故乡在
秋季里在阴山下在静美中变得越来越美！）

〔2017.10.4〕

⒁ 西河沿临眺

河滩余落日，
林边野鸭飞。
中年颇好道，
老父呼儿归。

〔2017.10.5〕

⒂ 山居秋思

秋日风景秀，乡路几弯弯。
摘枣大雁滩，悠然见阴山。
久在樊笼中，如鸟返自然。
心应闲逸过，生命水潺潺。

〔2017.10.6〕

156 雪后九峰山

天气晚来秋，秋后想登攀。

十月飞大雪，雪下九峰山。

峰巅入云霄，远望惊心间。

即使鸿雁在，歌声也不还。

（土默特右旗九峰山自然保护区位于阴山山脉
中段、包头市土默特右旗萨拉齐镇北约10公里
处，因九座巍峨挺拔、依次增高的山峰相连而
得名，是大青山最奇秀的旅游胜地。九峰山自
然保护总面积460多平方公里，由东九峰、西
九峰、大西梁、杆林背、羊背山等大小山峰和
美岱沟、水涧沟、香桂铺沟等沟壑组成。它的
峰巅——第九个山峰、号称"小泰山"的主峰
海拔2338米。九峰山为东西走向，是阴山山脉
中段大青山的主峰，区内景色优美，生态资源
丰富，山体古老，森林茂密，动植物繁多，天
然植被保存完整。）

〔2017.10.9〕

157 窗前听秋雨

江天暮雨洗清秋，

绿荷剪破成残舟。

西风吹老梧桐树，

一往情深生几愁。

〔2017.10.10〕

⑮⑧ 饮酒

菊黄篱舍未入冬，
浅浅小道又相逢。
莫问今朝何年月，
金樽绿酒月色浓。

〔2017.10.17〕

⑮⑨ 春雪

梨花漫天舞晨妆，
晚来春色撩梅香。
二月不见杨柳绿，
须凭诗酒饮天长。

（今日上午迎来2017年京城的第一场雪，赏
雪之余写打油一首。）

〔2017.2.21〕

⑯⓪ 农历戊戌年除夕有感

新春伊始近，户户灶台忙。
炊烟袅袅起，农田泛绿霜。
阿妈沏奶茶，浓郁飞满堂。
最后饮屠苏，灯火夜未央。

〔2018.2.15〕

⑯ 初二磴口村迎财神赋

春色三分水留痕，
黄河旭日立新晨。
如何化作身千亿，
喜教财神降吾村。

〔2018.2.17〕

⑯ 四月

又是四月天，一夜春花开。
天地遽换颜，万里清风来。
时光飞流逝，登高莫徘徊。
徒念身后路，终知将树栽。

〔2018.4.1〕

⑯ 清明前夜

清明前夜雪纷纷，
美丽单裙冻丢魂。
天地不以人喜好，
银装素裹杏花村。

〔2018.4.5〕

⑯ 清明

杨柳清明绿，青草坟前小。
儿女寄哀思，纸钱年年挑。
死后孝子多，生前端粥少。
教子弟子规，做事飘云渺。

〔2018.4.5〕

㉖ 早春

远处西山云上峰，
春雪又起凛冽风。
几处园林寒瑟里，
谁家海棠争艳中。
燕声啾啾鸣冷月，
灯火闪闪照暮空。
青春赋诗情怀荡，
扬帆起航旭日东。

〔2018.4.7〕

㉖ 五月

五月七碗茶，
马兰正开花。
吾心何适意，
向晚浮云霞。

〔2018.6.1〕

㉖ 感怀

烟柳弄晴晓雨微，
荠菜开花夏鸟飞。
忽忆年少轻狂度，
老来无成肚亦肥。

〔2018.6.4〕

168 夏夜

明月千里不见风，
夏夜京城满星空。
谁想荷下听蛙叫，
池塘花开柳林东。

〔2018.6.5〕

169 读书

清茗透凉书中诗，
字里行间觅真知。
月明孤照一山树，
唯有博文赋新词。

〔2018.6.9〕

170 烧烤赋

明月徐来清风醉，
绿树荫阴花未睡。
阵阵飘香何处来，
烧烤西施衣衫翠。

〔2018.6.11〕

171 端午

五月怀念日，
大江流碧沙。
登高向远望，
屈原已回家。

〔2018.6.18〕

⑰ 和同学兰晓燕警官诗二首

（一）

曾经晓燕巧梳妆，
幽兰春风静飘香。
廿四年后再相见，
飒爽英姿换警装。

（二）

莫笑白发多情长，
故人相见又春阳。
二中校园柳影路，
难忘年少橘绿黄。

〔2018.9.3〕

⑰ 相聚赋

白露菊黄西山峰，
奥森小道天目松。
逢君正是金秋季，
银樽绿醅月正浓。

〔2018.9.9〕

⑰ 妙峰山

妙峰山前一望天，
花落花开又一年。
都市生活节奏快，
桃花源中想耕田。

⑰ 妙峰山（之二）

惠济祠前生紫烟，
西风古道就在边。
心中卧佛天地在，
慧根善心有佛缘。

〔2018.9.15〕

⑯ 秋天花粉过敏赋

昨夜花落又东风，
过敏不堪回首中。
君问清涕成何状，
一如银河落长空。

〔2018.9.26〕

⑰ 后海赏月

新月半隐似含羞，
风舞黄叶云卷舒。
暮秋荷残觅戏蝶，
游鱼出听传素书。

〔2018.9.28〕

⑱ 下夜班

闲爱孤云静爱思，
夜班倦归人已痴。
欲把生活写诗意，
桃花十里水一池。

〔2018.9.30〕

⑰ 晚秋吟

雁过无痕留碧空，
登高远望五云中。
心中有诗道不出，
又到桐叶剪秋风。

〔2018.10.22〕

⑱ 为一七一八师兄弟仰山
公园足球友谊赛而赋

大风起兮叶飞扬，
秋阳晚照足球场。
蹉跎岁月立新志，
胸有奇兵力挽狂。

〔2018.10.29〕

⑱ 梦中草原

牛羊如云动，骏马飞青天。芳草又萋萋，帐篷见炊烟。
雄鹰盘旋过，小河蓝色边。身在闹市中，心在乡野间。

⑱ 致鸿雁群英会

鸿雁堂前荟群英，
坐中人物尽骄夭。
塞上儿女多倜傥，
京城纵志意气豪。
自是佳人多颖悟，
何必长发过柳腰。
玉山倾倒引君笑，
暮雪白头更妖娆。

⑱ 文艺老青年自题

白首频摇搔发短，
瘦臂拄杖叹春长。
文章不求千古事，
寸心唯恐负韶光。

⑱ 望梅有感

月下寻春不见春，
春在枝头笑痴翁。
逝水落英流香远，
燕语呢喃梦无痕。

⑱ 祭鲁甸逝者

多难苦兴邦，中元恰断肠。
夜月不解意，忍照泪千行。

⑱ 无 题

墨色浓淡写人生，溪山纵横入寸心。
愿做此间松下石，笑闻佛乐卧青云。

⑱ 秋 读

边墙万里半轮月，深门几重一桐秋。
桌上稼轩长短句，坐前吴钩试未休。

⑱ 清 明

清明时节梨花飞，游子踏青披紫衣。
春色满园映芳菲，杏花村里忘思归。

⑲ 春 行

小城春事一日赏，煦风醉我入诗行。
明朝沽酒花深处，且枕厚卷伴月光。

⑲ 游黄山

仰首峭壁松迎客，途险足下山隐雾。
问道野老遥指高，云深不知仙游处。
三十六峰尽缥缈，猿啼才罢闻鸣鹿。
会当登临我为巅，瑶台想必两三步。

〔2015.5.21〕

⑲ 葡萄园午餐一赋

手把羊肉端上来，
湘女一站歌喉开。
主人热情想醉客，
永乐甸里畅开怀。
（周末采摘于永乐甸，葡萄美酒夜光杯，
桌上被邀打油一首。）

〔2015.7.29〕

192　应何怡同学之邀教师节为边境老师赋诗一首

卅载耕耘城建门，未觉夕照已黄昏。

老马伏枥千里志，桃李成蹊铸师魂。

193　怀伟人

登临纵目东方红

大江茫茫逝远空

愿承伟业尽绵力

永远怀念毛泽东

（为纪念毛泽东主席诞辰126周年而作。）

〔2019.12.26〕

194　敬赠王维正老师

读书明理未能忘

少年时光太匆忙

二十九年转瞬逝

中年已过不张狂

师恩如海长相忆

校园木槿梦飘香

莫道人生坷坎多

追梦路途心正强

（二〇二〇年

元旦席上赠鹏飞

　　王维正

盛情盛宴频举酒，

喜听弟子话春秋。

少年辛苦人学志，

潇洒潮头一风流。）

(195) 游西湖

西湖之水白娘泪，
苏堤之上柳丝垂。
曾经东坡留诗处，
三潭映月夏风吹。
六月风光景正浓，
荷花映红黄莺飞。
小雨飘零望断桥，
雷锋塔顶闪金辉。

(196) 致会敬

（一）
早慕杭州飞来峰，
潮来潮往境不同。
花容若从我处看，
西子终是小家容。
（二）
五月江南现秀身，
相思难免假成真。
曾想横槊即赋诗，
又怕情深累美人。
（学委赴杭州任职，应邀赋诗二首，
2020年5月20日于京。）

敕勒欢歌

张鹏飞——著

马蹄花香

首批全国优秀出版社

中国农业出版社

农村读物出版社

图书在版编目（CIP）数据

马蹄花香 / 张鹏飞著. — 北京：中国农业出版社，
2020.6
（敕勒欢歌）
ISBN 978-7-109-26635-3

Ⅰ. ①马… Ⅱ. ①张… Ⅲ. ①散文集 – 中国 – 当代
Ⅳ. ①I267

中国版本图书馆CIP数据核字（2020）第035116号

马蹄花香
MATI HUAXIANG

中国农业出版社出版
地址：北京市朝阳区麦子店街18号楼
邮编：100125
责任编辑：李　梅
版式设计：水长流文化　　责任校对：吴丽婷
印刷：中农印务有限公司
版次：2020年6月第1版
印次：2020年6月北京第1次印刷
发行：新华书店北京发行所
开本：889mm×1194mm　1/32
总印张：18.5
总字数：470千字
总定价：98.00元（全二册）

　　语言来自生活，是思想的呈现、思想的精粹与火花。感想、顿悟，每一个思想的闪光点被采集下来，日积月累，星星之火就成为思想的汪洋大海，最终留下灿烂的人生印记。一位作家曾说，要尽力保持自己的天性，不受太多污染，也就是以天真天籁的心境，敏感察觉世间不同形态的美，并且不断寻找让自己喜悦的表达方式。

　　微语于我，正是这种令人喜悦的表达方式。昨日和今日不同，明日又是新的一日。每日的河流是新的，每日的太阳也是新的。时代飞速发展，人生不可逆转。如此，更需我们记录对生活、生命、人生的感受。微语是生命的记录仪，我是时代的记录者。卡莱尔在《论英雄和英雄崇拜》中说："在一切言语甚至最普通的言语之中，都有着某种歌唱的韵味。"蒙田在《随笔集》中说："语言只是一种工具，通过它我们的意愿和思想就得到交流，它是我们灵魂的解释者。"心中美好的语言就像时光的照片，无论如何，都要认真保留下来。即使是平凡世界里的平凡人，人生亦可熠熠生辉。在生命的过程中，阳春白雪自有其高妙，青菜豆腐亦是一种滋味。人生体验至为重要。《论语》是孔子及其弟子的语录结集，智慧的光芒引领千百年。而我的微语集《马蹄花香》，是我自己生命的《论语》。

　　《马蹄花香》记录了我的迷茫、我的爱憎、我的思索和我的追寻。它是我对生命的礼赞，对人生满满的热爱！一茶一饭、一言一行、读书会友、大口喝酒，人生恣意高歌去，心有猛虎嗅蔷薇。我本凡人，但凡人亦有凡歌。人生旅途，行过走过爱过，留我只言片语在这世间。"思考是我无限的国度，言语是我有翅的道具。"

　　微语将成为我灵魂的翅膀，飞过历史的天空。谨以此书献给所有人生旅途中的奋斗者和高歌者。

二〇二〇年元月

目录

2013

瞻彼日月

人生有三大境界：第一见山是山，见水是水；第二见山不是山，见水不是水；第三见山还是山，见水还是水。〔3.18（3月18日，后同）〕

想当将军的士兵不一定是好士兵，士兵到将军的路有十万八千里。人要脚踏实地，不能好高骛远。〔3.18〕

人有十二种情绪变化：欣喜、愤怒、悲哀、快乐、忧虑、叹息、反复、恐惧、轻浮、放纵、张狂、作态。这些情绪反复无常地出现在我们的生活中，但一切都是正常的，不用太在意。〔3.18〕

看中国汉字，凡是带有言字旁的字，比如：讣、讥、讦、讧、讨、讪、讫、训、议、讯、记、讳、讲、讴、讶、讷、讹、论、讼、讽、设、诀、证、评、诅、诈、诉、诋、诌、诓、诔、诘、诙、诛、诞、诟、诡、诤、诧、诩、诚、语、诮、误、诰、诱、诲、诳、诼、诽、诿、谀、调、谄、谅、谋、谍、谎、谴、谒、谗、谜、谚、谣、谤、谬、谪、谴、谶、谵……认真看一下，字意好的不多，所以多干少说是对，言多必失！〔3.19〕

人类本性最深处的企图之一是期望被赞美、钦佩和尊重。〔3.19〕

当我们改掉报喜不报忧的习惯时也是最真实的时候。〔3.20〕

人生大事无非红白两场，一场叫婚礼，一场叫葬礼。前一场自己还是主角，后一场谁知道。〔3.21〕

世上重义已经不易，重情则最为难得。重义是你对我肝胆相照，我为你两肋插刀。重情则不同。我认为你值得同情，我就为你去做。〔3.21〕

有一种交情叫点赞之交，
有一种相逢叫朋友圈里再见，
有一种断交叫把你删除，
有一种讨厌叫把你拉黑。〔3.21〕

人生很短，要和靠谱的人在一起，和靠谱的人喝靠谱的
酒。〔3.21〕

写作是兴趣，是爱好，是意气，是情怀，是理想，就不是
生意。〔3.22〕

喝醉的人只能看到别人的七倒八歪而感觉不到自己的摇摇
晃晃。〔3.22〕

上了年纪，生一次病就重新认识一次人生。〔3.22〕

哲学不能帮助人长生不老，也不能帮助人升官发财。为什
么我们还要学习哲学？哲学给我们一种正确分析问题和解
决问题的思路和方法。〔3.22〕

一份大学录取通知书就是一场渐行渐远的离别。〔3.22〕

一切美好的风景皆在路上。〔3.22〕

一切宗教源于人类对自身的恐惧。〔3.22〕

每次读到李白的"君不见，黄河之水天上来，奔流到海不复回。君不见，高堂明镜悲白发，朝如青丝暮成雪"和苏轼的"大江东去，浪淘尽，千古风流人物。故垒西边，人道是，三国周郎赤壁。乱石穿空，惊涛拍岸，卷起千堆雪。"心中总是激情澎湃，斗志昂扬，不论生活中有多大困难，我将奋勇前进。〔3.22〕

孩子是爸爸手心的太阳，每个清晨让你看到希望，每个夜晚让你看到光明，每次牵手都是幸福，每次调皮都是欢喜每次的每次，均留在记忆的深处。写给儿子。〔3.23〕

权力使人陶醉，它的芳香沁入大脑，让人轻率、傲慢和自负。〔3.23〕

政客是擅长骗术的人，擅长咒语和各种诡计的人。〔3.23〕

做自己喜欢的事，忘我而不累，常常带来的是快乐的感觉，是一种享受。好比孩子们喜欢玩游戏一样。〔3.23〕

茶与人生一样需要泡，泡开了才清香四溢，才能茶禅一味。〔3.23〕

做领导不是让人喜欢的，是指方向的。〔3.23〕

高位者看似潇洒令人羡慕，但风险也大。〔3.23〕

🐒 争做寿星，少做明星。多做投资，少做交易。久利之事勿为，众争之地勿往。〔3.23〕

🐒 我从小有两个理想，一是开个书店，二是开个宾馆。开书店，让醒着的人不空虚，开宾馆，让睡着的人更舒适。〔3.23〕

🐒 博士学位是用来搞科研的，不是用来写简历的。〔3.23〕

🐒 天朗气清，惠风和畅，一觞一咏，畅叙幽情。〔3.24〕

🐒 历代文人墨客崇尚陶渊明的桃花源的精神世界，世外桃源与世隔绝与世无争，崇尚田园生活，自给自足。这种精神是不抗争，逃避现实，有狼一样的强悍和坚韧，智慧和勇气，有征服的欲望和激情。〔3.24〕

🐒 现在女人越来越男人了，男人越来越女人了，孩子越来越成人了。〔3.24〕

🐒 当我是一只雄鹰飞过苍穹，眼下的湖不就是上帝掉下的一滴眼泪。当我是一只蚂蚁爬走沙漠，每一个沙丘都是不可逾越的高山。永远不要放弃心中的梦想。〔3.24〕

🐒 遥望海边，喜欢海风轻轻地吹过，喜欢海水亲吻脚丫，喜欢海天一色，喜欢海鸥飞过，喜欢沙滩的柔，喜欢月光的流。遥望海边，等着蟹爬岸，等着船远行，等着秋风起遥望海边，想起勇敢的水手，想起渔夫叼着的烟斗，想起远方的海市蜃楼，想起恋爱时的手拉手。遥望海边，有天，有水，有梦，还有，你。〔3.24〕

🐒 今天见一女孩特别年轻也很好看，得了宫颈癌，那女孩还想要孩子呢，医生让她先治病。今天跑了两个医院，看到那么多病人，真的觉着人只要平安健康，别的真的都不那么重要了！〔3.25〕

写诗和写小说不同，诗人与小说家不同，内心没有了童心没有了纯真没有了梦想就根本写不出诗。满脑子的商业满脑子铜臭味，还当诗人干什么吗？〔3.25〕

挺喜欢小巧精致且携带方便的书，地铁、高铁、动车、飞机，移动中随时可翻看。许多情况下带书不方便，人们刷手机，但是电子阅读没纸书的阅读感觉，并且毁眼睛。〔3.25〕

写作的过程就是完成、完善、完美的过程。〔3.25〕

友情和爱情一样需要有来有往。〔3.25〕

冯唐有后海的院子可以喝酒写诗，摆简单的酒菜，开顺口的酒，看繁花在风里、在暮色里、在月光里动。杨丽萍曾在洱海有个宅子，可以打开了一扇通往这位舞蹈精灵内心的门，在里面时时处处可以感受到空灵的艺术境界。我好像连个电脑都没有，写东西都用旧式的苹果手机，六十平方米的房子只用来睡觉也没用来享受艺术。倒是梦里有一片草原，天边的大草原，一望无际。我的草原我的马我想咋要就咋要。何止草原！心中有诗，坐拥寰宇。灵魂的自由比什么都重要。〔3.25〕

生命是自己的，又不是别人的。不必太在意别人的想法和看法，自己活得精彩与否取决于自己的内心，又不是别人的内心。你的好坏，健康与快乐影响的是自己的生活质量，影响最直接的亲人。自己在他人心中没有你想象的那样重要。大多数人不希望别人过得比自己强，做得比自己好，这是人之常情。生命是从自己的身体里流逝的，而不是别人。〔3.25〕

生命中爱过崇拜过三个女人，在家庭之外。第一位是李清照，第二位是居里夫人，第三位是刘胡兰。〔3.25〕

幸福的孩子一生被童年治愈，不幸的孩子用一生治愈童年。〔3.25〕

好的婚姻让人绚烂，坏的婚姻让人腐烂。〔3.25〕

让诗歌从云雾里落在地上，接接地气，让普通的人们也能享受诗意和欢乐。〔3.25〕

总有……总有一种等待为了守护，总有一次凋零为了再次开放，总有一种坚持能长久不衰，总有一种渴望是理解，总有一种挚爱是守望，总有一种爱情能地老天荒，总有一个清晨你会走过，我就是那路旁静静地开放的，无名的小花。〔3.28〕

你的每次成功与喜悦，都有别人的相伴，一个人的赛跑是没有意义的。〔3.29〕

人生就是一扇门，需要我们自己打开，精彩与否，自己是导演。〔3.29〕

星，梦滑过每个夜空，闪烁在心际的，是一颗属于自己的星，跳跃、欢欣、坠落。〔3.30〕

小时候觉得放牛也很快乐，拿一本武侠小说或是《杨家将》《水浒传》在野地里看，阅读的习惯就从那时开始的。每个人的童年都是不可复制的，孩子要有个快乐美好的童年，不要强迫他整天学些他不喜欢的东西，让孩子发挥他爱玩的天性吧！〔3.31〕

记得罗丹说过：生活不是缺少美，而是缺少一双发现美的眼睛。其实人人心中都有一个桃花源，都向往美，都有对美的追求。〔3.31〕

- 生活的美感有时仅仅是跳跃在心灵的一刹那的触动与感悟。〔4.1〕

- 我们要学会自取所需，生活如此简单而已。〔4.1〕

- 我想拥有一个自己的书房，每天读自己喜欢的书，心情像莲一样绽放，把每本书读成材料，用它构建成自己的思想殿堂。〔4.2〕

- 每朵花有它最美的绽放时刻，每个青春有它最蓬勃的季节，每个夜晚有它最亮的星闪烁。朋友啊，为什么走得最急的总是最美的？为什么我们走过时才懂得珍惜？为什么我们失去时才想到挽回？〔4.3〕

- 王小波说："一个人不仅要拥有此生此世，还要拥有一个诗意的世界。"不知他说的诗意的世界是否是一个美好的心态，还是去追求一个另外的理想的世界？〔4.14〕

- "宠辱不惊，静观天上云卷云舒；去留无意，闲看庭前花开花落。"吵闹的城市中，保持一份悠闲的心境，为自己找一个田园，采菊东篱。不是逃避，是放松。更是心情的释然。〔4.14〕

- 男人就应该像一头雄狮一样，有点霸气，要威风凛凛。保护你所爱的对象。〔4.15〕

- 鱼缸里的鱼与大海中的鱼，他们内心的追求是不一样的。为什么呢？环境影响着一个人的追求目标。〔4.18〕

- 其实路在心里并不在脚下。〔4.18〕

- "生当作人杰，死亦为鬼雄，至今思项羽，不肯过江东。"婉约的女词人李清照也有金刚怒目时，人都有两面性，即使是同一个人也可以展示不同的一面。苏东坡和辛弃疾这样的硬汉子也有婉约柔情的一面，"夜来幽梦忽还乡，小轩窗，正梳妆。相顾无言，惟有泪千行。料得年年肠断处，明月夜，短松冈。""千金纵买相如赋，脉脉此情谁诉？君莫舞。君不见、玉环飞燕皆尘土！闲愁最苦，休去倚危栏，斜阳正在，烟柳断肠处。"艺术要有多面性。〔4.20〕

总有一个温暖的午后让你难忘，总有一个人让你萦怀。总有一段青春让你踌躇满志。总有一天你会慢慢地老去，忘却了曾经的拥有。〔4.20〕

师者，传道授业解惑也。在我一生中老师无数，但大多数平日从未想起，但有一位不时地想起。一九九三年高中毕业至今整20年了。一九九一年开始给我们新生上语文课的，是我们六五文科班班主任，听说现在是我们萨拉齐二中的副校长了。从那时他把文学的种子悄悄地播种在我们青春的头脑中，像星星之火。那时就系统地给我们讲中国文学史，后来知道这是大学中文系二年级才学的课程，但我们高中一年级就开始学习了，记得从《诗经》《楚辞》、竹林七贤，到建安文学，唐诗宋词，一直讲到毛泽东诗词。从此爱上了文学，影响了我们一生和整个六五班。他内在的人格魅力和朴实真挚的情感对我们人格的塑造产生了极大的影响。整个六五班从文的人不多，但在他们各自岗位上，文科班的素养让他们受益终生。我们六五班的班主任叫王俊卿，个子不高，其貌不扬，有点像鲁迅笔下藤野先生的长相。我们爱我们的王老师，爱他播种下的星星之火，照亮了我们的一生。〔4.20〕

母爱在一切生物间都是相通的。劝君莫食三月鲫，万千鱼仔在腹中。劝君莫打三春鸟，子在巢中待母归。〔4.20〕

有时觉得工作就像旧式的婚姻，不幸福也得长相厮守，因为你没有离婚的资本，或是你没有外遇。〔4.21〕

愿春天里心情像紫檀花开。〔4.22〕

许多人走过廊桥，却未必留下美好的梦，廊桥遗梦是可遇而不可求的。真正的爱人有时候不能生活在一起，在一起了可能让生活毁灭。〔4.25〕

生活就是把复杂的事做简单，把简单的事做复杂。〔4.26〕

快乐不仅是一种心态，更是一种能力。〔4.26〕

带着记忆的老宅，从沧桑中走来。粗笨地站在繁华的世界。〔4.27〕

男人缺乏阳光的时代，女人没有温柔的年代，世界开始变了。〔4.27〕

把最美的诗献给辛勤的劳动者，只有你们的辛勤，世界才这么真实，生机勃勃，充满了激情，充满希望的阳光。〔4.27〕

人们相信一见钟情，却不相信刹那的疏远。人与人之间，你不知道什么时候渐行渐远。其实心与心有刹那之间的吸引，也有刹那之间的排斥。〔4.27〕

相逢必定有缘，不是姻缘就是自有天意。〔4.27〕

"山有木兮木有枝，心悦君兮君不知。"古今都有暗恋者。〔4.29〕

原来世界这么真实又这么梦幻，能听到你跳动的心，又看得见初识你时的脸。〔4.29〕

世界上美的不仅是风景，更是人的心情。〔4.29〕

14

生命对我而言就如一袭美丽的旗袍，上面缀满了艳丽的花朵，转身的刹那芳华再现。什么也不能阻挡我对幸福的向往，阻止我对梦想的追求，即使远方前路茫茫。〔5.1〕

夜未央，我要描绘一下我理想的人生，涂抹一下我生命的色彩。理想与现实总是交汇在这落英缤纷的空间里。〔5.2〕

爱情是我生命里的春天，不冷也不热。〔5.2〕

那时年少，我不懂爱情。现已年老，静观风月。〔5.2〕

人生不应该像长跑，应该像一次旅行，时时能停下来，欣赏一下眼前的风景。〔5.2〕

许多人做不了生命的主人，而是做了自己思想和情绪的奴隶，所以无法获得他们想要的人生。〔5.3〕

把心事藏在瓶里，几十年后打开会变成什么样子和什么样的味道？〔5.3〕

生命中总有一条河流过你的心田，让你无法拒绝。〔5.3〕

一个人能坐上高位，并不是一无是处的，总有一项别于他人的能力。最起码他是一个会掌握平衡的人。不然早从高处掉下来。羡慕别人的同时，首先应有一种不同他人的本领。〔5.3〕

给我音乐，我就起舞。给我诗意，我就飞扬。在这辽阔的大地，在这芬芳的季节，我歌声嘹亮唱响青春的歌。〔5.5〕

◐ 运动的意义不在于运动本身，而是在过程中带来激情、快乐和参与全程。〔5.5〕

◐ 夜深人静的时候，我望着一轮述说着心中苍凉的明月。〔5.5〕

◐ 留在相框中的记忆是流逝了的青春岁月，真的是韶华难在，梦意难存。〔5.5〕

◐ 没有一朵花为你单独而开，花是为了这个季节而开的，不要以为拥有一朵花，就觉得拥有了整个春天。〔5.5〕

◐ 没话时我一言不发，有话时我一泻千里。〔5.5〕

◐ 我喜欢黎明，是因为黎明后将能看到曙光。〔5.5〕

◐ 我们仿佛是树上叶子，一阵清风吹，两片不同树叶在空中相识，在大地上相爱，你有你方向，我有我的方向。一天又一阵风吹过，你我各飞西东，聚散无常。两片叶子的人生有时由上天来定，这或许就是人生。〔5.5〕

◐ 生活每一天都从零开始。但也不要简单地重复着自己。〔5.8〕

◐ 保持一颗天真的心，世界就真的很美丽。〔5.8〕

◐ 披着旭日的阳光，听着音乐，在上班路上，闻着煎饼香味，也是普通人的快乐的生活。〔5.8〕

◐ 保持一个好的心态，拥有一个良好的睡眠，加上适量运动。健康地去拥抱生活。〔5.8〕

◐ 别样的年华，舞出别样的人生。〔5.8〕

其实生活没有你想象的美好，也没有你想象那么痛苦．不咸不淡，有风有雨，有悲也有喜。就这样过，继续过……转眼就是一辈子。〔5.10〕

做一个会感恩的人，亲人、朋友、一切帮助过你的人。真诚地说声"谢谢"。其实一句话代表了一个人做人的厚度。〔5.10〕

不要把自己的心锁在城堡中，外面的世界有一个未知的自己。〔5.12〕

你的观点若屈从于世俗，那就算不得高明。太在意别人的看法，而不按事理的正常发展，讨好别人的感受，就不能超越自己、超越世界了。真理总是掌握在少数人手里。〔5.14〕

学习一下用孩子的目光看待生活和认识世界，真的会觉得生活很简单。〔5.14〕

孩子教会我们重新认识世界。〔5.14〕

人一定要有气质有尊严地生活，不卑不亢，无欲则刚。像一只飞翔的有质感的海鸥。〔5.16〕

蓦然回首，发现自己已近中年。爱与不爱不由自己选择。四十不惑，中年不再迷茫，结实的肩膀需要承担很大重量。引领着家走向明媚走向花开。〔5.16〕

人生本来就是不完美的过程。追求完美的我们违背了它本来的意义。走过了，经过了，体验了，原来追求完美的我们本身就是一种不完美。〔5.20〕

时光带走的尽管是宝贵的年华。可沉淀下来的是成熟的思想和发酵过的人生。我们无法阻止时光的流逝，却可以让自己在岁月的锦堤上写下幸福快乐的诗句。老去时，我们在天堂树下笑谈年少时的幼稚与轻狂。〔5.21〕

趁我们还不算老，不要让梦想止步。要保持一个青春的心态，有一个会做梦的心。〔5.31〕

孩子眼中的世界是五彩缤纷的，而在成人的眼中却变成了黑白。我们走着走着就丢掉了生活中的一些色彩。〔5.31〕

人最难做到的是心灵的宁静和宁静时的思索。人应敢于表达自己的内心，生活中的我们却总是被浮躁的心情和利益的追逐所代替。〔6.2〕

时光飞逝，我还没有感悟人生，就已奔向中年。驻足回首，才知什么是弹指一挥间。我不能阻止我的人生不完美，但我可以让我的内心了无遗憾。〔6.3〕

18

清晨，我放飞的白鸽落在你的窗前，捎去我的思念。阳光普照的江面，撒满了象征着爱情的金色的诗句。〔6.3〕

有一片绿色的心情，心头才能繁花似锦，生命才能灿烂如初，人生才能快乐出发。〔6.3〕

希望明天不是今天的复制，像今天不是昨天的重复一样。每一天我们能看到新的朝霞和旭日。〔6.4〕

每个不起舞的日子，都是对生命的辜负。尼采曾这样说。生活太平淡了，如江上一缕青烟，淡淡地隐去。只是在繁华落尽时，你才知道有过曾经的繁荣。走过你身边时却没有瞥一眼。〔6.6〕

🐵 "诗三百，一言以蔽之，曰：'思无邪'。"思想纯正积极向上，《诗经》是这样。历来我们写文章，思想是第一要义，思想邪门歪道了，文字再好也没用。〔6.7〕

🐵 有些鸟注定不会被关在笼子里的，它的每一片羽毛都闪耀着自由光辉。很多时候，我们不是不能飞，而是没有飞翔的心。〔6.7〕

🐵 做一个世界的水手，游遍每个港口。这是惠特曼替年轻人做的梦。而年龄大了就像老渔夫坐在破旧的船上，只想打到今天的鱼。〔6.9〕

🐵 只要努力了，必然有惊人的超越。〔6.9〕

🐵 今日雨淅淅沥沥下了一天，傍晚时分天边突现彩虹，美丽惊艳让人驻足回望。有时想想走过的人生路，大多风雨兼程，能看到彩虹的时候不多。朋友也一样，一路认识了好多，最后真正留在心中的不多，大多是萍水相逢，擦肩而过。有短暂相处的，还有谋事相识的。朋友就是在一起说笑毫无拘束。如果很客气了心就远了，有时朋友即使分别多年，相见了还能在自己空间里给他留个座位。或许那就是他的椅子本就没有从你的空间里搬出去。不论时世变化，时光流逝，你我总有一个共同的交集——那就是我们一同走过的一段岁月，岁月里的一页纯情，一片彩虹。〔6.9〕

🐵 仿宋词《江城子》：北京六月雨茫茫。值夜班，至天亮。众多患儿，身影何处藏。纵使加班又如何？排队长，昼夜忙。每天主任早查房。小轩窗，难梳妆。相顾无言，惟有泪千行。每晚灯火通明处，明月夜，看病忙。〔6.9〕

🐵 留一朵莲绽放心中。给了别人一天的繁华，却留给自己一夜的苍凉。爱别人，也要爱自己。戏完了，幕闭了，我还有一缕幽香。〔6.10〕

把花种在心上，人生一路花香满径。"落花不语空辞枝，流水无情自入池。"以一种美好积极的心态对待生活。生活回馈你的将是开花的幸福。〔6.10〕

人生的路看似漫长，其实坐下数一数，关键的也就是那么几步。〔6.10〕

虽然我是无神论者，清晨我起来，望着远处的山，我感到做一个善良的人，上天自有安排。〔6.10〕

快乐，不仅仅是一个人的事，它会传染。〔6.11〕

我喜欢一种人生态度，爱就爱，恨就恨，不要那么多纠缠。人生这么短，经不起折腾。爱有多种，像花，有的开的长久有的开的短暂。因有不同，生命才如此美好。〔6.11〕

穿越四季来爱你，我在春季你在秋季，我去了夏季你却在冬季，我们总是相隔着一个季节。〔6.12〕

美好的时光像小狗尾巴在你眼前一晃，跑远了。一池疏影落寒花。〔6.12〕

背影 小时候妈妈牵着我的手，长大了我牵妈妈的手。〔6.12〕

我可以描绘整个世界。却画不出你那小样儿偷偷爱我的心。〔6.13〕

在外漂泊的人常回故乡看看，如你在故乡你就常回母校看看，那是你梦起的地方。〔6.13〕

我又梦见了你，你像一匹野马肆无忌惮地经过我的青春，再也没有返回。〔6.13〕

喜欢一句话：谁在你面前毫不掩饰自己的真实，谁就离你心最近。〔6.15〕

父爱像高山，有时似小小清泉流过童年的心田。有时像微风环绕身边。父爱也温柔。发烧时，他用嘴唇轻轻触摸你的额头，淘气时用夸张的手势轻拍你的屁股。父爱何时不温柔？没有温柔的外表，却有一颗温柔的心。〔6.16〕

为什么少年时候容易伤感？青年时候容易忧郁？现在想找回那时的状态很难。现在无喜也无忧，激情难寻。仿佛夏日门前的老杨树，可以遮风挡雨，却不能摇曳生姿。挺怀念小时候摸大象屁股，无知也无畏。〔6.16〕

你是我心中一首美丽的诗。把你写成豪放，你像孙二娘，手拿菜刀在柴房后面爽朗地笑。把你写成婉约，你像林妹妹，回头宛然一笑消失在远方。还是把你写得真实平淡，你像小猩猩他娘，远看青山绿水，近看龇牙咧嘴。你是我心中一首美丽的诗。〔6.17〕

男人的生命世界里有两个女人，一个是赵敏，一个是小昭。一个远处的山，一个近处的水。〔6.17〕

守望爱情时的辛苦，却忘记了追求爱情时的甜蜜。〔6.18〕

旧日的书　翻起旧日的小说/寻找你曾掉下的眼泪/在每个段落间/你画下过年少时忧郁的心情/页中间还有谁夹的小纸条/昨日的故事/又在多年后向谁谈起/夏季的雨天/你依然是书中/那片写满心事的绿叶。〔6.24〕

昨天的风　谁从我面前走过/带着昨天的风/谁在我的背后吹着口哨/带着一脸的坏笑/谁在麦田里坐着/守望着金色的记忆/谁像孩子一样/爬在沙滩上用树枝给你写诗。〔6.24〕

有一种爱是不能说的，一出口就打破了宁静的美。在一个寂静的角落，它自然地花开，自然地花落。它独自走着一段旅程，不用人欣赏，不用人鼓掌。遥远地望去，它优雅地绽放。〔6.25〕

满树都是红色的记忆，坏掉的都落地了。熟透了的等着我们分享。不要错过生命最美的季节。〔6.25〕

在激情燃烧的青春岁月里，你汪洋恣飞肆地追求爱情，洒落了一地玫瑰。〔6.25〕

只有平淡而知足的心，你才浮现真实的幸福与快乐。〔6.26〕

一起去看别样的海，带给你经久不息的快乐，和温暖如春的感动。〔6.26〕

如蝶采蜜，把你精彩的瞬间留给世界，为了爱盛装莅临。〔6.26〕

不论世界多么繁杂喧嚣，也要给自己留一片宁静的天空。花开路无尘，杨柳摇轻烟。〔6.26〕

即使是繁星满月，每个夜晚，有一盏灯为我亮着。〔6.26〕

不论处于哪个年龄段，人性中有几个亮点我们要保留着，那就是：童真般的好奇，诗意般的幻想，如水般的善良。〔7.1〕

趁着年轻，你可以让青春疯狂放肆，趁着年轻，你可以执着地追求不顾后果。趁着年轻，你超越梦想不去约束。趁着年轻，你可以让这段花开灿烂得一塌糊涂。〔7.1〕

在生与死的面前，人才明白什么才是最重要。票子，房子，功名利禄，爱情、友谊？没有经过生死考验谁又能体会。〔7.1〕

真正的友情像阳光，习惯了它的存在，没有体会它的珍贵。一旦失去了才知道世界这么阴冷。〔7.1〕

做男人，你得有三头六臂。〔7.1〕

有的人有天赋能写，有文采；有的人有生活，有阅历。只有文采加上阅历才能产生好的文章。〔7.3〕

留住夕阳的一抹颜色，阅尽世界的沧桑，读懂人间百态。还能心静如水。〔7.3〕

我们决定不了生死，有时静安天命。每个日子里我们优雅地活着，善待生命。哭着来，笑着走。〔7.4〕

走在鲜花开满的小路，回望来时的路，一路有过艰辛，有过欢喜，因为有未来，我一路充满了希望。〔7.4〕

我不喜欢那种感情中的哀怨。不喜欢那种离别的痛楚。我喜欢两情相悦的欢喜。喜欢欣赏彼此的喜悦。〔7.6〕

童年的快乐是最纯真的，他没有丝毫的隐讳。我们一步步长大，丢失了许多童真。丢失了许多的梦。许多美丽的花瓣丢在了岁月的长河中。〔7.6〕

即使一朵小花也要在迎风的阳光下活出灿烂。在自己的天地里娇艳地微笑。〔7.7〕

让自己的思想像清泉一样，清澈而没有束缚。让生活像荷叶一样，纯粹而无杂念。〔7.7〕

不要把人生说得扑朔迷离。不要把生活说得负重不堪。还原它本来面目。人生来为了梦而奔跑，坎坷路上多歌声。〔7.8〕

思想就如一杯水，只有不时地清空才能重新注满。〔7.12〕

我喜欢古老的爱，我喜欢用李清照的方式爱你。〔7.13〕

毕业20年后的相聚，话题是怀旧和孩子的教育。如再过20年，话题可能是养生与健康。〔7.20〕

今天看到一篇文章《幸福的源泉》，很认同作者的观点：物质支持幸福感不可持久，随着物质失去而消失。只有心灵的宁静淡泊，既而产生的愉悦幸福才是持久的。〔7.20〕

人生的路就这么长一段，不要浪费生命，即使浪费也要浪费在钟爱的事情上，或你喜欢的人身上。〔7.22〕

在你秋月般明眸中我读出一首飞扬浪漫的诗。〔7.23〕

今天读了一篇文章，记住了开头的一句话："最成功的人生是什么？不是上帝给了你一副好牌，而是你能把上帝发的一副坏牌打赢。"而我自己想一想却是把上帝发的一副好牌打输了。〔7.24〕

抒万丈豪情，牵一世情缘。在滚滚红尘中写下岁月雄壮的歌。在参天的树下我们遥望远方的天，记下我们走过足迹。每个脚印都是我们昨天的故事，每一段路都是一种领悟。〔7.31〕

九九艳阳天，哥哥看不见妹妹，想妹妹的毛眼睛。喜欢山曲儿的直白，喜欢黄土高原上纯洁的爱情。喜欢那儿人的纯朴情感。〔8.1〕

- 没有破坏的大自然是动物的天堂，人类的福音。〔8.2〕

- 幸福说到底就是满足还是不满足。〔8.2〕

- 在朝圣的路上，必须有一颗虔诚的心，和永不放弃的心。〔8.2〕

- 生活如网，丝丝相扣。〔8.2〕

- 只要心中有春天，何处无桃园。〔8.3〕

- 思念一个人肯定有甜蜜，如果都是苦，那为什么去思念。〔8.3〕

- 爱一个人最高境界是放飞而不是守候。〔8.3〕

- 朋友在生活中位置很重要。人不能没有朋友，有人和你分享生活，相知，相悦，相通，相伴，在人生不长的路上不孤独，不寂寞。〔8.4〕

- 对待自己最好的方法是珍视健康，有个豁然的心态。对待朋友最好的是善于倾听他的心声，和落难时的帮助。〔8.4〕

- 小时候总是喜欢遥望满天的星斗，希望摘到最美的那颗星。长大了心愿一点也没变。〔8.11〕

- 突然间发现自己变老了，仿佛就是刹那间的事。〔8.13〕

- 真情实感无须美丽的语言也能打动人，生活中的哲理让人信服是因为经过一道道艰辛的历练的体会。每个人的历史都是一部编年体，故事精彩与否与个人经历和情感有关。〔8.13〕

🍃 阅历需要沉淀，经验需要总结，美好需要储存，悲伤需要忘记。在天地间人生如一卷书，生活如一坛酒，爱情如一片云。〔8.13〕

🍃 在蔚蓝的苍穹下，有一条幸福之路通向梦想之门，门前鲜花盛开。〔8.13〕

🍃 只有经过辛勤的劳作，秋天才有丰满而甜美的果实。〔8.13〕

🍃 清丽委婉的秋日之午后/这是谁撒下种子开始成长/让这个秋日变得翠绿而多情/小小的晶莹的眼睛在空中闪烁。〔8.13〕

🍃 走着走着，一天蓦然回首，发现背囊少了许多，青春，梦想，信心，爱情，还有那看不懂的流年岁月。〔8.13〕

🍃 在最美的时候绽放，在最佳的时候相逢，即使一瞬，也是永恒。〔8.13〕

🍃 走过人生的绿阴，穿过生活的细雨，终于明白我爱的还是那一束阳光。〔8.13〕

🍃 生活的最终目的是满足生活的基本需求后享受最大的快乐。〔8.13〕

🍃 心中永远珍藏一束红玫瑰/为谁而准备/心中永远燃烧着不灭的火焰/为了那个寒冬闪亮/心中永远谱写着一首美丽的诗篇/为了盛夏的月夜/谁轻盈而来〔8.13〕

🍃 在蓝色湖边为你唱起圣洁的歌/在天堂的脚下恋你如风/轻舞飘扬/我是最帅的情郎/牵你的手走天涯。〔8.13〕

🍃 心中载满了鲜花，每一天都是春天。〔8.13〕

🐟 诗是流动的生命。任何时候都没有缺失过。因为人生需要梦想，理想，幻想，需要诗意。一旦失去这些，剩下的就成了枯干的树。〔8.13〕

🐟 真实的生命有时在繁华的背后是荒凉的。但是我们还孜孜不倦地爱着它。爱着这个不完美的世界。〔8.13〕

🐟 思念一杯清香的茶，放在那儿芳香四溢。〔8.13〕

🐟 原来走到今天，我才发现我活的不仅仅为自己。上有老，下有小。人活着就是一种责任。
我歌唱人生时都用情专注。〔8.13〕

🐟 我和爱情赛跑。〔8.13〕

🐟 牵手时，一朵玫瑰盛开在掌心。〔8.13〕

🐟 投之以桃，报之以李。懂的感恩是一种美德。〔8.13〕

🐟 等了一冬，只为春来百花盛开。〔8.13〕

🐟 爱到纯真时，爱到无拘时，爱才走到了境界。〔8.14〕

🐟 快乐是心底自发的源泉，不是脸上的装饰。〔8.14〕

🐟 人生就是一次长途旅行，苦乐自知。〔8.16〕

🐟 孩子们像卡梅拉一样，我想去看海。像卡梅利多一样，我想有颗星星。〔8.16〕

🐟 有一个探索生活乐趣的童心，人生不老。〔8.16〕

🐟 人在推开一扇幸福之门时，同时另一扇也在关闭，所以我们在得到的同时也在失去。〔8.16〕

🍃 心若莲花，盛夏绽放。不犹豫，不畏惧，不后退。〔8.16〕

🍃 漫步在清晨的花园，体味生命中的细水长流与绿萝拂珑。
〔8.17〕

🍃 享受每一个喝茶的清晨，品味水与茶的从容和相依。
〔8.17〕

🍃 总有一个像蝴蝶一样绚丽多姿的人出现在你的生命中，让
生命充满生机。〔8.17〕

🍃 清清的水流过岁月的河，低声细语地述说着岁月中不平凡
的故事。〔8.17〕

🍃 **在母校萨二中合影——致我们逝去的青春**
走在育我成才的母校里，思绪飞扬，20年前明月在，人已
非少年，而杨花依旧笑秋风。那时风轻云淡，青春激扬。
有过年少的轻狂，有过青春的迷茫。觉得未来很遥远，路
就在脚下。
我们高中的三年又快又慢，快的是一转眼结束了我们熟悉
而又快乐的生活。慢的是我们一直没有长大，还是那么单
纯。喜欢一起郊游打闹，不喜欢老师抱着一大堆卷子说突
击考试。
我们拥有青春时，从来没有珍惜，大把地挥霍。也没有觉
得青春有那么美好。走过了20年，回想当初点点滴滴，觉
得连那荒唐的事也是那么美好。
也许我们有初老现象，怀旧了，懂得了什么是一去不复
返，什么是生命中该珍惜的东西。一别就是20年，生命中
人有多少个20年呢？纯真的感情产生在那时，一直保留在
现在。
我们相聚了，没有陌生，有的是回忆，有的是控制不住的
激动。天若有情天亦老，人间正道是沧桑。20年在不同的
轨道上风风雨雨走过。我们相聚了。
蓝天下，阴山前，紫薇花开，同学情浓。〔8.21〕

为同学20年相聚致辞

大家好!在这金秋时分，向日葵花开之季，我们相聚在此。站在这儿，不敢相信，20年的光阴就这样过去了。但确确实实是现实。站在这我们热爱的土地上，回想20年前在母校二中，我们一起生活学习，结下了深厚的师生情、同学情。感谢人生的这份际遇让我们相识。我们热爱这片生我养我的土地，热爱我们的母校，我们的老师。为什么我激动万分，为什么热泪盈眶，因为我深深地爱着你们。今日多少美丽的语言都无法表达内心的激动，让我们一起回到20年前，中国梦的时代，今天我们实现了六五班20年的相聚梦。亲爱的老师，亲爱的同学们让我们举杯庆祝这个欢聚的时刻，高呼：相聚万岁！六五班万岁！逝去的青春万岁！20年前母校是我们梦启的地方，20年后母校是我们怀旧之所。有过泪，有过笑，有过爱，有过恨。今天看到你们，我找到了我的过去，和那个多少次梦中出现的地方，还有初恋的她。世上有份特别的情，爱与不爱就在那里。它就是同学情。纯真的感情曾在激情燃烧的岁月中闪亮，今天我们希望它继续延续，直到我们优雅地老去。同学们，今天你来了，我也来了，我们再次地举杯，拥抱过去，拥抱我们曾经年轻的岁月。未来还有路，路上我们共同进步，共同追求幸福，共同寻求我们20年前年少的梦。虽然不再年轻，但我们有一颗六五文科班不老心。未来还有路，欢聚今天，明天一起追梦，为了我们下一个20年。酒杯举起，音乐响起来，让我们今日舞起来。爱你，也爱我们的过去，更爱我们相聚的今天。二后生，上稍麦！〔8.20〕

母校校园的操场，梦想从这里起步。〔8.23〕

感情是在包容中成长，在计算中毁灭。感情在交流绽放，在沉默中凋零。〔8.25〕

你来我迎接，你走我不送，我喜欢相逢的喜悦，不喜爱离别的忧伤。〔8.25〕

岁月能洗礼一个人的容颜，但不一定能刻画一个人的心灵。岁月能考验一个人的真诚，让你一生暴露无遗。坦坦荡荡来，潇潇洒洒走。这一生不长。〔8.26〕

兄弟，不是一个简单的称谓。是一顶感情的帽子。拿下帽子就是岁月中记忆，记忆中的美好。或许我们许久未联系，如一坛未开封的老酒，一旦打开，芳醇更浓。兄弟情，一坛酒。〔8.26〕

大哥，他能统领兄弟，靠的是一种精神，不是武功。山东及时雨，运城呼保义。〔8.26〕

走过了千山，寻过了万水。才觉得时光浓淡相宜为好，友情静安相益为妙。生命的美在于静观远方。行至水穷处，坐看云起时。〔8.26〕

一颗不变的童心，让我发现世界神奇而处处鲜花盛开。〔8.26〕

小时候的荒唐，随着时光的流逝，反而变得可爱动人。〔8.26〕

我想把每一天过得像今天一样精彩，一片姹紫嫣红。〔8.26〕

童年的故事总是像天上星星一样多，像月亮一样美。〔8.27〕

我们每天早晨都化妆后上演自己的人生，晚上卸妆后孤独地面对真实的自己。〔8.27〕

一棵树下守望着一个梦。梦里全是飞舞的蝴蝶和落英缤纷的花瓣。〔8.28〕

🍂 一旦失去了信任感，心与心的距离就渐行渐远了。〔8.28〕

🍂 在碧蓝的天空下我用愉快的心情欣赏着辽阔的世界。用富有激情的笔描绘着对生活的憧憬。因为我爱着这个生动的世界。〔8.29〕

🍂 你要赞美友谊，因为它像阳光普照着我们一生，让我们生活绚丽多姿，丰富多彩。〔8.29〕

🍂 友情的禾苗，是你真诚地浇灌下，才开出的一枝蓝色的花。〔8.29〕

🍂 茶的寓意是放下，人生如旅，奔波的人，忙碌的人，放下手里的活，小憩片刻，享受闲适，暗合禅意的"放下"，故谓之茶禅一味。〔8.30〕

🍂 世上有一种爱，如静静开放的莲。不求所取，不求所报，不求拥有。只为绽放，只为飘香。只为夏季的月夜增添一份优雅的凉。〔9.1〕

🍂 初秋的北京，天气晴朗。走在后海边，放眼望去。碧波荡漾，不由想到郁达夫《故都的秋》。北京的秋美是不用嘴说的，是用眼看的，用心读的。〔9.1〕

🍂 用一颗青春的心追求自己的幸福与快乐。上帝看见也会心动。〔9.1〕

🍂 生命中的爱情希望像期待中一样的美丽，有相遇那刻的喜悦，拥有时像月光一样地洁白无瑕。〔9.2〕

🍂 繁星下，月色前，静待花开，守候岁月。让每片记忆绽放如初。〔9.2〕

🍂 古代有一个叫王阳明的人，提出"知行合一"的观点，不仅认识，还要和行动相结合。很认同。〔9.2〕

待人真诚礼貌即使是熟人也不能忘记了，友谊要珍爱，友情要珍重。〔9.2〕

人是情感的动物，但也不能任何时候带着自由的情绪不顾场合、环境任意抛给别人。尤其是负面的情绪。〔9.2〕

幸福是流淌于心底的快乐和享受生活的本质。〔9.2〕

平和地笑对人生的过往，过去的必将要消失。〔9.2〕

人生七味心药：心善，心宽，心正，心静，心怡，心安，心诚。〔9.4〕

古人说的好！大悲无泪，大悟无言，大喜无声，大爱无形。〔9.4〕

茶禅一味，喝茶的人几个人悟禅？禅语悟道，老和尚问小和尚："进一步是死，退一步是亡，你如何处之？"小和尚毫不犹豫地说：我到一边去。〔9.4〕

爱像蝴蝶一样带走了我心中的芬芳。〔9.4〕

我有时童心未泯，想把快乐藏在袋子里，需要时拿出来看看。〔9.5〕

其实没有一个人真正关心你的天空是阴是晴，没有一个人能真正能走入你内心世界。所以最关心你的人是自己不是别人也不是上帝。所以要好好地爱自己。〔9.5〕

久居城市，就恋乡土。其实人在年轻时喜欢奔大城市，老了喜欢乡村的美，宁静自然。跑了一圈，又喜欢回到起点。〔9.5〕

爱情起源于陌生，太熟悉了就没有吸引力。两小无猜容易成为朋友很少能成为伴侣。〔9.5〕

托尔斯泰说：幸福的家庭是相似的，不幸的家庭各有各的不幸。其实岂止是家庭。〔9.5〕

在花香满径的路边就是为了等你经过。等待也是一种美丽，也是一种幸福。〔9.6〕

生活的两个层次，为了达到基本生活需求，为了心情的愉悦。〔9.7〕

人应该是有信仰的，它可以解决一些心灵上的困惑。〔9.7〕

人的内心应是自由的，不受拘束的，像一匹野马，驰骋在广阔的天地。这样人才能有创造。被束缚的像头拉磨的毛驴能有什么创造性。〔9.8〕

把复杂的事简单化，再简单化，再简单化，即是快乐！〔9.8〕

有些人总是不能相遇，在人生的道路上没有交点，在平行的道路上各自奔向终点。即使我们在同一蓝天下，同一片红树林。〔9.8〕

不论你在山顶还是山脚，不论得意还是失意，对待生活的态度，应该有一种宠辱不惊的姿态。〔9.8〕

走得最急的总是最美的时光。让你来不及思考，来不及回首，就匆匆而过。〔9.10〕

朋友贵相知，何必金与钱。朋友不分贫富，重在相知投缘。虽然有的人朋友很多，却没一个知己。朋友在精，不在多。〔9.10〕

不能把时间浪费在你不喜欢的事上，为幸福打折。〔9.12〕

新的一天，开始新的人生之旅，生命和爱情一样在于精彩，不在于长短。〔9.12〕

军营中的爱情是绿营中一枝特别的花，在阳光下最灿烂，在月光下最美丽。〔9.14〕

世上有两种感情最真，最纯，一个同学情，一个是战友情。〔9.14〕

宽容，简单的两字，却重若千斤。〔9.16〕

剪掉一头烦恼，头顶一片艳阳天。〔9.16〕

回忆是我梦中掉下的一滴眼泪，一半忧伤一半喜悦。〔9.17〕

夜色黑暗，总有一盏灯为你点亮回家的路。〔9.17〕

情趣丰盈了生活，但代替不了生活。〔9.18〕

当爱走了，心是一眼枯井。〔9.18〕

会飞翔的不仅是鸟，还有人的心灵。〔9.18〕

人之所以痛苦就因为舍不得，放不下。〔9.18〕

乔布斯说了，人最终带不走金钱，留在心中的是珍贵的感情。所以人生奋斗不仅仅是金钱，还有自己愿意为之奋斗的理想。〔9.18〕

这世界不只为了苟且的生活。还有绚丽多彩的梦。〔9.19〕

生而为人，不遗憾。不抱歉。在这人生的道路上绚丽多姿，谁能感受这么丰富？〔9.21〕

听到了驼铃/想起远方的金沙/看到寺庙的香烟/想到青灯下诵经念佛/是谁抚平沙中的足迹/是谁绿了佛光的禅意/让我踏着芊芊红尘/不远万里/只是为了/寻找一片幸福的月光。〔9.21〕

生活，总是为你打开一扇窗，而关闭一个门。〔9.21〕

做事是一时的事，做人是一辈子的事，做事容易，做人难。〔9.21〕

有人说内心丰富的人，一定吃过很多苦，也有人说半夜起来没有痛哭的人，不配谈人生。说明苦难是让一个人成长的最好方式，阅历是丰富人生的最好内容。〔9.22〕

有人说幸福的婚姻，就是两个人装傻，装聋作哑。看似颇有道理，实质是鞋子合不合脚，自己最清楚。〔9.22〕

快乐是一个小淘气，不时地从你心里跑出去，玩几天又回来了。〔9.23〕

这个世界为什么嘈杂，拥挤。都是人们争先恐后，不遵守秩序。〔9.23〕

都市生活真像蚂蚁搬家，热闹异常，拥挤不堪。〔9.24〕

生活三部曲：吃饭，拉屎，睡觉。看似平常简单，哪一步不好了都不舒服，过不好。生活中的哲理都从这起。〔9.24〕

现在才明白，受苦的人不挣钱，挣钱的人不受苦。苦的都是底层的农民。〔9.24〕

辛勤的劳动让人充实，让人有所期待。期待秋的收获，丰收的喜悦。〔9.24〕

🐾 爱不要那么玄机四伏，就是生活日常需要一种心理状态和行为。需要浇灌，呵护，维持。无形，无为时化为生活化为习惯。〔9.25〕

🐾 生活中的平淡之美，有时妙不可言。如水之无形，流淌自由。〔9.25〕

🐾 秋风，秋叶，秋雨，秋月……构成了秋之韵。秋天的美就从秋韵中产生。"空山秋雨后，天气晚来秋，明月松间照，清泉石上流。"秋，你能不赞叹。秋，送走炎热，迎来凉爽，秋，送走成长，迎来了为成熟。〔9.28〕

🐾 繁华的后面是荒凉，阳光的背后是阴暗，喜悦的后面是哭泣，所以我们不必悲喜人生。〔9.31〕

🐾 这世上奸诈的人太多，大多伪装得很实在。做人要宁拙毋巧，不要暗度陈仓。一旦为了利益形成惯性思维，就该倒霉了。遇诡诈人变幻百端，不可测度，吾一以至诚待之，彼术自穷。〔10.1〕

🐾 秋高气爽，秋天的天空像明眸善睐的美女之睛。"睡起秋声无觅处，满阶梧叶月明中。"秋，让游客留恋，诗人雅兴。〔10.1〕

🐾 秋像光着屁股和脚丫子的孩子说来就来，而且脚过无痕，毫无遮拦和羞涩。我一支拙笨的笔不能恰到好处地描述她的美。"夜深风竹敲秋韵，万叶千声皆是恨。"秋韵之美说不得。〔10.1〕

🐾 夏天觉得还没完，秋声已到，"未觉池塘春草梦，阶前梧叶已秋声。"一丝凉意秋来到。秋，像一位多情的女人，缠缠绵绵的。因为秋雨像她的眼泪总要掉下几滴。〔10.1〕

北京到了最美的季节。秋味浓浓，秋声绵绵。此时温度适时。不愿意季节轮转得那么快，"落霞与孤鹜齐飞，秋水共长天一色。"希望美景与心情共长久。〔10.1〕

鸵鸟觉得自己很娇小，也想飞翔。〔10.2〕

驴子的梦想就是变成别人心中的白马。〔10.2〕

秋夜做一场梦，也是一朵盛开的花。〔10.2〕

思念是一盏生生不灭的灯，照亮彼此的心灵。〔10.3〕

胡杨在秋日的蓝天下碧水旁风景如画，让秋色风光无限。做就做一棵树，像胡杨一样。〔10.4〕

世界，一片枫叶，能聆听得懂自然界的秘语，感悟入世的苍白与繁华。在天地间把秋挽留，在广袤无垠中把时空穿越。"星垂平野阔，月涌大江流。"〔10.5〕

白桦林总让人想起青春一样的风景。让人回到一个记忆中的年代。去尽苍凉尽显优美，去尽悲伤尽显怀念，仿佛逝去的流年中留下的美丽的片段，把生活穿成年老时手里拨弄的佛珠，反反复复来回滚动。〔10.5〕

"山抹微云，天连衰草。"秋日的野外野草也是一景。人的生命中野草也是很难锄去，虽然任之自由生长也抵挡不住生命之蓬勃。〔10.5〕

胡杨在我心中潇洒而严正，如爽朗而俊拔的美男子，犹如竹林七贤之一嵇康。〔10.5〕

喜欢烟雨江南，小船上听一首老歌，相忘于江湖。想起古人诗："水秀山清眉远长，归来闲倚小阁窗，春风不解江南雨，笑看雨巷寻客尝"。〔10.5〕

🐦 生活中的每一天，就这样不经意地流走了，没有回头去看。一天实然看到新生命的诞生和他对世界的好奇，刹那间感到生命之青翠，人生之短暂。〔10.6〕

🐦 对故乡，人们总有一种割不断的情感。淡淡的挥不走的清雾，如在梦中，或在路上，一颗玲珑望月心。〔10.6〕

🐦 有些记忆在即将淡忘的时候，又突然亮了起来。譬如一些童年的往事，不成熟的逝去的爱情。〔10.6〕

🐦 拉开天空的窗帘，看到海边的红日。新的一天又有新的故事上演，我为之欢喜为之鼓舞，我像一只小鸟又要飞回我的林中，唱歌、捉虫、舞蹈、打闹。〔10.6〕

🐦 秋日的花园里，有一条小路，小路上有我走过脚印，树上有鸟巢，巢里孵化过青春的记忆。路边有一个长椅，长椅上躺过岁月的斑驳。走过小路才发现自己就这样慢慢变老。〔10.6〕

🐦 把走过的岁月揉碎了，挤出浓浓的汁。蘸汁写下优美的诗，有欢快有悲伤。还有我一颗水晶的心，瞭望世界。〔10.7〕

🐦 你经过我身边时/我看到一群白鸽飞过明净的天空/为秋天留下轻盈而响亮的哨声/是否是爱的信使/让秋天变的靓颖而含情，带月而飞。〔10.7〕

🐦 早上起来吃早餐的人，每一天醒来有一个惦念。做事有秩序，如连早餐也不吃，不是没时间，是做事没计划，跟着时间瞎晃悠。做个会享受早餐的人，在早餐中安排好了一天。看着旭日东升。〔10.7〕

🐦 内心深处需要一种慰藉和温暖，超脱和升华，更需要一种信仰，才能抚平一个不安分的心。〔10.8〕

快乐的时候，不要忘记隐藏在云层中的月亮，悲伤的时候，不要忘记看看满天的星光，相信一切都在转变，我们顺其自然，面对眼前的一切。人生就是这样有满树花开，就会有满树花落。〔10.12〕

快乐地过好每一天是我们的职责，更是能力。〔10.12〕

不要埋怨人生，不要哀叹命运，生活本来就是这样，有绿水青山，也有沙漠荒野，有时晴空万里，有时雷雨如倾，相信自己，相信未来，让我们的心情一如满月温馨，一如紫檀花开。〔10.12〕

"明月出天山，苍茫云海间，长风几万里，吹度玉门关。"这是一个多大的胸怀，多大的手笔啊，我们身处逆境又怎样放眼望世界？我们心胸如何包容浩瀚星辰？"君不见，黄河之水天上来，奔流到海不复回。君不见，高堂明镜悲白发，朝如青丝暮成雪。"如何抛开一切，阔步向前。学学李太白。〔10.13〕

慈母手中线，游子身上衣。人们很少去想母亲手中线，总是想着孩子身上衣，人总是往下亲，如拿出一半的对子女的爱给自己的父母，那你了不得了。很多人的孝心是说给别人听的。〔10.13〕

佛是心灵的一束光，照亮自己也照亮别人。照亮自己的眼前，照亮别人的远方。〔10.13〕

一个叫孟浩然的老头儿，人们都知道他是李白的好友，他的《过故人庄》诗云："待到重阳日，还来就菊花。"九月九赏菊饮酒，好不惬意。古人的风采从千古传来映照今日。重阳节也是感恩节，羊有跪乳之恩，人有感恩之心。让我们重阳感恩父母养育之恩，不要子欲孝而亲不待。让九月九黄菊飘扬敬老之爱的芬芳。〔10.14〕

总有有割舍不断的亲情，也有放不下的爱情，让心情沉重。红尘三千心中万两，难道是前世的尘缘让你肩负万千？透过纤纤绕绕的红尘，佛光穿透心中的藩篱，隔着千山，隔着万水。〔10.14〕

生活中我们不似想象中坚强，生活中坎坎坷坷让我们有时让望而生畏，束手无策。生活让我们成熟，也让我们痛心，经历我们也有难，只有过去了才能坦然面对。我们也是凡人啊，也是血肉之躯。〔10.14〕

巴菲特在美国一所大学举行演讲，一个学生问：你认为什么样的人生才是真正的成功？他没有谈到财富，而是说："其实，你们到了我这个年纪的时候就会发现，衡量自己成功的标准就是有多少人在真正关心你、爱你。"他还说出了人生的一个秘密：金钱不一定会让我们幸福，幸福的关键是我们是否活在爱的关系里！〔10.14〕

远山青黛里，落日映余晖。登高怀古日，仰慕将军谁。回望山中月，鸣鞭骏马飞。插羽见草动，弯弓带月归。〔10.15〕

习惯了迎来了日出，送走了晚霞的日子，日复一日，心中流淌着一条平静的河，左岸有几多忧伤的花，右岸有几多欢喜的草，交换往复。我们有时顺流而下，有时逆水行舟。我们就这样欣赏着人生，感悟着生活。〔10.16〕

做过一个梦，过一个田园的生活。"绿树村边合，青山郭外斜。开轩面场圃，把酒话桑麻。"其实不单我一个，许多人心中都有田园梦。简单地，悠闲地活着。不求闻达于诸侯，只愿心灵自由安详，平和如水。〔10.17〕

我就希望生活中阳光丽景，不惊不扰，不慢不快，不喜不悲，静静地流过。〔10.17〕

🐦 我情愿在草原上沉睡/以绿草为被/我喜欢与洁白的羊群为伴/在蓝色河流边畔/在每个牧羊的日子里/让时光静静地老去〔10.18〕

🐦 希望笔下有一口深藏泉水的井，每天都有清冽的泉水涌动。我希望生命像夏花般灿烂，让灵感之蝶栖息于花蕊之中。采到甜蜜的芬芳，酝酿成绚丽多姿的诗篇。〔10.19〕

🐦 善待生活每一天，享受每刻的精彩，生命之河静静地流过，但它不长。踩着阳光投下的细碎，感受妙曼人生的美丽。人生来就是为了享受生活的。〔10.21〕

仰望头顶深邃的天空让我震撼，放眼广阔无际的沙漠让我悦目。我敬畏大自然，敬畏生命，天行健，君子自强不息。〔10.22〕

曲径通幽处，禅房花木深。读唐诗时尤喜欢竹径。四季盈然，笑傲秋风。做人也应如竹，要有气节，内心空空，无欲则刚，刚柔相济。〔10.24〕

忧伤的岁月，总是被你轻描淡写，快乐的日子，总是被你浓妆艳抹。〔10.25〕

不必说南锣鼓巷的云南小店，也不必说簋街飘香的烤鱼，还有旧鼓楼的铜锅涮肉。单就城西万达的麻辣诱惑就让你垂涎三尺，里面的冰激凌面包别具一格。霜降碧天静，秋事促西风。吃货走京城是最美的秋事了。几个好友，温温的一壶酒下肚，微醉。好友喜相逢，往事都在笑谈中。〔10.26〕

再不疯，我们就老了，再不二，我们就傻了。再不开花，世界都凋零了。〔10.26〕

好媳妇，是夸出来的。你说她会倒饬，她每天打扮得漂漂亮亮。你说她厨艺好，她每天想法地给你做好的。你说她最爱你，她每天对你可温柔了。不要吝啬你的赞美，好媳妇是夸出来的。〔10.26〕

老家的夜晚，在院子仰望星空，满天星斗，夜是那么迷人，蟋蟀的轻吟，青蛙的高歌。还有泥土的清香。一阵风吹过庄稼地唰唰的响。坐在院里啃玉米，或吃瓜果，别是一番风味。要是再听听《平凡的世界》更增添了夜的趣味，要是听到急促的狗叫，那肯定有人来闲聊串门。村子在夜里是温和而低调的。但也有热闹的时候，村子里搭台唱戏，一般是晋剧，有《四郎探母》《狸猫换太子》《穆桂英挂帅》。也有不搭调喝点小酒后跑上台去唱山曲儿，那是戏要结束的时候。〔10.28〕

走在两边是金灿灿的树木的小道上，踏着柔和的落叶，你才知道秋在你身前了。秋色胜春潮，引诗到碧霄。秋天有秋天的美，秋天有秋天的心境，希望内心多些平和，多些色彩，多些喜悦，多些丰收，多些富有。即使凋零满地，我也安心等待满天飞雪的到来。〔10.28〕

匆匆的脚步中，我总是忘记在花香满径的小路停停，总是忘记在落英缤纷的树下坐坐，总是忘记在月满西楼窗前望望。总是在琐碎中丢失自己。生活不仅仅是前进，也应该有休闲，学会享受生活，给心灵一块自由的天地，一块空白。〔10.29〕

美在拐弯处，许多时候我们没有拐弯就放弃，坚持，坚持到拐弯处,别有洞天，柳暗花明，人生的美就在拐弯处。〔10.29〕

我不是那匹穿越你田野的骏马/我只是旁边的一棵无名的树/为你乘凉为你遮风/我不是那只栖息在你肩头白鸽/我只是欢快的黄鹂为你鸣歌/我不是你的艳阳/我只是一场春雨/在你梦中潜入你的心田/你是等待雨露的禾苗〔11.1〕

有一条时光的道路从过去通向未来。我们在路上，过去很清晰，未来不遥远。〔11.2〕

人生有许多的快乐，最大的快乐是忘我。〔11.2〕

夕阳西下，秋风落叶，在每个回首的渡口，依然记得一起走过的日子，不曾忘记的快乐和头顶一片飘浮的云。〔11.5〕

"大智若愚"指通过修养或修行达到一种纯朴归真的境界。多少人错误地理解了它的意思啊！〔11.6〕

没有遗憾的人生是不完美的。或生命太短，或是未了心愿，或是阴差阳错。我们就是在不完美的追求中走完自己的一生。〔11.7〕

快乐真的可以分享，因为你们可以同感，有交集。而痛苦是不能分享的，只有独饮，是没有交集的，所以叫切肤之痛。〔11.7〕

那个暮秋，我还年少，怀着淡淡的忧愁读着李商隐的诗"直道相思了无益，未妨惆怅是轻狂。"转眼多少年过去了，回想少年不识愁滋味的年代又是怎样的一种心境去解读不可逃避的忧伤。〔11.8〕

在极地寒冷的季节，动物靠彼此的体温来取暖，在人生的旅途我们靠亲情友情支撑追求生活的信念。即使满天飞雪，即使冰天雪地，一点点温暖也能迎来春回大地。〔11.8〕

白天走着走着就黑了，黑夜走着走着就亮了，在世界上柳暗花明的事不以我们意志为转移。只到尘埃落定了才能明白事情的原委。〔11.8〕

故事里人想做故事外的人，故事外的人想做故事里人。人生没有最好只有更好，我们一般人只适合做自己的角色，演别人的故事。〔11.9〕

那时年少，不懂爱情，对爱情的憧憬和朦胧的迷惘。喜欢读"青青子衿，悠悠我心，但为君故，沉吟至今。"青春就这样一路走过。〔11.9〕

记住那段无忧无虑的时光，记住那个红色的年代，还有豆蔻年华里追逐的梦想。你还是十里清波间采莲的少女，我还是牵马吹笛的少年。〔11.10〕

童真像水一样的蓝，我们即使老了也要保持一颗童真的心。〔11.11〕

不是我不快乐，是我没有悲伤的缘由，不是我不悲伤，是我没有快乐的理由。〔11.12〕

每个去过的城市，都有一点记忆，或是一只鸽子，或是天上的一片云，或是城中一阵风，抑或是一场雨。或是一种美食或是一场邂逅，或是一场相聚。抑或是一场离别。〔11.12〕

佛是真实地存在，存在于人们的精神世界中，是力量和美好的化身。〔11.12〕

快乐需要美丽的心情装点，在斑斓的岁月中沉醉了年华，惊艳了时光。我和我的爱并肩行走在希望的小路上，有落红飘香也有记忆纷呈。心情在纷纷扰扰的世俗中不再烦忧。〔11.14〕

朝花拾夕——初冬时节，阳光甚暖，心情也像温室的花，含羞地盛开。〔11.15〕

朋友，我从来没有忘记你曾经盛开在我青春记忆的枝头。你是一朵没有被我遗忘的花。〔11.16〕

寒风吹着残败的落叶，感觉冬天的寒意已接身旁。太阳还没出来，行走在上班的途中，想起雪莱的《西风颂》，感到了那种激烈和希望，"冬天来了，春天还会远吗？"〔11.16〕

青春真的和年龄无关，是一种心态，谁拥有青春的心态，谁才真正拥有青春，即使你已耄耋，一样会涣发青春魅力。〔11.18〕

吃也是一种艺术，更是一种文化。吃也是中国文化的一部分。〔11.18〕

🍂 有的人好久未见，见了亦然是朋友。因为在我的春天，给你留了一个开花的位置。〔11.19〕

🍂 在每个离乡的人心中有一处老宅，一条不离不弃的老狗守在家门口。老宅成为记忆深处的一处潭水，轻轻地投下一个小石头，就能溅起美丽的浪花。〔11.19〕

🍂 地安门附近的胡同，一头栽进去，一时很难出来，老北京的味很浓，一棵老树下乘凉扇扇的，有走胡同磨剪刀和菜刀的，有门口剃头的。有蹬着三轮拉着老外观光的。古楼钟楼安然坐落在地安门北口，现在很少能听到晨钟暮鼓声了。什刹海的水依然清澈，两旁围满了现代的酒吧，历史与现代有机地交融在一起。附近有许多名人故居，如鲁迅故居，老舍故居，宋庆龄故居等。一个人静静地走在胡同或湖边，寻找历史的足迹，心灵上很有充实感，很快乐。让历史住进心里，让心里飘过曾经的古老韵味。〔11.19〕

🍂 情愿在你怀中化作温暖的风沉醉/可是不能，我是一只寻梦的鸟/想做你头上一根不掉的青丝，即使暮雪白头/可是我不能，我是一只寻梦的鸟/我们就这样隔着河流静静地相望/我有我的追求，你有你幸福/我的岸边已秋天，你的岸边正开花/你的岸边已春暖，我的岸边正落叶。〔11.20〕

🍂 在记忆中你是聪慧的，带着甜美的微笑，其余的不足，一笔抹去。〔11.22〕

🍂 天日渐寒，树木失绿，曾经往事铺开是一张纸写满密密麻麻的字，或清晰，或模糊难辨。不论如何那只是曾经，未来才是我们的希望。人生不需要解释，淡然释怀，坦然放下，悠然回顾。〔11.23〕

🍂 走自己喜欢的路，爱自己喜欢的人，读自己喜欢的书，一天蓦然回首时，即使落叶满地，也了无遗憾，心中也如秋叶般静美，处处闪烁着金色的光。〔11.29〕

缘，生的时候是火，灭的时候是烟。〔11.30〕

心是张开的翅膀，翱翔于每个出发的路口。带着青春的锐气和喜悦的梦想。一起上路！〔12.3〕

出生在内蒙古，却没有去过草原，草原是我一直向往的梦。蓝蓝的天空白云飘，白云下面马儿跑。我心中一直珍藏着一片草地，一直酝酿着一个梦：要用手中的笔抒发流淌着蓝色的河水一样的情。〔12.3〕

任何事情比起生命来都是次要的，但是我们平日轻视了生命，我们追逐一些名利的东西，反而不知疲倦。〔12.6〕

人生的路不止一条，但只有一条是最适合自己的。但我们有时无从选择，因为我们首先考虑的是生存，其次才是喜好。〔12.6〕

人要跳出生活之外看自己，就能看得清。人不愿看清自己，是因为怕看清自己的不足。人愿意炫耀自己的优点，死不愿意暴露自己的缺点。因为虚荣的心。〔12.7〕

悠悠荡荡的岁月，从风中走来，在树下走过，过往不记，只想与时光同时静谧，与记忆干杯。接一片落叶，吹首喜欢的老歌。这样慢慢地老去也无悔。我活过，我来过，最终我爱过。〔12.7〕

不论季节如何流转，心情怎样变化，我的心中有个春意盎然、彩蝶飞舞的春天，陌上花开时，待君归来日。让心飞扬的季节里，让梦沉醉。〔12.8〕

生活的本质是享受它带给我们快乐和愉悦，从而分享自由和平等。〔12.13〕

🍃 我们有追求幸福的自由和享受生活的权利，更重要的是我们有思想的自由，不屈服任何权威和权势，有独立思考的能力和有独立的人格。〔12.13〕

🍃 人生时刻地选择，选择也是最让人纠结的，顾此失彼。人与人的聪明与远见就是由选择的能力而显示出来的。〔12.13〕

🍃 我们老了，回到童年玩过的山坡，曾经有过欢乐和记忆的地方。我们老了，愿坐在故乡的老树下，回忆走过的一生。我们老了，和深爱的人一起暮雪白头，共赏冬梅傲雪，共待春暖花开。〔12.13〕

🍃 拾起曾经丢弃的记忆，捧在手里，开成一朵芳香馥郁的小花，那是不曾忘记的美好。原来许多不经意的东西，多年后会是另一番情景。〔12.13〕

🍃 白茫茫的雪夜，北风呼啸，地下有几行狼留下的足迹。几颗寒星透着幽蓝的光，"万木冻欲折，孤根暖独回。前村深雪里，昨夜一枝开。"在这样的夜晚，孤独灵魂游走在寒冷里。忘记世界是什么，忘记我是谁，谁是我。〔12.13〕

🍃 时光飞逝，又近年底。希望光阴之箭再飞一会儿。在忙碌的工作中没有来得及思考，又迎新年。这年年花相似，岁岁人不同。不知是岁月的老人让你去领悟生活还是感叹生活？总之就在春的花开之前又苍老一岁。〔12.14〕

🍃 "雄关漫道真如铁，而今迈步从头越。从头越，苍山如海，残阳如血……"在人生每个路口都不能重新走过，把握好每一步，生活没有回头路。〔12.15〕

🍃 当时光的河流经我的头顶时，岁月在心中播下的麦穗已成熟，不再悲叹命运的不公。昨夜星辰昨夜风，希望的光永远在前方。照亮每个黑色的夜晚。〔12.15〕

"明月出天山，苍茫云海间。长风几万里，吹度玉门关。"春风何时吹过我的玉门关，让我饱览天山明月的壮观。〔12.16〕

午夜的收音机响唱着老歌，窗外一只多情的猫连叫几声，在这迷漫的夜晚是否一剪寒梅迎雪而开？〔12.17〕

太阳最高的时候，阴影最短，丰收的季节景色也最美。人生最有激情时也最年轻。辉煌时段最短也最易消失。〔12.17〕

做一棵明艳的向日葵，自信而快乐，永远朝着自己喜欢的方向开花。〔12.17〕

小事见风格，大事见人品。细微之处能慢慢品出一个人的内心世界。〔12.18〕

友情之所以可贵是因为在你最需要的时刻，它闪闪发光温暖你的心灵。〔12.18〕

我们应像唐僧一样每日向着霞光万道的方向前行。心有信念万事皆成。〔12.18〕

雁过留声，人过留名，珍惜名誉的人视名誉为生命。在人短暂的生命中我们为后来人留下的是宝贵的精神财富，每个人留下的都是独一无二的。死后你什么都带不走。〔12.19〕

有实现不了的愿望。在你抱怨又舍不得的离开的世界中，唯有平和而积极的心态才足以俯视这个你轻视的世界。〔12.21〕

让我的诗歌在你的酒杯中忧郁成一块醇香的冰．在你酷热的夏日里一饮而尽。〔12.24〕

天上掉下一粒种子摔成一朵带血的花，在幽暗的夜里发出冷艳的光，待到春日又化为南来的雁，鸣唱着传奇的歌。〔12.24〕

夜空的一轮月，掉在了酒杯化为浓浓的思乡情，让我老泪纵横，一如这寒春的河流。〔12.26〕

忙碌的匆匆的脚步中我们忘记了最初寻找幸福的本源是什么，是快乐。可是走着走着就脱离了原来的轨迹。〔12.27〕

走在向前的小路上，蓦然回首弯月如钩，人生蓝色如染，前程无忧，纵然山高水长，流年似锦。〔12.27〕

我们应以博爱的眼光看世界，不应以仇恨的目光，否则伤害的是自己的心灵。〔12.28〕

真正有成就的东西和价值的东西不可能在短时间内出现，而那现沽名钓誉的和为了适应形势的创造却时时涌现。〔12.29〕

真正的友情不是平日花言巧语，是在关键时刻的支持力度。〔12.29〕

努力地向前走，风雨兼程，相信明天会是个云淡风轻的日子。〔12.30〕

2014

蒹葭苍苍

有一缕阳光总是照在你背阴的角落，你总是不经意。
〔1.7〕

豹子睡着了也是豹子，绝不会是熊猫。〔1.7〕

《秋读》万里长城一皓月，梧桐深院锁清秋，读罢稼轩长短句，一柄吴钩看不休。〔1.9〕

时光总能冲淡曾经忧伤的记忆。〔1.10〕

有一颗宁静的心，你才能静下，遥望远方思考人生。
〔1.11〕

就想在一个温暖的阳光下一个休闲的下午浪费时光。
〔1.12〕

老师说，一天天长大的是孩子，突然长大的是哪吒，说不定哪天就没了。〔1.13〕

流年似水悄然而逝，而房子依旧古老，墙壁上有岁月斑驳的痕迹，窗户的玻璃依然清晰透明，绿色的枝叶爬上窗台。而驻足在楼前知何时已白鬓霜染，暮然老去!〔1.13〕

朝花夕阳：心中盛开着紫色的玫瑰，芬芳着整个青春。
〔1.20〕

总想把星星串联成佛珠戴在颈上，总想把月亮镶嵌胸口，总想把故乡装进兜里，总想记忆尘封成一坛美酒，总想年年是此日，岁岁是今朝。〔1.23〕

因为美我不想丢弃，因为美我继续向往，因为美我心存梦想，因为美我希望花开四季。〔1.23〕

在时光慢舞的日子里，荡漾出生命里鲜活的快乐和不尽的喜悦还有飘扬的幸福。〔1.24〕

冬日里最喜欢读白居易的一首小诗："绿蚁新醅酒，红泥小火炉。晚来天欲雪，能饮一杯无？"新酿的绿米色酒，醇厚、香浓，小小红泥炉，烧得殷红。天色将黑，大雪欲来，与朋友能共饮一杯酒，那是多么惬意的感觉。〔1.24〕

"东门酤酒饮我曹，心轻万事如鸿毛。醉卧不知白日暮，有时空望孤云高。"心情淡雅时饮酒赏云，让心灵小舟泊在天际苍茫的素净处。一湾清水容得下我化不开的浓愁。〔1.26〕

生旺火是中国北方尤其老家包头的一种历史悠久的风俗习惯。在我们老家，每逢春节和元宵节时生旺火，旺火就是家家户户在院落门前都要用炭块或木柴垒成一个塔状堆，名曰旺火，里面放引火柴，外面贴上大红字条，上写"旺气冲天"等字。

垒旺火——是民间以图吉利的一种期盼，图人旺、福旺、财旺，事业旺，"旺气冲天"，象征生活红红火火、吉祥如意，祝贺全年兴旺之意。

在农村，除夕的下午将旺火垒好，大年初一零点点燃旺火。点火后，火苗渐从无数小孔中喷出，直至火焰真正从四周燃旺，照得满院通红通亮。这时，在家中的大人会问"发旺了吗？"孩子们回答"发旺了，发得很旺！"这时，大人们就会在家中、院中摆好供品准备接神，家门、大门大开，鞭炮齐鸣，迎接灶君等各路神仙。然后大人孩子围成一圈，围着旺火正转三圈，反转三圈，以图全家平安吉利，心想事成。〔1.26〕

寒山瘦水的冬日，一枝寒梅凌雪，笑吐芬芳，为这迎春的时节泼一水墨丹青。雀栖梅枝，鸣出喜庆而婉转的歌。〔1.26〕

岁月如月，月似钩，天色如水，水长流。你和我只是两粒沙豆，在茫茫天宇间，闪着亮光。〔1.26〕

爱是朝夕相处而不是渐行渐远；爱是心怀感激而不是随意赠予，爱是无私广阔而不是谋取己私；爱是光明磊落而不是阴暗漂泊。〔1.27〕

家，一个离得很远，也能想到灯光照亮的地方，有母亲瞭望的目光。家，一个离很近，近而情怯的地方，有父亲抽烟的缭绕。家，游子的梦归处，家，温暖而怕打湿的字。〔1.27〕

年，一家人围坐桌边的快乐；年，亲人打来的祝福电话；年，远方深深的思念和关切的问候；年，辛苦的奔波为了一次的团聚；年，一张记载悠久历史的温馨卡片传递在彼此之间。〔2.1〕

自古就有情人表白，有诗记之如："死生契阔，与子成说。执子之手，与子偕老。"（《诗经·邶风·击鼓》）；"有美人兮，见之不忘，一日不见兮，思之如狂。"（《凤求凰·琴歌》）。那时男女相见后，各忙各的，两地相思。〔2.11〕

张爱玲说，人生就是一件华美的袍子，里面爬满了虱子。人生不可能样样如意，美中总有不足，不论珠光宝气的艳丽还是清淡如水的平凡。〔2.17〕

暮冬即冬末。农历十二月。《魏书·彭城王勰传》："岁月易远，便迫暮冬，每思闻道，奉承风教。"而现在已是正月了，蜡梅花开才见了一丝春的信息。暮冬已至，初春不远。等着春天的到来。〔2.17〕

人最孤独不是独钓寒江雪，而是走在繁华处走在如潮人流中没有方向。〔2.18〕

生活如撒网，撒出去的是梦想，捞起的是三分喜悦，六分失落，一分剩流水。〔2.21〕

春天是放风筝的好季节，一首《村居》就生动地描绘出孩子放风筝的情景，"草长莺飞二月天，拂堤杨柳醉春烟。儿童散学归来早，忙趁东风放纸鸢。"早春二月，草长莺飞，杨柳拂堤，儿童们兴致勃勃地放风筝，充满了生活情趣，勾画出一幅生机勃勃的"乐春图"。

读书的时候，思想之窗打开了，有清风拂面，有芬芳留驻心间。〔2.21〕

你还记得榆钱儿的香味吗？小时候爬树摘榆钱。俗话说：二月清明老了榆，三月清明榆不老。暖风轻扬，桃花红了，榆钱儿串上了梢，三月正是榆钱鲜嫩时。宋朝孔钟平在《榆钱诗》中写道："镂雪裁绡个个圆，日斜风定稳如穿。凭谁细与东君说，买住青春费几钱？"〔2.25〕

奋勇的前进有时不如优雅得转身，不要一路走到黑，优雅地转身是一种智慧。该转身时就转身。〔2.25〕

人生的水墨丹青在你泼墨间已在你心间泼洒出一种姿态。积极和消极都是一种姿态，水墨与写意你的点、染、皴、擦，勾勒你的生命的道路。〔2.25〕

春天来了，想起了在玉渊潭公园看玉兰花开。伟大诗人屈原的《离骚》中就有"朝饮木兰之坠露兮，夕餐秋菊之落英"的佳句，以示其高洁的人格。玉兰冰清玉洁，高雅自爱，又叫龙女花，让人想到了《神雕侠侣》中小龙女。不管多么忙，抽空还得去看白玉兰。无关风花，也不关雪月，只是钟情这种气质。〔2.26〕

总有一片天空让你不再远飞，总有一条河流让你驻足观望。总有一天你回归自然，安详地流下幸福的泪。〔2.26〕

日子如流水，久了，就波澜不惊，淡淡的时光，淡淡的相忘。〔2.27〕

🍃 安静地坐在屋里读书，开窗即是满园春色。阳光轻轻地洒落一地，彩蝶悄落肩头。难道当年叶绍翁就这样写下了《游小园不值》："应怜屐齿印苍苔，小扣柴扉久不开。春色满园关不住，一枝红杏出墙来。"〔2.28〕

🍃 少年时读金庸先生的《天龙八部》就特别喜欢云南大理的茶花。记得有一种叫十八学士，茶花中的极品，一株共开十八朵，朵朵颜色不同，形状也不同，开时齐开，谢时齐谢，珍贵异常。也喜欢与茶花一样美的阿碧。〔3.2〕

🍃 春天来了，悄无声息，昨日风还有些凉，今日的阳光就暖暖的。在春光明媚里不由想起苏轼的《惠崇春江晚景》："竹外桃花三两枝，春江水暖鸭先知。蒌蒿满地芦芽短，正是河豚欲上时。"春天，我寻思着好好地和春亲密接触。也不枉这美好的季节。〔3.2〕

🍃 我们走在水晶梯上，幸福在高处招手。在每个春暖花开的季节都想品尝人生美味的蛋糕。爱就是一夜的月色，你就是月色里的一棵树。〔3.5〕

🍃 "杏林春暖"的字面意思指杏林春意盎然，用来赞扬医术高明。"杏林"也是中医药行业的代名词，典出《太平广记》。每个人生病了，都希望遇到一个好医生，所以尊重医生应成为社会的公德。〔3.8〕

🍃 童年是一张没有褪色的照片，童年是一颗夜空中标记的星星。童年让苍老的灵魂依然能焕发青春的记忆。童年让我们坐在城市的高楼中遥望远方时回想自己的人生起步。〔3.9〕

🍃 走进大草原，闻奶茶飘香，听蒙古长调，让心与自然贴近。体验蒙古风情，洁白哈达和浓烈的草原白，独特的手扒肉和纯朴的人心。你会想做草原的一棵小草或飞翔天空的雄鹰。〔3.10〕

终于又读了一遍《聊斋》，其实鬼怪、狐精、花仙等并不可怕，可怕的是活生生的人和复杂的人心。害人的都是人性的妒忌、仇恨、不满、贪婪、欲望……最好的是人心，最坏的也是人心啊！《聊斋》写得真是太好了！真该早点重读。〔3.10〕

在这寂静的春日午后，又读了一遍仓央嘉措的《见与不见》，六世达赖喇嘛以绝美的文笔独特意境写下流传千古的情诗。窗外的树发芽了，阳光温柔地洒落，在时光与空间的转化中，万物复苏。〔3.10〕

一夜春风，满树花开。静谧中世界变得缤纷，一弯春月，透着婉约和美。摘一叶宋词，放在杯中清饮。春光中听两只黄鹂鸣翠柳，看一行白鹭上青天。〔3.11〕

"对酒当歌，人生几何。譬如朝露，去日苦多。"每当读曹操的这首小诗时就想到晶莹剔透的露珠，美丽而短暂。感叹时光易逝，人生易老。〔3.13〕

春天看到满树的杏花，想到一句描写杏花的诗："杏花飞雪点春波"，那是何等的美，飞雪一样轻点春波。又有"沾衣欲湿杏花雨，吹面不寒杨柳风"。喜欢杏花雨。〔3.13〕

海子是个优秀的诗人，不能说伟大。他的大多数的诗篇我们普通人很难理解。他最有名的那首诗是他写得最简单的一首诗，用通俗的诗句表达一种新的、大家易理解的意境：面朝大海，春暖花开。海子自杀了，他有心理障碍。不健全的心理会有健全的人格吗?我有点儿怀疑。现代诗人大多只有一两首好诗，不像李白，留下的几乎每首都是名篇。〔3.13〕

一本不厚的书，我读了几年都没读完，读不了几页就读不去了，过一段时间再去重读，还是读不下去。如果是一碗中药，我可以闭住气一口咽下去，可这是一本书。过了两年不甘心，再读，还读不下去。这是一本什么样的书？我和自己较劲。最后我决定，一口一口地啃我也要啃完它，哪怕它是一坨屎。莫言说按教程上的写作方法，他觉得没什么可写的东西，但是看了这本的小说后，他觉得有写不完的东西，这本书的作者创造了一种写作方式，就连写《百年孤独》的作者马尔克斯都觉本书作者是他的老师。现在这本书还在床头放着，它盯着我，我盯着他，互相对骂。这本书臭老头子作者就是美国的福克纳。这本书不厚，它就是《喧哗与骚动》。〔3.13〕

《红楼梦》中宁国府上房内联：世事洞明皆学问，人情练达即文章。看来读书是一回事，混社会是另一回事。〔3.14〕

我一直想拥有一个书房，像马想拥有一片草原，可惜一直未能如愿。原来还有一个书柜，被儿子占了以后，我的书被清理到阳台的一个旧柜子里，放在乱七八糟的东西中，看书还得从杂物中找。后来自我安慰，喜欢读书不论有没有书房。一台旧的笔记本也归孩子上网课用，我就在手机上手写。这比电脑还方便，什么时候想写就可以写几句。没书房也阻止不了我看书和写作。经过多年，在我心中慢慢地建起一间书房，有一个漂亮的书架，像梦中的草原。〔3.14〕

趁我们还不老，趁我们梦想还未死，让我们云看草原，那里有会跑的草，海一样的云，能听懂话的牛羊。还有马头琴悠远干净空灵的琴声。〔3.14〕

无常，是佛教哲学的一个概念，说世上一切事物都一无例外地由存在到毁灭，没有永恒存在的东西，人的生命也是如此。人们常说人生无常，如果按唯物主义的观点看，事物有存在就有灭亡，那么无常就符合唯物主义的观点。〔3.15〕

世界名著《情人》开头是这样的："我已经老了，有一天，在一处公共场所的大厅里，有一个男人向我走来。他主动介绍自己，他对我说：'我认识你，永远记得你。那时候，你还很年轻，人人都说你美，现在，我是特地来告诉你，对我来说，我觉得现在你比年轻的时候更美，那时你是年轻女人，与你那时的面貌相比，我更爱你现在备受摧残的面容。'"人一辈子最后真是老来伴儿，爱如当初又有几人。〔3.15〕

用人就用王熙凤，她实际上是荣国府日常生活的轴心。王熙凤掌荣府管家大权，她姿容美丽，秉性聪明，口齿伶俐，精明干练，秦可卿托梦时说她："你是脂粉队里的英雄，连那些束带顶冠的男子也不能过你。"为秦可卿办丧事时，她协理宁国府，就是在读者眼前进行了一次典型表演。从千头万绪的混乱状态中，她一下子就找到关键所在，然后杀伐决断，三下五除二，就把宁国府里里外外整顿得井井有条，真有日理万机的才干。如果她是男人，可以在封建时代当个政治家。〔3.15〕

《红楼梦》第六十三回写宝玉过生日时，妙玉特意送来一张拜帖，上写："槛外人妙玉恭肃遥扣芳辰"。一个妙龄尼姑给一个贵公子拜寿，这在当时是荒唐的，似乎透露出她不自觉地对宝玉萌生了一种爱慕之意。这类地方把一个少女隐秘的心思写得极细。〔3.15〕

春天，一个播种的季节，种瓜得瓜种豆得豆，春天我们种下深情收获将是丰厚。我们种下浅薄收获的就是无情。春天，扬帆远航。春天，拼在耕耘。春天，爱在草长莺飞、爱在江南细雨。〔3.16〕

春天去哪儿？听说四月份是洛阳牡丹的观赏季。洛阳地脉花最宜，洛阳尤为天下奇。洛阳是我国的牡丹之乡，每年三四月份都会举办牡丹花节，吸引了大批民众前来赏花旅游。牡丹花姹紫嫣红，富丽堂皇，从气质上给人以富贵之感。自宋以来，牡丹即被称为"富贵花"。此说起自宋哲学家周敦颐，他在《爱莲说》中写道："自李唐以来，世人甚爱牡丹""牡丹，花之富贵者也"，从此，牡丹与"富贵"二字紧密联系在一起。〔3.16〕

谁都想拥有一个这样的春的早晨：轻快明丽，休闲放松。"小楼一夜听春雨，深巷明朝卖杏花。矮纸斜行闲作草，晴窗细乳戏分茶。"〔3.16〕

又到春茶新绿时，所谓春茶，是指当年春季从茶树上采摘的头几批鲜叶加工而成的茶叶。为求其鲜嫩，一些茶农在清明节前就开始采茶，这时的茶被称为明前茶；雨水节气前采的茶，被称为雨前茶。有些消费者以品新茶为乐，争相购买明前茶、雨前茶。其实，并不是所有的茶叶都是越新鲜越好，普洱茶、黑茶就是越陈越好，而追求新鲜的茶叶则为绿茶，但即使是绿茶也并非新鲜到现采制现喝。最有趣的一首一至七字宝塔诗《茶》，作者是唐代诗人元稹。

《茶》
茶，
香叶，嫩芽。
慕诗客，爱僧家。
碾雕白玉，罗织红纱。
铫煎黄蕊色，碗转曲尘花。
夜后邀陪明月，晨前命对朝霞。
洗尽古今人不倦，将如醉前岂堪夸。〔3.17〕

生命是一个自我舒展，自我流淌的过程，有些小小障碍也能激起美丽的浪花。朝乾夕惕，会当击水，黾勉同心，不宜有怒。〔3.17〕

茶道，就是品赏茶的美感之道。茶道亦被视为一种烹茶饮茶的生活艺术，一种以茶为媒的生活礼仪，一种以茶修身的生活方式。它通过沏茶、赏茶、闻茶、饮茶增进友谊，美心修德，学习礼法，是很有益的一种和美仪式。喝茶能静心、静神，有助于陶冶情操、去除杂念，这与提倡"清静、恬澹"的东方哲学思想很合拍，也符合儒道的"内省修行"思想。茶道精神是茶文化的核心，是茶文化的灵魂。

中国茶道吸收了儒、佛、道三家的思想精华。佛教强调"禅茶一味"，以茶助禅，以茶礼佛，在从茶中体味苦寂的同时，也在茶道中注入佛理禅机，这对茶人以茶道为修身养性的途径，借以达到明心见性的目的。而道家的学说则为茶人的茶道注入了"天人合一"的哲学思想，树立了茶道的灵魂，同时，还注入了崇尚自然，崇尚朴素，崇尚真的美学理念和重生、贵生、养生的思想。〔3.18〕

真实地表达自己是勇气也是能力。〔3.18〕

《周易》也称《易经》或《易》，是中国传统思想文化中自然哲学与伦理实践的根源，是中国传统著作之一，对中国文化产生了巨大的影响。传说是由伏羲氏与周文王（姬昌）根据《河图》《洛书》演绎并加以总结概括而来（同时产生了易经八卦图），是中华民族智慧与文化的结晶，被誉为"群经之首，大道之源"。《易经》是一本卜筮之书。"卜筮"就是对未来事态的发展进行预测，而《易经》便是总结这些预测的规律理论的书。〔3.18〕

人常说盖棺定论，是非功过死后才能有客观评价。"人生盖棺论定，一日未死，即一日忧责未已。"而现在许多人逢人便讲自己是著名的作家或著名的画家或著名的书法家，真是让人贻笑大方！〔3.20〕

做一枝修身养性的莲，笑傲尘世。不是为了别人的欣赏，只是自然地绽放在夏季，悠然自得，鲜活宁静。〔3.20〕

孩子痴迷于水浒，问我梁山泊谁最厉害，那当然是卢员外了（单论武功）。其实孩子不懂，最厉害的是不会武功的宋江。〔3.21〕

🐵 孩子听三国评书，问吕布是好人还是坏人。我觉得这人不咋地。吕布是东汉末年名将，主要成就：诛杀董卓，击破张燕，大败袁术。陈寿说"吕布有虓虎之勇，而无英奇之略，轻狡反复，唯利是图。自古及今，未有若此不夷灭也。"〔3.22〕

🐵 努力，才会高贵。年轻时不努力，哪怕父母给予千万财富，也会一生卑微、卑屈！〔3.23〕

🐵 四月桃花始盛开，让人想到桃花岛。桃花岛位于浙江省舟山群岛东南部，是舟山群岛的第七大岛。金庸先生笔下的"东邪"黄药师就住在这个岛上。黄药师自度了《碧海潮生曲》，并在桃花岛积翠亭上写下"桃花影里飞神剑，碧海潮生按玉箫"的对联。桃花岛岛主黄药师，在第一次华山论剑中名列五绝。他有六位亲传弟子，号称"六凤"，前四大弟子名头最响，被称为"陈梅曲陆"。〔3.24〕

🐵 人生如草书，虽杂乱但得有章法。笔笔相连，笔不连的也意相连。气贯长虹，排山倒海是我们追求的意向。笔走飞龙，气吞山河是我们梦想的境界。〔3.25〕

🐵 看到一幅画想到《笑傲江湖》中任盈盈，盈盈楼上女，弹的是否是广陵散就不可不知了。"舒妙婧之纤腰兮，扬杂错之袿徽。"〔3.26〕

🐵 成熟的麦穗总是低头弯腰。而人却容易趾高气扬，飞扬跋扈。〔3.26〕

🐵 春意盎然，梨树枝头春意闹。谁也阻挡不住春天的脚步，享受这美好的时光，不要被忧伤遮盖。失去的终将失去，尽管不愿接受，该来的也将来到，这个春天就是如此，或悲或喜。时间从容而去。〔3.27〕

🐦 藏头诗欣赏：吴用道："命中有四句卦歌，小生说与员外写于壁上。日后应验，方知小生妙处。"卢俊义叫取笔砚来，便去白壁上平头自写。吴用口歌四句道："卢花丛里一扁舟，俊杰俄从此地游。义士若能知此理，反躬逃难必无忧。"这是一首藏头诗，把四句歌词的头一个字取出来，那就是：卢俊义反。〔3.28〕

🐦 张无忌到底喜欢的是谁？看看张无忌怎样说的："芷若，我对你一向敬重，对殷家表妹心生感激，对小昭是意存怜惜，但对赵姑娘却是……却是铭心刻骨的相爱。"这是原著里张无忌对周芷若说的话，可以看出张无忌喜欢的是赵敏。〔3.28〕

🐱 观子对弈，想到《天龙八部》中虚竹巧破珍珑棋局，小和尚巧遇棋会，但师叔祖及很多高手、很多明星都在场，虚竹只是远远地观望，段延庆以"传音入密"的功夫给虚竹发短信，一步一步告诉他如何走下面的着数，虚竹见有人教，以为是自己的师叔祖，心中有了主心骨，一步一步与苏星河对弈，无意中就破了这个存世很多年无人破解了的"珍珑棋局"。〔3.29〕

🐱 在中国，油菜花观赏的时间为每年的十二月底到来年四月。油菜进入开花季节，田间一片金黄，余邵诗云："油菜花开满地黄，丛间蝶舞蜜蜂忙；清风吹拂金波涌，飘溢醉人浓郁香。"油菜花竞相怒放，引来彩蝶与蜜蜂飞舞花丛间，由此平添了乡间田园缤纷的景致。浓郁花香令人陶醉，美丽风景让人流连。江西婺源的油菜花闻名遐迩。著名的油菜花田还有江苏兴化、湖北荆门、云南罗平、重庆潼南和青海门源。〔3.30〕

🐱 春光明媚，岁月静好，怎敢懒睡，起床吃两根油条，喝一碗豆浆，不够再加三个茶叶蛋，吃饱了再睡，却传来孩子的读书声：何处秋风至？萧萧送雁群。朝来入庭树，孤客最先闻。〔3.30〕

🐱 南怀瑾先生说："读书明理难，做人做事有高瞻远瞩而能把握现实更难。为恶易，为善难，而无明智以处善事，翻将善事而成恶果甚易。"生活中明理容易，做事难。知行合一更难！〔4.1〕

🐱 常言道：居处必先精勤乃能闻霞，凡事务求停妥然后逍遥。人生在世大都先苦后甜，先劳作后享受。〔4.1〕

🐱 春风拂面，心情爽快。所以"昔日龌龊不足夸，今朝放荡思无涯。春风得意马蹄疾，一日看尽长安花。"春天不应是失意的季节。〔4.1〕

🐦 我就是凡人，做着凡人的事，有对也有错，有快乐也有烦恼。正如女诗人席慕蓉所言：不能像佛陀般静坐于莲花之上，我是凡人，我的生命就是这滚滚凡尘。我所害怕的并不是这时日的减少，生命该遵守的规则我很早就知道。〔4.2〕

🐦 走到中年，才明白人活着应该是为自己，遵循自己的内心。席慕蓉曾说：在一回首间，才忽然发现，原来，我一生中的种种努力，不过只是为了要使周围的人对我满意而已，为了要博得他人的称许与微笑，我战战兢兢地将自己套入所有的模式，所有的桎梏。走到中途才忽然发现，我只剩下一幅模糊的面目。和一条不能回头的路。把向你借来的笔还给你吧……〔4.2〕

🐦 风流皇帝，才子皇帝，宋徽宗如果不当皇帝，一定是个相当不错的艺术家。他琴棋书画无所不通，诗词歌赋无所不精，花鸟鱼虫无所不爱。他的书法自成一格，后世称为"瘦金书"，他的水墨丹青，追溯起来，他是"院体"画的开山祖。只可惜他屁股下坐的偏偏却是龙椅！〔4.3〕

🐦 北宋大文豪苏东坡写下千古名句"人有悲欢离合，月有阴晴圆缺，此事古难全。但愿人长久，千里共婵娟。"而几百年后大师林语堂写下：在不违背天地之道的情况下，成为一个自由而快乐的人。这就好比一台戏，优秀的演员明知其假，但却能够比在现实生活中更真实、更自然、更快乐地表达自己。人生亦复如此。我们最重要的不是去计较真与伪，得与失，名与利，贵与贱，富与贫，而是如何好好地快乐度日，并从中发现生活的诗意。从某种程度上来说，人生不完美是常态，而圆满则是非常态，就如同"月圆为少月缺为多"的道理是一样的。如此理解人生，那么我们就会变得通达起来，也逍遥自适多了，苦恼和晦暗也会随风而去了。〔4.3〕

"人生不过如此，且行且珍惜。自己永远是自己的主角，不要总在别人的戏剧里充当着配角。"林语堂在《人生不过如此》中如是说。是啊！人容易演别人眼中戏。轮到自己生活就迷惘不知所措。〔4.3〕

微笑地面对生活，微笑地面对他人。自己内心也是平静而快乐的，正如三毛所言：我笑，便面如春花，定是能感动人的，任他是谁。〔4.3〕

我们应该按自己生活的方式快乐生活，不伤害别人，也不被别人伤害。《梦里花落知多少》中写的：即使不成功，也不至于空白。〔4.3〕

生活有艺术，吃也有艺术。不知哪位大家说过这样一段话：其实我喜欢过一种简单而有趣的生活，没有烦琐的事情，没有尘嚣的干扰，静静地感觉生活，品味生活，慢慢发现生活的真谛，这何尝不是一件快事？所以有一直把工作作为好玩的一部分，所以我过得很轻松，我一直认为拥有太多，也会失去太多，人就短短数十年，何必要背上太多的以为有用的包袱？
说得真好，说到我心窝去了。〔4.7〕

人的智慧是由大脑决定的，不是由屁股决定的。不是你官位高就比别人聪明。〔4.7〕

城市客栈的大厅墙壁上写的一段话很有特点。在这个城市中我们虽然是一个匆匆的过客。但是总有一点记忆关于城市关于心情，在雨季踏水寻景或是街边小吃店里歇脚儿。或是客栈里饮茶吸烟。总之喜欢一座城和当时心情有关，而对城爱与不爱就在那里。〔4.7〕

何为风景？在眼前，在路上，在心里，一种想要看到的美和景致。有一种风景叫记忆，有一种风景叫惦念。〔4.13〕

心就是一座城市，有的杂乱，有的整洁，有的开满鲜花，有的垃圾遍地。你喜欢一座什么样城？"我的心，是一座城，一座最小的城。没有杂乱的市场，没有众多的居民。冷冷清清，冷冷清清，只有一片落叶，只有一簇花丛，还偷偷掩藏着——儿时的深情。"——顾城《我的心是一座城》〔4.13〕

每个人应该自由地活出自己，不能总是戴着面具。"活就是要贴着自己的性情走，你生定是什么人就拿什么腔调，别跟人去凑热闹，凑热闹，热闹终归不是你的。"——麦家〔4.14〕

我喜欢的历史人物，范蠡（lǐ），字少伯，汉族，春秋时期楚国宛地三户邑（今河南淅川县）人。春秋夫著名的政治家、谋士和实业家，后人尊称"商圣"。他出身贫贱，但博学多才，与楚宛令文种相识、相交甚深。因不满当时楚国政治黑暗、非贵族不得入仕而投奔越国，辅佐越国勾践二十余年。帮助勾践兴越国，灭吴国，一雪会稽之耻，功成名就之后急流勇退，化名姓为鸱夷子皮，变官服为一袭白衣与西施西出姑苏，泛一叶扁舟于五湖之中，遨游于七十二峰之间。后至齐，父子勠力耕作，致产数十万。齐人闻其贤，使为相。范蠡辞而不受，后迁往陶地（今山东肥城湖屯镇陶山）经商积资巨万，世称"陶朱公"。期间三次经商成巨富，三散家财，乃中国儒商之鼻祖。世人誉之："忠以为国；智以保身；商以致富，成名天下。"〔4.14〕

世界上有一种旅行叫读书，世界上有一种读书叫旅行。〔4.14〕

喜欢成吉思汗霸气的语言：人生最大的快乐就是击败敌人，要让青草覆盖的地方都成为我们的牧马之地。〔4.15〕

人生来就是先为生存，后去感受，不是为了寻找什么意义。"生命本没有意义，你要能给它什么意义，他就有什么意义。与其终日冥想人生有何意义，不如试用此生做点有意义的事。"胡适曾说。〔4.16〕

胡适在《梦与诗》中说："醉过才知酒浓，爱过才知情重。你不能做我的诗，正如我不能做你的梦。"人生许多相知相遇不可强，顺其自然，水到渠成。梦不会是诗，诗不会是梦。〔4.16〕

现代人缺乏抒情性，多爱谴责。爱挖别人的鼻孔。在大自然的面前我们要学会谦卑。〔4.17〕

马尔克斯说："任何东西都有生命，一切在于如何唤起它们的灵性。"在繁复的社会中人的灵性容易被人为地灭掉，金钱和权力容易迷惑人心。〔4.19〕

小径飘香的春晨我突然记起曾经的人面桃花相映红。杏雨飘飞不曾忘记年少时的单纯。走过春走过秋，月映大江水，我依然记得，那时年少。〔4.20〕

如果我有一座这样房子，会在院子种满鲜花，阳光灿烂的午后喝一杯咖啡。即使写下一首诗也会埋在墙边的树下。暮雪白首时他会开花结果。〔4.20〕

无论你内心多么荒芜，不相信阳光。但总有一个角落里盛满着鲜花，在你不经意间，为你为他人。幽幽暗香浮动着美丽的黄昏，在流水般的时光里。〔4.20〕

人人心中都一片草原，或在梦中或在远行中，青青碧草，蜂蝶飞舞，纯白的羊群，无边的蓝天。有优美的诗和动听的歌飘在蓝色的河流上。〔4.20〕

人这一生，总是太短，让人来不及回望，就到了生命的尽头。就像没有欣赏完春光就到秋天落叶纷飞。人生就得且走且珍惜。不必伤感不必叹息，走急了停下来看看路边的风景。几处花开几处花落，明月共流水。〔4.21〕

不怕春天不走，就怕秋天不来。四季的轮回让你明日繁华背后就有凋谢。做人心境要大，胸怀要宽，行到水穷处，坐看云起时。〔4.21〕

春风大雅能容物，秋水文章不染尘。"春风大雅能容物"，意指温暖的春风雅量高远，有包容接纳世间万物的大爱情怀，何等气度；"秋水文章不染尘"，即谓文辞笔墨如秋水一般清澈明净，不沾染半点世俗尘埃，其深刻的蕴涵了一种脱俗无尘的境界，何等清高。这与庄子《秋水》的玄思妙想中包含的大积极、大境界中深刻脱俗的内涵相一致，亦如老子《道德经》里的"上善若水，水善利万物而不争"中水的善行，即泽被万物而不争名利的最高纯净境界。〔4.22〕

当我们还没有住房时，就想着给孩子买套房子，我们还处于贫困时就为孩子攒钱。看看林则徐怎么说的："子孙若如我，留钱做什么，贤而多财，则损其志；子孙不如我，留钱做什么，愚而多财，益增其过。"可今天，能真正读懂并践行林则徐这段话的，又有多少人呢？〔4.22〕

狂傲之人往往在有利的局面下得意忘形，就会变得不知天高地厚，做出一些对自己不利的事情却不自知，这些人往往最后都落得了不是很好的下场。如三国里的关羽、魏延、董卓、吕布。〔4.22〕

古人说，什么是道？"云在青天水在瓶"！道在一草一木，道在一山一谷。道在宇宙间一切事物当中。〔4.23〕

有人说越是学问高的人，婚姻越不稳定，然而钱锺书却是个例外。〔4.24〕

我们喜欢宁静，今天看到《黄帝内经》上说："静则神藏，躁则神亡"，人有七情，七情失调，心神则失去平和。心平则神安，心平气和有利于延年益寿。〔4.26〕

昨夜一场春雨过后，落花流水，早晨空气清新，人倍感清爽。"沾衣欲湿桃花雨，吹面不寒杨柳风"，花儿更加娇艳，芳香满径，这不正是秦观《春日》："一夕轻雷落万丝，霁光浮瓦碧参差。有情芍药含春泪，无力蔷薇卧晓枝。"〔4.26〕

站在这芬芳的土地，我汹涌澎湃。想起那首熟悉的歌《父亲的草原，母亲的河》，虽然我没有动听的歌去歌唱心中激情，也没有自己的诗去赞美，但我的心与你一起跳动。〔4.27〕

草原，读你千遍不厌倦。我不是游客，为了游览。我不是诗人，为了去寻找灵感。你只是我记忆中的优美的传说，不时地浮现于月夜的梦境，醒时吟出"黄毯悄然换绿坪，古原无语释秋声。马蹄踏得夕阳碎，卧唱敖包待月明。"〔4.27〕

《皇帝的新装》里孩子觉得皇帝那么傻。其实从古至今，这样的皇帝一直在我们身边在我们心里，谁也不愿承认自己那么愚蠢。哪个人心里没有愚蠢的部分？〔4.27〕

《春行》一日看尽小城花，春风知我醉诗行。明早买酒杏花村，月照诗书喜欲狂。〔4.28〕

有人把兰花比喻为刚出浴的美人，细细掂量确实像。"晓风含露不曾干，谁插晶瓶一箭兰。好似杨妃新浴罢，薄罗裙系怯君看。"养兰如交挚友，与善人居，如入芝兰之室，久而不闻其香，即与之化矣。〔4.28〕

在岁月的河流中，我愿孤独成一棵树瞭望远处明亮的天空。即使飞鸟而栖，即使阳光斑斓我也目光坚定。梦想已插翅飞翔。〔4.29〕

我相信，大学教育的本质，并不是为了让我们变得深奥，而恰恰是让我们恢复人类的天真。天真的人，才会无穷无尽地追问关于这个世界的道理。关于自然、关于社会。大学要造就的，正是达尔文的天真，爱因斯坦的天真，黑格尔的天真，顾准的天真。也就是那些"成熟的人"不屑一顾的"呆子气"。"成熟的人"永远是在告诉你：存在的就是合理的，而合理的就是不必追究的，不必改变的。真正的人文教育，是引领一群孩童，突破由事务主义引起的短视，来到星空之下，整个世界，政治、经济、文化、历史、数学、物理、生物、心理，像星星一样在深蓝的天空中闪耀，大人们手把手地告诉儿童，那个星叫什么星，它离我们有多远，它又为什么在那里。〔4.30〕

不懂得享受生活，生活迟早要抛弃你。人所有的生命意义就是享受生活带来的快乐。但你也要为此而付出一定的代价。〔4.30〕

曾经的故事已沧海桑田，春江的潮水已漫溢到脚下。巍巍高山挡不住日出，或许爱情会苍白，而我的心依然翠绿，下个季节在云端等你，我们一起降落如雨。〔4.30〕

人生这场戏，有粉墨登场就有曲终人散时，但也要尽情演绎好自己的角色，希望你是我不离不弃的观众。〔5.1〕

这个世界很美，是活给自己看的，不能活在别人眼中，因为你不可能让每个人都去喜欢你。〔5.2〕

不懂得欣赏美，有一只眼你就够用了，另一只眼是多余的。〔5.2〕

🐸 风景宜人，欢乐无极限。享受春光，尽情挥洒，记得春光
乍泄，夫人之相与，俯仰一世。〔5.3〕

🐸 一草一木，一花一叶，在自然中坚强地展示，生命诚可
贵，不死仍为高。〔5.3〕

🐸 初夏之夜，星光灿烂，荷叶莲莲，蛙声十里。佛前一炷
香，书前一静穆，我心辽阔，禅定，思远！〔5.4〕

🐸 春花易谢，圆月易亏。暮色春光里感叹生命之飞逝，想起
了《暮春归故山草堂》"谷口春残黄鸟稀，辛夷花尽杏花
飞；始怜幽竹山窗下，不改清阴待我归。"〔5.4〕

🐾 不论环境多么差，一个人应保持自己的理想，不放弃追求。这才值得别人尊敬。不扰民，更不以小丑的怪态恶心人，"一箪食，一瓢饮，在陋巷，人不堪其忧，回也不改其乐，贤哉回也！"〔5.5〕

🐾 过去我已忘怀，未来只是梦中憧憬，而现在是一块实实在在的石头，必须得搬起，正如周梦蝶诗：过去伫足不去，未来不来，我是"现在"的臣仆，也是帝皇。〔5.5〕

🐾 活着的气度则是要刚柔并济，胸中有天地。要坚韧不拔，顽强不屈。要傲骨侠肠，正直勇敢。〔5.5〕

🐾 边走边看，一路上风雨不断，边看边悟，阳光总有普照。相信自己，一路风景一路歌，人生之美，正在于此。〔5.5〕

🐌 禅机不可透，禅在静卧。月影松涛含道趣，花香鸟语透禅机。〔5.6〕

🐌 "人淡如菊"是一种平和执着、拒绝霸气的心境。人淡如菊，要的是菊的淡定和执着。它有的是"宁可抱香枝上老，不随黄叶舞秋风"的坚贞和执着，少的是"我花开后百花杀"的霸气。这样的淡，淡在荣辱之外，淡在名利之外，淡在诱惑之外，却淡在骨气之内。这样的淡，能够让我们在物欲横流的滚滚红尘中，击破纷扰，洞察世事，谢绝繁华，回归简朴，达到"落花无言，人淡如菊，心素如简"的境界。〔5.7〕

🐌 有时需要一些雪月风花和花香鸟语来点缀一下平淡的生活。夜空需要繁星点缀，这样我们的生活不至于枯燥。〔5.7〕

🐌 问小屁孩："僧敲月下门"和"僧推月下门"用敲好还是用推好，他答曰：用敲好。问其故，他说：每次他回家先敲门，因为推也推不开，门锁着呢。〔5.7〕

🐌 "凤髻金泥带，龙纹玉掌梳。走来窗下笑相扶。爱道：'画眉深浅入时无？'弄笔偎人久，描花试手初；等闲妨了绣功夫，笑问'鸳鸯两字怎生书？'"这首词以雅俗相间的语言、富有动态性和形象性描写，凸现出一个温柔华俏、娇憨活泼、纯洁可爱的新婚少妇形象，表现了她的音容笑貌、心理活动，以及她与爱侣之间的一往情深。〔5.10〕

🐌 有一个老朋友叫宝玉，他的表妹黛玉诗写得不错，记住一首，与大家共赏。《咏菊·潇湘妃子》：无赖诗魔昏晓侵，绕篱欹石自沉音。毫端蕴秀临霜写，口齿噙香对月吟。满纸自怜题素怨，片言谁解诉秋心。一从陶令平章后，千古高风说到今。〔5.10〕

想有一个明丽的下午像梦境中的一轮秋月让我沐如清风。〔5.10〕

落花无言，人淡如菊。〔5.10〕

伯牙鼓琴，志在登高山，钟子期曰："善哉，峨峨兮若泰山。"志在流水，曰："善哉，洋洋兮若江河。"〔5.10〕

一辆豪车满足不了你的虚荣，拥有一间自己的书屋才是幸福的事。〔5.11〕

他日放马南山，诗书终老。〔5.11〕

秦时明月汉时关。喜欢这种苍凉雄伟的诗句。一种雄浑苍茫的独特的意境，喜欢当年明月。喜欢一句：成功只有一个——按照自己的方式，去度过人生。〔5.12〕

汤显祖的《牡丹亭》中有"万花丛中过，片叶不沾身。晓带轻烟间杏花，晚凝深翠拂平沙。长条别有风流处，密映钱塘苏小家……""万花丛中过，片叶不沾身"用来形容男人对待感情专一或者是洁身自好。后来引申为虽然身边的诱惑很多，但却能保持本心，不为外界所影响。读诗要领会精华。〔5.14〕

自古以来有一个常理：不要和赌做朋友。赌徒心中只有利益。〔5.14〕

梦窗国师诗云："青山几度变黄山，世事纷飞总不干。眼内有沉三界窄，心头无事一床宽。"境由心造，心即主人，心无物欲，方寸之间皆海阔天空永无崖畔。胸怀坦荡，宛若长空旭日烦恼则无处藏身。我们何不也做一个这样的快乐佛呢！〔5.20〕

美玉藏顽石，莲花出淤泥。须生烦恼处，悟得即菩提。〔5.21〕

🍃 我曾读到过弘一大师说：恬淡是养心第一法，安详是处世第一法，涵容是待人第一法，谦退是保身第一法。〔5.21〕

🍃 人生一半在于我，另外一半听自然。〔5.21〕

🍃 佛言今生有好梦，我立彼岸又开花。〔5.22〕

🍃 如花美眷，似水流年。回得了过去，回不了当初。〔5.22〕

🍃 爱的最高境界是经得起平淡的流年。〔5.22〕

🍃 快乐，不在繁华热闹中，而在内心的宁静里；烦恼，不在谨言慎行中，而在人我的是非里；大道，不在花团锦簇中，而在平凡追求里；志向，不在西风战马中，而在平生格局里；境界，不在诗情画意中，而在平常的心态里；胸襟，不在奇山大水中，而在平和的智慧里。〔5.22〕

🍃 吾心似秋月，碧潭清皎洁。〔5.23〕

🍃 你是我生命里月光，在我不经意间夜夜把青辉洒在我广阔的心田。〔5.26〕

🍃 我拔苗是想种花，不是为了助长。〔5.26〕

🍃 一个人的认知水平取决两个方面，一是自身的经历和感悟，二是书本打开的世界——自己读书的多少。〔5.26〕

🍃 一个好的习惯和一个阳光普照的早晨让芳草萋萋的内里无比的丰盈与执着。〔5.27〕

🍃 冬天，雪中行，走向远方，看天空撒落的星。
秋天，拾起一片属于自己的落叶放回梦中。
夏天，夜空璀璨而繁华，愿是一只蟋蟀寻找丢失的乡音。
春天，草原上的河像飘动的哈达，圣洁而灵动。〔5.28〕

🦎 君子能忍，必成大器。〔5.29〕

🦎 和你一起退却江湖，无人打扰，繁花尽处，共赏风轻云淡。〔5.29〕

🦎 陪你千里走双骑，看西山落日，听东海晨钟，在晨钟暮鼓中走遍千山万水的旅程。〔5.29〕

🦎 有的人记住了老师的原话，有的人领会了老师的言外之意，所以两种人学会的本领不同，一些人只学习了老师传授的知识，另一些人青出于蓝胜于蓝。言有尽而意无穷啊！〔5.29〕

🦎 什么样的约束才是最好？盯住人盯不住事，盯住事盯不住人……〔5.30〕

🦎 也许，你的前世是一枝深山里的海棠，在逢秋夜半，被卷入姑苏城外的客船。远风吹灭了沾霜的渔火，却吹不尽弯月沉没的忧伤。也许，我的前世就是忘忧河上撑篙的船夫，孤舟、蓑衣、斗笠，在红尘中摆渡。拾一抹花瓣，从此潇湘谢却，钟声不继……〔5.31〕

🦎 我就是你生命中的三生石，在你三生的世界里十里桃花开。〔5.31〕

🦎 "日中则昃，月满则亏"（太阳到了正午就要偏西，月亮盈满就要亏缺），任何事物发展到一定程度，就会向相反的方向转变。我们不能追求绝对的圆满，宁愿不及也不要过胜，否则适得其反。〔6.1〕

🦎 我是独一无二地欣赏着这个世界感受自己的生活。事能知足心常惬，人到无求品自高。〔6.2〕

🐟 我从来也没有失望过，因为我相信总有一枝梦想要开花。
〔6.2〕

🐟 走在希望的田野中，不怕路很远。〔6.2〕

🐟 印度的瑜伽与中国气功一样神奇，讲究心神合一的。瑜伽
是一种种以呼吸的调整、身体活动的调整和意识的调整
（调息，调形，调心）为手段，以强身健体、防病治病、
健身延年、开发潜能为目的的一种身心锻炼方法。〔6.3〕

🐟 舍去三千繁华，与你荡舟西湖，一纸江南。赠你倾世温
暖，洗尽铅华，读你娇羞红颜。〔6.3〕

🐟 机关算尽太聪明，反误了卿卿性命！王熙凤自认为比别人
聪明、比别人能干，库里的银子偷偷地拿出去放高利贷，
自以为可以瞒天过海，其实瞒得了今天瞒不了明天。唉！
十分伶俐使七分，常留三分与儿孙。〔6.3〕

🐟 有的人总容易犯贱，别人是吃一堑长一智，他却是好了伤
疤忘了疼，不会从失败中吸取教训。爱出风头、爱显能、
爱被表扬，这是致命的弱点，受不了一点批评，听不进别
人的意见，总觉得自己什么都懂，就如王熙凤一样。
〔6.5〕

🐟 早晨看一眼老书，看看圣人有什么想法，一看果然想的
透，正是我一辈子也不能悟到的。柏拉图说：人生短短几
十年，不要给自己留下什么遗憾。想笑就笑，想哭就哭，
该爱的时候就去爱，无谓压抑自己。人生的苦闷有二：一
是欲望没有被满足，二是它被满足了。〔6.5〕

🐟 又一个靓丽的清晨，装备军马出发，为了江山社稷。为了
日出江花为了春来江水，为了葡萄美酒为了采菊东篱。为
了两岸猿声，为了轻舟而过。为了一箪食，一瓢饮。〔6.5〕

🐦 人生的旅途总是在跋涉中完成使命。总是在前进中看到希望，在满足中得到快乐。〔6.6〕

🐦 大雨滂沱后，天空晴朗，清风徐徐。夏季傍晚显得幽静而深邃。夕阳隐没。一杯咖啡，一首老歌，让夏季的风轻轻地吹，时光缓缓地流。人生如此，哪有烦忧。〔6.6〕

🐦 人生在世，俯仰之间，自当追求卓越，但有尽其所能。〔6.8〕

🐦 人们称颂医术高明的医生，经常用"杏林春满"或"誉满杏林"。众所周知，"杏林"一词是中医界常用的词汇，医家每每以"杏林中人"自居。然而"杏林"一词典出汉末三国闽籍道医董奉。〔6.8〕

🐦 岁月蹉跎，天真永存，艺术不老。〔6.10〕

🐦 人生难得从容，一旦从容了你就自由了，"人生最高境界：佛为心，道为骨，儒为表，大度看世界。技在手，能在身，思在脑，从容过生活。"〔6.11〕

🐦 旅行是心灵的放松，知道自己的脚步有多沉。知道前面还有未知风景和自己。〔6.12〕

🐦 人生没有让你悔棋的机会，错可以铭记，决定了就勇往直前，义无反顾。优柔寡断成不了大器，〔6.12〕

🐦 集体活动考验一个人的团体意识和配合精神，也能看出一个人的责任心和集体观。〔6.12〕

🐦 父爱也温柔，父爱也秀美。爱的众多河流中，有一支是父爱的。有和煦的风吹过，有清朗的月照映。有优美的诗吟唱，有绵绵的爱环抱。父爱也如河！〔6.15〕

有人说最好的旅行在路上，真的吗？期待的风光最美，充满各种想象。范仲淹未登岳阳楼就写下了《岳阳楼记》。坐在快速行驶的列车上，窗外夏季浓阴潮润，山色妩媚。"四围山色中，一鞭残照里"。〔6.16〕

有时相见不如怀念，是因为不想打破那份宁静和想象中的美好，就让时光永远停留在过去，记忆定格在曾经的刹那间。〔6.16〕

一次次的跋涉，艰辛的跋涉。就是体验到达山顶的爽快，当然沿途的风景也让人赏心悦目。阳春还是白雪只有跋涉者最清楚。三毛说过，因为上帝恒久不变的大爱，我就能学着去爱这世上的一草一木一沙。〔6.17〕

好夫妻永远都在相互装傻、相互装瞎、相互护短。稳定美满的婚姻不是要谁征服谁。〔6.18〕

下黄山，天气放晴，美景尽收眼底，云海，雾淞，红日，峡谷。飞来石幻化成《红楼梦》中宝玉口衔之"通灵宝玉"。请听老舍《咏黄山》："人间多少佳山水，独许黄山胜太华。云海波澜峰作岛，天风来去雨飞花。千重烟树蝉声翠，薄暮晴岚鸟语霞。怪石奇松诗意里，溪头吟罢饮丹砂。"〔6.18〕

过去看过一本关于狼的书，狼有许多优点值得我们学习。一，团队精神。二，韧性和坚持。三，善于思考，打迂回。四，永不言败的霸气。〔7.27〕

李嘉诚说：一件衣服被我穿上了，80%的人都说好看，那我一定会买！一个生意机会被我遇上了，80%的人都说可以做，那我绝对不会去做！我深信世界上的2/8定律，为什么世界上80%是穷人，20%是富人？因为20%的人做了别人看不懂的事，坚持了80%的人不会坚持的正确选择！当每个人都能看懂时，机会的窗口就不再为普通人开放

了！成功只属于敢于有远见敢挑战懂坚持的人！〔8.3〕

老和尚对小和尚说：当你来到这个世界的时候，你在哭，但别人都很开心；当你离开这个世界的时候，别人都在哭，你自己很喜悦。所以，死亡并不可悲，生命亦不可喜。一则小故事说透生死，人生来就为了等死，但是在此过程中我们享受生命从盛到衰的美。〔8.3〕

人生最大的修养是包容。它既不是懦弱也不是忍让，而是察人之难，补人之短，扬人之长，谅人之过，而不会嫉人之才，鄙人之能，讽人之缺，责人之误。包容是肯定自己也承认他人，是一种善待生活，善待别人的境界。在包容的背后，蕴含的是爱心和坚强，是挺直的脊梁，是博大的胸怀。〔8.3〕

佛光闪闪的头顶，芸芸众生向着光明处前行。心中有爱心头向佛你不觉得苦，信仰就像灯光一样照亮着前行的路。佛保佑着每个虔诚的人上路，路边鲜花盛开，前方光芒万丈。〔8.3〕

人这一生就是这样恍恍惚惚地过去了，年轻时不懂得珍惜时光，年老时又后悔自己无为。趁我能欣赏风景时，我要游遍美丽的山川河流。〔8.4〕

犹太人说过一句话，很值得赞赏："这世上有三样东西是别人抢不走的：一是吃进胃里的食物，二是藏在心中的梦想，三是读进大脑的书。"其实人生不就吃饱了，用梦想装饰大脑，读书打发时光嘛。自己的人生谁也抢不去。〔8.8〕

《祭鲁甸逝者》 多灾多难苦兴邦，谁家人亡不断肠。躲在小楼望明月，中元时节泪千行。〔8.10〕

🐎 走遍千山万水寻找一片风景，原来是为了一个景致，恰好契合于内心。〔8.12〕

🐎 有多少美丽的夜空就有多少美丽的梦想，正所谓"造梦的天堂"。〔8.12〕

🐎 再美的风景也胜不过自己美丽的心情。与其寻找一片风景不如找回自己的心情。〔8.14〕

🐎 "你未看此花时，此花与汝心同归于寂，你来看此花时，则此花颜色一时明白起来。"很喜欢王阳明的这句话。这都是修行高手们说出来的，心静如水，能看开掌握一切心外的东西，我们普通人很难做到，喜形于色，爱恨交织是我们常人一贯的表现。〔8.15〕

健康=60%生活方式+15%遗传因素+10%社会因素+8%医疗因素+7%气候因素。所以说健康把握在自己的手里，我们要建立良好的生活方式。〔8.15〕

思想上的真正自由，你的语言才最活泼最新鲜最有创造力。〔8.21〕

重温林老先生的爱情故事，感受"婚姻犹如一艘雕刻的船，看你怎样去欣赏它，又怎样去驾驭它。倘若你智慧，即使婚前你和爱人不相识，婚后你也是能和爱人琴瑟和鸣相敬如宾的。"林语堂真是一个可爱的老头，80岁那年，他在《八十自述》一书中这样写道："我从圣约翰回厦门时，总在我好友的家逗留，因为我热爱我好友的妹妹。"林语堂是大家，我们才认为他可爱。如果是一个普通的老头，我们一定会觉得他是个老色鬼。〔8.21〕

有句名言说：当真理还在穿鞋的时候，谎言已经跑遍了世界。但我执着地坚信：真理一旦迈开脚步，就能把谎言赶出世界。〔8.23〕

朋友之间要互相付出，不能一方付出，另一方觉得理所当然。时间久了，友谊就淡了。别人给你阳光，你要为别人遮凉。〔8.24〕

我喜欢金庸笔下的人物黄药师，东邪西毒南帝北丐都是很有个性的人物（《射雕英雄传》，《神雕侠侣》），而其中东邪黄药师恐怕是最有个性的一位了。黄药师非孔非圣，特立独行，又居住在海上的桃花岛，因而得了"东邪"的名号。他非黑非白，又亦黑亦白。他精通阴阳五行，谙熟丝竹音律。"桃花落影飞神剑，碧海潮生按玉箫"，这是多么飘逸的风采，这是多么脱俗的意境!然而，东邪并不是一个没有喜怒哀乐的神仙，他是一个有血有肉的凡人。他狂放，被人误会要向他报仇，却根本不屑于解释；他重情，妻子死后一直念念不忘，无法释怀；他蛮横，弟子偷了他的《九阴真经》，就迁怒于所有弟子，将他们一一打残；他爱国，帮助郭靖守卫襄阳，立下功勋。在他身上，一半是仙，一半是人。他既孤傲出世，又热衷论剑；他既爱护妻女，又残害门徒；他既看破红尘，又积极进取。这样的岛主，怎能不让读者叹服？这样的东邪，怎能不让读者难忘！〔8.24〕

佛说：与你无缘的人，你与他说话再多也是废话。与你有缘的人，你的存在就能惊醒他所有的感觉。那何为缘呢？所谓人生的缘分，感觉就是在合适的时间里，遇见合适的你。缘分有着其机遇和微妙，在亿万万人的世界，我们百年间的生活里，不早不晚，正好彼此相遇相识，然后经过进一步的交往，这种缘分就可能成为彼此的需要。〔8.25〕

河流为什么走弯道？（分享别人的智慧）禅师说，"但在我看来，河流不走直路而走弯路，最根本的原因就是，走弯路是自然界的一种常态，而走直路是一种非常态，因为河流在前进的过程中，会遇到各种各样的障碍，有些障碍是无法逾越的。所以，它只有取弯路，绕道而行，也正因为走弯路，让它避开了一道道障碍，最终抵达了遥远的大海。"说到这里，禅师突然把话题一转，说："其实，人生也是如此，当人们遇到坎坷、挫折时，也要把曲折的人生看作是一种常态，不悲观失望，不长吁短叹，不停滞不前，把走弯路看成是前行的另一种形式、另一条途径，这样你就可以像那些走弯路的河流一样，抵达那遥远的人生大海。"〔8.27〕

要与欣赏你的人交往，交有正能量的朋友，与愿为你领路的人、肯批评你的人为伍。〔8.27〕

"一生一死，乃知交情；一贫一富，乃知交态；一贵一贱，交情乃见。"《史记》中的这句话写得特别好，需要我们认真的领悟。〔8.28〕

🖋 我们应该每一天都真实记录自己的思想，如实地表达出来。老了，翻看自己成长生活工作的每一页。原来我确确实实地在这个世界生活过。〔8.28〕

🖋 当年军校毕业时鼓励同学们赴新疆西藏。其实去西部去坚苦地区锻炼发展没有什么不好，看看胡春华同志。〔8.28〕

🖋 人应该懂得感恩，不能忘恩负义，不知你读过它没有？古代一渔夫到河边捕鱼，他把竹器筌投进水里，全神贯注观看浮标，终于一条红鲢鱼上筌了。他十分高兴取下鱼把筌抛在一边，快步回家吹嘘自己的功劳。妻子说这是筌的功劳，问他筌到哪里去了，渔夫这才想起忘记带筌回家了。所以《庄子·外物》中："筌者所以在鱼，得鱼而忘筌；蹄者所以在兔，得兔而忘蹄；言者所以在意，得意而忘言。"〔8.29〕

🖋 秋夜凉爽，心情舒畅，虽不能赋诗，但是可以想起别人的诗。历史有一个很有名的皇帝汉武帝写过一首诗不赖，《秋风辞》：秋风起兮白云飞，草木黄落兮雁南归。兰有秀兮菊有芳，怀佳人兮不能忘。泛楼船兮济汾河，横中流兮扬素波。箫鼓鸣兮发棹歌，欢乐极兮哀情多。少壮几时兮奈老何！〔8.29〕

🖋 许多年前就有一个梦想，想到内蒙古额济纳旗看胡杨林，口头说得响，却一直未成行。胡杨林成为一个心中的惦念。"一剪闲云一溪水，一程山水一年华；一世浮生一刹那，一树菩提一烟霞"。每到九月梦又浮起，漂向远方。〔8.30〕

🖋 我们也要在微信的朋友圈里反抗语言的暴力、审美的平庸和生活的猥琐。〔8.30〕

不论在艺术作品里还是诗歌里或是宗教里，我们总是寻找着不同于现实世界的国度，在这个国度里你是自由的化身。〔8.30〕

诗和爱情点燃了生命，让生命靓丽多姿。〔8.30〕

没有激情和想象的生活就犹如行走于沙漠永远看不到绿阴。〔8.30〕

古今无数人为之悲叹的是，人的生命就像那东流的江水一样，逝者如斯，一去不返，这是不可抗拒的自然规律啊；然而，人的生命轨迹果真如此吗，你看蕲水清泉寺门前的兰溪水就是款款的向西流去的啊。所以，不要感慨黄鸡催晓，光阴易逝，自伤白发，哀叹衰老。门前的溪水尚且可以西流，难道你的青春就不会再现吗（无少了吗）？所以东坡诗云："谁道人生无再少？门前流水尚能西！休将白发唱黄鸡。"〔8.31〕

今天又读庄子《逍遥游》，原来我的名字是有出处的，或许当年父母也未知晓。逍遥游出处或作者：《庄子》北冥有鱼，其名为鲲。鲲之大，不知其几千里也。化而为鸟，其名为鹏。鹏之背，不知其几千里也，怒而飞，其翼若垂天之云。是鸟也，海运则将徙于南冥。〔8.31〕

否极泰来。否、泰：《周易》中的两个卦名。否：卦不顺利；极：尽头；泰：卦顺利。逆境达到极点，就会向顺境转化。指坏运到了头好运就来了。近义词：苦尽甘来。〔8.31〕

对我来说写字和写文没有天分，艺术需要天分，不是你勤奋就能得来的。勤奋的很多，但苏东坡只有一人，他是天才，字和文都写得好。然而我很喜欢欣赏美字美文。因为它是一种享受。〔9.1〕

张爱玲写的《秋雨》中的雨，像银灰色黏濡的蛛丝，织成一片轻柔的网，网住了整个秋的世界。而今天的雨像患了前列腺炎的老头撒尿，断断续续，不像小孩子尿尿痛快淋漓。大路上又车流如水，雨停时院里有人出来散步，活不了几天的知了又叫了起来。今夜又无眠了。〔9.1〕

李清照多情，"梧桐更兼细雨，到黄昏、点点滴滴。这次第，怎一个愁字了得？"今天一场秋雨，我没有愁，反而喜，小孩开学第一天，加上一场秋雨，夜班能不喜吗？秋风秋雨秋煞人，没有那么凄凉恐怖。反而天阶夜色凉如水，坐看牵牛织女星。〔9.1〕

秋天不约而至，不打招呼地来了，"寒山转苍翠，秋水日潺湲。倚杖柴门外，临风听暮蝉。"秋天是个做梦的季节，秋天让人陶醉，让人遐想，让人感受生命的更替。所以我愿走在秋天里，愿走在秋天的梦境中。〔9.1〕

沈从文说："我行过许多地方的桥，看过许多次数的云，喝过许多种类的酒，却只爱过一个正当最好年龄的人。"而我说：我走过许多的路，看过许多的景，写过许多的诗，喝过许多的饮料，却喜欢过一个当了别人新娘的女孩。〔9.2〕

很喜欢的一个词。《麦田里的守望者》为世界贡献了一个词语：守望。教育不是管，也不是不管。在管与不管之间，有一个词语叫"守望"。〔9.2〕

明天我就放牧南山，诗歌边塞。〔9.2〕

开满鲜花的房子，一杯茶，一本书，一辈子。〔9.3〕

"纵浪大化中，不喜亦不惧。应尽便须尽，无复独多虑。"这是陶渊明的诗。意思为纵然身处大风大浪之中，也不欢喜也不畏惧，凡事尽力而为，无须多过纠结思虑。季羡林把它作为自己的座右铭，他说陶渊明的"纵浪大化中，不喜亦不惧"是他的人生态度。人从哪里来，还是要到哪里去，回归大地母亲的怀抱，这是谁也无法更改的规律，因此没有必要为生活中的种种阴晴圆缺而情绪大起大落。范仲淹在《岳阳楼记》中也有一句流传千古的"不以物喜，不以己悲"，其道理与陶渊明的诗相通。〔9.3〕

在心理学上，乐观人格者突出特征为：积极归因生活的挫折，辩证看待人生的得失，对于生活具有极大的自我能量。美国著名文学家爱默生说过一句名言："逆境有一种科学价值，一个好的学者是不会放过这一大好学习机会的。"苏东坡没有错过任何逆境的学习机会，他的积极归因使他笑傲江湖，他的达观思维使他善于与狼共舞。这是他乐观人格的突出表现。〔9.4〕

秋天，人容易悲情。这或许与环境与自然气候有关。秋天，应该读读苏东坡。我喜欢豁达的苏东坡。高中时就喜欢读林语堂的《苏东坡传》，至今记忆犹新。说东坡公乐观、豁达，是因为他在历尽仕途坎坷之后还是那么天趣洋溢，超然无累，在苦难中他彰显出生命的活力。正如《衣冠伟人——感悟苏东坡》一文中所说："灾难舛途没有愚钝他对生命的灵慧的感悟，艰难困苦不曾消磨他对生活的敏锐的洞察。相反，历经种种之后，他更懂得收藏和珍惜一点一滴的快乐，活出了一派天真、一派精彩。""如果他只是天仙，可能还真的让人敬而远之，可他是天仙，却偏偏又化作了人，化作了苏轼苏东坡。"贬到杭州，他说：'我本无家更安住，故乡无此好湖山。'贬到黄州，他说：'长江绕郭知鱼美，好竹连山觉笋香。'贬到惠州，他说：'日啖荔枝三百颗，不妨长作岭南人。'贬到儋州，他说：'九死南荒吾不恨，兹游奇绝冠平生。'"

他写了许多的诗，说了许多的话，作了许多的事，都可以体现他的旷达，这就不是我一时可以说清的了。"莫听穿林打叶声，何妨吟啸且徐行，竹杖芒鞋轻胜马，谁怕，一蓑烟雨任平生。料峭春风吹酒醒，微冷，山头斜照却相迎。回首向来萧瑟处，归去，也无风雨也无晴。"读苏轼《定风波》，综观东坡公一生，确实是"一蓑烟雨任平生"啊！〔9.4〕

一生扮演多种角色，唯独忘了真正的自己，活出一个真我真不容易。〔9.4〕

雁字回时，月满西楼，喜欢这种中秋的意境。希望人长久，希望人团圆。美好的心愿如天上明月照亮人间。不论你在何方，我在哪里。我们共望一轮明月，胸怀彼此的祝福，此刻足矣。明日我们继续前行。〔9.5〕

中秋的夜晚，月明人静。看到新东方俞敏洪的一段话，觉得很有道理，任何时候不能放弃梦想。"其实从我们身上可以看到，每一个人都是会成长的。有一句话说：'千万不要以某一个人的现在去判断他的未来，除非你发现这个人的心已经死掉了。'一个不死心的人，一个心中总是有梦想的人，不管他现在多么卑微，只要他在前行的路上，就一定能走出很远的距离。你会发现他不断地成长，不断地取得你想象不到的成就。"〔9.5〕

中秋，在京城总会想起那传说中的卢沟晓月。"卢沟晓月"，卢沟桥上石栏刻狮，林林对峙，桥下水声潺潺，晓月流光。在北京20年了，我是没见卢沟晓月，见了也未必如传说中的好。疏星晓月，曙景苍然，只是个传说。月在心中，心中有月，哪里都会美。美的是心情，不仅仅是风景。〔9.5〕

很怕孩子被老师夸奖，不是我装，是我觉得一旦老师觉得这个孩子好，这个孩子就合乎了他们多年来认定的好孩子的标准。中国现行的教育制度下，好孩子长期发展就会被抹杀了创造力。从古到今有成就的人，小的时候哪个是好孩子？叛逆出天才。〔9.5〕

马克思的女儿燕妮问历史学家维特克："您能用最简明的语言，把人类历史浓缩在一本小册子里吗？"维特克说："不必，只要四句德国谚语就够了。"这四句是：①上帝让谁灭亡，总是先让他膨胀。②时间是筛子，最终会淘去一切沉渣。③蜜蜂盗花，结果却使花开茂盛。④暗透了，更能看得见星光。〔9.5〕

林语堂笔下的"幸福"：一是睡在自家的床上，二是吃父母做的饭菜，三是听爱人给你说情话，四是跟孩子做游戏。你的幸福呢？我的幸福是睡到自然醒，写诗写得手抽筋。是不是太俗气了？〔9.6〕

友情亲情，别人若真是想着你的话，远在天涯有人亲，不想你的话，近在咫尺无人问。〔9.6〕

秋天本应天高云淡，今天却被雾霾笼罩。秋天本应层林尽染，现在还为时过早。听说中秋云遮月，赏月也是不可能。记得《红楼梦》第七十六回"凸碧堂品笛感凄清，凹晶馆联诗悲寂寞"描写过中秋节的片段：湘云和黛玉不睡，却去对诗，湘云说的是：窗灯焰已昏。寒塘渡鹤影。黛玉对的是：冷月葬花魂。湘云拍手赞道："果然好极！非此不能对。好个'葬花魂'！"因又叹道："诗固新奇，只是太颓丧了些。你现病着，不该作此过于清奇诡谲之语。"黛玉笑道："不如此如何压倒你。下句竟还未得，只为用工在这一句了。"〔9.6〕

每刻我们都希望心情如山间之明月，江上之清风。希望我们心要么在旅行要么在读书。希望生命不老希望爱情永存。喜欢诗歌田园，喜欢放牧南山。喜欢灿烂如夏花，静美如秋叶。〔9.7〕

在清如水明如镜的秋天，我们应当快乐。这是一年中最美的季节，美到极点后就是萧条。〔9.7〕

在老家人们有供月的风俗。供月即指把中秋节时将月饼、果品等摆在院子中间，月亮先"吃"，然后人才能吃的一种风俗习惯。每当中秋月亮升起，于露天设案，将月饼、石榴、枣子等瓜果供于桌案上，拜月后，全家人围坐，边吃边谈，共赏明月。〔9.8〕

中秋时节正逢白露，白露标志着天气开始转凉，提示大家添衣进补。"白露"让我想起了《诗经·国风》中的诗句："蒹葭苍苍，白露为霜。所谓伊人，在水一方。溯洄从之，道阻且长。溯游从之，宛在水中央。"〔9.9〕

为什么我们总是活不明白。因为没人告诉我们如果去做。忙于生活，疏于读书。跟着世俗追逐名利。最后总是感受不到想要的幸福。大师云：气，忌盛。心，忌满。才，忌露。自处超然，处人蔼然。无事澄然，有事斩然。得意淡然，失意泰然。〔9.10〕

很久很久没有去想什么是朋友了，也不记得朋友的概念了。读到了弘一法师的字句，才想起了朋友二字的深意。"君子之交，其淡如水，执象而求，咫尺千里。问余何适，廓尔忘言，华枝春满，天心月圆。" —— 李叔同〔9.10〕

原来一直喜欢丰子恺的漫画，简洁明了，往往是寥寥几笔，就勾画出一种意境，比如"人散后，一钩新月天如水"，现在喜欢他的散文和感悟。可能他受他的老师李叔同的影响，一种似禅的意味。"你若爱，生活哪里都可爱。你若恨，生活哪里都可恨。你若感恩，处处可感恩。你若成长，事事可成长。不是世界选择了你，是你选择了这个世界。既然无处可躲，不如傻乐。既然无处可逃，不如喜悦。既然没有净土，不如静心。既然没有如愿，不如释然。"〔9.10〕

今天看到丰子恺的一段话不错，真是国学大师，把人生总结的那么精辟。读后让人茅塞顿开。"不乱于心，不困于情。不畏将来，不念过往。如此，安好！深谋若谷，深交若水。深明大义，深悉小节。已然，静舒！善宽以怀，善感以恩。善博以浪，善精以业。这般，最佳！勿感于时，勿伤于怀。勿耽美色，勿沉虚妄。从今，进取！无愧于天，无愧于地。无怍于人，无惧于鬼。这样，人生!"〔9.10〕

我们都是平凡的，平凡世界里平凡的人，不愿意承认自己的低俗。"大多数的人一辈子只做了三件事；自欺、欺人、被人欺。"〔9.11〕

人这一生啊，老了回望一生，过往如烟云，站在任何年龄段回首来时路，也是短短的路程，最快的留不住的就是时光。难怪有人说"我们只是时间的过客，总有一天，我们会和所有的一切永别。眼前的，好好珍惜；过去的，坦然面对。该来的，欣然接受。"〔9.11〕

追忆星爷的年代，20世纪90年代初，正是周星驰红火的时候。上高中时觉得他的电影很搞笑很滑稽。也不知道什么是无厘头，总之记住了爱你一万年。记住你妈先。时光飞逝，忽而想起了那个朦胧的年代。〔9.13〕

🍃 看到颐和园的十七孔桥，就想到了杜牧的诗。"青山隐隐水迢迢，秋尽江南草未凋。二十四桥明月夜，玉人何处教吹箫。"这首诗已流传了一千多年，可谓妇孺皆知。诗因桥而咏出，桥因诗而闻名。天下的名桥很多，而十七孔桥离我最近。从来也没想到桥上看月，想必很美。想必也如西湖的三潭映月。〔9.13〕

🍃 须眉交白带你看那海边璀璨的烟火。〔9.13〕

🍃 我们总想多挣钱为子女积攒点，想以后子女少受苦多享福。"以清白遗子孙，不亦厚乎。"（《南史·徐勉传》）把清清白白做人的品质留给后代子孙，不也是很厚重的一笔财富吗？古人看的这么开，为什么我们受困呢？〔9.14〕

🍃 世界上最珍贵的一种感情——爱，拥有时我们不懂得珍惜，失去时又百般留恋。难怪20世纪最伟大的诗人聂鲁达说："爱是这么短，遗忘是这么长。"〔9.14〕

🍃 孩子从小就应该有挫折教育，让他们吃点苦，从挫折中成熟起来。爱孩子有两种方法：一让他健康成长，二让他知道幸福的不易。"如果要锻炼一个能做大事的人，必定要叫他吃苦受累，百不称心，才能养成坚忍的性格。一个人经过不同程度的锻炼，就获得不同程度的修养，不同程度的效益。好比香料，捣得愈碎，磨得愈细，香得愈浓烈。"——杨绛〔9.15〕

🍃 古人真是教子有方。古时有父母对孩子的"七不问责"：①对众不责，要有尊严；②愧悔不责，因其自省；③暮夜不责，不利入眠；④饮食不责，易致脾虚；⑤欢庆不责，经脉受损；⑥悲忧不责，恐伤倍至；⑦疾病不责，爱如良药。比起现代教育中惩罚不知高明多少倍。〔9.19〕

前一段时间国家主席习近平在韩国首尔大学演讲，引用了古人一句经典的话：以利相交，利尽则散；以势相交，势败则倾；惟以心相交，方能成其久远……感触良多，当然现实中不可能没利，但是要利益相衡，不能唯利是图，朋友如此，家庭如此，国家如此。珍惜缘分，珍惜时光；以善为念，学会感恩；以诚相待，以心相交！与高者为伍，与德者同行。真诚地利益共享，这是最上等的利，这种利才永恒长久。〔9.20〕

生活中总有些见人能说人话，见鬼能说鬼话的人，八面玲珑，左右逢源。今天看到周国平的文章，明白了一些道理。"从一个人如何与人交往，尤能见出他的做人。这倒不在于人缘好不好，朋友多不多，各种人际关系是否和睦。人缘好可能是因为性格随和，也可能是因为做人圆滑，本身不能说明问题。在与人交往上，孔子最强调一个'信'字，我认为是对的。待人是否诚实无欺，最能反映一个人的人品是否光明磊落。一个人哪怕朋友遍天下，只要他对其中一个朋友有背信弃义的行径，我们就有充分的理由怀疑他是否真爱朋友，因为一旦他认为必要，他同样会背叛其他的朋友。'与朋友交而不信'，只能得逞一时之私欲，却是做人的大失败。"〔9.20〕

人到中年，不再风风火火，内心能平静下来许多。不再人云亦云，也有自己的判断。有许多看不惯的事也习以为常了。人到中年，明白了健康的重要。人到中年，知道了责任的含义，上有老下有小需要自己处理许多事情。人到中年，慢慢体味人生吧，不急不躁。〔9.23〕

晚秋风瑟瑟，暮雨潇潇，凉意入体，走在落叶飘飞的小道，人容易悲秋。而我想到王勃的《滕王阁序》里的"老当益壮，宁移白首之心；穷且益坚，不坠青云之志。"〔9.23〕

走过了一道道的坎，又是一道道坎。虽说车到山前必有路，那是乐观的看法。如山前无路可寻呢，也得自己逢山开路，遇河搭桥了。或许希望会有"山重水复疑无路，柳暗花明又一村。"〔9.23〕

陈寅恪说做学问要有独立之精神，自由之思想。我觉得何止做学问。为人做事也应该如此。健全的人格就应有自己独立的一面，独立的思想和处事风格。〔9.24〕

平时忙也没有爱好。枕边有一本唐诗选和一本宋词三百首，尤喜李白的诗和东坡的词。读后可以放松一下心身。今天看到了别人总结得很好，"唐诗基本可以总结为：田园有宅男，边塞多愤青，咏古伤不起，送别满基情。宋词基本可以总结为：小资喝花酒，老兵坐床头，知青咏古自助游，皇上宫中愁，剩女宅家里，萝莉嫁王侯，名媛丈夫死得早，美眉在青楼。"〔9.25〕

千年前那个立于秋风黄花中寻寻觅觅的美神李清照在晚秋中写下："湖上风光波浩渺，秋已暮，红稀香少。水光山色与人亲，说不尽，无穷好。莲子已成荷叶老，青露洗，苹花汀草。绵沙鸥鹭不回头，似也恨，人归早。"而我立于空旷秋天中，极目四望，心似湖水明亮着未来，沉下了过去。〔9.28〕

虽然我们常常顺其自然地生活、工作，但是总会有一些困惑，一些路途即使你无求也不可能一帆风顺。路也不可能平直到底，总有意想不到的拐弯等着你。今日看到了杨绛先生一段话明白了一些道理："上苍不会让所有幸福集中到某个人身上，得到爱情未必拥有金钱；拥有金钱未必得到快乐；得到快乐未必拥有健康；拥有健康未必一切都会如愿以偿。保持知足常乐的心态才是淬炼心智、净化心灵的最佳途径。一切快乐的享受都属于精神，这种快乐把忍受变为享受，是精神对于物质的胜利，这便是人生哲学。"〔9.30〕

人怎样活着就快乐？怎样活着就满足？确无定论，各有分解。没有一个人一生都快乐，也没有一个人一生都痛苦。所有的痛苦可能是人的欲望所致。时而一路风雨，时而一路阳光。"人类往往少年老成，青年迷茫，中年喜欢将别人的成就与自己相比较，因而觉得受挫，好不容易活到老年仍是一个没有成长的笨孩子。我们一直粗糙地活着，而人的一生，便也这样过去了。"三毛如是说。〔10.3〕

现在人们讲金钱，讲利益，讲规则。极少谈品德，物质至上。我们生活在物欲横流的世界中，谈品德好像是一种奢侈。"品德是无法伪造的，也无法像衣服一样随兴地穿上或脱下来丢在一旁。就像木头的纹路源自树木的中心，品德的成长与发育也需要时间和滋养。也因此，我们日复一日地写下自身的命运，因为我们的所为毫不留情地决定我们的命运。我相信这就是人生的最高逻辑和法则。"
〔10.6〕

人不能太聪明了，还是笨点好。王熙凤太聪明，机关算尽，误了卿卿性命。曹操聪明过头，害怕华佗害他，病死了。鲁智深笨点没回朝廷封官，回六合寺了，躲过了被毒死下场，唐三藏笨得可笑，取回真经。人还是笨点好，留得三分给儿孙，别自己独霸了，没给子孙留一分。〔10.6〕

走着走着我们就忘记自己的初衷，忘记了自己的脚步。人生足迹里几多欢喜几多愁。悟道不深，红尘不浅。"人生最高境界：佛为心，道为骨，儒为表，大度看世界。技在手，能在身，思在脑，从容过生活。三千年读史，不外功名利禄；九万里悟道，终归诗酒田园。"——南怀瑾。
〔10.7〕

人生几度春秋，滚滚长江东逝水，浪花淘尽英雄。高楼饮酒喜相逢，古今多少事，都付笑谈中。深秋季节读三国。曾经的辉煌与平淡最终归于流水。四季更替，人生的变化，都是必然。宋词写道："候蛩凄断，人语西风岸。月落沙平江似练，望尽芦花无雁。暗教愁损兰成，可怜夜夜关情。只有一枝梧叶，不知多少秋声！"〔10.7〕

秋声动听，秋色艳丽，秋韵回味。秋光里读书静坐看一炷香燃灭。王昌龄在《长信秋词·其一》中写道："金井梧桐秋叶黄，珠帘不卷夜来霜。熏笼玉枕无颜色，卧听南宫清漏长。"〔10.7〕

秋天里最容易悲秋失落，而在胡杨林前就会觉得秋是生命的顶峰。蓝天下金色云朵，让人生出蓬勃的动力。水光倒影，一幅绝美的画，画中有诗，诗中有画。活着，生命是多么精彩。〔10.7〕

又看到胡杨林，胡杨林总是给人以力量，遐想，梦幻。秋霜染黄了这片梦中之林。让秋天不再萧条而富于色彩和明净。秋阳下，胡杨林，另一个世界中梦想的捕捉。〔10.7〕

凉风有兴，秋月无边。在这深秋的夜晚，能看到红月亮是多么幸运。独立寒秋，看万山红遍，层林尽染。人生四季，寒暑交替，静心体味生活的悲与喜，笑看起起落落，沉沉浮浮。〔10.11〕

秋天林下这条小道，我每天在走，连接着过去和现在和未来。心情悲伤也好，欢喜也罢，我走过，它默语无声。我观白云悠悠，听秋声萧飒。品欧阳修之秋声赋，"星月皎洁，明河在天，四无人声，声在树间。"〔10.12〕

幽默不仅是艺术的美，也是智慧的美。生活需要调剂，需要幽默来开启心灵的一扇窗。让生活丰富多彩。〔10.19〕

枫叶正红，相思正浓，晚秋时节慢步枫林，想起了"月落乌啼霜满天，江枫渔火对愁眠。姑苏城外寒山寺，夜半钟声到客船。"我没有唐人愁绪。我只觉得这季节里肯定会上演枫叶飘落的故事。为了这晚秋，为了这片枫叶。〔10.19〕

趁你不老，享受生命，趁你不老，远行赏景，趁你不老，爱你所爱。"人生恰如三月花，倾我一生一世念。来如飞花散似烟，醉里不知年华限。"〔10.20〕

枫染秋醉的夜晚读《纳兰词》，品容若彻骨情爱。"谁念西风独自凉，萧萧黄叶闭疏窗。沉思往事立残阳。被酒莫惊春睡重，赌书消得泼茶香。当时只道是寻常。"〔10.20〕

不知不觉中走到秋天尽头，寒冷夜凄凉。回望"碧云天，黄叶地。秋色连波，波上寒烟翠。山映斜阳天接水。芳草无情，更在斜阳外。"而今夜飒飒秋风起，秋天把美丽的外衣尽丢，就等白雪来覆盖，银装素裹。独立寒秋，看车来车往，人聚人散，繁华落尽，月迥无隐物，人语风飕飖。〔10.23〕

霜落叶声燥，景寒人语清。晚秋的夜晚寒风飒飒。月亮也散发出清冷的光辉。"深知身在情长在，怅望江头江水声。"〔10.23〕

烧烽碧云外，牧马青坡巅。梦中牧马于碧草蓝天间。突然远处一阵铃声响起，由远而近。梦是好的，睁眼雾霾未散。家中沏茶读书。〔10.23〕

一年又一年，一秋又一秋，叶黄落了来年又绿。总在不经意的发生。回首彼岸。纵然发现光景绵长。〔10.23〕

花无缺，月常明，雾散去。这是暮秋早晨希冀的光。"开始想念，那曾经握在手中苍凉的岁月，以及那一片灿烂的江湖——还有那些曾经爱过恨过的人们。"站在暮秋的早晨感到人生天地间，忽如远行客。〔10.25〕

看到一篇文章《如果再活一辈子》"一位幽默作家答复了最难回答的问题。日前有人问我，如果我能从头再活一辈子，可有什么地方愿加改变？没有，我回答说，但是我随后又想：如果我从头再活一辈子，我会少说多听。我会请朋友们来家吃饭，哪怕地毯有污痕，沙发褪了色。我会好整以暇地静聆听爷爷回忆他年轻时的一切。"真的如果让你再活一辈子，你如何重新对待人生，对待自己？如何重新体验生命？〔10.25〕

人应时常照照镜子，可是我们身形忙碌总是忘记了，"以铜为镜，可以正衣冠；以古为镜，可以知兴替；以人为镜，可以明得失。"（《旧唐书·魏征传》）。〔10.25〕

人生所有痛苦皆来源于欲望的不能满足。"患人知进而不知退，知欲而不知足，故有困辱之累，悔吝之咎。"（《三国志·魏书二十七·王昶传》），意思是：担心的是人们知道前进却不知道后退，知道索取却不知道满足，所以才会有受困窘侮辱的过错，才会有产生悔恨的过失。〔10.25〕

表面上繁华，背后凋零不是生命的本质。有生有死，有盛有败，有来有去，才是生命的过程。所以我从来也不看那些一时极盛的事物，或事业或爱情，或婚姻。〔10.31〕

每天瞎忙碌，从来没有想过活的意义，前进的目标。读到一段文字，心存感慨。弟子问老师：您能谈谈人类的奇怪之处吗？老师答道：他们急于成长，然后又哀叹失去的童年；他们以健康换取金钱，不久后又想用金钱恢复健康；他们对未来焦虑不已，却又无视现在的幸福。因此，他们既不活在当下，也不活在未来。他们活着仿佛从来不会死亡；临死前，又仿佛从未活过。〔10.31〕

四十多岁的人，工作也就这样了，多多关注一下自己的身体，健康才是最主要的，关爱一下孩子，多孝顺父母，不要给自己留下遗憾。四十不惑，真不能再困惑了。人生四十，风光正美。〔11.1〕

放下背负的重担，轻松地向前走，瞭望远方那片美丽的风景，幽幽碧草，葳蕤生长。你归来，一抹斜阳正浓。〔11.1〕

人生最难的就是选择。苏格拉底说："这就是人生——人生就是一次无法重复的选择。"面对无法回头的人生，我们只能做三件事：郑重的选择，争取不留下遗憾；如果遗憾了，就理智地面对它，然后争取改变；假若也不能改变，就勇敢地接受，不要后悔，继续朝前走。古人说三思而后行，说明不能轻易地选择，要三思。〔11.2〕

一段很值得思考的话：人是否有灵魂，是否存在一个超验的精神世界？这是悬而未决的。现代尖端科学已经证明：纯粹物质的科学思维已经走进了死胡同，和曾经纯粹精神的宗教思维一样是迷信。于是，宗教的未必不是科学的，科学的未必不是宗教的，更准确表达：物质与精神的片面化世界观都是错误的，于是我们需要对"死后"抱有敬畏。我觉得灵魂是精神世界的一种物质，它可能存在。相信灵魂是对自己不满足物质世界的一种有益补充。〔11.3〕

秋叶落了没有什么可悲，春花开了没有什么可喜，花开花落无喜也无悲，生到死就是生命的一个过程。老喇嘛对小喇嘛说：当你来到这个世界的时候，你在哭，但别人都很开心；当你离开这个世界的时候，别人都在哭，你自己很喜悦。所以，死亡并不可悲，生命亦不可喜。〔11.4〕

（听小故事懂大道理。）《庄子》中记载着这样一个故事：有个石木匠到齐国去，经过曲辕，见一棵栎树生长在社庙旁边，被奉为社神。这棵树大得难以形容，它的树阴可以供几千头牛同时歇息，围观的人多极了。可是，石木匠连看都不看一眼，径直向前走。他的徒弟却为它神迷，看后跑着追上师傅，道："自跟随师傅以来，从没见过这样好的大树，而您却看都不看，这是为什么？"石木匠说："这是散木。做船船会沉，做棺材会很快腐烂，做用具会坏得快，做门户会吐脂，做屋柱会蛀。总之，是做什么都不行。"当天晚上石木匠做了一个很奇怪的梦，他梦见这棵大树对他说："你认为我无用就不好吗？如果我有用的话我不早就被砍掉了吗？如果我有用我能长到现在吗？如果我有用我能长到这么高大吗？因为无用，所以我才能有这么长的寿命，因此我是无用而有用。而且虽然我的树干无用，但是我枝干上面有用就行，只要上面的树干有用它就会长得更高，长得更大，所以我无用是我最大的用处，是无用而让我变得更有用。"〔11.6〕

"忘记了课堂上所学的一切，剩下的才是教育。"——爱因斯坦。"最重要的教育原则是不要爱惜时间，要浪费时间。"——卢梭。多少精辟的论断。为什么中国缺乏这样的大师？现在的孩子像学奴，苦行僧。问孩子，为什么老师总让坐着不让玩，孩子说：老师负不起这个责。〔11.6〕

诸葛亮诫子书至今仍有教育意义。夫君子之行，静以修身，俭以养德；非淡泊无以明志，非宁静无以致远。夫学须静也，才须学也；非学无以广才，非静无以成学。怠慢则不能励精，险躁则不能冶性。年与时驰，意与日去，遂

成枯落，多不接世。悲守穷庐，将复何及！〔11.7〕

🐦 韦奇定理：即使你已有了主见，但如果有十个朋友看法和你相反，你就很难不动摇。提出者是美国洛杉矶加利福尼亚州立大学经济学家伊渥·韦奇。点评：①未听之时不应有成见，既听之后不可无主见。②不怕开始众说纷纭，只怕最后莫衷一是。〔11.7〕

🐦 立冬了，冬天到了。早晨树下都是落叶，像是铺上了金色的地毯。天气微凉，还不算冷。院子很清静，初冬的晨曦渐露温煦和柔和，走走想起了陶渊明《闲情赋》："悲晨曦之易夕，感人生之长勤。"〔11.7〕

🐦 在岁月的磨炼中，不再急躁不安，内心安定而清静，像湖水一样淡泊。"淡泊"是一种古老的道家思想，《老子》说"恬淡为上，胜而不美"。人们赞赏这种"心神恬适"的意境，白居易在《问秋光》一诗中写道"身心转恬泰，烟景弥淡泊"，是心无杂念，凝神安适，不限于眼前得失的长远而宽阔的境界。"非淡泊无以明志，非宁静无以致远。"〔11.8〕

🐦 年轻就是好，青春舞动，轻舞飞扬。自古美人叹迟暮，不许英雄见白头。西天的月亮还没沉下，东边已是万丈光芒。早晨路上行人少车辆也少。感觉空荡荡的。远处的西山清晰可见，一阵凉风吹过才明白冬天来了。"一痕朝日界晴窗，森肃清寒昨夜霜。"〔11.9〕

🐦 不管别人伸出多少双手帮助你，其实最有用的还是自己的一双手。〔11.9〕

🐦 如今社会，人事繁复，人压力大，所以内心的自我调节很重要，不仅学会与人沟通也要学会自我释放。自我的调节是一种能力，不仅有益身心健康也有益于在人生道路上欣赏到最美丽的风景。〔11.9〕

走在这繁华的世俗大道，眼前我喜欢的景色清晰可辨，每一棵树每一根草，也看清了人们内心的真挚和虚伪，我也无意地淡忘曾经和将来。"凡世的喧嚣和明亮，世俗的快乐和幸福，如同清亮的溪涧，在风里，在我眼前，汩汩而过，温暖如同泉水一样涌出来，我没有奢望，我只要你快乐，不要哀伤。"〔11.10〕

人喜欢生的快乐，不愿谈生后的离去。其实生就像夏花灿烂，死亦如秋叶般静美。"我在天堂向你俯身凝望，就像你凝望我一样略带忧伤。我在九泉向你抬头仰望，就像你站在旷野之上，仰望你曾经圣洁的理想。总有一天我会回来，带回满身木棉与紫荆的清香，带回我们闪闪亮亮的时光，然后告诉你，我已找到天堂。"〔11.10〕

太阳温暖地斜照着，一个休闲而清丽的午后。生活你就得左手握着快乐，右手握着梦想，一生才蓝天丽日，风景长驻。〔11.16〕

美国人塞缪尔·厄尔曼在《年轻》一文中写道："年轻，并非人生旅程的一段时光，也并非粉颊红唇和体魄的矫健。它是心灵中的一种状态，是头脑中的一个意念，是理性思维中的创造潜力，是情感活动的一股勃勃的朝气，是人生春色深处的一缕东风。"岁月催人老，心中永青春。我们应该像文中说的要时时保持一颗青春的年轻的心态迎接每一天。即使你已白发苍苍。〔11.17〕

"日出而作，日入而息，逍遥于天地之间，而心意自得。"人活的就是一种心态，幸福容易找到。〔11.21〕

看《西游记》最后，唐僧师徒四人经历九九八十一难，以为这下就可以轻易取得真经了，却又遇到了困难。佛祖说：经不可以轻传。这或许是世界通用的法则。〔11.22〕

- 送给最美儿医人：唐太宗在凌烟阁功臣题词中，有一首御赐宋公萧禹的五古："疾风知劲草，板荡识诚臣。勇夫安识义，智者必怀仁。"〔11.24〕

- 长得那么丑，还不读几本书？读书确实是件孤独的事，有空减肥没空读书，社会的流行病。〔11.27〕

- 寒山子，隐于天台山寒岩。这位富有神话色彩的唐代诗人，曾经一度被世人冷落，我独爱其诗。"吾家好隐沦，居处绝嚣尘。践草成三径，瞻云作四邻。助歌声有鸟，问法语无人。今日娑婆树，几年为一春。"〔11.28〕

- 清华大学的永远校长梅贻琦说："人最大的勇气就是敢于做一个平凡的人。"对咱来说，本来就是平凡人，何须勇气。〔12.1〕

- 宋代书法我会选苏东坡的寒食帖。他四十三岁因乌台诗案被抓，写了一首绝命诗，请狱卒带给弟弟，经欧阳修等极力抢救，才下放黄州。黄州时期是苏东坡写赤壁赋、大江东去、念奴娇、寒食帖的年代，唯一留下的手稿是寒食帖。当我二十几岁看到这作品时，觉得字颠颠倒倒的，有什么好？那时我的老师说："你将来就懂！"苏东坡年轻时，字写得很漂亮，寒食帖是在人生摔一大跤后写出来的，此时的他就不在意美，而是写得很自然。别人说这字好丑，苏东坡自嘲这是"石压蛤蟆体"。这是人生最高境界，别人笑有何关系？因为我知道自己存在的意义和价值。很多东西必须在生命不同阶段去领悟，我四十岁时看懂了寒食帖。现在我让二十岁的人去看寒食帖，他们和我当年一样，也说丑死了。〔12.2〕

- 寺院里新来了一个小和尚，对什么都好奇。秋天，寺院里红叶飞舞，小和尚跑去问师父："红叶这么美，为什么会掉呢？"师父一笑："因为冬天来了，树撑不住那么多叶子，只好舍。这不是'放弃'，是'放下'！"冬天来了，小和尚看见师兄们把院子里的水缸扣过来，又跑去问师父："好好的水，为什么要倒掉呢？"师父笑笑："因为冬天冷，水结冰膨胀会把缸撑破，所以要倒干净。这不是'真空'，是'放空'！"大雪纷飞，厚厚的，一层又一层，积在几棵盆栽龙柏上。师父吩咐徒弟们合力把盆扳倒，让树躺下来。小和尚又不解了，急着问："龙柏好好的，为什么要弄倒？"师父正色道："谁说好好的？没见雪把树枝都压塌了吗？再压就断了。那不是'放倒'，是'放平'。"天寒人稀，香火收入少多了，小和尚便问师父怎么办。师父说："数数，柜子里还挂了多少衣服？柴房里还堆了多少柴？仓库里还积了多少土豆？别想没有的，想想还有的。苦日子总会过去的，春天总会来，你要放心。'放心'不是'不用心'，是把心安顿。"〔12.3〕

豁达，是人生的历练、大起大落、从低谷中走出的一种人生姿势，是心理释放出的一种成熟的光芒，你装是装不出来的。〔12.3〕

金镶玉、颜如玉，玉从来就是个好东西，一切美好的事物，都与之相联系。公子世无双，陌上人如玉。说的是昔日两人相逢，一个风流倜傥举世无双，一个陌上采桑如花似玉，可谓郎才女貌。当然，只有达到了人生如玉、玉如人生，人玉交融的时候，那才是人的最高境界。

在《红楼梦》中，有一块被屡次提到的重要石头，就是通灵宝玉。它本是女娲炼就的一块顽石，因无才补天才随神瑛侍者入世，幻化为书中主角贾宝玉出生时口中所衔的美玉。另一个主角林黛玉，更是玉的化身，具有玉的品质，被列为金陵十二钗之首。由此可见，玉被赋予了神性的一面。旧时王谢堂前燕，飞入寻常百姓家。随着时代的变迁，玉也渐渐为大家所拥有。在民间，有男戴观音女戴佛的说法，我查了一下，说法很多。有的说这种戴法，有男女互补之意，男人可以吸取一些女性的优点，来弥补自己的缺点；而女性则可以吸取男性的一些优点，来弥补自己的不足。事实上，法无定相，佛法无边，佛和菩萨本就无性别之分，又如何会分男女佩戴呢。〔12.5〕

曾国藩对两个儿子的读书经常强调不求强记，不求苦学，而是强调涵泳、品味，认为读书也好，做事也好，只有真正从中体验到乐趣才可能坚持有恒。而且经常指点子弟怎样去发现书中的美。〔12.7〕

学佛，不是为了保佑自己，而是为了舍弃自己；不是让佛保佑自己多发财，而是保佑自己断除对财物的执着；不是让佛保佑自己长命百岁，而是保佑自己不要贪爱这个身体；不是让佛帮忙铲除自己遇到的鬼魔，而是加持自己对鬼魔不要起嗔心，要以大悲心对待他们。〔12.8〕

小时候在教室里读书时，当读到高适《别董大》的"千里黄云白日曛，北风吹雁雪纷纷。"杜甫《绝句》"窗含西岭千秋雪，门泊东吴万里船"。坐在那里想象外面是怎样的一场雪，大雁南飞，雪花纷纷。外面山上冰清玉澈，河面千里冰封，船停在岸边，被雪覆盖……下课了围坐火炉旁烤土豆烤红薯，哪管外面万里雪飘还是春暖花开。〔12.9〕

"老夫独坐楼青嶂，少室闲居任白头。可叹往年与今日，无心还似水东流。"人生无心如水则显禅心空灵。人生又何时能无心、何时禅心空灵呢？〔12.10〕

动的是月的光影，水的波纹，变得是云的聚散，山的沧桑，而始终湛然宁静的是方寸之心。"吾心似秋月，碧潭清皎洁，无物堪比伦，教我如何说。"〔12.10〕

唐代王梵志写有两首诗，一为："城外土馒头，馅草在城里。一人吃一个，莫嫌没滋味。"（《城外土馒头》）；二为："世无百年人，强作千年调。打铁作门限，鬼见拍手笑。"（《世无百年人》）。宋代范成大曾把这两首诗的诗意铸为一联："纵有千年铁门槛，终须一个土馒头。"（《重九日行营寿藏之地》），十分精警，《红楼梦》中妙玉就很喜欢这两句，而"铁槛寺""馒头庵"也来历在于此。〔12.10〕

寒冷冬季，外面寒风凛冽冰天雪地，坐在家里沏上一杯奶茶，奶茶飘香，读书写诗也是人生快事。草原奶茶——蒙古族等北方游牧民族做的奶茶统称草原奶茶。草原奶茶是所有奶茶的鼻祖，用砖茶混合鲜奶加盐熬制而成。北方草原气候寒冷，喝热的咸奶茶可以驱寒。〔12.13〕

校园是人一生最美的一角，只有读书时人在灵魂上是平等的。对校园的回忆总能激发人青春的热情。尽管考试让人生厌。〔12.13〕

林语堂在亲自设计的西班牙风格的别墅里，躺在躺椅上，终日对着阳明山的风景，抽雪茄，写下他的名言"顺乎本性就是身在天堂"。而我坐在沙发听着窗外呼啸的北风，感悟着老人之语。〔12.15〕

乐山凌云寺有一幅对联，上联：笑古笑今，笑东笑西笑南笑北，笑来笑去，笑自己原来无知无识；下联：观事观物，观天观地观日观月，观上观下，观他人总是有高有低。人生一世笑，正如一首歌唱的：沧海一声笑，滔滔两岸潮。笑看人生！〔12.16〕

河南少林寺面壁洞对联的上联：一苇渡江，达源溯六祖；下联：九年面壁，妙理悟三乘。人生在世需要好久才能领悟到妙理。九年面壁，清苦孤独。真理不可轻得。〔12.16〕

爱因斯坦关于工作与成就的有趣语录：如果A代表生活中的成功，那A＝x＋y＋z。其中x代表工作，y代游戏，z代表闭嘴。看来成功的人在工作时要闭嘴，多干少说。〔12.18〕

冬日的上午看到一句话："岁月极美，在于它必然的流逝"。整个上午暖和了起来。仿佛高僧指点拨开乌云见青天，指点迷津开心窍，看到了明月般清静圆满的境界，并在光明圆融的光辉照耀下走上了人生归路。"闲自访高僧，烟山万万层。师亲指归路，月挂一轮灯。"〔12.18〕

人就应该带着一种令人不老的满足与天真，一种逍遥物外的仙情与佛意开始每天的早晨和生活。正是"掬水月在手，弄花香满衣。"〔12.18〕

贵三"得"：沉得住气，弯得下腰，抬得起头。其实人都是修炼得不够，只有吃得百般苦受得千般罪才能逐渐领悟。〔12.21〕

我常常告诫自己，做事前要冷静，要思考。可真做起事就热火朝天，根本无暇思考。记得曾国藩说过一句话：先静之，再思之，五六分把握即做之。〔12.22〕

任何事尽力就行，不可强行而为之。顺其自然，自有天意。"凡办大事，以识为主，以才为辅；凡成大事，人谋居半，天意居半。"〔12.22〕

人问："何为友？"禅师示："友分四种：一如花，艳时盈怀，萎时丢弃。二如秤，与物重则头低，与物轻则头仰。三如山，可借之登高望远，送翠成荫。四如地，一粒种百粒收，默默承担。"人低头见影，有悟：待友如何，便遇何友，友如镜。〔12.30〕

今日一别，明日相见，也是一年。爱不久，情长留。挥手诀别，相思成树，从此以后，秋云春水，千山暮雪，各自珍重。〔12.30〕

2015

呦呦鹿鸣

草原之子成吉思汗有着比草原还宽广的胸怀，因而他的战马能够在欧亚大陆上驰骋。他说："你的心胸有多宽广，你的战马就能驰骋多远。"做人就应该有宽广的胸怀，屹立于天地，包罗山川湖泊，让人敬仰生佩。〔1.1〕

路遥在《平凡的世界》里写了一句话："生活的剪刀是多么的无情，它按照自己的安排来对每一个人的命运进行剪裁。"如果这把剪刀掌握在自己手里，就可剪出缤纷的人生，像奥特曼一样战胜一切困难。〔1.1〕

深夜里最幸福的事就是回到安静的书桌。〔1.2〕

真真使你不安的是你的欲望，无欲则刚，则心静如水。一杯清茶，一缕阳光，一本好书，一份闲情。闲身归去随天意，默许云霓拾落英。〔1.3〕

简洁地生活，去掉不必要的应酬。去繁就简，让精神丰富起来，寻找一个依山傍水的小院，做自己喜欢的事，采菊东篱，禾锄带月，赶鸭喂狗，清风朗月，吟诗作画。〔1.3〕

在情感的世界里有一种感情叫乡情。什么是乡情呢？我下不了一个准确的定义。但我觉得乡情是美好的，一方水土养一方人，在这方水土下人有些共性，这些共性让彼此产生共鸣，还有对于这方水土和共同生活的环境的怀念。〔1.3〕

幸福千千万，我所理解的幸福就是追求一种自己内心的真正的自由，包容世界的不完美。〔1.3〕

有人说："不要去追一匹马。用追马的时间种草，待到来年春暖花开之时就会有一匹骏马任君选择。"我种草了，却招来了狼。因为狼觉得有草就有羊。〔1.4〕

你有一颗快乐的心，处处闻啼鸟。不是人生到处都是平坦的道路，只是你看待自己的心情不同，所以处处是风景，时时见花开。〔1.4〕

人活在世界上，就好像局促在那小小的蜗牛角上，空间是那样的狭窄，还有什么好争的呢？人生短暂，就像石头相撞的那一瞬间所发出的一点火光，人生就这样过去了。人生不论穷富，不必太过于斤斤计较，应该尽量放宽胸怀，随时保持心情的愉快，这才是处世之道。"蜗牛角上争何事？石火光中寄此身。随贫随富且欢乐，不开口笑是痴人。"〔1.4〕

新年初始，气象更新，在不惑的道路上开始新的征程。不念过往，不畏将来。"潮平两岸阔，风正一帆悬。"〔1.4〕

小寒节气，农历十六，正是月圆之时。一轮雪月挂在天空，风寒树动，很少有人注意这寒月，月影树动叹风寒。树下能看到两只野猫窜动身影，不时发出几声凄厉的叫声。寒月梅香，梅在园中，园在月下。"谁言别后终无悔，寒月清霄绮梦回。深知身在情长在，前尘不共彩云飞。"〔1.6〕

忘记了早晚，忘记黑白，忘记了年龄，忘记冬夏。一路走过，只知晋魏，不知有汉。"有杯请月我疏闲，无酒听筝入梦间。世味假真谁舍得？人情冷暖墨偿还。"〔1.6〕

清新明丽，这样的早晨就是供早起的人欣赏的。古有闻鸡起舞，我是听钟起床。新的一天就在下楼的那刻开始了，咱也是蛮拼的，为了生活。朝霞旭日，一幅晨图就在眼前展开。生活，你喜欢不喜欢它也要开始。〔1.7〕

清晨太阳还未露头，西边的天空一轮寒月还未下去。树上几只栖息的寒鸦被惊飞起来，发出啊啊的叫声。路上行人多了起来，卖报的老奶奶不知何时就在路边叫卖晨报。生活似乎每天都在相似的流水中度过，而又有不同的体验和感受。活着，是多么幸福的事！〔1.8〕

致鸿雁群英会：鸿雁群英意多娇，京城打拼竞英豪。草原儿女任逍遥，不待你长发及腰。谁与卿共度良宵，看江山如此多娇。醉卧大营君莫笑，何等暮雪白头老。〔1.9〕

最美夕阳红，让我牵一匹瘦马站在老树下，凝望远去的昏鸦。芦苇荡中湖水半江瑟瑟半江红。夕阳是湖边美丽的吹箫少女，不像暮雪白头之美人迟暮。走在夕阳边，走在人生里。淡泊而致远。〔1.9〕

西边的天空孤星伴月，从蓝色天空上看就知道今天又是晴朗的一天，一天之际在于晨，晨空飘荡的丝丝凉风让人感到京晨的美丽。晨光中开启新的征程。没有雪的冬天里多了一份期盼，少了一份浪漫。〔1.9〕

休闲的周末，在暖阳的斜照下，心情舒畅得像一条丝巾飘荡在冬日的天空中。〔1.11〕

读书为什么？从小到大，好像是为了考试、为了谋职？放在书架上为了装点门面？今天终于明白，现在我读书，就是找一个心灵的栖息点，这里是自由的王国，人人此刻灵魂上是平等的。寻梦的路上有一片绿荫，喝杯咖啡，捕捉阳光，吸收氧气。寻找到真正的自己，和未知的自己。〔1.11〕

读好书，如遇美人。屈原遇到香草美人。屈原笔下香草美人"朝饮木兰之坠露兮，夕餐秋菊之落英。"他把它们佩戴在身上。"行清洁者佩芳。""兰芳秋而弥烈，君子佩之。"〔1.11〕

大人有时也和孩子一样喜欢早上睡到自然醒，人生愿望都很简单。不必起早贪黑地奔波在路上，虽然有的人觉得这是一种快乐。李嘉诚70岁大寿那天，有宾客问他：你平生最大的愿望是什么？李嘉诚小声地对宾客说：开一间小饭店，忙碌一整天，到晚上打烊后，与老婆躲在被窝里数钱。快乐与付出、收获与付出是不是成正比，现在还没有结论。生活千千万，按照自己快乐的方法生活吧。〔1.12〕

煮茶的时候，让日子慢慢沸腾。不温不火，品味的是过往的人生和似水的年华。在冬季的傍晚有一缕缕茶香弥漫在房间，音乐里唱响的是草原的辽阔，舒缓节律里，时光慢慢展开，窗外已华灯初上，半轮残月透出寒冷的青光。我在品茶。〔1.13〕

雪儿哪去了？今早听说你要来，也没见着。那一世，你为蝴蝶，我为落花，花心已碎，蝶翼天涯；那一世，你为繁星，我为月牙，形影相错，空负年华。金戈铁马，水月镜花，容华一刹那，那缕传世的青烟，点缀着你我结缘的童话，不问贵贱，不顾浮华，三千华发，一生牵挂，你是我倾尽生命错过的漫画，握住的，握不住的，都飘向了哪？〔1.14〕

为什么现在的人如此浮躁？人们匆忙的脚步缺乏踩地气，没有了地气，人容易轻浮或膨胀。回归地气，接触自然，找到自己最初的梦。〔1.15〕

老院是记忆的载体，承载着许许多多，风风雨雨。不管走过多少地方，见过多大世面，你在老屋前永远是孩子，老屋唤醒你即将沉睡的记忆和沉重的思考。根，人生根在哪儿？你走多远、飞多高也有一个起飞的地点。〔1.15〕

冬天等不到下雪，可以品着冰激凌等待飘雪。仰望星空，寻找一下自己属于哪个星座。这个世界说大不大，说小不小。你我何必太认真，生命的流星划过天际，留下短暂而灿烂的美。谁也不是永恒的星。〔1.15〕

一弯新月清晰地挂在东边的蓝空，雾散了，天终于晴了。站在路边，北风吹来，路灯也是那么的美。在追梦路上，即使有一天我老无所依，依然可以仰望晴空。〔1.16〕

人生在世点水而过，在宇宙长河。悲喜自如，沉浮自如。聆听天外之声，感受眼睛所见。"意亦心所至，言须耳所闻。谁云天地外，别有好乾坤。"〔1.16〕

你觉得每天日子都过得这么的枯燥乏味，真的让你离开这个世界，你又留恋万千，什么都舍不得丢下。人就是这么奇怪。〔1.16〕

我就想把世界繁华化为简洁的平凡生活。我就想把深奥的哲理化为一片叶的风情生活。我就喜欢像莲一样月晓风清时濯茎，无斯华之独灵。我就想沧海月明珠有泪，蓝田日暖玉生烟。〔1.18〕

呼啸的西北风在这寒冬夜晚吹起，树叶发出吱吱哑哑的叫声，一于树下走过，怕被掉下的树枝打着。夜晚喝杯茶，听着评书《三国》。思绪在新月下漫舞。〔1.18〕

我的世界里已春光明媚，等不到冬季飘雪时。世界如此艳丽，人生那么灿烂。点燃一炷香，把通往光明的门窗打开。〔1.18〕

谁也希望人生如一潭碧水，两岸开满了鲜花。一轮明月映照潭心，谁也希望能捕捉爱情的鱼。"淇水清且泚，泉源发吾地。流到君家时，尽是思君意。"在秋天的阳光下，在禅意的古树边，我在等你，就像等一朵即将开放的花，就像等一弯流水的月。〔1.19〕

🕯 美丽的夜晚总能捕捉到灵感的火花，青春的面容一去不复返，可是年轻的心像棵茂盛的松树永远苍绿。梅花败过海棠开，爱到荼蘼犹未晚。夜绽放出璀璨的繁星，点亮我的心空。〔1.19〕

🕯 太阳暖暖地斜照在装满冰糖葫芦的车上，冰糖葫芦红彤彤地闪亮着。报亭门口摆满了各大报纸和杂志。冬天到了，春天也不会太远。我望向西山上方蓝色的碧空。冬天下午就这样在头顶绽放。〔1.19〕

🕯 达到佛之顶、领会佛之语的人，在通往光明的路上受到了多少磨难。天才的才情和生活的源泉，为一个人真正领悟禅之语、佛之心的基础，"引颈长鸣苍天愿，松树争春只为情，弹指一挥千古事，举杯共话美人心。"〔1.20〕

🕯 心不受牵绊，心已自由，思想才能自由广阔，语言才能轻灵飘逸。有自由有境界才有禅。有禅才能和世界之外的声音对话，才能找到佛我两通的途径。〔1.20〕

🕯 小老百姓的日子也是欢乐多多，不必羡慕今天谁升了，不必管今天谁又发了。和咱没半点关系。孩子平安、老人健康是咱的福。走咱的路活咱的人，过一个小老百姓的快乐生活。〔1.20〕

🕯 下午去北大三院放射体检，首先是要抽三管血，我就在漂亮小护士面前坐下伸出胳膊。她一边问我是哪个医院的，一边擦碘酒。突然她抓住我的左手，抚摸着我的手背，并露出欢喜的眼神，我不禁心猿意马，浮想联翩。谁知她说："你这血管太好打留置针了！"〔1.20〕

🕯 等待阳光时，心静如水。不被世界乱象迷惑，不为浮华如云乱了脚步。我始终相信光明的力量，谁也不要阻挡我的阳光。〔1.22〕

一头狮子带的羊群打败了一头羊带的一群狮子，队长的重要性可想而知。一个懒散的胸无大志的队长会带坏一批队伍：犯二的脚步谁也阻挡不了。〔1.23〕

人生的三境界，理想，奋斗，成功。我觉得像：放鸽子，养鸽子，收鸽子。王国维说，古今之成大事业、大学问者，必经过三种之境界：'昨夜西风凋碧树。独上高楼，望尽天涯路。'此第一境也。"衣带渐宽终不悔，为伊消得人憔悴。"此第二境也。"众里寻他千百度，蓦然回首，那人却在灯火阑珊处。"此第三境也。放鸽子就是第一境界，让鸽子翱翔碧空感受天地之美，这就是理想。养鸽子是第二境界，辛勤地喝养，鉴别良莠，这就是奋斗耕

120

耘。收鸽子是第三境界，放得出去，收得回来，能上蓝天能回鸽窝。能飞翔能奋斗，也会把握成功享受成功。〔1.24〕

感悟人生的几个阶段：一，破帽遮颜过闹市，漏船载酒泛中流。年少时总想独来独往，仗剑走天涯，又有一点自卑忧郁，不懂社会。二，欲穷千里目，更上一层楼。一天突然发现自己长大了，想进步。三，待到山花烂漫时，她在丛中笑。经过奋斗，经历不平凡岁月，感悟的人生之美，有人招手向我笑。四，竹杖芒鞋，胜以马，一蓑烟雨任平生。岁月如梭，逐渐年老，体味到平凡岁月才是真，即使竹杖芒鞋也愿在人生的风雨中奔跑。〔1.24〕

- 在人生的拐点处应想到前方明媚的春光。人一生不尽是风调雨顺，一路平坦。不管是柳暗花明还是山重水复，都是人生的经过。有阴就有阳，有喜就有悲，不论什么也阻挡不了我们前行的脚步，阻止不了我们热爱生活的激情，阻碍不了我们感悟生命的真谛。〔1.25〕

- 繁华过后，众花落地，要独守寂静的美丽，此刻的宁静、此刻的淡定从容是自己的，不是让别人去看的。在自己的世界里走过，你属于自己。正如一位诗人所说：只有在你生命美丽的时候，世界才是美丽的。〔1.25〕

- 上帝造人时就是故意造得不完美，让人擦屁股，因为人是有缺点的。所以做人首先要不断地修正自己，才能审视别人。〔1.25〕

- 人们一般都喜欢繁华、热闹，不喜欢孤独、寂静。其实繁华后的凋零让人失落，寂静后的思考让人丰饶。许多人的创造都是在孤独、寂静下出来的，很少是在热闹、繁华下诞生的。王小波说："孤独、寂静，在两条竹篱笆中，篱笆上开满紫色的牵牛花，在每个花蕊上，都落了一直蓝色的蜻蜓。"〔1.26〕

- 每次朋友来北京，我说圆明园千万别去，真没什么。越这么说，朋友越要去一次，回来后就说真没什么。我说怎么会真没什么呢？那是一部沉睡的历史。只是你不去真正翻阅它。〔1.26〕

- 如果说人生就是一个缓慢被骗的过程。那么没打麻药就开始动刀子的那刻最精彩，虽然最痛苦。之后你就慢慢地适应常态的生活，也就缺乏了轰轰烈烈，习以为常。〔1.27〕

没有大志就想活得有趣，喜欢自由闲适，不想穿得那么正式，吃得不想那么高雅，活得不想那么严谨。正如一位我崇拜的作家所说：我活在世上，无非想要明白些道理，遇见些有趣的事。倘能如我所愿，我的一生就算成功。〔1.27〕

有人说：生活是天籁，需要凝神静听。有人听到的是杂乱嘈杂，有人听到的是自然的和弦。不是每个人能听到高山流水，阳春白雪，你得有一颗会听的心。〔1.28〕

王小波说："趋利避害是人类的共性，可大家都追求这样一个过程，最终就会挤在低处，像蛆一样熙熙攘攘。"生活中蛆太多了，就不觉得恶心了，当作宠物一样惯着。久而久之不觉其臭。〔1.28〕

作为管理者的高明之处就是举一反三，看到事情之外的因果，不是就事论事。看不到任何风平浪静的湖水之下的暗流涌动，你永远是个低智商的管理者。〔1.29〕

什么最能考验一个人？对金钱的态度，处理钱与人的关系。有的人做了金钱的奴隶，让人永远看不起，有的人则做了金钱的主人。人的真诚和人的尊严最重要。钱能摧毁人性的光辉，能让人看到人心底的污泥。〔1.29〕

虽然是冬天，但寒冷的风雪透露着春的气息，兰花在春节前悄悄地开放了。很喜欢兰的情操，兰花被视为高洁、典雅、爱国和坚贞不渝的精神象征。孔子以"芝兰生于幽谷，不以无人而不芳；君子修道立德，不为困穷而改节"的精神气质，象征不为贫苦、失意所动摇，仍坚定向上的人格。唐朝的韩愈也写过：《幽兰操》"兰之猗猗，扬扬其香。不采而佩，于兰何伤。今天之旋，其曷为然，我行四方，以日以年。雪霜贸贸，荠麦之茂。子如不伤，我不尔觏。荠麦之茂，荠麦之有。君子之伤，君子之守。"〔1.30〕

🐦 吃点亏就骂娘的人永远也成不了大器。那些默默无闻地付出的人，幸福终将降临他的头顶，上帝从来不会让老实人吃亏。〔1.30〕

🐦 人生不如意十之七八，想得透了，就看得开了；看得开了，心就静了；心静如水，就九九归一，皓月当空了。〔1.31〕

🐦 年老时坐在窗前，人生仿佛梦一般，恍惚而过。"夫天地者，万物之逆旅也；光阴者，百代之过客也。而浮生若梦，为欢几何。"所以趁我未老时不触遥不可及的未来，不想走过的鸡飞狗跳的青春岁月。只想眼前闪亮的日子。〔2.1〕

🐦 如今都怕孩子输在起跑线上，给孩子报了许多的兴趣班、特长班。孩子像被赶着上架的鸭子。看看大文豪苏轼是如何说的："人皆养子望聪明，我被聪明误一生；唯愿孩儿愚且鲁，无灾无难到公卿。"〔2.1〕

🐦 天空中流动着两道云，一道忽明忽暗，一道流光溢彩。它们像影子一样追随着我的目光。我要睁眼看世界，看行云流水，看云卷云舒，看飞马行空，看雷霆万钧。青青陵上柏，磊磊涧中石。人生天地间，忽如远行客。〔2.1〕

🐦 希望一天，我笔端流淌的文字在荒山在原野，在春天到来时开出美丽的小花，花开满蹊，千朵万朵，希望途经的人能驻足欣赏。山百合一样的朴素沁香。满山遍野的蜂蝶。〔2.1〕

🐦 人对生命的认知也有三种境界：知生，不知死；知死，不知生；生死不惧。〔2.2〕

🐢 "少年读书，如隙中窥月；中年读书，如庭中望月；老年读书，如台上玩月。"这句话寓示生命的一个过程，循序渐进。人生也是这样，在迷惑和不解中慢慢学会懂得，懂得越多，我们发现自己也越来越老了。〔2.2〕

🐢 人应该保持以一份永远的童真对这个世界，不论少年、壮年、老年，我听的雨声永远是雨敲荷叶的美妙，而不是悲苦凄凉。"少年听雨歌楼上，红烛昏罗帐。壮年听雨客舟中，江阔云低，断雁叫西风。而今听雨僧庐下，鬓已星星也。"〔2.3〕

🐢 立春了，春天的脚步就近了，春姑娘从远方走向我们，"玉润窗前竹，花繁院里梅"，梅香报春，春节临近。人们团团圆圆欢欢喜喜过大年，脸上洋溢着春的笑容。有一个冬叫立春，有一种爱叫回家过年。〔2.4〕

🐢 "川泽纳污，山薮（sǒu）藏疾，瑾瑜匿瑕。"更何况人呢？人有过错，改过了就是好同志，所以人之有过，过而改之，善莫大也。〔2.5〕

🐢 我的朋友不少，各种各样。但我最喜欢素友。平淡而长久，心交也能神交。不能仅仅是利益互送。什么是素友？是钱锺书先生描述的："在我一知半解的几国语言里，没有比中国古语所谓'素交'更能表出友谊的骨髓。一个'素'字把纯洁真朴的交情的本体，形容尽致。素是一切颜色的基础，同时也是一切颜色的调和，像白日包含着七色。真正的交情，看来像素淡，自有超越死生的厚谊。"〔2.6〕

🐢 有一个寓言是这样的：一次，渔夫出海，偶然发现他的船边游动着一条蛇，蛇嘴里还叼着一只青蛙。渔夫可怜那只青蛙，就俯下身来从蛇口救走了青蛙。但他可怜这条饥饿的蛇，于是找了点食物喂蛇，蛇快乐地游走了。渔夫为自己的善行欣慰。时过不久，他突然觉得有东西在撞击他的

125

船，原来，蛇又回来了，且嘴里还叼着两只青蛙。寓言告诉我们一个浅显的道理：种瓜得瓜，种豆得豆。奖励得当，种瓜得瓜，奖励不当，种瓜得豆。经营者实施激励最犯忌的，莫过于他奖励的初衷与奖励的结果存在很大差距，甚至背道而驰。〔2.7〕

人生在世不是没有因果，我们要辩证地去看待。有因就必有果，有果就必有因。人做事是有目的的，最终也会有结果。种瓜得瓜，种豆得豆。〔2.7〕

放下自己，让自己轻松。发自内心地轻松和愉快。不伪装自己，不伪装快乐，不伪装幸福。〔2.7〕

回归生活，回归家庭，回归亲情，回归自然，回归本真。有时我们偏离生活的正轨，让我们觉得生活虚幻缥缈。真正的生活是有温度的，让人感觉舒服温暖。生活中，我们要接地气。〔2.8〕

望梅有感　月下寻春不见春，春在枝头已三分。二分流水一分香，乳燕呢喃梦无痕。〔2.8〕

中国男人一般有两个梦想，一个是做侠客。一个是做皇帝。侠客可以自由不受约束，在江湖中可以以自己的力量行侠仗义。做皇帝可以统治别人，可以有三妻四妾。〔2.8〕

伟大的艺术家往往让人觉得像精神病或疯子，思想天马行空，思维跳跃。艺术需要想象，艺术家难免让人觉得不入流，不识人间烟火。这或许是艺术家的天性，也是属于他们的悲剧。〔2.8〕

做人不能太算计，不能太聪明了；心眼儿不能太多，否则朋友就不会多，人容易孤独寂寞。诚实的老实的人朋友就多，别人也容易和你交往，如果总是担心你计算别人，谁还敢和你做朋友。〔2.9〕

🐾 做人要大气，处事要大方，平时很难看得出来，说来都会说，做起事来就不易，尤其是处理花钱的事，最考验人。所以有人说什么都可以和我谈，但就是别和我谈钱。钱是一面镜子，能照亮人的心底。人一生看来，首先是钱然后才是情。〔2.9〕

🐾 过去人们总说：做人难得糊涂。其实糊涂不容易做到。糊涂得少了说你玩心眼儿；糊涂得多了说你冒傻气。恰当糊涂还需要大智慧。做人不易，顺其自然的好。做人最好不要太较真儿、与天较真儿、与地较真儿、与事儿较真儿、与人较真儿，都不太好，伤心伤肺的。〔2.9〕

🐾 岁末年初，顺顺利利的就偷乐吧，不顺的也该咸鱼翻身了。自古道百善孝为先，孝才顺，所以叫孝顺。当孩子们背《弟子规》，并不知道其中是什么意思时，大人应该解释一下，把中华民族的优秀传统继承下来发扬光大。〔2.10〕

🐾 人不可能总是幸运，也不可能总是倒霉。幸运时我们不应骄傲自满，倒霉时不应气馁、放弃追求，命运多舛，时空交错，阳光总会照亮我的窗户，但阴雨也总会打湿我的门窗。〔2.10〕

🐾 过年了，尤其正月初一到十五，人们都喜欢拜佛烧香，把美好的心愿寄托在佛祖身上，寄托在遥远的国度。拜佛不如拜父母，心中最大佛的应是父母，不孝之孙你拜佛，佛也不理你。回家陪陪父母，陪他们唠唠嗑，给他们洗次脚，佛祖都能看的见。佛就在身边，别舍近求远。〔2.10〕

🐾 不论多少美丽的爱情都会从繁华走到平静，就像夜空璀璨的烟花。萧伯纳老先生说过一句话很是缺德："想结婚的就去结婚，想单身的就维持单身，反正到最后你们都要后悔。"〔2.12〕

等着天上掉馅饼不如在家做馅饼，世上追逐利益的人很多，富贵的人却很少。众人都发现有利可图的事不一定有利，众人都说没利的事，有的人从中发了财。〔2.12〕

人有没有命运？命运是否是唯心的观点？人成长有一定的轨迹，从轨迹上大致可以判断一个人的命运。命运有时靠人掌握，天时地利人和随时都在变，命运在一定范围内不停变化反复。"在掌握的范围内做命运的主人，在不能掌握的范围内做命运的朋友。"〔2.12〕

《三国志》的作者陈寿评论关羽、张飞处理人际关系的优劣处：羽善待卒伍而骄于士大夫；飞爱敬君子而不恤小人。人各有所长也各有所短，用其所长避其所短，才是真懂了人无完人。〔2.12〕

人们都喜欢和渴望衣锦还乡。这样不仅可以炫耀自己，也可以让父母脸上有光。但那些打拼不如意的人就不还乡了？衣锦荣归是一个美好的愿望，有之更好，无之也应还乡。父母更注重的是亲情。他们不会只重视你是什么长什么总的。放下面子"衣紧"还乡，没有比亲情重要的东西了。亲情重于金。〔2.13〕

来医院打针，孩子怕疼，不愿意打。护士就说：解放军叔叔打仗死都不怕，你打个针就怕。孩子神回复：因为解放军叔叔愿意。看来世上没有什么痛苦磨难，只要你愿意。〔2.13〕

儿子永远是母亲的情人，女儿永远是父亲的情人，这种爱超越了生死，爱得伟大爱得真挚，爱得无私。〔2.14〕

以前读李开复的《做最好的自己》，觉得他很优秀也很狂傲。今天他又回归人们视线，看看他今天又是如何说的："生病让我真正意识到众生平等。"李开复说，"以前我的信念是最大化影响力、做最好的自己、世界因你而不同。"但病中回顾，他发现这里面有陷阱：功利。"对人生，最大的心态变化当然是健康。健康不及格可能就没有人生了……"〔2.16〕

梦想一路小跑在暮冬的山路上，两边没有花开，天空飘散着雪雨。北风呼叫着羊年的春天。不论冬季寒冷与否，我们都坚持着，为了等待阳光，为了一片蓝天，为了清洁的空气。纯洁的信念一路裸奔，为了未来欢呼雀跃，为了心中山百合不朽而膜拜。圣洁灵魂照亮了黎明的天空，远方的天堂燃烧着蓝色火焰。〔2.17〕

人到中年，确实没有谁值得再取悦了，跟谁在一起舒服就和谁在一起，包括朋友也是，累了就躲远一点。取悦别人远不如快乐自己。苏芩说："宁可孤独，也不违心。宁可抱憾，也不将就。能入我心者，我待以君王。不入我心者，能奈我何伤。往事浓淡，色如清，已轻。经年悲喜，净如镜，已静。"做自己，不解释。〔2.17〕

我们谁都会老，父母会老，我们会老，子女会老。应乐观地淡然地对待生命从繁华走到衰老。父母老了，我们好好孝敬；我们老了，要宽容子女。子女要老你也管不着。《当你年老时》（傅浩译）〔2.18〕

年就这样来了，就这样走近身边。心是那么的平静，岁月是如此安好。"爆竹声中一岁除，春风送暖入屠苏。千门万户瞳瞳日，总把新桃换旧符。"年是团圆的日子，年是记忆的红桃。年是不怕变老的开心，年是摇着风车的童年。年是平安，年是祝福，年是对联整齐贴大红灯笼屋檐挂。年就是我手中笔下的诗。〔2.19〕

透过雪景，发现许多迎春花开了。春天就像顽皮的孩子，一不留神就跑到了你眼前。过去人们不大喜欢羊年，属羊的闺女不好嫁，现在变成了喜羊羊。人们赋予了羊年新意，尤其这水分充足的羊年新春，绿色丰盈。春天了，窗前读上一篇《洛神赋》："体迅飞凫，飘忽若神，凌波微步，罗袜生尘。动无常则，若危若安。进止难期，若往若还。转眄流精，光润玉颜。含辞未吐，气若幽兰。华容婀娜，令我忘餐。"〔2.20〕

🍃 不是喜欢你人声鼎沸时的热闹，而是喜欢你人群散后一炷香的沉静。〔2.21〕

🍃 谎言其实一半是真言，如果反着读的话。没有一个人一生没说过谎，许多是善意的谎言。"大灰狼来了！"大多数人小时候听过这样的故事。成人的谎言大多为了生存、为了自我保护，当然大多数是掩藏。我不喜欢当面揭穿别人的谎言，一句谎言需要用更多的谎言去遮盖，去自圆其说，说谎的人太不容易了！就怕说谎说多了，连自己都相信了。〔2.24〕

🍃 一流的女人谈思想，二流的女人谈家事，三流的女人谈是非；一流的妈妈是榜样，二流的妈妈是教练，三流的妈妈是保姆；一流的老婆有灵魂指引，二流的老婆会帮忙做事，三流的老婆只能守家。女人定位很重要，推动摇篮的手推动着整个世界，女人的学习和成长决定着民族的素质，女人的素质影响着社会的发展，女人比男人更需要学习，女人的成长比成功更重要。〔2.24〕

🍃 任何团队中合作都很重要，但在意见没统一前，争吵也很重要，不要以为一开始都同意就是好的。领导不能总爱息事宁人。"短暂的争吵是为了再次握手，一时的争斗是为了永远的和平。分歧是个性存在的必然，但是绝对不是消极的借口。"〔2.26〕

🍃 我们看人尽量看他善良的一面，人人都向往一颗从善的心。每个人的心中都有一株妙法莲花。〔2.27〕

人要心理健康，记得一篇文章写道：要平视自己，只有不自卑、不自鄙、不自亢、不自傲，才能保持心理的健康与平衡。〔2.27〕

原来以为幸福的生活就是吃喝不愁，能睡到自然醒，今天看到的一句话颠覆了我的理论："幸福的生活有三个不可缺的因素：一是有希望。二是有事做。三是能爱人。"〔2.27〕

吃喝拉撒睡都很重要，尤其人到中年后睡眠显得尤为重要。因为前面四项都挺好，就是睡不好失眠，这是许多人的困扰。睡不好，日久天长，身体就会出毛病。睡吧睡吧不是罪，慢慢开始练就睡功吧！如何练？从心平浪静开始。〔2.28〕

人生的全部意义不仅仅在于追求幸福，所有经历的迷惘、痛苦、不幸、恐惧，压抑、死亡也都是人生的一部分。〔2.28〕

钱锺书说："假如你吃了个鸡蛋觉得不错，何必认识那个下蛋的母鸡呢。"而在人生的道路上，尤其在你困难的时候，有人给你鸡蛋、伸出援助之手，你一定不要忘记了给你鸡蛋的手和帮你的母鸡。学会感恩也是一种能力。尽管钱锺书说的也不是这个意思。〔2.28〕

在人性的深处打一口井，我们会看到心灵像洁净甘甜的水慢慢地渗出，聚积，形成水潭你会明白，生命的常青，思想的灿烂，情感的美丽是因为它的存在和它的滋润。随着心灵的成长、提升、净化，人变得公平、开朗、豁达、宽容、博爱与慈悲，这样的内心境界，谁能说不是一种生命的高峰！〔3.1〕

昨晚大院礼堂放映了《狼图腾》，座无虚席，还有200人站着看。一部艺术性与思想性完美结合的电影，让人震撼的同时让人思考。人与自然和谐相处是多么的不容易。辽阔壮丽的大草原上上演的不仅是狼与人的故事，还是精神与信仰，良知与愚昧，生存与竞争。〔3.2〕

有多少感情在伪装，有多少人生在错过，有多少语言是真话？生活中又有多少真正的爱情存在？今天看到一句关于爱情的话，我觉得很有道理：四十岁之后会遇到适合你的人，然而，大多数情况下，只能够恨不相逢未娶（嫁）时。年轻时遇到真爱，常常会让人胆怯。因此，心仪已久的那个人，常常不敢去碰。绝大多数找到的伴侣，其实都是缺乏真爱的。〔3.3〕

开口就"我妈说""我爸讲"，那你大脑中还有青涩的部分，没成熟。〔3.7〕

人生如战场，不可能没有竞争，上学、工作、商业、生意等都有对手，不可能让你一帆风顺，有对手才有竞争力。对手才能让你真正强大起来，应该感谢对手。草原狼是草原战马的培训师，狼对马群的攻击，把蒙古马逼成了世界上最具耐力和最善战的战马。〔3.10〕

人生最大的恐惧是对死亡的恐惧。不怕死是他觉得在另一个世界可以超升，迁于极乐之世。只有怕死才会有对生命的珍惜。〔3.10〕

孩子不应被你教育得听话，而应有独立的思考能力。〔3.10〕

我的草原如此安宁，真容不下你这匹野马。〔3.10〕

读书有时候是一种乐趣，让你内心快乐安宁，在书中世界里活过一次，多了一次生命的体验。〔3.11〕

有的人信佛是行善积德，而有人信佛是保佑他升官发财，后者只能说是假信佛。〔3.11〕

我们应该学习狼的纪律性，狼群体活动时时常体现高度的纪律性，如奔跑时排成直线，头狼带队转弯时，最后一头也会沿袭前狼路线转弯，不会抄近路斜插进队伍中。两次目击到的带队头狼均为雌性。〔3.11〕

我们不能用自己的心去衡量别人的心，更不能替别人做主。每个人的内心世界是辽阔的草原或深邃的夜空。就如曹操如何想的，那不是曹操想的，那是你想的。所以叫三国"演义"。就连司马迁也替项羽和刘邦想过。这一切都不是真实的。〔3.12〕

20世纪90年的那个秋天，我读高中，在小县城图书馆偶然地翻到一本诗集《七里香》，第一次看到作者席慕蓉。诗深深地打动了我青春萌动的心，"遥远的溪水急着要流向海洋，浪潮却渴望重回土地，在绿树白花的篱前，曾那样轻易地挥手道别，而沧桑的二十年后，我们的魂魄却夜夜归来，微风拂过时便化作满园的郁香。"从此喜欢上席慕蓉。也喜欢读席慕蓉的散文，《成长的痕迹》及《画出心中的彩虹》。她的诗集《时光九篇》、诗及散文合集《在那遥远的地方》都读过，爱不释手。总之能找的作品都读了。20多年后的今天依然喜欢她的作品，席慕蓉的写作笔法擅长运用重覆的句型，使她的文章呈现舒缓的音乐风格，充满了田园牧歌式的情调。

"在年轻的时候，如果你爱上了一个人，请你，请你一定要温柔地对待他。不管你们相爱的时间有多长或多短，若你们能始终温柔地相待，那么，所有的时刻都将是一种无瑕的美丽。若不得不分离，也要好好地说声再见，也要在心里存着感谢，感谢他给了你一份记忆。长大了以后，你

才会知道，在蓦然回首的刹那，没有怨恨的青春才会了无遗憾，如山冈上那轮静静的满月。"〔3.12〕

我骑着单车走在北二环的辅路上，不知不觉春天就来了，我感受着春的气息，呼吸着清新的芬芳。春天像是昨晚一下子从唐诗宋词的句子里掉到护城河边，发散开来的。她来干什么？是被大地无边的胸怀、阳光灿烂的笑容吸引的？与江南春天妙曼的身姿相比，北京的春像是村妇，朴实有力，透着北方旷达的风采。春在明亮的天空下绽放自己的光彩，不管不顾地大踏步闯了进来。就让春自由地舒展和打闹吧！我看她能蹦跶几天！〔3.12〕

看一场好的电影，愉悦感让人心里如沐春风。读一本好书，心里久久回味，如沐浴在阳光下，温暖自知。交一好友，仿佛酝酿了一坛美酒，醇香浓郁。爱上一个好人，如从油菜花的田边走过，拥有了整个春天，和春天里的金黄。〔3.13〕

人与人之间相处有安全感，是因为信任，信任的基础是真诚。真诚不仅能看出来也能感觉到，不真诚的人时间久了，朋友就少了。〔3.13〕

我们都是感性的人，评价一个人好时就特别好，评价一个人差时就特别差，不够客观理性。任何人都有优点和缺点。〔3.15〕

露雨轩读书会，品茶吃斋饭谈书论人生。生活中也应有一种优雅的品味人生的方式。在平淡的生活中提高自己的见识，放下酒杯吃素食品清淡人生，走健康绿色生活之路。让春天明媚的阳光普照每个人。〔3.16〕

135

都说人应该有一个好心态，可是在你愤怒时、失意时、悲伤时、容易把你不好的情绪发泄出来，同时展现出了你的差心态。对世界的不满、对周围人的不满会导致对自己的不满，这样也让人看清了你的心态。好心态能愉悦自己、调节自己、幸福自己、充实自己、感染别人、影响别人，传递正能量、播撒阳光，但什么是好心态呢？一种积极乐观地向上的精神和正确地看待生存的世界和社会的目光和心态，一种能正确友善地处理人际关系的心理和态度，能调节自己心态与社会和谐发展，一种人格魅力的折射，一种宽容，坚韧不拔，拼搏，友爱，仁慈，怜悯同情等等。一切有利于促进完美人格和情商智慧的心理、好心态来自哪里？社会家庭朋友圈，自己的认知、修养、磨砺、学识、感知等。我们学习吸收一切有利于提高好心态的知识。希望我们都以一个好心态活出幸福的自己。〔3.17〕

张广忠大夫推荐《道德经》，读经典很重要，在各种思潮中，能保持自己的独立性。《道德经》文字很少，但内涵博大精深。读经让人心静，离道越来越近的人，是个和谐的人，会带给一个家庭和单位和谐。中医关注生命质量、本质，认为身体的规律与自然的规律一致。把内心修好了，邪气无法入侵。修心比修身更重要，知行合一。〔3.17〕

除了生命，其他都是人生道路上的行李。在病魔面前，发现曾经让你感到无限得意的所有社会名誉和财富，在即将到来的死亡面前全部变得暗淡无光，毫无意义了。无休止的追求财富只会让人变得贪婪和无趣。我们有丰富的感知能力，是为了让我们去感受心底的爱，而不是财富带来的虚幻。财富满足基本的生活开支后，多余出来的就让它去服务理想、服务灵魂、服务社会……可以有人替你开车，替你赚钱，但没人替你生病！东西丢了都可以找回来，但是有一件东西丢了永远找不回来，那就是生命。〔3.18〕

人无完人，不用刻意掩盖缺点。唐太宗晚年犯了很多错误，在生活上追求奢侈享受的同时，政治作风也在逐渐改变。疑忌心理是他的主要问题，满朝文武动辄问罪，魏征、马周等人的多次进谏就是证明。然而在众多的错误当中，唐太宗所做的影响极坏的一件事，莫过于过目"起居注"，他破坏了长期形成的良好制度。〔3.20〕

今夜新月如眉。在西边天空，一弯新月撒下温柔的清辉，在它的上方一颗孤星相伴，新月也如春天的柳叶，在春天的夜晚像要用柳笛吹响一首清丽的曲，唱起童年的歌谣。斜月桥下逢知己，自己在外面走了一段路，却没遇到熟人。不知何时想起一首诗："一朝打马门前过，两相回顾记君颜。散花飞叶碧落天，思此笑亦不觉嫣。"〔3.21〕

都说世界上两件事很难，那就是把你的思想装入别人脑子、把别人的钱装到自己的口袋里。我却做了世界上两件容易的事，把别人的思想装进自己的脑子，把自己的钱装到别人的口袋。〔3.22〕

上帝给了我们头脑就是让我们感受生命的真善美，追求快乐幸福的。没有人喜欢苦难与不幸。即使它让人成熟并更好地迈向成功。〔3.23〕

在人生的道路上，最初我们追求的是正确，慢慢地就本末倒置了。感情亲情容易被我们踩在脚下甩在身后。对金钱利益名誉的追求让人兴奋不已。一天回头一看，忘记了初衷。李光耀说：终究而言，我觉得人生最珍贵的是人与人之间的情谊。荣华富贵是身外物，生不带来，死不带去，唯有亲情和友情能持续不断地温暖并慰藉我们的心灵。〔3.24〕

很多时候人生中的无常，命运的磨难，我们都是被动选择的。通向幸福的大道的路都是坎坷的。石头都是不平的，所以叫砥砺人生。每一天我们能看到旭日东升都是奇迹，活着的每一天都是幸运，我们没有理由不珍爱生命。〔3.25〕

早晨一轮红日如一大车轮在东边的天际向上慢慢滚动，一只红尾、灰黑色羽毛的长嘴鸟从眼前掠过，落在一棵大白杨的树干上。院里杏花桃花朵朵，装扮着春天的早晨。走在中轴路上，身边的车急驰而过，视野远处的钟鼓楼，肃穆庄严。天空上方鸽哨缭绕。春晨中我急步向前。〔3.25〕

三月的暖风在下午三点的时候吹得让人发醉，两眼迷离，似乎空气中弥漫着酒香。北二环的护城河在鼓楼大街这段是那么的清澈，河水碧绿倒映着岸边婆娑的树影。其实每天上下班很难感受得到古城文化的底蕴和深厚。日子似流水一样绵延不断。用心的人才能体会生命的喜悦。偶尔也像孩子偷吃一块蛋糕一样感到生活的甜美。〔3.26〕

书中是另一个世界，你能体验一种你没经历过的人生，也丰富了你的生命，增加了你生命中的浓度，人生是轮回的，也如历史一样。〔3.26〕

对孩子一定要信任和鼓励，孩子的内心才会更阳光更快乐。不能因自己情绪指责埋怨孩子，让孩子失去自信。父母一定以以身作则、以阳光心态教育孩子。不能把不良情绪发泄给孩子，尤其在孩子的性格形成期。〔3.26〕

每个人心中都有一片辽阔的大草原，牛羊满山坡。每个人都有一个诗意的世界，留给自己在繁星满天的深夜。我们在现实的世界与梦想的世界里穿梭往来。丰盈饱满着我们的人生。〔3.27〕

家里男女双方不要试图改变对方，只有适应和包容。前者是斗争，只有后者才是相处。斗争两败俱伤，相处才是幸福的基础。〔3.27〕

你触摸不到我灵魂深处的触角，我感知着世界之外的世界，遥远之处的遥远，青山之外的青山，沙漠之外的沙漠，在我孤独的寂静的思想之星游荡的时刻，春花静静地开放的夜晚。〔3.28〕

自信人生二百年，不能畏葸不前。不能失意时卑贱，得意时忘形。〔3.28〕

桃花又见一年春，北二环途经德胜门路南的几树桃花开得艳丽，尤其在这三月底的早晨，在晨曦中仿佛《桃花扇》中一把纤巧的扇上李香君的几滴血。一树树桃花远看宛如瓦蓝的天空上飘动祥云。早上有提笼牵狗的闲人走过，小径上落英缤纷，也有人面桃花相映红的少女在拍照。〔3.28〕

忽闻今夜有雨，推窗而望，春雨未到，雨前的节奏也没感知。有人把春雨说成润如酥，小雨浥轻尘，有人说斜风细雨不须归，也有人说润物细无声。无论别人怎样说，我希望今夜春夜是救火队，赶走雾霾还我清新。春雨是有颜色的。绿的红的黑的金的都有，春雨是有声音的，"夜阑卧听风吹雨，铁马冰河入梦来。""夜来风雨声，花落知多少。"春雨是有形状的，"春雨细如丝，如丝霢霂时。"我希望春雨是有动作的，带着我的心感受春的世界，尽管春梦了无痕。〔3.30〕

孤独寂静时，灵魂栖息在爬满绿叶的枝头。不惧悲伤，不惊喜悦，不悲亦不喜。让思想在手心里跳动着闪耀的光芒，激发出汩汩的泉水冲下山麓，激荡着洗涤着心中的乱石。"鸢飞戾天，鱼跃于渊。"〔3.30〕

太阳像睡眼惺忪的孩子擦着未洗干净的脸，在这清晨发出迷茫的光芒。而靠地铁站的新民菜市场在五六点时就摆好了菜，七点的时候早已人头攒动，老头儿老太太拉着小车晃悠地走进门口。菜市场两旁小店已开张，卖早餐的、各种零用的，地摊上在清明节前摆满了冥币和烧纸等。我回望了一下朦胧的黄色弥漫的天便钻进地铁口。新的一天就这样开始了。像是忘记了开始一样。〔3.30〕

周国平说："现代人最缺少的是常识。可以把哲学分成生活和智慧两种东西，哲学的本意就是一种生活方式、态度和一种好的心态。"病人到医院见到男的叫师傅，见到女的叫小姐，这真的是缺乏常识。但大夫就应该像《大宅门》里白老爷子一样即使仇家上门看病，也要先看病，冤仇放在其后，这是心态。哲学肯定是让人生活得更好。〔3.31〕

生活，喝一碗清粥容易，要是喝色香味俱全的八宝粥就不易了，众味难调。一个大家庭双方父母都向着自己的子女，所以有家长里短，风云变幻。邻里上下都爱看热闹，所以小村故事多。故事如此，人生亦如此。何处暖阳不倾城。〔3.31〕

午后听雨声，淅淅沥沥的小雨，或婉约或豪放。几杯杏花村后雨声更是动听，宛如天籁之音。禅意的心领悟天人合一的境界。"沾衣欲湿杏花雨，吹面不寒杨柳风。"雨天总是上演着关于雨的故事，有时碰巧了主角就是自己，雨恨云愁的。〔3.31〕

浮尘与霾混合的灰茫茫天空，人像被装进了吹满灰雾的气球里，在潮湿的路边上滚动。春雨绵绵并未消除雾霾，期待一场北风手持大刀，把这阴霾赶跑。这样的天读《倾城之恋》更能体会其中的苍凉。这种压抑得让人心里发堵的天，故事的结局不问也罢。〔3.31〕

没有永远的花期像是没有永远的青春一样。谁说生命不是一个花期，有盛放就有凋谢，我们对待自己的心要静默、坦然。不偏激不出轨。〔4.1〕

脚下即是景，早晨下夜班路过积水潭时就下了车，本想沿着二环走着回家，趁着天好。路边一抬头看到郭守敬纪念馆，就顺着石阶上去，在高处向下看即是西海，南达就是积水潭医院。西海两岸翠柳拂堤，像是西子湖畔。水面上对对鸳鸯戏水，水光潋滟。东岸的几株桃花开得火一样的红。正应了那句"竹外桃花三两枝，春江水暖鸭先知。"岸边停靠两只游船，还有的正在岸边垂钓。只见一支银钩钓碧水，突然的一声尖叫，一条鲶鱼上钩。我从西沿着北边的岸边向东走，走到顶头出水章胡同，向北走了一小段，向东走进了鼓楼西街。北京的春天是短暂的，赏花要早，路边有几株玉兰开始凋谢，肥肥的白白的花瓣掉落在树下，春光短暂。"人生有情泪沾臆，江水江花岂终极。"〔4.1〕

父母年老了，我们要使劲地爱他们，我们越使劲地爱，别人才会更爱他们。〔4.1〕

春天是万物复苏的季节，春天是个多情的季节，想当年的普救寺的春天也是很美。张生对西厢房的崔莺莺一见钟情，想是普救寺的杏花衬托下让莺莺美丽动人。让张生春情萌动，隔墙吟诗："月色溶溶夜，花荫寂寂春。如何临皓魄，不见月中人？"莺莺立即和诗一首："兰闺久寂寞，无事度芳春。料得行吟者，应怜长叹人。"经过诗歌唱和，彼此更增添了好感。春天成就了一对有情人。面对大海春暖花开，愿有情人终成眷属。〔4.2〕

《西厢记》里崔莺莺对张生说过一句：一天星斗焕文章。读书要披星戴月，下苦功。〔4.2〕

- 团队精神以补台为荣以拆台为耻，否则就是管理理念的弱化和偏失。〔4.2〕

- 今天气温突然转暖，花香袭人。"花气袭人知骤暖，鹊声穿树喜新晴。"《红楼梦》中贾宝玉向老太太解释"袭人"名字来历时引用了陆游的《村居书喜》中的诗句。〔4.3〕

- 杏花春雨绵绵不断，尤其是清明时节前后。所以有了那首清明时节雨纷纷的诗。而今年北海的上空却风轻云淡。春天不伤春，想到红楼中薛宝钗的《临江仙》：白玉堂前春解舞，东风卷得均匀。蜂围蝶阵乱纷纷。几曾随逝水，岂必委芳尘。万缕千丝终不改，任他随聚随分。韶华休笑本无根，好风凭借力，送我上青云！〔4.3〕

- 为什么我们要怀念？要追悼？曾经的欢乐已逝、曾经的悲伤未忘？生命的终止，让亲人让朋友记住了曾经在世界上存在过的人，音容笑貌、思想、贡献及留给世人的敬重。记得的苏东坡的《江城子》："十年生死两茫茫。不思量，自难忘。"人过留名，雁过留声。想想人活一世，为了谁？留下谁？人需要寄托哀思，清明让人怀念已故的亲人，料得年年肠断处，明月夜，短松冈。如生命是一种转化，那么在另一世界也是一个春天。〔4.4〕

- 北海总是以熟悉而陌生的面目呈现在眼前，熟悉是来过多次，陌生是每次来景色各异。四季的北京四季的景。四月的北海四月的天，春光明媚海水碧绿，海映白塔，游船穿梭往来。留得住爱却留不住春光。〔4.4〕

- 清晨，春光外泄，心灵的蝴蝶扇着轻盈的翅膀在晨曦微露下飞向蓝天。"试上超然台上看，半壕春水一城花。"起床踏春去。美人在怀，江山在手，不要辜负好时光。〔4.4〕

世事冷暖和人情淡泊是客观存在的，我们以什么心态看待呢？投之以桃报之以李。"投我以木桃，报之以琼瑶。匪报也，永以为好也！"以阳光的心态看世界，永远是晴天。〔4.4〕

年轻时总觉得有大把的时间可以浪费，从来不珍惜时间从来也不珍爱生命，当我们真正懂得珍惜时，我们已老去。给你一段时间浪费时光吧，时光已不倒流。〔4.4〕

清朝康雍乾时代，百姓的平均寿命不到40岁。但是清代著名的书画家郑板桥却历经三代皇帝，享年73岁，算是那个时期的高寿之人。郑板桥做县令时，曾写了一封家书，把自己的养生之道和盘托出，希望儿子终身行之。并把养生要素归纳为五点：一，黎明即起，吃白粥一碗，不用粥菜；二，饭后散步，以千步为率；三，默坐有定时，每日于散学后静坐片刻；四，遇事勿恼怒；五，睡后勿思想。这些即便是在现在看来也有不少值得借鉴的地方。郑板桥曾在江苏兴化老家写过一副对联："青菜萝卜糙米饭，瓦壶天水菊花茶"。〔4.5〕

民国三十七年，阎锡山日记记予二子出门家训曰："轻财重义，讷言敏行，俭己厚人，恭己恕人。"敦厚温柔君子，本该如此。不过于我而言，重义与讷言有些难做到。因为重义不是普世的，但却又要非理性，这里面蕴含了不公，讷言则难以为人理解，也难以了解他人。难！16个字"教子经"：把财物看得轻些，把情义道德放得重些；少说空话，做事要快要实；对自己要节俭，对别人要舍得；自己做人要态度恭敬，对别人的不恭敬要宽恕。〔4.5〕

小长假一放，孩子们玩得不亦乐乎。气温适宜，出行方便。"花开红树乱莺啼，草长平湖白鹭飞。风日晴和人意好，夕阳箫鼓几船归。"孩子们的玩耍才是忘我的，最开心。不像大人一样伪装的快乐。清代书画家、扬州八怪之一的郑板桥有一年踏青，看到蝶飞鸟鸣，随口吟出一首

《春词》："春风、春暖、春日、春长。春天苍苍，春水漾漾。春荫荫，春浓浓，满园春花开放。门庭春柳碧翠，阶前春草芬芳，春鸟啼遍春堂……"全文46句，内却嵌入了54个"春"字，自然流畅，回味无穷，可谓描尽踏青时的美好风光。〔4.5〕

在古代踏青的目的就是找对象。男男女女春游赏花，借此机会获得爱情。"梨花风起正清明，游子寻春半出城。日暮笙歌收拾去，万株杨柳属流莺。"梨花风起下的男女日暮笙歌声中相识相恋。春天是那么的美丽，"花燃山色里，柳卧水声中。"春天里就有春天里的故事。〔4.5〕

人活着追求不断，贪得无厌，总不满足现状，总是追求完美无瑕。人的许多苦恼来源于此，放下，放下，真不是凡人能做到的。"实在放不下的时候，去趟重症病房或者墓地，你容易明白，你已经得到太多，再要就是贪婪，时间太少，好玩儿的事儿太多，从尊重生命的角度，不必纠缠。"——冯唐〔4.5〕

早晨起来，春风乍起，春风得意马蹄疾，一日看遍长安花。春光灿烂中最美的还是人。人有思想，能体会鸟语花香。"春水初生，春林初盛，春风十里，不如你。"〔4.5〕

今日阴非阴是晴非晴的，西二环两边的柳树宛如少女披散着秀发。"满街杨柳绿如烟，划出清明三月天"，春天是个蓬勃向上的季节，没有那么多春愁。即使是古代女子也玩得开心自在。"踏青游，拾翠惜，袜罗弓小。莲步袅。腰支佩兰轻妙。行过上林春好。"苏轼把女子游玩场景描写得妙笔生花。〔4.6〕

陶渊明有诗云："结庐在人境，而无车马喧。问君何能尔，心远地自偏……"定居在人声扰攘的闹市，但听不到任何车马的喧嚣，为什么能这样呢？静超天地外，不在无有中，心灵上远离了世俗，住的地方也自然就偏僻安静了。〔4.7〕

没有什么让你更操心的事了，生你的人和你生的人，这种血肉亲情。是你永远也割舍不断的。人这辈子或许就是送走老的和把小的抚养长大。〔4.7〕

"心静则明，水止乃能照物；品超斯远，云飞而不碍空。"说的是内心平静就自然明澈，如同平静的水面能够映照出事物一样；品格高尚能远离纷扰，就像云彩在天空飘飞不受阻碍一般。所以有人评说内心被七情六欲占据，就像湖水被浊泥搅浑。湖水无法照物，人心也无法认识万物本相。品格高超的人，内心无所羁绊，自然如云行在天，不带走半点尘土。〔4.7〕

人一生不可能没有遗憾的，即使你已春秋，白天相望坐在窗前回顾一生，也不可能了无遗憾。我们做事尽力追求完美也不可能无缺。只能尽力而为不后悔罢了。我问佛：世间为何有那么多遗憾？佛曰：这是一个婆娑世界，婆娑既遗憾，没有遗憾，给你再多幸福也不会体会快乐。〔4.8〕

孔子认为，"友直，友谅，友多闻，益矣。"这句话的意思是说，与正直的人交朋友，与诚信的人交朋友，与见闻学识广博的人交朋友，是有益的。孔子认为，"友便辟，友善柔，友偏佞，损矣。"这句话的意思是说，与习于歪门邪道的人交朋友，与善于阿谀奉承的人交朋友，与惯于花言巧语的人交朋友，是有害的。孔子认为，"巧言令色，鲜矣仁。"这就是说，花言巧语，一副和气善良的脸色，这种人是很少有仁德的。因为"巧言乱德"。〔4.9〕

《庄子》中道："君子之交淡若水，小人之交甘若醴。君子淡以成，小人甘以坏。"君子之间的交情淡得像水一样清澈（纯洁）不含杂质，小人之间的交往甜得像甜酒一样。君子之交虽然平淡，但心地亲近；小人之交虽然过于亲密、甜蜜，但是容易（因为利益）断交。因为君子有高尚的情操，所以他们的交情淡得像水一样。"淡若水"不是说君子之间的感情淡得像水一样，而是指君子之间的交往不含任何功利之心，他们的交往纯属友谊，长久而亲切。小人之间的交往包含着浓重的功利之心，他们把友谊建立在相互利用的基础上，表面看起来"甘若醴"，如果相互之间满足不了功利的需求，就很容易断绝，他们之间存在的只是利益。所以与人交往，要找君子，不要找小人。〔4.9〕

人生有八苦：生、老、病、死、行、爱别离、求不得、怨憎会。我们平凡的人在世上经历的一切痛苦与不快，都是前人经历过的。都是人生的必经之路。月有阴晴圆缺，人有悲欢离合。我们都要接受来临的一切和继续前行。春花秋月，水湄，绿堤，枫桥。莫愁湖，长亭路。梦仍在，心要行。即使光明一刹，也是永恒。〔4.9〕

记得少时读《三国演义》，非常喜欢三顾茅庐的情节。尤其二顾，"时值隆冬，天气严寒，彤云密布，行无数里"，天色大变，只见"朔风凛凛，瑞雪霏霏；山如玉簇，林似银装"。张飞说了，天寒地冻尚且不打仗，冒着这么大风雪，跑那么远见一个还不知道有没有用的人，不值得，还是回去避避风雪吧。被哥哥训斥一顿，才随之前行。结果未见到，留下书信往回走时见到穿皮衣、骑小驴、携一葫芦酒的黄老先生，边过小桥，边哼唧着诗：一夜北风寒，万里彤云厚；长空雪乱飘，改尽江山旧。仰面观太虚，疑是玉龙斗；纷纷麟甲飞，顷刻遍宇宙。骑驴过小桥，独叹梅花瘦。"至今依然记得穿皮衣、骑小驴、携一葫芦酒的黄老先生骑驴过小桥，独叹梅花瘦的潇洒飘逸。〔4.10〕

纵有弱水三千，只取其一瓢饮。《西游记》第二十二回唐三藏收沙僧那一段，有诗描述流沙河的险要："八百流沙界，三千弱水深，鹅毛飘不起，芦花定底沉。"这是第一次正式出现弱水三千的提法。鲁迅先生在他的《集外集拾遗补编·中国地质略论》说道：虽弱水四绕，孤立独成，犹将如何如何……《红楼梦》第九十一回"纵淫心宝蟾工设计 布疑阵宝玉妄谈禅"中有一段宝黛对话，黛玉道："宝姐姐和你好你怎么样？宝姐姐不和你好你怎么样？宝姐姐前儿和你好，如今不和你好你怎么样？今儿和你好，后来不和你好你怎么样？你和他好他偏不和你好你怎么样？你不和他好他偏要和你好你怎么样？"宝玉呆了半晌，忽然大笑道："任凭弱水三千，我只取一瓢饮。"黛玉道："瓢之漂水奈何？"宝玉道："非瓢漂水，水自流，瓢自漂耳！"黛玉道："水止珠沉，奈何？"宝玉道："禅心已作沾泥絮，莫向春风舞鹧鸪。"黛玉道："禅门第一戒是不打诳语的。"宝玉道："有如三宝。"关于弱水，《红楼梦》第二十五回中也有提到，那道人又是怎生模样：一足高来一足低，浑身带水又拖泥。相逢若问家何处，却在蓬莱弱水西。这里弱水也是指遥远的意思。再后来，不少男女之间表达衷肠就用弱水三千只取一瓢的套话。近代诗人苏曼殊的《碎簪记》，里面有段对白"余曰：然则二美并爱之矣。庄湜复叹曰：君思'弱水三千'之意，当知吾心。"到了现在，弱水三千的提法很多。许多武侠小说里经常提到，如每次男英雄遇一大群美少女时，都会对她们说：弱水三千，我只取一瓢饮。其实呢，则不然！我取"只取一瓢饮"只是想使自己安分守己罢了。〔4.11〕

罗马人恺撒大帝，威震欧亚非三大陆，临终告诉侍者说：请把我的双手放在棺材外面，让世人看看，伟大如我恺撒者，死后也是两手空空。金钱名利生不带来死不带去，活成一个内心富有的人，多少年后让人记住你的只有你的思想。〔4.11〕

人们常说：择善人而交，择善书而读，择善言而听，择善行而从。其中择善行而从，就是积德行善。它应成为我们良好的习惯，不是刻意为之。人们说你有福报，是因为你行善积德的结果。为了你钓父母为了你的子孙有福报你就应该行善积德。〔4.11〕

人生很短，做自己想做的事；人生很短，不要事事等等；人生很短，爱就爱了；人生很短，哭就哭吧，笑就笑吧；人生很短，别纠结别彷徨；人生很短，开开心心过好每一天。〔4.13〕

学会调控自己的情绪是一种很大的能力，人都说改变自己难，难在习惯，难在性格，难在思维，难在调控情绪。改变不满意的自己从调控情绪开始。〔4.13〕

我发现运动尤其是竞走是解压和使心情舒畅的好方法。边走边思考，且运且快乐！〔4.13〕

中国人是爱看戏的，一是看热闹，二是寻找自己，三调侃别人。其实人生如戏，每天都在上演着不同的剧情。我们即是主角又是观众，笑笑别人的时候，也让别人笑笑自己。结局的悲喜有时自己掌控不了，但自己可以尽情地抒发内心的感受。〔4.13〕

世界远不是我们想象的那么简单，科学也不是解释真理的唯一手段。在物质世界外有一个谜一样的精神世界。从老子到庄子，从哲学到宗教也没说的清。活着就是美丽的，不负春光不负卿。不负花开不负如来。〔4.13〕

做人不能自我膨胀，否则就会像气球一样暴破。〔4.14〕

《红楼梦》第四十五回中："生死有命，富贵在天，也不是人力可强的。"人生有你掌控不了的你何时生你何时死。富贵可以奋斗，但也不是你奋斗就能富贵。我们不相信宿命，总相信人生由自己掌握。试看人间到底如何？自己品味。〔4.16〕

生活中许多事情不是按你预计的发展。恰恰相反，总是违背你的意愿。这就是生活。〔4.16〕

任何事发生在别人身上，你觉的都是小事，发生自己身上都是大事，因为你有切肤之痛。〔4.16〕

世界本无爱，爱由心造。情为何物，无人说得清。"盈一怀冬雪，掬一抹相思，喜欢依窗而坐，折字煮酒，与君执一笔痴狂。烟雨红尘，我为君红袖添香，君为我倾尽天下。轩窗明月夜，一首相思笺字长。光阴厚重，相思薄暖，此生，只愿与君执手，一眼红尘，相依烟雨锁清秋。"〔4.16〕

每个城市都有它的文化符号，我没有到过重庆，也没去过重庆的老茶馆，不知道它是否是旧时重庆的文化符合。现在看来繁华的山城能存下来，肯定有它的根基和原因，对于我们年轻一代或许是怀旧的记忆载体。年轻人更喜欢咖啡馆，即使是茶馆也是现代的茶馆，商业交谈的隐蔽场所，和旧时的茶馆是两个世界两个概念。胡琴吱吱呀呀响起，述说的是三十年前的故事。三十年后的人不一定理解三十年前的故事。历史像是旧茶馆中人们讲述的故事。明白也好不明白也罢，反正发生过了。茶还是旧时的茶，水还是旧的水，人却……〔4.17〕

游戏人生的人终被人生所游戏，你玩不过上帝。〔4.17〕

人们总是喜欢给自己设计一些望梅止渴的故事，坐而论道。〔4.18〕

管不住自己的嘴，迈不开自己的腿，再好的年华你享受不了多久。现代人的生活方式作践生命。熬夜、豪饮、高脂肪的摄入、纵欲。后果是五高，代谢综合征。其实当几天和尚也挺好，吃素默想行善劳作长寿。〔4.18〕

小时候读王之涣的《凉州词》"羌笛何须怨杨柳，春风不度玉门关"，不知道为什么春风过不了玉门关，后来知道玉门关地处我国甘肃省境内，位于西北的非季风区内，受夏季风影响小或影响不到，所以春风不度玉门关。人心也有"非季风区"，那些"春风"吹不到心里。如沐春风不是每个人都能感受到的。打开心灵的那扇窗，让春风吹拂吧！〔4.18〕

时光流逝岁月蹉跎让人觉得往事越来越清晰，有人说谈什么也不要谈人生，谈吃喝谈爱情谈事业那都是人生的一部分，只要活着就避不开人生。人生无悲喜。"世界没有悲剧和喜剧之分，如果你能从悲剧中走出来，那就是喜剧，如果你沉湎于喜剧之中，那它就是悲剧。"〔4.19〕

清风徐来，皓月当空的春夜里即使是再沉重的心情也可以释怀。遥想当年张若虚在这春夜写下了流传千古的《春江花月夜》："春江潮水连海平，海上明月共潮生。滟滟随波千万里，何处春江无月明……"〔4.20〕

中年就如一棵盛夏的树，向上仰望天空，向下扎根深深的泥土中。为人遮阳送人清凉，中年的心情是苍绿的。不能悲伤不能放弃。春去秋来接受风雨冰霜的考验。爱也无声。〔4.20〕

不是我们不珍惜生命，是我们不会珍惜生命。走着走着就老了。不久还烈日当头现已残阳西照。没人告诉我们如何珍爱生命。〔4.21〕

每个人心中都有一本经，什么路可走，什么人可交，什么是好事什么是坏事，经是好经，有的人却念歪了，心中欲望难填如大海。〔4.21〕

杏黄时节惹人停留杏树下，金灿灿的杏儿让人垂涎三尺。春季杏花春雨时也让人陶醉。苏东坡有诗云："杏子梢头香蕾破。淡红褪白胭脂洇。"从雪白的杏花树丛走过让人宛如置身世外。"雨后却斜阳，杏花零落香。"谁不爱杏花？〔4.22〕

在幽幽暗暗岁月的河流里远处似一盏明灯，让人一直前行不能后退，永远也回不到那年十六岁花季。生命没有回头路。〔4.22〕

今夜有流星雨/在杏花飘香的季节/今夜有流星雨/谁和你一起观望星空/今夜有流星雨/虽然我已过了浪漫的年龄/恍惚间我忘了多大/我想看场流星雨/我想知道为什么要陨落？/今夜我想看流星雨/想静静地想想人生为什么如流星一样的短暂〔4.23〕

个性强势的人容易伤人七分自伤三分。好比七伤拳。你必须有足够的内力，才不自伤。七伤拳是崆峒派传世绝世武功，《倚天屠龙记》中后来明教金毛狮王谢逊夺得《七伤拳谱》古抄本，终于练成。〔4.25〕

做个耐得住寂寞的人，有一颗宁静而致远的心，有一个诗意的世界，有一个独立而高尚的灵魂，有一个不离不弃的梦想。有一个梦里花落知多少的春晨。〔4.25〕

四月天，次第花开，绚烂芳华。下午阳光灿烂，窗前品味岁月极美，只是忙里偷闲。即使你不满意自己人生的某一段岁月，也不可能涂抹，只能定格在那儿。"一切有为法，如梦幻泡影，如露亦如电，应作如是观"。〔4.25〕

半轮的月亮像一块玉一样悬挂在空中，旧鼓楼大街20年依然没有变化，从大院南门的60路车站一直到鼓楼大街地铁站的护城河，小小的狭窄的一条街两旁是绿树，60路公交车出出进进，两旁小店还是20世纪90年代的风貌，夏季从河边到小街的两旁飘出浓浓的烧烤味。小吃遍地，闲散人到处都是。就连毛鸡蛋烤肠等地摊小吃也格外热闹。大锅里热腾腾煮猪蹄和肥肠倒也很诱人。市景的老百姓生活就是这样。每天我都要走过，生活活生生的就在眼前。〔4.28〕

什么时候把烦躁不安的心平静下来？夜深人静的时候，读一首《你是人间四月天》："我说你是人间的四月天，笑响点亮了四面风，轻灵在春的光艳中交舞着变……"体会一代才女林徽因那一身诗意千寻瀑，万古人间四月天。〔4.30〕

152

海边让人想起红月亮，两个红月亮，水中望月，空中映月。谁的心中没有一个海？〔4.30〕

暮春的下午，难得闲情听雨声。立在窗前，听窗外淅淅沥沥的雨声，想到唐人的一首七绝《暮春归故山草堂》："谷口春残黄鸟稀，辛夷花尽杏花飞。始怜幽竹山窗下，不改清阴待我归。"〔5.1〕

南宫的早晨，清凉舒适，幽静处至亩田盖间房，我本田园中人，不用乔装打扮，"大梦谁先觉？平生我自知。草堂春睡足，窗外日迟迟"。〔5.2〕

《卜算子》想时光流逝，墙外梨花白，小芳已非梦中人，心事还将与。忆往昔岁月，校园蔷薇开。初夏飘香少年心，青春谁能赋。〔5.3〕

青年首先要有一个年轻、健壮的体魄还要有年轻的心态。所以说健康、好品德、有才学是青年人的追求和必备。〔5.4〕

人与人交往，信任是很重要的，以己之心度他人之心极不妥。〔5.4〕

如果岁月可以回头，时光可以倒流，你还会珍惜现在吗？〔5.5〕

有人说，诗和音乐是最接近上帝的。人的心灵需要寄托和释放，不管是年轻时还是年老时，人与神的沟通是需要渠道的。马斯洛认为，在人自我实现的创造性过程中，产生出一种所谓的"高峰体验"的情感，这个时候人处于最激荡人心的时刻，是人存在的最高、最完美、最和谐的状态，这时的人具有一种欣喜若狂、如醉如痴、销魂的感觉。这种体验过后，重新来思索生命的意义、价值、目的，思索有限与无限、现实与永恒之间的关系。在很长的

一段时间里，你有了对自我的满足，积极的心态，丰富的灵感和创造力，以及充沛的精力和饱满的热情。文艺老青年自题。〔5.6〕

活着就是为了活的简单、明了，通透。活着就是为轻盈、愉悦、充实。活着就是温暖、畅然、和谐。〔5.7〕

每天都是新的，但感觉又像重复着昨天的故事。日子流水一样绵延不断，太阳照旧升起。看看这世界，感受这一切带给你的或喜悦或悲伤。山水、林间，旷野，海岸、峰顶，把心智长久的集中，凝视眼前的一花一木、一沙一石、草地、星空、流水、海潮、山峦、地平线上……〔5.7〕

真正的内心的平静，是物我两忘的境界，处事方式不急不躁。遇事不狂躁，不冲动，不惊不喜，顺其自然地处之。"采菊东篱下，悠然见南山"的心态。〔5.8〕

不能总批评或指责孩子，容易让孩子失去自信，要从小鼓励培养孩子的自信心。虎豹之驹未成文，而有食牛之气；鸿鹄之蔻羽翼未全，而有四海之心。〔5.16〕

《史记·卷一二零·汲郑列传》中有"太史公曰：始翟公为廷尉，宾客阗门；及废，门外可设雀罗。翟公复为廷尉，宾客欲往，翟公乃人署其门曰：'一死一生，乃知交情。一贫一富，乃知交态。一贵一贱，交情乃见。'"世态炎凉也是普遍的现实，只是你如何看待这个问题了。看开了也就放下。〔5.18〕

傍晚时分斜阳落尽，天上一弯纤纤月，凉风又起。外面走走，正是："清夜无尘，月色如银。酒斟时，须满十分。浮名浮利，虚苦劳神。"〔5.20〕

人生要进取，但是无用的贪欲不可太多，人生不过百年。除去吃睡，也没有多少。"蜗角虚名，蝇头微利，算来著甚干忙。"〔5.21〕

林语堂说，"优雅地老去，也不失为一种美感"。活着我可以选择一种活法，要是老去，真是不好选择，尤其是优雅的老去。在医院里见惯了老去痛苦，何时能优雅？〔5.23〕

做人要清白纯洁，仰不愧于天，俯不怍于人。你的世界里就会池塘生春草，园柳变鸣禽。〔5.23〕

苏东坡在《前赤壁赋》里称曹操"酾酒临江，横槊赋诗，固一世之雄也"，所以一说到"横槊赋诗"，人们便自然会想到曹操的："对酒当歌，人生几何。譬如朝露，去日苦多。"人到中年谁不感慨岁月无情、时光流逝，谁不想成就一番事业？〔5.23〕

小时候很喜欢《水浒》第二十八回中"武松威震平安寨，施恩义夺快活林"的故事，多年来心头的"快活林"三个字一直在飘荡，绿树掩映，山郭酒旗风，悠悠的杏花香。想想人生也必有一片快活林，衔觞赋诗，以乐其志。〔5.23〕

仁者乐山，智者乐水。山水相连存乎心中，是一种境界一种幸福。把心情打包，快乐出发，断云依水，林壑尤美，酒意诗情谁与共？〔5.24〕

看到窗外树梢晃动，心头一阵惊喜，夏季阳光充足，只要没有雾霾，又是可以说走说走的一天。荷花莲叶，鸳鸯戏水，蜂蝶飞舞，在公园散步，或看垂钓，即使坐下来发呆，也是一种的享受。认得醉翁语，山色有无中。〔5.24〕

真正的幸福和什么有关？金钱、名利，财富、成功，社会环境还是自身的认识？我觉得和从小受到的教育关系最密切。自身能力与心灵认知的匹配，心灵的满足与富有。〔5.24〕

想有一个清淡又丰盈的人生，就得放弃世俗的逐利。阡陌纵横，花开心间。背负的东西太多，就没有轻盈的步伐。〔5.25〕

热爱生活的人就是生活的一部分，不热爱生活的人总是被生活抛弃冷落。〔5.25〕

生活在路上，在小鸟的鸣叫声中，在朱朱粉粉的野蒿花上，在春日的平原荠菜花上，在青旗沽酒的人家里，在青裙缟袂的女子身上。在笑语柔桑的陌上，在帘幕深深处，在北村南郭。在醉里挑灯看剑时，在金戈铁马、气吞万里如虎的回忆时。生活就在生活中。〔5.25〕

生活就像一棵大树，浓荫翠绿，但它也有毛毛虫爬满树干的时候。喜欢也好，讨厌也罢，你也得忍受。华美的旗袍也有虱子爬上的时间。更何况是生活呢？〔5.26〕

人赤裸裸地来，又赤裸裸地走，什么也没带来，什么也没带走。只要活着人就善于折腾自己。还是好好地活着，活着好好的。〔5.26〕

人应该有一份童真，即使你已耄耋之年。人应该有一份豁达，即使你饱受苦难。人应该有一份梦想，即使你失败过千千万万次。〔5.26〕

修心养性说到底还是自悦心情，修心：使心灵纯洁；养性：使本性不受损害。通过自我反省体察，使身心达到完美的境界。达到心似清莲，出淤泥而不染是悦己的最好境界，调节心情是一种能力，让自己的心情保持平衡，适度的悲伤也是正常的。〔5.26〕

善于发现一个全新的自己，以一个好心情、好心态去寻找或改造一个未知的自己。敢于表达，不压抑自己、隐藏自己，正视现实正视自己正视历史正视生活。〔5.28〕

敢于舍弃生活中不需要的东西，包括心灵中无用的，拥有了太多，背负的压力也大，善于舍弃，不要觉得什么都是宝，尤其是自己的东西，包括不好的习惯。人生需要轻装上阵。〔5.28〕

喜欢苏东坡的诗文，更喜欢他旷达的人生态度，老子说：旷兮其若谷。"竹杖芒鞋轻胜马，谁怕？一蓑烟雨任平生"，任其从容不迫，潇洒自如。"人有悲欢离合，月有阴晴圆缺"，悟透人生的洒脱和旷达。庄子旷达超脱、任性逍遥的思想促成了苏东坡"胸中泊然，无所蒂芥。人无贤愚，皆得其欢心"性格的形成。东坡的诗词中表现出其宽阔胸襟与豁达态度。"旷达"，是一种洒脱、达观的人生态度，其内涵是指解脱、超越，改变固有的观念，换个角度看问题，以一种超然的态度发现事物的美，获得精神上的愉悦。〔5.30〕

深水静流，人只有经历过了坎坷的生活，才变得更加沉稳大气，能镇得住自己也镇得住自己的人生。站在人生的峰巅一览众山小，包容了生活中的"不幸"和不完美，笑傲红尘滚滚。〔5.30〕

童年影响着人的一生，童年在宽松、自由的好氛围中快乐成长的孩子，长大了有一个健康的心理。童年的美好回忆是一个人一生的珍贵礼物，是一个人一生幸福快乐的基础。〔6.1〕

抬头仰望天空，久违的蓝天白云像美女的明眸，回眸一笑百媚生。风来的清爽而快意，阳光明媚而愉悦。六月的上午在流淌的时光里遇见了最美的云，投影在我波心。行走在鼓楼大街被一幅清新淡雅的蓝色拽回到了记忆中小时候家乡的那片天空。〔6.2〕

清晨，我寻找着出发的位置，迎朝阳，踏雨露，闻鸟鸣，梦田园。孔子曰："朝闻道，夕死可矣。"学无止境，闻道有先后，即使年岁大了也不要放弃。〔6.2〕

"人生本无事，苦为世味诱。富贵耀吾前，贫贱独难守。"贫贱而自足的生活很难让人守得住，因为花花世界的诱惑太多，独守田园的人大多逃避，不满现实，陶渊明如此，后人也是如此。司马迁说："天下熙熙皆为利来，天下攘攘皆为利往。"〔6.2〕

一场雨打湿了芭蕉，红了樱桃，浇灭了心中的忧愁。雨后的天空靓丽多了，心中的彩虹沉淀着夏季的梦。佛像我，我像你，你像你自己。〔6.3〕

"雨醒诗梦来蕉叶，风载书声出藕花。"夏夜里仿佛听到雨敲荷叶之声，其实是手里的书不想读下去了，雨后夜空细看有两三颗星，寂静地瞭望着大地。夏夜最短。〔6.4〕

早晨的阳光照在旧古楼大街两边浓绿的柳树上形成斑驳的光影。不知名的鸟儿在树巅鸣叫。周五的早晨像一个露出光屁股调皮可爱的孩子。心情远在时光外，天空湛蓝的似乎可以在上面涂抹心情。抒写生活中的长长短短，里里外外。我是谁？谁是我？〔6.4〕

"众里寻他千百度，蓦然回首，那人却在灯火阑珊处。"人生的美都在不经意间，着意闻时不肯香，香在无心处。事事的精彩边走边弃，幸福就在彼岸花开处。如友人所言：人生的精彩在于你淡忘多少，唯有边走边弃才能走得更远。〔6.4〕

《雨后清晨上班途中赋》 雨后六月追清秋，不信人间有别愁。却将流年读旧书，换得新雨酿醇酎。〔6.5〕

很喜欢一句话："有一种朋友不在生活里，却在生命里。有一种陪伴不在身边，却在心间。"纷纷扰扰的红尘中，你我只是城市里来往的过客。偶然的相遇就各奔东西。山和水可以两两相忘，日与月可以毫无瓜葛。可是有些人却留在你的记忆、留在了你的生命中，没有花开没有树绿，只有月明只有鸟啼。〔6.6〕

我愿做草原的情人，白首如新，倾盖如故。读你千遍不厌倦，草原就是流传千古的佳句。不论失意还是高兴，走近她，她包容你，懂你，让你心胸开阔。"相见亦无事，别后常忆君。"〔6.7〕

我愿成为草原的一株草，春风雨露滋润着，野火烧不尽，春风吹又生。听着草原的歌喝着草原的奶，跳着草原的舞。长城外，古道边，我就是你的一缕细细长长的思念。思念中的明月惊鹊，清风蝉鸣。一枕云屏，帘底纤月。〔6.7〕

其实每个湖都有一个传说，每个故事都很精彩，精彩中必有忧伤，忧伤中必有动人心肠的风景。站在昆明湖边，回想百年往事悠悠荡荡，王朝更迭，江山易主，山河世事都会变迁。我们只是这道风景中的两株无名的树，随四季而变。愿有岁月可回头，且以深情共白首。〔6.7〕

每片水都有记忆，每处风景都看透过了历史。曾经姹紫嫣红的花事都一江春水向东流。十七孔桥上燕子斜飞，万寿山前柳暗花明，昆明湖波心荡，皎月无声。我喜欢远离喧嚣，心里修篱种菊。〔6.7〕

每道流动的云都是城市上空一道靓丽的风景线。在这冷暖交织的时光里遇见谁都是不可重复的相遇，珍惜每一刻，让它成为明天生动的故事。年老时翻出来一遍一遍地阅读。〔6.7〕

夏季的清晨我走过大树，心中总能升出一种力量，感觉生命力旺盛，蓬勃向上。阳光照在树间，树叶都活跃起来。偶尔想起这句话："人说，背上行囊，就是过客；放下包袱，就找到了故乡。其实每个人都明白，人生没有绝对的安稳，既然我们都是过客，就该携一颗从容淡泊的心，走过山重水复的流年，笑看风尘起落的人间。"〔6.7〕

都说人生何处不相逢，可是真正错过了很难相逢，即使多年后相逢了也没有当时的景当时的情。人生只有在对的时间遇到对的人是缘分。有的时候一转身便是天涯，再回首已是白头。〔6.8〕

爱上一座城有时和吃有关，一家风味独特的餐厅让你像邂逅了初恋的情人。铁板烧的风韵犹显迷人，浪漫的情怀在此可以体现。酒是最解风情之物，像女人身上的香水。正是：兰陵美酒郁金香，玉碗盛来琥珀光。〔6.9〕

傍晚时分的鼓楼外大街车辆南来北往，小雨是欲下又止。看着这熟悉的景色，感觉年华就这样老去，我们就这样变老。无力可为且措手不及。〔6.9〕

一天我们都老了，在夏季的傍晚我约你看夕阳西落，我带着你，你带着拐杖。夕阳西下，牵手人在天涯。〔6.9〕

如果你是一片丰盛的草原，哪里没有骏马？〔6.9〕

给自己内心建一个田园，何处不能行吟泽畔，采菊东篱。让丰盈的人生清芬蕴藉，让流动的生命朗月清风，千里稻香。〔6.9〕

常记得夏季的午后，村头树下老人们话桑麻说丰年。白炽的太阳下牛尾甩蝇，家犬吐舌，蝉鸣蛙叫。茅檐低小，溪上青青草。〔6.10〕

你不是那一帘幽梦，就是十里春风。在这山长水阔的世界里只为你风月情浓，诉说脉脉深情。昨夜我梦中的草原。〔6.10〕

春在溪头荠菜花，最喜欢野花的清香和不争春的朴实。朱朱粉粉野蒿开，小时候夏季的野外，蜂蝶飞舞，蚂蚱鸣叫，蟋蟀打斗。马上马下，村里村外。田园野外是童年最美的乐园。捉蛙捕鱼，偷瓜摘菜，样样精通，爬墙上树无所不能。常记村西日暮，贪玩不思回路。〔6.12〕

有一种夏季叫清爽，有一种午后叫悠闲，有一种花园叫绿阴覆盖，有一种心情叫赏心悦目，有一种人生叫难得浮生半日闲。也有人说闲得淡疼。还有一种梦叫痴人说梦。〔6.12〕

北京天空的蓝让人梦回大草原，有人说像呼伦贝尔的天空，有人说像拉萨的天空。应该感谢这风，这伟大的风，雄伟的风，宋玉笔下的风。让六月的天空尽显妖媚，让夏季的骄阳烈日下也能有凉爽的时候。今夜繁星满天不是梦，一帘纤月枕簟凉。〔6.12〕

因身体受伤休息的人，因生活而奔波的人，因爱情而跌倒的人，因喝酒而呕吐的人，因人生不如意而失意的人，因股市暴跌而走到楼顶的人，看看这云淡风轻的早晨，感受一下大自然鬼斧神工的神奇，人生的种种际遇就像老天为你写好的故事，谁的故事里没有悲伤？谁的故事里没有飘过的阴云？老天不是不知，只是不言。庄子所言天籁本身绝无贵贱之分，关键在于人的精神境的高下，"一点浩然气，千里快哉风。"〔6.12〕

在这山清水秀的世界里，和你一起看过那朵宋词一样的云，欣赏了湖水一样的蓝天，薄云丽日的下午在时光流逝的岁月中从头上飘落下一根无用的白发。我细数着生命中的露浓花瘦。〔6.13〕

善良和真诚是人的另外两只眼睛，为你寻找到世界的光明。〔6.15〕

无忧的下午，太阳西斜。享受着生活中一草一木，一花一树，一景一物。生命中奇美鲜活在眼前，心情好便有明月如霜，好风如水。〔6.16〕

朋友不在于能帮你什么，而在于是否理解；生活不在于多么富有，而在于你是否快乐；爱情不在于相见早晚，而在于心有灵犀；人生不在于成功与否，而在于了无遗憾。〔6.16〕

做人既要有内在的修为，又要有外在的修养。没有坦率也好，不能掩饰逃避，不愿意敞开心扉，还保持清高、高绝的姿态，实质上，就是装。〔6.17〕

下午三点，一阵疾风骤雨后天空泛白，菜园子里蔬菜带着雨露新鲜翠嫩，花园里大白杨枝头的鸟巢里掉下来一只不知名的小鸟，被雨淋湿了翅膀。草地被踩蹦过一般，无精打采。路面低洼处积了清澈的雨水。雨季有雨季的美丽，炎热一扫而空。夏季的傍晚要来临，一抹残阳。我寻找西边那道彩虹，梦一样的彩虹。〔6.17〕

中国文化以农耕文化、草原文化、森林文化等为主。当然也有巴蜀文化、楚文化、闽粤文化等地域文化。我觉得中原农耕文化代表为牛的性格，草原文化代表为狼的性格，江南农耕文化为鱼的性格。中原文化因包容性、融化性而深厚博大精深，最终成了主导文化。〔6.17〕

骑马是世界上三大优雅运动之一，可以锻炼形体、气质、胆识和自信、爱心，平衡能力，磨炼意志，还能够唤起孩子内心深处潜藏的自信，增强孩子对复杂环境的应变能力和对挫折的抵抗能力，缓解孤独和抑郁的情绪，愉悦身心，获得极强的成就感。〔6.17〕

哈佛没有高大上，大师没有哗众取宠，正所谓"大音希声，深水静流"。世上的事和人一样，越是深沉的有内涵的看上去越是普通。可是许多人却不知道。〔6.18〕

唐代李白《梦游天姥吟留别》中有一句："渌水荡漾清猿啼。"许多人喜欢流水的清澈、淡泊、涵远，以水为友、以水为伴。其实山水各有千秋，仁智都是我们的追求，即使力不能及，也要心向往之。子曰："智者乐水，仁者乐山；智者动，仁者静；智者乐，仁者寿。"说的是智者的乐是动态的，像水一样。仁者的乐是静态的，像山一样。说"智者乐水"是喜欢水，"仁者乐山"是喜欢山，这是不对的。有些有学问修养的人是活泼的，聪明人多半都是活泼的。仁慈的人，多半是深厚的，宁静得和山一样。所以"智者乐"，智者是乐的，人生观、兴趣是多方面的；"仁者寿"，仁者是宁静有涵养的人，不大容易发脾气，也不容易冲动，看事情冷静，先难而后获，这种人寿命也长一点。〔6.19〕

词人有一颗单纯的心，有一颗童心才能写出眼中纯净世界，心不净何以为文！纳兰性德就是一位心净之人，以31岁的生命描写这个纯净的世界。"人生若只如初见，何事秋风悲画扇。等闲变却故人心，却道故人心易变，骊山语罢清宵半，泪雨霖铃终不怨。何如薄幸锦衣郎，比翼连枝当日愿。"以作者的身份经历，他的词作数量不多，眼界也并不算开阔，但是由于诗缘情而旖旎，而纳兰性德是极为性真的人，因而他的词作尽出佳品，倍受当时及后世好评。近代著名学者王国维就给其极高赞扬："纳兰容若以自然之眼观物，以自然之舌言情。此由初入中原未染汉人风气，故能真切如此。北宋以来，一人而已。"而况周颐也在《蕙风词话》中誉其为"国初第一词手"。〔6.19〕

夏都公园的湖像一弯新月，边上的路灯像星星，天上一弯新月，地下一弯湖水。夜晚行在月亮湖，凉爽惬意。薄云淡月下想到今天上午一路堵车走了近四小时才来到延庆，路上读完了屈原的《离骚》，端午节不能不读屈原，中华文化就这样汩汩地流传下来。"纷吾既有此内美兮，又重之以修能。"〔6.20〕

父亲节想到了初中读朱自清的《背影》，后来大了又读周国平的《妞妞——一个父亲的札记》。读赞美母亲的文多，赞美父亲的文少。父子之间总是有亲情有矛盾有隔阂，尤其男孩，叛逆期第一个针对的就是父亲，多年以后尤其是自己做了父亲，才真正理解了父亲。现在不论父亲在哪里，父爱流淌在每个人的血液里。父爱如山亦如河。父爱就是把一种胸怀和责任一代代传承下去。〔6.21〕

有一种等待叫守护，有一种凋谢为了开放，有一种喜欢叫过目不忘，有一种情绪包含了理解，有一种挚爱守望着眷恋，有一种心情花自飘零水自流，有一种幸福刹那芳华，有一个清晨百合花静静开放，有一个夜晚兰花独放幽香。〔6.26〕

有时想什么是家教？自己愚见：孝顺父母，关爱自己，有个通情达理的心，能站在别人角度考虑问题。〔6.26〕

修心养性的方法很多，有的人喜欢静坐默想，有的人喜欢写字阅读，有的人喜欢画画唱歌，有的人喜欢锻炼比如练瑜伽练太极拳练气功，有的人喜欢茶道，有的人喜欢养狗养鱼养鸽子，我喜欢咬文嚼字，抒写文字也可以放松心情，排解压力，培养情操。人活着总有一个爱好伴你走过山高水长的人生。〔6.30〕

闲暇总是太少，忙碌总是太多。黑色的星期二给了我黑色的眼睛，生活就这样地消失，时光就这样被挤瘦。我是在赞叹呢，还是在留恋？聪明的你告诉我。〔6.30〕

今夜月色很美，又该十五了，一轮明月高悬，天是深蓝云是雪白，湖波是金色的，杨柳岸晓风皓月。如此景色绝不可能让我觉得："人生在世不称意，明朝散发弄扁舟。"虽然发不出什么豪情壮志，但也感到生命如此美好，绝不丢弃一双梦想的翅膀。〔7.2〕

真情像草原一样广阔，人生有情泪沾臆，江水江花岂终极。在这红尘滚滚中我们唯一能记住的就是一抹易逝的真情。不管是风陵渡口的相遇，还是乡村的廊桥遗梦，都是生命中可遇而不可求的风景。在人生的际遇里，我们只能听任上帝撒向我们的幸福阳光。我们从容地走过，不辜负一世韶光。〔7.3〕

做个主宰自己命运的主人，放下沉重，风行水上，即使水下旋涡急流，也要做个轻灵的舞者，舞出生命的繁华，让人生别样风情。〔7.3〕

一个人悲喜交织的人生或苦乐相伴的岁月，怎样也是一生，清风皓月也好，绿肥红瘦也罢，看开了，境界开阔，人生不过如此。〔7.3〕

人生就是一场旅行，一路上有快乐，有疲倦，有期待，也有失望，更有回头望的点点滴滴，有出去的有回来的路上深深浅浅的脚印和欢笑。〔7.3〕

夜晚的灯火通明下思索着生命之重有多重？生命之轻有多轻？重于泰山还是轻于鸿毛？在长长的路上，如何舒展生命？延续生命的长度增加生命之厚度？人生存于世，灵魂寄去躯体之上，游走于时空隧道和天地间。明月清风的夜晚听见一曲词《满庭芳》："蜗角虚名，蝇头微利，算来著甚干忙。事皆前定，谁弱又谁强。且趁闲身未老，尽放我、些子疏狂。百年里，浑教是醉，三万六千场。思量。能几许，忧愁风雨，一半相妨。又何须，抵死说短论长。幸对清风皓月，苔茵展、云幕高张。江南好，千钟美酒，一曲满庭芳。"〔7.4〕

周六的夜晚总是美丽的，尤其是雨后，带着清新带着清凉。下雨有下雨的好，月明星稀也有月明星稀的美，就看你如何从中发现生活的诗意。我们应该学会做一个自由而快乐的人，享受生活给予我们的枝繁叶茂和姹紫嫣红。〔7.4〕

百岁老中医的八字养生法（干祖望）：童心，即赤子之心，像孩童一样无邪开朗没有烦恼；蚁食，即像蚂蚁一样什么都能吃，像蚂蚁一样什么都吃得少；龟欲，龟无欲望，一贯不争不闹，遇事不意气，以退为务，以柔克刚；猴行，即思想方面反应敏捷，行动方面活泼轻快，保持精神饱满。〔7.5〕

窗台上花长得碧幽幽的，推窗而望傍晚的落日余晖甚是美丽。股市虽然一片绿，江山却一片红。人生的起起伏伏如远处的山峦叠嶂，没有迈不过去的山没有跨不过的河。〔7.9〕

背上行囊出发就是行者，放下行囊即是故乡，生命中有多少的风景让你梦魂牵绕。所以人生总要有一次说走就走的旅行，不顾风雨兼程，不顾一切炎日阳光。〔7.11〕

人应该适时地静下来思考一下，即所谓的闭关。闭关是在一个空无的境界中，彻底清理心灵深处污垢，不为情动不为欲使，清净到心如止水、无欲无求，寻找回不增不减不垢不净的真如本性。放下行囊，观赏夕阳红。脚踏大地，仰望星空。〔7.12〕

不管生活如何地变化进行，也要把年轻时的梦想完整地保留下去，不能渐行渐远。生活的车轮碾碎了杂七杂八，可那闪亮的梦想一直像天空中的星星闪亮，伴我走过山高水长的人生。〔7.12〕

有人说我们行走在青春的路上，四十岁的人可能连青春的尾巴都抓不住了。如青春是一种心态，那我们可以青春永驻了。丢掉老气横秋，丢掉破芝麻烂谷子，让我们行进在青春的路上，一轮明月当空。〔7.12〕

把梦揉碎在平凡的日子里，一天深夜蓦然绽放成一朵鲜艳的花，给我一种措手不及的喜悦。〔7.15〕

人生的某刻总有在静谧的时候百合花开，芬芳馥郁。醉美在那一瞬间觉得人活得如此透彻心扉，才不枉此生！〔7.18〕

今天的雨，仿佛走进了江南。雨季到来了，一场雨一场梦，一样自由的空间里飘落。雨天里总是上演着一幕幕浮现在眼前的电影，细雨霏霏，漂泊，一衰烟雨朦胧中，人生或喜或悲的情绪在跳跃在飞奔在收藏。〔7.18〕

就让你我一同年轻一起老去，你不来我怎敢老去，让岁月的河同时流经我们的脚下，洗涤着苍白的记忆和时光。"人生最曼妙的风景，竟是内心的淡定与从容……我们曾如此期盼外界的认可，到最后才知道：世界是自己的，与他人无关。"〔7.19〕

我没读经书，但我心里早有一棵盛开的菩提。不管是雪域高原还是天涯海角，总有一天会有豁然开朗的彻悟境界。人生不止一条路，有条是属于自己的有着绝美的风景和月光。〔7.19〕

我没有特意的佛教信仰，但我理解的佛就是行善积德，从这点来看我是喜欢佛的，佛也肯定喜欢我。这么多年从来没有细细考虑为什么要活着？站在佛脚下顿悟原来我活的目的如此简单。温饱后享受生活赋予人心的幸福与快乐，以及赋予生命灵魂本身的丰满。〔7.19〕

古罗马的恺撒说：人生有三大事：第一阅读，第二思考，第三交谈。可我阅读又没耐心，思考又感觉费脑，交谈又讷于言，不会说别人爱听的。所以恺撒说的三件大事对于我来说就是小事，因为做不到。我觉得会喝茶、会发呆、会安静才是我人生三件大事。〔7.20〕

世俗的东西束缚着你的心与羁绊着你的脚步，不能靠喜好真正地选择和生活，想放下背上的行囊就彻彻底底，唯有干干净净地舍弃，才能完完全全地拥有。放下包袱去寻找一条真正符合自己内心的路。〔7.20〕

夜深人静的时候是万事安定的时候，是人的思绪平稳的时刻。从内心深处流淌出理性的思维，夕阳远去，月光洒落，世界的沉浮，时代的变迁，思想的对撞，都化为一地的月光。我的梦就是乾坤中的惊鸿丽影。〔7.21〕

一张桌一把椅就可以上演一场话剧，舞台不在于辉煌，灯火不在于通明。有的人素未谋面也可以神交，有的人朝夕相处却可以相忘于江湖。人生就是如此的离奇和阴晴。〔7.21〕

杯子清空才能倒满，正如白居易所言："竹心空，空以体道，君子见其心，则思应用虚受者。"适时清空自己，为了学到更多东西。不要总以为自己满腹经纶，谁都比不上。〔7.21〕

做个简单的人真的挺好，做个平凡的人也挺好的。杨绛先生说："惟有身处卑微的人，最有机缘看到世态人情的真相。一个人不想攀高就不怕下跌，也不用倾轧排挤，可以保其天真，成其自然，潜心一志完成自己能做的事。"〔7.22〕

外面的世界很大，自己的世界很小，外面山山水水，自己丁丁卯卯。山一程水一程，携手共看夕阳红。〔7.23〕

🐚 年轻就要有年轻的精致，老了也要优雅地老去。不要没有年轻就这样老去。一定要给年老时留点记忆。〔7.23〕

🐚 美国电影《再次出发之纽约遇见你》里有心灵之间的音乐感应，很神奇也很灵验。人与人之间的感应通过音乐实现，或许就是传说的心有灵犀。不管是音乐还是绘画或诗歌，都是艺术家心灵激情的集中反映，总之我相信艺术有第二灵魂，和爱情一样。〔7.24〕

🐚 每个人选择不同，生活中上演的故事就不同，没有对错，只是剧种不同、结局不同罢了。"有些人在属于自己的狭小世界里，守着简单的安稳与幸福，不惊不扰地过一生。有些人在纷扰的世俗中，以华丽的姿态尽情地演绎一场场悲喜人生。"〔7.24〕

🐚 夏季的夜晚没有雨，只见星光灿烂，高柳蝉鸣，凉风解愠，暑气无踪。心胸也如光风霁月，人忌全盛，事忌全美。所以林语堂先生的《人生不过如此》，我只读一半，明日再说。人生在世美不过相见如初。〔7.25〕

🐚 我不老，你年轻。趁着两腿生风，看遍这千山万水。背着一路风景一路平安幸福寻找远方的那片云。〔7.26〕

🐚 泰戈尔说："有一个夜晚我烧毁了所有的记忆，从此我的梦就透明了；有一个早晨我扔掉了所有的昨天，从此我的脚步就轻盈了。我只愿远离晦暗的记忆扔掉部分沉重的过往，留存那些美和好，微笑前行。"我说：那一夜，繁星满天，我们行走在沙滩，海水濯足亲吻着脚面。你是北斗的尾，我是七星的首，首尾相连相应。从此夜空有了我们的眼睛，那一夜我只愿瞻星望云、焚香诵经；那一晨，鸟鸣枝头，你画眉深浅，我吟诗品茗。你有灵犀，我无彩凤，从此身无彩凤双飞翼，心有灵犀一点通。那一晨，我只愿随缘忘愁、为善布施。〔7.27〕

老子在《道德经》中的最后收笔之言：“圣人之道，为而不争”，巧言令色其实并不是真正的才能，忍辱不辩才是人生修养的最高境界。现实生活中多少巧言令色，人们习惯于听虚的、假的、空的，对于真的、不顺耳、不利于自己面子上的事，都不爱听，想听又不敢于去听。忠言从来都是逆耳的。忍辱负重忍辱不辩不容易做到，做到了就是圣人。〔7.28〕

那些年，我们很稚嫩；那些年，一去不复返；那些年我们二十来岁；那些年，从不把友谊挂在嘴边；那些年，青苹果挂在树梢；那些年，寻梦的季节里满天的星；那些年，我们不会致青春；那些年，没想到今天的样子；那些年，似水年华的遇见；那些年，再见！〔7.28〕

“佛说：人生也是一次随兴的旅程，身体是灵魂借住的客栈，对于茫茫的无涯的时间而言，今生只是过客。”像鲁迅先生人已去，他的灵魂却飘在书本中。而有的人活着一堆赘肉，没有思想没有灵魂就如菜市场里肉摊子上的一堆猪肉。活着就得有灵魂有思想，灵肉完美结合才是真正的自己。〔7.28〕

世上绝美的风景都在远方，惊艳的鲜花也绝不会开在盆里。背起行囊，做一个寻梦的潇洒的风尘过客。〔7.31〕

我就喜欢这绿的树、白的云、蓝的天，简单明了像我的做人一样。我天生不会计算，任何复杂的事情只会简单地做，简单也是做人的一种方式！千万不要和我玩复杂的，否则累的是你自己。〔7.31〕

午后的小雨冲洗着宁静的天空，空气中弥漫着泥土气息和夏季花香的味道。八月的天空有时最亮丽有时最迷蒙，阳光总在风雨后。桂花飘香的时节里我们总是寻找自己的生活和生命里最美的风景。走在八月走在阳光下期待虚度光阴的故事里。〔8.1〕

我不知道曾经的日子里如何的喜欢绿色，绿色又带给了生命中如何的色彩？最年轻的时光在绿营中度过，无悔无怨的一段岁月，写下许多激情的诗篇。回望来时路，生命如歌，岁月如河！〔8.1〕

六六在《心术》中关于医生三重境界的论述，第一重叫治病救人，医生能够看好病人的疾病，这只能说明是一个医务工作者，一个技工；第二重叫人文关怀，医生不仅看好病人的病，还有悲天悯人之心，对待病人像亲人一样；第三重那就是进入病人的灵魂，成为他们的精神支柱！六六说得挺好，作为医务人员，谁不想做一个好大夫，全心全意为患者服务？服务得有土壤有环境，不仅仅需要一颗心。只有尊重医生的大环境好，大夫才能安心看病，你提刀看病，如何能成为你的精神支柱？不拿医生当人看，病了就想让大夫如何对你好，好了，你花钱看病理所当然，不好，都是大夫的错。所以尊重医生就是尊重生命，敬畏医生就是敬畏生命！〔8.2〕

人不因为年龄大了而降低爱情的门槛，不要因为一口饭而丧失了人格尊严。不要因为生活所累丢了自由。活得简单明了也不容易，且行且快乐！〔8.2〕

民国时期，朱湘的《海外寄霓君》、徐志摩的《爱眉小札》、鲁迅的《两地书》与沈从文的《湘行书简》并称"民国四大情书"。他们在最美的年华遇到最美的人，写下最动听的话。今晚我在最美的季节里遇到了最美的彩虹，也要写下最美的句子，为了天边的一片彩虹。走过路过我回头过，最是那精彩的一瞬，绽放了所有的艳丽和光彩，驻足停留不等五百年，红颜易老，血染江山，我就是今夜薄云淡月后等你的那颗玉树临风的星。〔8.3〕

读过周国平的文章，生活的意义不仅仅是感受幸福。我感觉有道理，每个人生命都是一支燃烧的蜡烛，终有灭的一天。在燃烧过程中除了感受幸福，还有人生的痛苦和不幸，还有烦恼和坎坷。这不由得你选择，每个人必经之路，才能明白幸福的感觉。〔8.3〕

其实人不怕糊涂地活着，糊涂地来糊涂地走倒也没有什么痛苦和烦恼，就怕自欺欺人地活着，看上去很好其实不然。〔8.3〕

人们常说没心没肺活着不累，要是有肺没心是不是也不累呢？其实心肺没有思考的功能，是大脑想得太多。〔8.3〕

生活的方式，生活的态度和思想的境界决定了一个人的幸福感。有的人顺其自然，有的人有一个清晰的规划和设计。不管怎样，生活的主动权掌握在自己的手中，但生活的目标都是想使自己幸福快乐。没对错只有哪个更适合自己的个性发展。〔8.3〕

夜深人静的时候梳理一下自己的情绪和思想，让心灵的小河静静地流淌，两岸即使草长莺飞，蝶舞天涯，也要心态平和，人生的彩虹可遇不可求。沉思良久望月数星，为你闪烁的星总是孤寂地躲在云层之后，月满则亏，水满则盈。〔8.4〕

林语堂的《我的信仰》一文中写道："科学无非是对于生命的好奇心，宗教是对于生活的崇敬心，文学是对于生命的赞美，艺术是对于生命的欣赏，根据个人对于宇宙之了解所生的对于人生之态度，是谓哲学。"细细想想我的信仰是什么？我的哲学是什么？懂事到现在我从来没有考虑过。简单地生活，快乐地做事，乐观的态度，豁达的心态。〔8.4〕

每喜欢不同个性的人，喜欢每个人真实的表达和真实的心情，不愿看到伪装的人生和戴着面具生活。人生苦短，岁月无情，活一个真实的自己独一无二的自己，死了不后悔！〔8.5〕

我不知一天怎样开始又是怎样结束，不想这样不明不白地老去。我喜欢每天清晨百合花对我放着幽香，每天傍晚时分欣赏到最美的落日。我希望人生是四季变化的风景，赏心悦目的画面。〔8.5〕

今夜难眠，因为外面雨声大吵醒梦中人。喜欢听雨声，雨声中总是充满活力和生机，明日又是一个艳阳天。生活的日复一日，就得在变化中寻求希望。人在寂静的时候想着流动的风景和心情，在激情澎湃时想着静谧的时光和记忆。〔8.5〕

用文字记录下生命中流淌的小河，河水潺潺和两岸杨柳青青。流过的水再也不能返回，逝去的年华再也不会出现。似水流年真的一去不复返。唯一能做到记下每天的心境和变化的心情。老了在晨钟的绿荫中暮鼓的夕阳下一遍遍翻看着走过的年华和曾经的青春岁月。〔8.6〕

清晨起来，几只小麻雀欢快地在窗前叫着，呼叫着主人快乐出发。雨露滋润着草木，太阳躲在云层后面，一个阴暗潮湿闷热的夏天的味道被夜里的雨水冲刷掉了，清新淡雅的清香扑鼻而来。清晨快乐出发！〔8.6〕

为什么要旅游？除了看景还要发现一个未知的自己。只有把自己完全地放于陌生的环境中，传统的自己传统的思维就会被打破，由此激发了新思维全然面对新环境。去吧，能走多远就走多远，旅行的意义全在于此！〔8.7〕

🌀 生活中那些交往不多还有素未见面的朋友，在我处于交叉路口需要帮助的时候，他们伸出援助之手。谢谢你们！谢谢那些平凡有一颗善良之心的朋友。这个世界之所以充满希望、梦想和爱，就是一颗颗的爱心传递。〔8.8〕

🌀 亲，今夜你打马从我梦中过，留下的是一场秋雨还是一骑红尘？是大漠孤烟还是黄河落日，天空下的一片水？〔8.9〕

🌀 没有一个人永远不幸，或永远幸运。莫言说："在辽阔的生命里，总会有一朵或几朵祥云为你缭绕。"在生命的大舞台演绎着五彩缤纷的人生，选择自己喜欢的快乐的生活方式。幸福永远是自己内心的一份从容和淡泊，还有宁静。〔8.9〕

🌀 享受生命的过程，既然已出发，就不要想起点，终点更不要想。生命就是一个驶向坟墓的壮丽的过程。〔8.10〕

🌀 其实人生是没有意义的，应该是"无为"的，人们喜欢强加于它意义，顺其自然是人的本性，刻意地追求完美，演绎出不同的结果。人生不是谈论的而是经历着品味着各种喜怒哀乐，酸甜苦辣。样样尝遍了，才是一生。〔8.11〕

🌀 等我80岁的时候，我会一遍遍翻看今天的相册，回忆那美好的时光和一起走过的岁月。今天的似水流年或许就是明天难忘的回忆。〔8.12〕

🌀 人生是一场遇见，相遇很美，不论风景还是人，在恰巧的时候恰好的环境里。〔8.12〕

🌀 人生无常且行且珍惜。人生中总有无法掌握的无法预料的事情发生，这就是人生，让你多情让你愁，让你欢喜让你忧。〔8.13〕

176

◐ 生活的艺术最美时刻就是人处于最自然的状态，心灵最自由，最放松，推窗就进入满庭的月光，窗前疏影横斜。心情舒畅游走在满天繁星间。〔8.15〕

◐ 人生最终的归宿是什么？我觉得人最终会进入坟墓，但归宿绝不是坟墓。走过诗样人生，走过风雨阳光，人生最终的归宿是灵魂进入了平静的思考，永无止境、永无休止的思考，在自身的气场中，人进入自然的气息状态，肉体转为轻灵的舞者。〔8.15〕

◐ 有人说：人生观和价值观一旦形成很难改变。选择自己认为好的生活方式去生活。我认为此话说得有一定道理，但不完全对。人生难改是对的，难并不代表不能。为什么要读书、交友？慢慢地也在改变，潜移默化地改变，20岁的你性格基本定型。而现在的你和二十岁的你一样吗？回头看看，一路走来都在改变。〔8.16〕

◐ 看到一句话：往事浓淡，色如清，已轻。经年悲喜，净如镜，已静。这我还做不到，我是不轻不静。人生修炼不够啊！看到另外一句话："人生和花与树叶都是一样的，我是树叶就在春天茂盛生长，在夏天享尽雨水的拍打，到了秋天就随着寒霜凋落。人生又何尝不是这样，当初年少时像花儿一样含苞待放，花开后的样子虽然很美，最终都要随着岁月流逝枯萎衰败，归于虚无，凋落的话就是结束。"人生在某个阶段说某个阶段的话，谁也跨越不了时空，谁也不可能先知先觉。走在现在的路上，回头望，不可重复走，向前看，一步步来。〔8.17〕

◐ 天雨虽大，不润无根之草，佛法无边，难度无缘之人。心中有善，才有佛缘。修佛不必去寺庙，不必在佛前，心中有佛哪里都是净地。〔8.17〕

刚翻阅元史，成吉思汗曾四次差点饿死、三次被追杀亡命、两次全军覆没、三次众叛亲离，但每次他都在绝境中爆发出疯狂的意志，卷土重来，直至征服全世界！这就是信念，比智慧更强大的信念！强大信念的根源是自己心中伟大的梦想。〔8.17〕

有人说：大概这世间最难得的喜悦，就是你爱的人也恰好爱你。说明世上两情相悦的并不很多。在最美的年华遇见最美的你，不是你不喜欢我，就是我不喜欢你，就像段誉喜欢王语嫣。两情相悦，心意相通，是可遇而不可求，和你吃过多少盐走过多少桥没关系。〔8.17〕

今日读《论语》心得："子曰：君子食无求饱，居无求安，敏于事而慎于言，就有道而正焉，可谓好学也已。"老人家的话很明了，干事业不要太在意吃住享受，多干事少废话，还要不断地改正自己的臭毛病。老人两眼放光，看得很准，古今成大事者哪个不是这样的人？贪图享乐安逸难成大事，看来俺就不是成大事的人，就做个快乐的小人物吧！〔8.18〕

清晨凉爽的空气中我似乎嗅到秋天的况味，眼睛开始发痒流泪，鼻子开始流涕。我没有歌咏秋扇见捐，残枝落叶，夕阳雨夜，无限凄凉，别恨离愁，烛泪风悲，空闺幽怨，揽镜自伤。确确实实地感到秋天的况味了。〔8.18〕

学习《论语》心得：子曰："君子不重则不威，学则不固。主忠信。无友不如己者。过则无惮改。"老人家指出"威"即庄重的重要性，做人不能轻浮。交友有道，道不同不相为谋。要以忠信为主；不要同与自己不同道的人交朋友；有了过失不要怕改正。过则勿惮改：指出了对过失的正确态度，是闪烁着真理光辉的格言。〔8.19〕

七夕人们都离不开谈情说爱，一生中维系关系都离不开这两个字——情爱。但是长情大爱是深邃的也是深情的，爱情也会从浓烈到清淡，也会有半衰期。友情爱情亲情是相互依存关联的，也会转化的。所以人的生命里有爱就有月明，就有追寻，永远也不会满足。追求完美追求爱永无止境。爱要释手，爱有空间。不要狭义地单论情爱，放在什么样的环境中什么样的空间中，就会开什么样的花结什么样的果。〔8.20〕

每个美丽的夜晚都有闪烁的繁星，每次繁星闪烁下都有期待的眼睛，每双眼睛里充满希望和梦想，每个希望和梦想里都有一个个走过不平凡的步伐，每个步伐里都有沉重的脚步，每个脚步声里都演绎着多彩的故事，每个故事里都有苦涩的眼泪，每滴眼泪都是生活的构成。〔8.21〕

人们喜欢享受内心深处的悠闲和安详，不喜欢吐露心事和心中的忐忑和不安、挣扎和纠结。在自己的世界里自满、自享和自闭。品一口茶，看着街上穿梭往来的人们，觉得世界是自己的也是别人的。想起相处的朋友，忆往昔的岁月，那些时光中流逝的微笑，让我觉得日月悠长、长河无尽。〔8.21〕

我和世界的沟通方式是我把自己的想法用文字表达出来，世界与我沟通方式是我去阅读许多新鲜的书籍。〔8.21〕

其实忙碌奔波的日子就是为了更好休闲下来享受生活。我们往往习惯错误地认为休息为了更好地工作，本末倒置了。喜欢看到的一段话：当我们老了，江湖夜雨都放下，就去这样一个开满鲜花的日光小镇吧，光影中喝杯茶，花藤下讲讲情话。睡个午觉，做一场梦，醒来以为你尚年少，我仍未老。〔8.22〕

静谧的夜晚面对乡野古村，人们总有青衫书剑式的吟咏，白发渔樵、废殿碧苔、老月青山的感慨或是对颓垣碎瓦、荒草冷月的无奈叹息。如是我享受一份恬淡安详，让历史沉睡吧！我要与清风明月同醉，与繁星玉树相望。〔8.22〕

《论语》心得：什么样的人什么样的朋友值得你交往呢？是不是有利相交无利不往呢？子曰："视其所以，观其所由，察其所安，人焉瘦哉！"我们说某个人如何，考察他交的朋友，观察他为达到一定的目的所采取的方式、方法，了解他安于什么，不安于什么。那么，这个人怎么能隐藏得住自己呢？老人家说话精辟，一语道破天机。我们不能看一个人一时所说和所行。物以类聚，人以群分。什么样的人交往什么样的朋友。不管你是黑白两道通吃还是其他，看你安的什么心。〔8.23〕

一个人多闻多见，慎言慎行，多思考，失误就少，后悔的事就少。这些都是孔子的思想，我们都明白，却不容易做到，为什么呢？自我约束和自我提醒的能力不够。〔8.24〕

山重水复疑无路，柳暗花明又一村。只要不放弃，只要坚持不懈努力，就会看到灿烂的阳光和花明的小村，一切尽在掌握中一切尽在无言中。没有跨不过去的山，没有趟不过去的河。〔8.25〕

没有刻意地赞美过任何季节，四季轮回各有各的美。早晨出门时就想秋天来临，这是季节给予你我的特有感受，是直入心脾的习习凉风，还是旷远天空的云？轻盈的脚步越来越近……走进秋天不做梦。〔8.25〕

生活不能坐而论道，不能强灌鸡汤，生活按它真实的本来面貌规律运行，我们只能释义它的美丽和完整。不抱怨生活，不仇恨世界。"你若澄澈，世界就干净；你若简单，世界就难以复杂。你不去苟且，世界就没有暧昧。"〔8.26〕

很多时候，对孩子最好的教育，这三条就够了：一，以身作则、示范；二，耐心；三，等待。但是我们的恶习很多示范好的做不到，又没有耐心陪伴孩子，常常容易发脾气，等待是一个漫长的过程，没有好好理解等待两个字，孩子长大了，我们也老了。〔8.31〕

瑜伽冥想的真义是把心、意、灵完全专注在原始之初之中。〔9.2〕

我从来不觉得睡觉是件难事，睡醒了有许多的事要做，别人代替不了，没心没肺不是人人可以做到。翻越了一座山又是一条河，总之自己要走，前面是阳光明媚还是阴雨连绵，也要走，人生就是如此嘛，不容你选择。秋天到了，我就欣赏秋天，冬天来了，我就迎接冬天。我不喜欢也不惧怕，因为必须得接受。〔9.5〕

秋天，不管你喜欢不喜欢，她来了，来得霸道，来得横冲直撞，总之她来了，天地之间，她尽显秋色。秋夜里总是思索：秋有秋的美，秋有秋的自在，秋总让人措手不及。我在秋天里，秋在我心里，她会驻足停留，她会消失无影。我还是我，秋还是秋吗？〔9.5〕

一觉醒来我发现自己真的是优秀的人，优点多缺点少，缺点就两条：一是缺钱，二是缺心眼。〔9.5〕

不要空屋造意，不要故弄玄虚，不要故作高深，不要孤芳自赏。实实在在地走，怀有一颗梦想的心。有梦的翅膀展开飞翔的快乐，有梦的人生生活处处开满了鲜花，一生不长，一路顺风，一路平安。〔9.6〕

顺应时代，顺应自然，顺应历史，顺应潮流，顺应环境。我们如在高山之巅俯视大地俯视江河，心境开阔，眼界大开。人与万物同在，心与日月争辉。我们还有什么理由说：自己放不下。〔9.6〕

每个秋天都是多变的，像是人的心情一样。和秋在一起，就要顺应这种变化，从瓜果飘香到树木花草的凋零，从中秋皓月到凄风冷雨。"无边落木萧萧下，不尽长江滚滚来。"秋天我怀一颗佛心，一花一世界，一佛一如来。世界之事有来有去，有生有灭。〔9.6〕

越是好朋友，反而越不想麻烦朋友，求助好朋友，就越不轻易开口。可能怕朋友拒绝，自己难受，也可能不想让朋友为你的事为难。生活中常有此矛盾之事。有时觉得朋友可以分享你的快乐，却不能让朋友承担你的痛苦。君子之交淡如水，新的理解是水常流水常新，人常交人有度。把握度很重要。〔9.7〕

学会拒绝需要勇气，中国是人情的社会，我们在此环境中生活就总要给朋友面子。面子对于我们的生活方式和习惯是多么重要，男人要靠面子相处于事。所以我们不能不给朋友面子，因为别人也会给你面子，让你荣光让你在朋友面前抬得起头。〔9.9〕

我们做着别人的心灵导师，自己却走不出胡同。有的人善于演，就成为大师，有的人善于装，就成了神仙。生活的本来面目是粗笨的，人生的意义是没有根据的。〔9.9〕

我们一直在奔波的路上，我的生活哪儿去了？枣熟了，我要去打枣；叶黄了，我要去踏秋；月圆了，我要去赏月。"春有百花秋有月，夏有凉风冬有雪。若无闲事挂心头，便是人间好时节。"〔9.9〕

现代人生活中的诗情画意是建立在吃饱了撑的没事干的想象中，和古人的山水怡情是不同的，陶渊明、王维、苏轼都是挫折后寄情于田园寄情于山水的。现代人为了生存不得不面对现实，就丧失了诗情和梦想。只有专业的机器人，在自己的世界里挖井，最后埋葬了自己。只有疯子和诗人才高歌生活。土豪享受着金钱，名人歌颂着自己，百姓压抑着自己。〔9.9〕

从现在起到十一放假，北京进入了秋天最美的时候，一段不冷不热的凉爽的黄金时期。秋阳高挂，丹枫迎秋，秋风红叶，天高气清，秋高气爽。形容秋天好的词语多得是。苏东坡诗云："暮云收尽溢清寒，银汉无声转玉盘。"范仲淹写下了："碧云天，黄叶地，秋色连波，波上寒烟翠。"最喜欢的是王维的诗："空山新雨后，天气晚来秋。明月松间照，清泉石上流。"我不喜欢悲秋的诗句，喜欢赞美秋天的诗句。在这秋天的晨中何来悲秋？放眼望去，辽阔的秋，清爽的秋，俊朗的秋，满心的欢喜满心的期待。秋风习习，秋色宜人。〔9.9〕

有人说好女人是一所学校，教会你一切好的有用的知识。我说好男人就是一所学校的校长，好学校必定有一个好校长，学校的差距不在于学校的漂亮与否，而在于一个校长的管理。管理的好坏决定了学校的风气和知名度。一家之言，不求认同。〔9.10〕

秋天的雨一下，立刻天就凉了。这可能是人们常说的一场秋雨一场寒。"春风桃李花开日，秋雨梧桐叶落时。"此刻还没看到梧桐落叶，却从寒意感受到了秋声。"未觉池塘春草梦，阶前梧叶已秋声。"从上午开始滴滴答答一直到下午还未停止。阴雨天在家喝茶读书一样是个好日子。睡一觉醒来，秋风吹响了树叶，雨后天晴也懒得下楼，人生难得半天闲。〔9.10〕

三毛说：不做遥不可及的梦。其实梦有可实现的，也有实现不了的，只要怀着梦上路，我们才能走得更远。〔9.11〕

年轻时为生活奔波操劳，没有好好地享受生活，年老却疾病缠身。所以人生中该享受生活就享受，该快乐就别忧天。不因错过时光而悔恨。〔9.12〕

明丽的秋空中飘浮着一朵洁白的云，似秋天的心。仿佛李清照心中化不开的愁，它是古典的韵味，是浓浓的怀旧感觉，也犹如地铁里一对情侣心间荡漾的爱情。秋云是自由的，也是美丽的，你走过大街小巷，穿过马路穿过胡——它依然在那儿似走非走。等待着今晚的月，等待今晚的星。不由得想到一首李白的诗："蜀僧抱绿绮，西下峨眉峰。为我一挥手，如听万壑松。客心洗流水，余响入霜钟。不觉碧山暮，秋云暗几重。"〔9.12〕

想爱的时候，不要徘徊不要犹豫，不要对爱吝啬。不要白白地让时光流逝，因为人生太短时光太瘦。对爱人对亲人对朋友说出你心中的话。〔9.13〕

秋夜里最美的一道风景就是秋月。秋天的月是格外的美，在院子走上几圈，不由得想起李白的《玉阶怨》：玉阶生白露，夜久侵罗袜。却下水晶帘，玲珑望秋月。此时初秋，月未圆，露未凉，秋风清，秋月明。天地之间清透无比，呼吸着自由的空气，感觉着古今明月的清辉，天上一弯月，心中一轮月。心中有月，照亮整个世界。〔9.14〕

总觉得秦观之句："山抹微云，天连衰草"写的是晚秋之景。其实晚秋也有惨淡之美。过去听毛宁唱《晚秋》这首歌，觉得歌中含有一种淡淡的忧伤，似秋日薄云。其实大开大合之后的秋有空旷辽远的美，大萧条才能孕育出下一次繁荣，清空之后才能丰盈。时空的转化，梦想的实现都是从萧条之后开始飞跃的。〔9.14〕

秋日的午后，总觉得岁月太胖，流年太短。百年后今天的记忆是一阵秋风乍起，还是金色如画？我们在这手做的舟上挥舞着轻桨，任舟漂泊，任心荡漾，听秋声高鸣，闻金菊花香。你我心中浩然气，何惧风雨声。两岸层林尽染，碧空如洗，携你的手在秋天的河里远望鸿雁南飞。让我们一起在秋天走进唐诗宋词里，你做李清照，我做苏东坡。你做杨贵妃，我做唐明皇。爱要倾城，诗要传古！〔9.14〕

想做一个完美的自己或满意的自己，如古人所说的"止于至善"，就要保持心灵的宁静，不为物欲所左右，去除一切不安的情绪。这也是古人所说的"正心"。首先要意念诚实，不矫饰，不欺人，不自欺。〔9.15〕

摸着四季的脉搏，聆听上帝的心跳。在时光的河里游泳，谁来呼我上岸？我想偷走中秋的月伴我入眠，撕一块秋空做被我要入冬。飞雪的早晨醒来独钓寒江雪，把寂寞埋藏，把浮躁冰封。云山苍苍，天风荡荡，处子绰约，婴儿无邪。〔9.15〕

我们每天临睡前反省一下自己，今天哪一项做得不好，提醒自己，加以改正，我们不就每天有进步了吗？怨天尤人对自己并没有好处。"苟日新，日日新，又日新。"〔9.15〕

古人说的："知止而后定，定而后能静，静而后能安，安而后能虑，虑而后能得。"人生做到了：止（目标）、定（心志不移）、静（宁静）、安（安稳）虑（思考）、得（完成）。人做到这六步离幸福的完美的人生很近了，达到了人生追求的境界。或许此刻蓦然回首，那人就在灯火阑珊处。〔9.16〕

子曰："好学近乎知，力行近于仁，知耻近乎勇。"老头儿说知道学习、行善、羞耻就明白怎样修身了。这是多么精辟的论述啊！现在我们写文章长篇大论，却说不明白一个问题。修身则道立，老人家又说"凡事预则立，不预则废。言前定，则不跲；事前定，则不困；行前定，则不疚；道前定，则不穷。"老人家告诉我们做什么事一定要有一种诚实的态度。对于如何学习，老头儿说得很明白："博学之，审问之，慎思之，明辩之，笃行之。"〔9.17〕

过去人们总是爱憎分明，现在人们变成老油条了，对什么都笑哈哈，不太在乎对与错，坏与好。古语却说："如恶恶臭，如好好色。"一个人的内心诚实，一定会表现于外的。"此谓诚于中，形于外。"〔9.17〕

人在高位不炫耀，人在低位不自卑，这是为人处事的原则。"在上位，不陵下。在下位不援上。正己而不求于人，则无怨，上不怨天，下不尤人。"一个人不论在什么位置上，都应各安天命，各自为好，各自快乐，各自幸福。〔9.17〕

男人好做亦难做，"为人子，止于孝，为人父，止于慈，与国人交，止于信。"做到孝顺、慈爱、守信，看似简单，都不易。但我们也对自身的修养尽力做到如琢如玉。〔9.17〕

人到中午犹如四季变化到了秋天，人到壮年，虽已青春流逝，但也是人生成熟、大有作为的黄金阶段，珍惜这大好时光，乐观向上、努力不懈，切不要意志消沉、妄自菲薄。"荷尽已无擎雨盖，菊残犹有傲霜枝。一年好景君须记，最是橙黄橘绿时。"〔9.17〕

"彼采葛兮，一日不见，如三月兮。彼采萧兮，一日不见，如三秋兮。彼采艾兮，一日不见，如三岁兮。"这首《采葛》出自《诗经》，是一首出于先秦时代的四言诗，作者不详，表达的是一种急切的相思情绪。哇！古人的思想其实很开放，大胆地表达相思之情。把一日不见如隔三秋的强烈情感表达得跃然纸上。"采集皆女子事，此所怀者女，则怀之者男"。可以想象采艾的姑娘是多么的秀丽貌美，让这个男子如此深情。古人的语言简单明了，不像现在的情歌一大堆废话。〔9.17〕

生命中总有一段闪亮的时光：桃花夭夭，灼灼其华，让人难忘。每段年轻的路都是不能回头的路，每段故事又是不能续写的文章。一天，月明星稀的夜晚坐下静静地回想，其实再繁华的其中大千世界我们也只是的一个无名过客。繁花总要落尽，戏剧总要落幕，我们又何必自寻烦恼呢？〔9.18〕

不属于你的不必伤心，属于你的跑不了。在静静的远方，或许有一朵玫瑰为你绽放。人生的旅途中不可能永远一帆风顺，不可能事事顺心，即使是失去了一段感情，还有更好的让你心仪的人等着你。即使失败了，又有什么了不起？成功永远是属于坚持者，人最大悲哀不是失败而是放弃。〔9.18〕

一个人总有一死，普通的人都是轻如鸿毛，多少年再也记不起他也曾在世上走过，即使是想念他的子女也慢慢淡忘，偶尔在梦里出现一个模糊的身影。"古者富贵而名磨灭，不可胜记，唯倜傥非常之人称焉。"——司马迁《报任安书》
倜傥非常之人却被记住了。何为倜傥？查词典：①洒脱；不拘束。②非常，特别。这里应该是第一种解释。所以人生在世应该洒脱地走一回，留下自己不灭的灵魂和思想，后人记之。〔9.18〕

人与人之间的相识相知相爱确实是一种缘分，有的人可以心有灵犀一点通，有的人两情相悦心意相通。有的人相遇了却永不相识，有的相识了却再也不相遇。最美的年华遇见最美的风景，这就是灿烂如秋的爱情。《诗经》有诗："野有蔓草，零露漙兮。有美一人，清扬婉兮。邂逅相遇，适我愿兮。野有蔓草，零露瀼瀼。有美一人，婉如清扬。邂逅相遇，与子偕臧……"〔9.19〕

秋日午后阳光明媚，打开许久未动的电脑，倒一杯自制多营养果汁，品味着生活中甜美的滋味和诗人笔下的秋："清溪流过碧山头，空水澄鲜一色秋。隔断红尘三十里，白云红叶两悠悠。"一个愉快的下午盆中花悄然绽放，心情如流水一般清澈透明。〔9.19〕

秋天里我寻到春光的灿烂，盆里的花似乎没有感受季节的变换，依然故我，依然绿意盎然春意融融，依然浓浓地生长发育寻找一片阳光。人的心情太受环境影响，眼前的景让人不由觉得生活充满希望充满活力充满激情充满阳光。清晨我推窗而望。〔9.19〕

想把生活过得像品17度的高红，浓郁一点，优雅一点，精致一点。给我以激情，给我以深红，给我以醉的梦味。山下出泉，果行育德。光亨贞吉，云上于天。地上有水，有孚盈缶。〔9.20〕

一个热爱生活的人总能在平淡中发现生活的美，美也是我们最值得追求的，它带给你精神上的愉悦和享受。一花一世界，一叶一如来。阳台的盆花，满庭的芳香，斑驳的光影，一帘的幽梦，遥远的记忆在此刻绘成一幅流动的风景。我在遥望，你在思索。秋风吹过，暗香浮动，一叶报秋。〔9.20〕

早晨起来发现太阳红红的宛如一轮红月亮，漂亮极了。有霾算不上风清云淡，但是天高气爽是有一点感觉的。毕竟要中秋了，十里河塘，三秋桂子。看着马路上穿梭往来的车辆和栉风沐雨的行人，突然觉得幸福与否取决于心灵的满足。有财富的人不一定快乐，奔波劳碌的人不一定不幸福。在《学问之趣味》一文中，梁启超说："凡人必常常生活于趣味之中，生活才有价值。若哭丧着脸挨过几十年，那么生命便成为沙漠，要来何用？"〔9.20〕

🌙 孩子们在院子骑车疯跑，我在广场走了40分钟，明显感觉肚子空了，快中秋节了，月亮如半块月饼，星星是看不到的，可能天气还不算晴朗。回家连喝两杯冰凉的红豆桑椹饮料，沁人心脾，凉到脚底。秋天的夜桂花飘香、金菊绽放，算是赏心悦目的。月虽然未圆，月还未亮。〔9.21〕

🌙 悟佛指的是了悟佛理，参悟佛经。唐代诗人刘禹锡有诗："养生非但药，悟佛不因人。"91岁的金庸先生说：简明平实的南传佛经的内容，十分接近于真实的人生，像我这样的知识分子容易了解接受，因此信仰就产生了，相信佛陀确确实实是感悟了人生的真道理。可见信仰对人生的重要性。〔9.21〕

🌙 读"四书五经"时发现儒家的中庸之道是很深的哲学，不能过也不能不及。和天人合一思想一脉相承。我喜欢中庸之道，对于处事养生都有益处。中的状态即内心不受任何情绪的影响、保持平静、安宁、祥和的状态，是天下万事万物的本来面目（基础）。始终保持和的状态，不受情绪的影响和左右（自我控制情绪，不让情绪失控，让情绪在一个合理的度里变化），则是天下最高明的道理。〔9.21〕

🌙 每天都提醒自己要保持一种和平的心态，希望心情如山泉一般，流而不盈，持中守正。心态不浮不躁，温润如玉。荀子所说："蚓无爪之利，筋骨之强，上食埃土，下饮黄泉，用心一也；蟹六跪而二螯，非蛇鳝之穴而无可寄托者，用心躁也。"心不飘心不躁有定力了，立于天地间唯有心静如水一般。人不能超越天地，超越自身的实际。《易经》告诉人们，山高天退，山不论多高，也不能接近天。〔9.21〕

陶渊明爱菊，我亦然。只是写不出他笔下的诗句："狮龙气象竟飞天，再度辉煌任自威！淡巷浓街香满地，案头九月菊花肥。"但我读懂他的菊花，一种庄严霸气，没有妖媚娇艳。每种花有每种花的特长和美丽，喜欢一种花代表着心中的品洁，人格和气节的写照。陶令篱边色，罗含宅里香。〔9.22〕

读罢《狗日的中年》感慨万千，"人生不是竞走，用最快的速度到达终点，而忽略了一路的风景和喝彩，这不是中年。"其实我想停下脚步欣赏一路的风景，可是脚已不属于自己，是属于家庭的。上有老下有小，你能停吗？"狗日的中年不仅消融掉我浓密的长发，也弄丢了我蓬勃的激情和梦想，有些时候，一觉醒来尽然忘记了很多重要的记忆。"其实我让心理幼稚点，这样活得年轻，我永远存在着梦，因为梦伴着我脚步，没有激情的生活就是死水一潭，没有生气。"茶要慢品，多一些留白，多一些转身的空间，无声的流泪，抿嘴浅笑，都是一种风景。每段时光都是最好的经过。"其实我们都活在当下，过去已死，未来遥远，当下最是美丽。每一天的问候，记忆中微笑，梦中的花开，我很是满足。心中有爱，繁星满天。〔9.23〕

2015年9月23日16时21分正式迎来"秋分"节气，意味正式进入秋季。秋分表示秋季中间，昼夜等长。昨晚一场急雨下透了秋天的心，就迎来了秋风。过去读《神雕侠侣》时在结尾处杨过与郭襄分别，用了一首李白的《秋风词》"秋风清，秋月明，落叶聚还散，寒鸦栖复惊。相思相见知何日？此时此夜难为情！"此处用了一半诗上半部分，这是一篇言情之作，悲秋之诗。音律繁复，情辞哀怨，为乐府精品。今天上午真的天高气爽，友人让我出去走走。秋天的气息扑面而来，秋风冽冽，桂花香。云淡风轻，白露朝霜，斜阳落叶。走进秋天里，秋天真美。一年一度秋风劲，不似春光，胜似春天。〔9.23〕

人们不大喜欢秋雨，可能觉得秋雨有点凄凉，萧条。古人常把分别放在秋雨的场景，充满了悲伤。秋雨瑟瑟，"浔阳江头夜送客，枫叶荻花秋瑟瑟。"（唐·白居易《琵琶行》）。"寒蝉凄切，对长亭晚，骤雨初歇。""多情自古伤离别，更那堪冷落清秋节。今宵酒醒何处？杨柳岸晓风残月。"柳永的《雨霖铃》就在秋雨霏霏的季节里。我却喜欢秋雨，喜欢听着雨声入睡，喜欢秋雨后亮丽的天空，喜欢秋雨敲叶从容，喜欢秋雨如丝如娟姿势，如梦如烟的味道，如痴如醉的感觉。喜欢"飒飒秋雨中，浅浅石榴泻。跳波自相溅，白鹭惊复下"的意境，喜欢"夜阑卧听风吹雨，铁马冰河入梦来"的雄壮。〔9.24〕

一大早太阳刺眼地照在窗前，又一个明亮的秋晨，昨夜一场潇潇秋雨，迎来一个舒朗的清晨。拉帘推窗快点吸点清爽的新鲜空气，有一种想醉氧的想法。下楼了，一场秋雨洗秋空，天空显得碧蓝而遥远，院中银杏叶依然苍绿，偶尔飞落几片叶子，叶子在空中随着吹过秋风而轻舞飞扬。喜鹊在树巅飞穿梭欢快地鸣唱。夜里出来游荡的小刺猬躲起来睡觉。"江城如画里，山晓望晴空。雨水夹明镜，双桥落彩虹。人烟寒橘柚，秋色老梧桐。谁念北楼上，临风怀谢公。"〔9.25〕

明月天涯，吉人天相，月光似水，欢度今宵。不必为明天而劳神，享受此刻。《周易》上说："憧憧往来，服从尔思。"这是什么意思呢？孔子说："天下人何必劳思费神呢？天下人走的是不同的道路，到达的却是同一个地方，思虑虽有种种，目标却是一致。所以今晚我要一轮属于自己的明月，海上生明月，天涯共此时。我只有一个一生，不能慷慨赠与我不爱的景象。〔9.26〕

《周易》里说：时刻危惧的人换来平安，一味安逸的人导致灭亡。这个道理很普遍，万物都不例外。从始至终保持危惧意识，就可以大体无害了。说明人不能太安稳了太安

乐了，或者就是生于忧患死于安乐的道理。安乐让人容易尚先斗志，慢慢地退化，失去了生活的信心，被生活淘汰。〔9.26〕

中秋的午后阳光从窗户跳进来，花儿们笑意盈盈，暗香浮动。阳光想把秋天的颜色涂抹在叶子上，一杯自制果饮放在桌子，望向窗外已是秋意绵绵秋意阑珊了。世上的许多事情是解释不清的，秋天的气息中也有春光灿烂，在这厅里在这心上。一瞬间的绿色和温暖也可以恒久。该来的谁也挡不住，该走的大江东去。今晚皓月，让我们守候。月亮很大，我们很小。路很长，人生很短。〔9.26〕

鸿雁南飞的中秋，明月清风吹拂的中秋，思乡怀人的中秋，就这样随着秋风起而来到身边。"秋风起兮白云飞，草木黄落兮雁南归。兰有秀兮菊有芳，怀佳人兮不能忘。"走过秋天，体味到生命由繁盛到衰落的过程，感受到把握生命里出现的一切美好时光，把幸福体味到极致。鸿雁飞过，秋风吹起，我生活过。〔9.26〕

如果我心亮着，我就是你心中的一轮明月；如果水是蓝的，我就是你眼前的一片海；如果叶是红的，我就是你梦里的秋天。如果梦是甜的，我就是你寻找的诗句。如果我在等你，我就是你今晚的心情。〔9.27〕

同是轮明月，今古相同。而年龄不同，月也别样。年少时月是一潭水，中年时月是一座山，年老时月是一盏灯。"今夜月明人尽望，不知秋思落谁家。"同样的明月，也因心情各异，所寄之情也不同。"人生代代无穷已，江月年年望相似。"今夜我等明月，明月不见我。〔9.27〕

今晚没有看到明月，因为我看月时正好云遮月，友人发来一张照片，月亮正亮时。在战友家喝酒共话明月。心中有月，天上月更明，心中有爱，永不孤独。"花间一壶酒，独酌无相亲。举杯邀明月，对影成三人。"诗人诗中有月，心中有月，天上有月，他心中是明亮的，没有孤独寂寞的。记得小时候，中秋要祭月的，桌子上摆着月饼水果等。此刻我心中也在祭月，明年五谷丰登，好事成双。明月清风拂晓，我心向明月，明月知我心。〔9.27〕

千年前的北宋年间丙辰中秋，苏东坡欢饮达旦，大醉，作《水调歌头》，兼怀子由，写下千古名句："人有悲欢离合，月有阴晴圆缺，此事古难全。但愿人长久，千里共婵娟。"一句穿越千古的诗句在今日的中秋被我吟唱。中秋团圆与分离的情绪与情怀都寄托于明月之上。天下人共拥一轮明月，明月寄相思，明月寄希望。明月寄悲伤，明月寄清风，明月寄欢喜。乾坤之间，日月昭昭。天行健，君子以自强不息。君子终日乾乾，夕惕若厉，无咎。〔9.27〕

中秋的中午太阳斜斜地照着，月季花开绽放出美丽的心情。一杯绿茶一块豆沙月饼品味着今天忙里偷闲的日子。偶尔在群里抢几个红包为这中秋增添一份喜庆。祥和的气氛中中秋佳节来临了，今晚的月亮肯定特别圆特别的亮，期待着欣赏今晚的月亮。"满月飞明镜，归心折大刀。"〔9.27〕

秋后蚂蚱你蹦不了多久，说谁也别嘚瑟，你年轻不了多长时间，人老得很快，岁月无情，匆匆过客而已。但我们也不应成为秋天的树叶任岁月的风吹拂摆布。即使是落叶也有秋天的静美。即使是蚂蚱也应跳出生命的高度。〔9.27〕

生活就像一盘饺子，认认真真擀皮、剁肉、拌馅，包饺。热情地下水，稀里糊涂地被煮熟了。三毛说："我来不及认真地年轻，待明白过来，只能认真地选择老去。"所以年轻时忙碌却忘记了体味生活，而想体味时已是一盘煮熟的饺子，热乎的时间不多了！〔9.28〕

金庸小说《倚天屠龙记》里，张无忌为什么选择了赵敏而不是周芷若？他为什么喜欢赵敏？在张无忌和周芷若结婚典礼上，周围全部是赵敏死敌，她单刀赴会抢亲，发生如下对话：范遥眉头一皱，说道："郡主，世上不如意事十居八九，既已如此，也是勉强不来了。"赵敏道："我偏要勉强。"读到这儿就明白什么是爱了，爱就是偏要勉强，属于自己的，就要追求，永不放弃。多少人得不到真爱，就是怕勉强。问世上情为何物？直教生死相许。〔9.28〕

赏月时我们为什么要喝酒？人生总有残缺，希望明月能圆满心中的梦。残缺其实也是一种美，事事如意了人生还有什么追求。静静地守候一轮明月，欣赏它读懂它，明月也知我心，物我两忘，天人合一的境界。〔9.28〕

喜欢生活中你笑的样子，像花儿一样灿烂；喜欢明月当空的夜晚，有你赏月的目光；喜欢秋雨绵绵的日子里，你喜悦的心情和温暖的手心；喜欢蒹葭萋萋，白露未晞。所谓伊人，在水之湄。〔9.29〕

又是一场秋雨，喜欢红雨伞。看着移动的红雨伞，就想着故乡村头的红杏树。近乡情怯，思乡情浓。十四的月和十六的月亮都亮了，唯独十五无月让我思乡。〔9.29〕

生活中有的人在帮人是用心，而有的人在伸手，看似热情，其实无心。生活中谁都会有可能在低处（在坑里），向你伸手的人不一定真心拉你。〔9.29〕

故乡蓝，挥手再见，天高云淡，风清月明，沙黄秋深。〔10.4〕

有人说：美食，是人最深的乡愁。对呀，走过多少路去过多少城看过多少桥，老家的炖羊肉最好吃，滋味永远跟随记忆变浓，乡情在味蕾上开花。〔10.5〕

过这种平淡从容的日子挺好，不用华丽的语言形容，不用挖掘深刻的思想。内心深处沉淀的踏实和安心，如水一般自然。〔10.5〕

好朋友一起欢乐地谈心交流，其乐融融。没有隔阂没有生疏。这是我希望的一个朋友群。"呦呦鹿鸣，食野之蒿。我有嘉宾，德音孔昭。视民不恌，君子是则是效。我有旨酒，嘉宾式燕以敖。"百分之八十的人没有交流不认识，这种朋友群完全可以像泰坦尼克号一样沉没。〔10.5〕

有时候在美好的景象前抒情是多余的，应该体味，慢慢地品茗，让这种自然储存，让它像芳香一样释放。这何尝不是与人交往的境界？〔10.5〕

196

哪怕是一秒也要享受其美好，哪怕是一分也要享受其精彩，哪怕是一刻也要享受其灿烂，哪怕一天也要它成为永恒，且行且珍惜。做命运的主角，成心情的主人，做自己的上帝。"人生不过如此，且行且珍惜。自己永远是自己的主角，不要总在别人的戏剧里充当着配角。"——林语堂《人生不过如此》。〔10.6〕

生活中我们认真地追求了，美丽动人的故事不再是传说，远方的景色不再是想象。"凡事都有偶然的凑巧，结果却又如宿命的必然。"——沈从文《边城》。
看似偶然的相遇是前世修来的必然。人生没有天上掉馅饼的好事，如你碰到天上掉下的馅饼，必是有人坐在高楼打算扔给你的，扔的人是感恩于你的人，你必然做了好事。〔10.7〕

城市和人一样，尽管别人都说很好，自己却觉得陌生，容不了内心中去。有的城市和人一样，一见钟情，再见深情！我第一次去鄂尔多斯，但我喜欢这个城市。我第一去香港却不喜欢它，压抑。东胜人热情豪爽，发自内心的。或许是因为喜欢那个城市的人，所以也喜欢那个城市吧？城市和人一样，喜欢一个人，就觉得她全身上下都好。不喜欢一个人，就觉得一无是处。这是人的偏见。〔10.7〕

虽然中秋过后不久就到寒露，今天向外看没有萧条迹象。风起但听闲花落，雨过且看归鸟飞。此季最易饮：饮菊花酒或桂花酒，润肺生津、健脾益胃。古人说：鸿雁来宾，雀入水为蛤，菊有黄华。秋意渐浓，蝉噤荷残，重阳登高，庆丰怀古。谁与吾同往？〔10.8〕

清代人张潮在《幽梦影》中言："少年读书如隙中窥月，中年读书如庭中望月，老年读书如台上玩月，皆以阅历之深浅为所得之深浅耳。"少年时我读书大都是被逼的尤其是在学校读书，当然也有自己喜欢的书如武侠小说，金庸的小说对自己影响极深。老师和家人都说这是"闲书"。现在读书也多是凭着兴趣去读，喜欢古典的韵味。现在许多人喜欢读外国的东西，觉得先进和时尚，我却读得少。自从五四新文化运动后，中国人喜欢批判古典的东西，其实中华文化几千年的精华全在于古典。中年人生的迷惑从中找到不少解决办法，从中受益匪浅。老年还未到来，喜欢读什么，现在不知道。〔10.8〕

昨晚风从内蒙古，来经山西大同，路过张家口，顺八达岭高速公路直吹昌平到北京市区。树叶响动风来了，马上开窗通风。快哉此风！天地之气，溥畅而至。昨夜我就细想，风起至何处？何种形体？何种面目？何种威力？想到宋玉的《风赋》："宋玉对曰："夫风生于地，起于青苹之末。侵淫溪谷，盛怒于土囊之口。缘太山之阿，舞于松柏之下，飘忽溯滂，激飏熛怒。眈眈雷声，回穴错迕。蹶石伐木，梢杀林莽……"〔10.8〕

霍金作为著名物理学家，他说女人是"生命中最耐人寻味的神秘物种"。他表示这是一个谜，他仍然没有解开这个谜。"虽然我有物理学博士学位，但女性对我来说仍是一个谜。"霍金是什么意思？他想解开什么谜？〔10.9〕

深秋的夜晚凉意渐浓，睡意袭来。读辛词振奋精神。"秋水长廊水石间。有谁来共听潺湲。羡君人物东西晋，分我诗名大小山。穷自乐，懒方闲。人间路窄酒杯宽。看君不了痴儿事，又似风流靖长官。"漫长的夜班需要坚持到底，远处灯火阑珊无心关注。〔10.9〕

远方的风景再美也有返程的时候，远方不是你的家。家近了待久了就想旅行，旅行能让人更加理解远方和家的关系。为什么要远行？心中有梦。看那洞奇石美，像芭蕾舞者的腿脚，岩石里盛开的冰花，像椰子树。山多有洞，洞幽景奇；洞中怪石，鬼斧神工，琳琅满目。今夜星光灿烂，回望回家路。〔10.9〕

向前走也要回头看，回头看不是重复原来的路，而是更好地走好前面的路。路有千万条，总有一条最适合自己的。选择是那么重要，考验一个人的智慧。〔10.11〕

人生都是历经千辛万苦和磨难后才别有洞天。过去的一切看似艰辛却是今天的财富，尽管财富来之不易。〔10.11〕

调侃自己何尝不是一种幽默？把自己太当回事了反而沉重。为自己烧一炷香，祈祷明天平安，中年的人生，唯一想不到的就是自己。希望有一片天空为自己下雨，一束阳光温暖了秋凉。〔10.12〕

秋后蝉鸣早已息声，树叶在光与声中变幻着颜色，这个早晨抒情和感慨都是多余的，自嘲一下人生似乎增添了一份笑意。没有波澜起伏跌宕的生活又像是一潭秋水，只要宁静没有动感。说不出到底什么样的生活才中意的。一阵秋风吹来，近处汽笛鸣叫。如雨栉风沐心踏歌而行，是一种最美的情怀。〔10.12〕

有人说："酒是纵横江湖的侠客，茶是隐逸山林的高人。"男人的梦想除了皇帝就是侠客，酒见人品酒见真情，酒见豪情酒后真言。品茶酒后或酒前都很好，品茶看性格，品茶看耐心看肚量，品茶也能看品味，男人的品位高低也决定了人生高下，幸福指数。酒要少喝该喝也得喝，茶要多喝，喝多别憋着。〔10.13〕

美国医生特鲁多墓碑上的名言："有时是治愈，常常是安慰，总是去帮助。"就是说医学的最大本质是通过人文关怀而让疾病康复。这个世界不缺什么，如缺就缺爱缺关怀，对病人对家人对朋友对亲戚。有时通过一件小事见真情，能看出一个人的品格高下，关怀别人的人内心是片蔚蓝色的天空或海洋。你有大爱才能给别人小爱。〔10.13〕

晚秋的午后抒发一下内心的情感，像是为这秋天的亮丽天空涂抹五彩缤纷的颜色。有个人的小爱如山间的清泉叮咚流下，有对大自然对世界博大的爱，长情如烟。"叹红尘，落朱颜，天上人间，情如风，情如烟，琵琶一曲已千年，今生缘，来生缘；沧海桑田，成流烟。" 〔10.13〕

林徽因说过一句话："人的一生会遭遇无数次相逢。有些人，是你看过便忘了的风景。有些人，则在你的心里生根抽芽。"在我看来，人生际遇里每次相逢必有它的原因。偶然也好必然也罢，珍惜每次的微笑，忘却一切的烦恼和不快。当你年老时，真正地留在记忆的深处和老泪纵横的回忆里，让你还能微笑的人不多。仅此而已！一定珍惜，一定不要彼此伤害，你的过去我来不及参与，你的未来我奉陪到底。 〔10.14〕

活一个真实的自己，不模仿不攀比不伪装。你是什么茶就会冲出什么样的味道，你是龙井就别装铁观音，你永远达不到铁观音的艳和浓。人生随性就好，不要苛求完美。"有时候缺憾是一种美丽，随性更能怡情。太过精致，太过完美，反而要惊心度日。" 〔10.14〕

粗茶淡饭，胳膊为枕，乐在其中，心态决定了幸福感，不义之财而富，于我如浮云。读书忘食，乐以忘忧，不知老之将至。何尝不是幸福？ 〔10.15〕

对于幸福我们总是好高骛远，追求的是高大上，其实幸福就是身边的点滴组成。林语堂说："人生幸福，无非四件事：一是睡在自家床上；二是吃父母做的饭菜；三是听爱人讲情话；四是跟孩子做游戏。" 〔10.15〕

人总是容易看到别人的缺点而不审视自己。我们最容易犯的四种毛病：凭空臆测，武断绝对，固执拘泥，自以为是。所以和朋友相处，学习他的优点，以他的缺点为戒而加以改正。"择其善者而从之，其不善者而改之。" 〔10.16〕

一个人言语也并不能代表其真实的为人，不能听其言信其行，应该听其言而观其行。一个人处事行为和方式才能真实地反映其为人。"君子喻以义，小人喻以利。"〔10.16〕

有两种人不能交，一是巧言令色，过分恭敬；二是仇恨暗藏于心，表面上却同人要好。这样的人是可耻的，孔子就曾经告诫过自己。什么样的人可交呢？不迁怒于别人，也不犯同样的过错的人（不迁怒，不贰过）。〔10.16〕

一直不明白，孔子是歧视女性的人吗？把女子与小人放在一起。譬如："唯女子与小人为难养也，近之则不孙，远之则怨"。亲近了无礼，疏远了怨恨，哪有人能做得正好好的？人的思想不容易改变的有两种，也是孔子说的，一是上等的智者，二是下等的愚人。孔子这样把女子与小人放在一起是不是上等智者所为呢？〔10.17〕

生活中确实也容易让人遇到讨厌的人，避而远之。一是爱骂领导的人，二是勇敢而无礼的人，三是果敢而顽固不化的人。还有另外三种更让人生厌，一是抄袭他人之说而自以为聪明的人，二是把不谦逊当作勇敢的人，三是揭发别人的隐私却自以为直率的人。其实从古至今人性是没有改变的，只是社会变迁了。这些人也是孔子和学生子贡憎恶的人，我只是翻译了一下。〔10.17〕

生活中一直很难具体描述什么样的朋友可交，什么样的朋友不可交。《论语》读罢，才知道古人早就告诉我们了，和正直的人交朋友，和诚信的人交朋友，和见闻广博的人交朋友。不要和那些逢迎谄媚的人交朋友，不要和那些表面柔顺而内心奸诈的人交朋友，不要和那些花言巧语的人交朋友。以我的个性，平日里忙，从来也不琢磨人，今天读了孔子的言论后，茅塞顿开。〔10.17〕

学习到底为了什么？为了生存为了需要？古人学习为了充实提高自己，现在的人许多是为了装饰给别人看。无论学习还是读书，都会很辛苦的，欲速则不达。做人是过犹不及。做自己喜欢的事学习自己喜欢的技艺，乐在其中，享受其中，就不觉得累。〔10.17〕

任何事情说起来容易做起来难，不怨天不尤人，心静如水。什么样的境界就满意了呢？我觉得做到三点就达到大境界了，不忧，不惑，不惧。〔10.17〕

在这个晚秋的下午，秋风吹过，天空放晴。路边的杨树叶与叶间互相对视吹唱，平安大街车来车往，小巷深处却是异常宁静，如果此刻品一种红酒，是最浪漫不过的事。红酒冰过后入口时酒与舌的一刹那的对撞，像古筝中弹奏的《二泉映月》的凉意。窗外西夕半落，霜菊瘦，晚霞舒锦绣。〔10.18〕

秋风瑟瑟，我想到了《广陵散》铮铮的琴声，想到嵇康从容地引首就戮，时年仅三十九岁。嵇康对那些传世久远、名目堂皇的教条礼法不以为然，更深恶痛绝那些乌烟瘴气、尔虞我诈的官场仕途。他宁愿在洛阳城外做一个默默无闻而自由自在的打铁匠，也不愿与竖子们同流合污。他如痴如醉地追求着他心中崇高的人生境界：摆脱约束，释放人性，回归自然，享受悠闲。熊熊燃烧的炉火和刚劲的锤击，正是这种境界绝妙的阐释。所以，当他的朋友山涛向朝廷推荐他做官时，他毅然决然地与山涛绝交，并写了文化史上著名的《嵇康与山巨源绝交书》，以明心志。〔10.19〕

喜欢喝红酒后感觉，微晕，秋风正凉，人生正好！花不仅可以瓶中放水插，也可以晒干了挂，适宜的感觉最好。〔10.19〕

秋天的味道浓浓地扑面而来，带着凉意带着落叶纷飞的感觉。晚秋里也有绽放的美丽，如果你心里面藏着一种喜悦藏着一份宁静。我匆匆地穿过人群，穿过拥挤穿过热闹，我寻找的是自己的一片落叶。秋是属于世界的，落叶属于大地的，而一颗心是属于自己的。为谁跳动，谁能听得到。〔10.19〕

人生都是因为有爱而坚持，因为无爱而放弃。何为爱因为相信有爱，只要心中有大爱，才觉落雨缤纷落雪为云。无爱之人朽木不可雕，粪土之墙不可圬。〔10.20〕

人只要贫富之时才最能体现人的本性。富有不骄傲，保持纯朴的作风，诚恳待人，地位高了也不放纵自己，保持平常心，以平等之心待人。这是司马迁说的富而不骄，贵而不舒。孔子对于贫富也有精彩的论述，学生子贡问他：贫穷而不去巴结人，富有而不骄傲奢侈，这种人怎么样？孔子回答说：算不错的，可是还不如贫而乐道，富而好礼的人。〔10.20〕

九九重阳节登高祭祖，尊重老人父母的节日。重阳之意源于《易经》，因为古老的《易经》中把"六"定为阴数，把"九"定为阳数，九月九日，日月并阳，两九相重，故而叫重阳，也叫重九，古人认为是个值得庆贺的吉利日子，并且从很早就开始过此节日。重阳节在我心中最重的是尊重孝敬父母，以身作则。孔子说过，父母的年纪不能不知道，一方面因其长寿而高兴，一方面因其年迈而有所担忧。孔子也说过，侍奉父母，对他们的缺点应该委婉地劝止。侍奉父母，能够竭尽全力。对待父母要给他们好的脸色，喜悦的心情。不敬父母过重阳节无意义。〔10.21〕

一个人的素质修养不仅要看他的处事技巧，更应注重他的心灵世界，这才是一个完善的人。往往人们都以成功的事业评价一个人，以偏概全，有钱了有权了就取代了一切。在婚姻方面，很多时候因为想在一起了而去喜欢，不是因为喜欢而走到了一起，所以真爱难寻，功利色彩太浓所致。〔10.22〕

读《孟子》心得一：孟子说的"持其志，无暴其气"，说的是一个人应该谨慎掌握自己的思想意志，不要随便意气用事。心浮气躁的人也是不成熟的人，不成熟的人容易做错事。孟子也告诉我们要培养一种浩然之气，但不可拔苗助长，需慢慢积累。浩然之气是指："其为气也，至大至刚，以直养而无害，则塞于天地之间。其为气也，必须与义和道配合，否则就要变得软弱无力。"〔10.22〕

《诗》曰："死生契阔，与子成说。执子之手，与子偕老。"意思是说与你说好了，生死相依，不分离。我会紧紧抓住你的小手，和你一起到白头。但是在漫长的坎坷的充满诱惑的人生道路上说好一起到白头，你却悄悄焗了油。爱情需要热情更需要把握方向，车技不好，容易掉沟里。这就是我对这句古诗的理解。〔10.23〕

诗文一诵爱情就说这是风花雪月，多么浅薄的看法。孔子说："诗三百，一言以蔽之，曰'思无邪'。"什么是思无邪呢？就是思想纯正。《诗经》是我国第一部诗歌总集，开篇就是爱情诗《关雎》，"关关雎鸠，在河之洲。窈窕淑女，君子好逑"。孔子读《关雎》时说："乐而不淫，哀而不伤。"意思是虽然它写爱情却能保持适度，"温柔敦厚"。读《诗经》可以涵养性情，净化心灵，使人的感情真实、善良、美好，人格厚道，情感得到升华；也教给人们通晓人情世态；也使人文才博雅，辞令美善。〔10.23〕

人生可以追求美的东西，包括正当事业和爱情，但对于不义之财和不属于自己的东西心生贪念，把握不好容易掉入深渊。《西游记》第十六回，唐僧师徒借宿观音禅院。老和尚看中了唐僧的锦襕袈裟，要借去看一晚上。唐僧告诫悟空说："珍奇好玩之物，不可使见贪婪奸伪之人。倘若一经入目，必动其心；既动其心，必生其计。"〔10.24〕

"人恒过，然后能改，困于心，衡于虑，而后作；微于色，发于声，而后喻。"说的是经过失败磨难才能成熟，有所作为。现在的许多年轻人因缺乏挫折教育，智商很高情商很低，还有的心理有障碍而不知有病。太顺利地成长对孩子来说不一定是好事，吃点苦，磨炼一下反而有好处。当然不一定非得苦其心志，劳其筋骨，饿其体肤，空乏其身。但是要锻炼，要砥砺心志。〔10.24〕

秋景美，秋鱼肥，烤鱼正当时。在这秋风连幕，秋雨潇潇的夜晚，香喷喷烤鱼上桌的那一刻，想到那首鱼肥雨美的诗句："西塞山前白鹭飞，桃花流水鳜鱼肥。青箬笠，绿蓑衣，斜风细雨不须归。"有鱼不能没有酒，烤鱼味烈，冲淡了红酒的味道，所以白酒比较合适。醉翁之意不在酒，在乎山水之间也。山水之乐，得之心而寓之酒也。如果此刻把山水改为烤鱼，用在这里也比较恰当。其实欧阳修也不是没有吃鱼，鱼也是挺肥的，"临溪而渔，溪深而鱼肥，酿泉为酒，泉香而酒洌。"一杯酒下肚，暖暖的，两口鱼入胃，热热的，门外秋雨菲菲，如烟似雾，如丝似绢。酒毕，友人面色微红，笑而不语，听我吹牛。〔10.25〕

人总是容易走向极端，爱之欲其生，恶之欲其死。为什么不能平平静静地相处，祝福彼此的分离？人是一个复杂的感情动物，他们总是言不由衷。〔10.25〕

孟子说过：贤明的人凭自己透彻明了教育别人让别人也清清楚楚明明白白；现在一些人自己糊里糊涂却想让别人透彻明了。想想也是，可能吗？所以说智慧的人都是头脑清醒的人。所谓的智者应该是以一知十，举一反三。和而不同，泰而不骄应该也是智者。〔10.25〕

累了就想去苏州，想去姑苏城外寒山寺。想听半夜的钟声，想听听月落时的乌啼，看看江边的枫叶和闪亮的渔火。这是我的一厢情愿，实际是怎样不可知。看看寒山的佛像，了解一下寒山与拾得的友谊。想了解一下二人为一个女孩、为了爱情先后出家。留下这个女孩好可怜。他俩信佛了，可是女孩呢？后来传说的"寒山问拾得"很有名，可是十年后那女孩又是怎样了呢？"寒山问拾得世间有谤我，欺我，辱我，笑我，轻我，贱我，恶我，骗我，如何处治乎？拾得曰：只是忍他，让他，由他，避他，敬他，不要理他，过十年后，你且看他！"真的，好想去一趟苏州，你在姑苏城外等着我。〔10.27〕

礼物不在于贵贱在于知心，关怀不在于备至在于温暖，人心不在于大小在于距离，爱情不在于长短在于精彩，生命不在于繁华在于健康，祝福不在于远近在于真诚，人生不在于起伏在于精致。你我不在于牵手而在于灵犀。〔10.27〕

昨晚皓月照书窗，今日大风吹四方。碧空如洗，白云朵朵。水是流淌的云，云是飞翔的水。在这晚秋季节里虽然颜色单调，却是艳丽饱满。枫叶红火，胡杨披金。世界这么美，何不出去走走。待在狭小的空间里心生郁闷，容易悲秋。人情不与西风解，面朝胡杨抒情怀。子在川上曰：逝者如斯夫！〔10.28〕

　　"停车坐爱枫林晚，霜叶红于二月花。"秋意阑珊，而秋
阳满目下枫叶染血，海棠红透。每片的花叶都见证着我们
在一起的欢乐时光。从盛夏到晚秋，长木从盛到衰，心中
却"回首向来萧瑟处，归去，也无风雨也无晴。"平静淡
泊从容地观看着这一切。我走过，我拥有，我无悔。
〔10.28〕

　　我们认真地热爱过生活，认真地走过秋天。认真晒了秋日
的暖阳，认真地在秋雨中打起了伞，认真地欣赏了秋夜里
一弯新月，品尝过肥美的烤鱼。秋日午后喝过智利的红
酒。看过湖中自己的倒影，踏过静美的秋叶，风干过玫瑰
的花瓣。拍过秋空的皓月，看过闪烁的星光。秋晨里回味

过甜蜜而快乐的时光，秋声中写过优美的诗句。我们不仅仅拥有了现实的生活，也拥有了诗意的世界。没有这一切，当我们老了，拿什么回忆今天？〔10.29〕

今晚十点时的月亮很亮，仰头望月月从圆满转向亏厌，月有阴晴圆缺，此事古难全。只见浩渺万里层层云，一轮孤月，顿感人生的渺小。但我心有乾坤，神闲气定，尽力戒除内心的一切浮躁。走在大院的广场中，我听着风声，呼吸着秋夜的空气，心里竟然平静如水了。〔10.29〕

人生四十不惑，如果四十还很迷茫，那这个人这辈子算是完了。四十像这秋天的胡杨，是人生最是壮美时。天地万物间，江河湖泊，草木鸟虫，一切自有规则，顺应自然，心安理得。〔10.30〕

人生有许多美丽而难忘的时光绽放在那个夏季的夜空。当我们一天白首回望时，如星星一般闪亮。人生若只如初见，何事秋风悲画扇。经历过，欢笑过，拥有过，刹那也是永久。即使当你白发苍苍，满口无牙时，回忆曾经的往事也会满怀心喜与甜蜜。没有悲伤，没有惆怅。这个世界是自己的，与他人无关。〔10.30〕

早晨还没见到秋阳初照，就感到秋风拂面。一个清爽的早晨，没有回味昨夜的梦，就走在匆匆的人群中。早上头脑清醒，朝闻道是有道理的。"上士闻道，勤能行之；中士闻道，若存若亡；下士闻道，大笑之。"（《老子》）今朝我闻道就想吃烧饼，道理好懂，行动很难。〔10.30〕

大师南怀瑾说："我们学佛真正要追求的是转化自己的报身。把业报的身体转化了，转成无病无痛，在绝对的健康中、快乐中。这个是初步。慢慢地由这个报身证到不生不死的法身，然后起千百万亿化身的作用。这才是学佛的主要道理。"看来我是学不成佛了，我敬佛爱佛却不懂学佛的意义，只好学习生活学习宁静学习淡泊。〔10.31〕

不管多么亲近的人，讲话也要注意语气，婉转，看着对方的眼睛讲话。即使直率，坦诚无恶意，也要如此。说话真的需要好好地学习，学会交流才对，因为彼此的理解能力不一样，心情不一样，站的角度不一样。说不好容易产生误会。如果一旦发生误解，马上交流化解，千万别隔夜。一旦隔开了缝隙就很难弥补，隔阂就永远产生了。这是我需要学习的东西。〔11.1〕

世上的事不会随便地成功，尤其是著有所成，但是现在有权的人著作很容易，是不是自己写的就不知道了。司马迁在《报任安书》中写道：文王拘而演《周易》；仲尼厄而作《春秋》；屈原放逐，乃赋《离骚》；左丘失明，厥有《国语》；孙子膑脚，兵法修列；不韦迁蜀，世传《吕览》；韩非囚秦，《说难》《孤愤》；《诗》三百篇，大抵贤圣发愤之所为作也。〔11.1〕

享受着这晚秋的上午，和阳光为伴，与心情为友。什么都可以想什么都可以不想。其实人最难做到的就是只去耕耘不问收获。我们总想着收获总想美好的结局，可是否问过自己：耕耘了多少？付出了多少？秋季之所以美丽，之所以是收获的季节，是你春播种，夏浇水。〔11.1〕

闪耀星光下我的心情像是雨后彩虹一样绽放出别样风情。一起为梦想而走上了秋天的大道，走一条自己喜欢的路，过一个自己喜欢的生活。看自己喜欢的景，讲自己喜欢说的话，人生别样花开。〔11.2〕

烛光晚餐里，酒杯相碰的清脆之声，在空中盘旋成美丽的画面，为这秋夜增添了品味生活的韵律。窗外的月光洒在帘上倾听着秋声和悠扬的故事。香烟袅袅好像看到彩蝶飞过，今夜酒浓，一帘幽梦。〔11.2〕

秋天就像几张照片放在秋晨中，秋天的味道就是几个星星在夜空里诉说的故事。秋天里故事总是充满着阳光般的温暖和浪漫情怀。我品味着人生里匆匆走过的岁月和快乐的时光。〔11.3〕

每天的早晨似乎在重复着昨天，其实细心的人都会发现每一天的不同和新鲜。生活的美好就从这不同中寻找到了欢喜，哪怕是太阳升起的迟早、天气阴晴的变化。还有人内心深处的声音，倾心吐胆活倾城，把思想表达于文字，醉能同其乐，醒能述以文者，飞也。〔11.3〕

音乐也是人与人心灵间的语言，音乐也能让彼此心灵撞出火花。令狐冲和任盈盈的爱情是因笑傲江湖曲而开始（言语文字可以撒谎作伪，琴箫之音却是心声，装不得假），以琴箫唱和，心意互通。他们在绿竹巷中第一次相遇，连面都没见，仅仅几次对话，所有的吸引都来自双方灵魂本质的契合。后来在山涧边令狐冲第一眼看到盈盈，就吻了她，这时他心里没有小师妹，没有其他任何人，只有盈盈，说明二人在一开始就有"曲谐"的趋势。《笑傲江湖》结尾，任盈盈扣着令狐冲的手腕叹道："想不到我任盈盈，竟也终身和一只大马猴锁在一起，再也不分开了。"说着嫣然一笑，娇柔无限。〔11.4〕

我读金庸。在《神雕侠侣》的最后，杨过朗声说道："今番良晤，豪兴不浅，他日江湖相逢，再当杯酒言欢。咱们就此别过。"说着袍袖一拂，携着小龙女之手，与神雕并肩下山。其时明月在天，清风吹叶，树巅乌鸦呀啊而鸣，郭襄再也忍耐不住，泪珠夺眶而出。
郭襄在四十岁大彻大悟，出家为尼，创下峨眉一派。她的徒弟是风陵师太，法号为郭襄所取，以纪念第一次在风陵渡口结识杨过。郭襄如此爱着杨过，却又衷心希望杨过能够和小龙女在一起快乐生活。站在峨眉山上的郭襄，看着峨眉金光云雾飘洒，是否会想起，十六岁夏天绚烂的烟花？

郭襄在十六岁那年就气质非凡，颈挂一串明珠，身着淡绿衣衫。有了她娘的冰雪聪明淘气机灵，也有了她爹的江湖正气心地善良，真是集郭靖黄蓉的优点于一身。全世界都喜欢的郭襄，偏偏她喜欢的杨过不能和她在一块，最后一生未嫁，终老峨眉。

故事的一切来源于，十六岁那年，风陵渡口。酒店里面，郭襄向草莽英雄敞开心胸，把酒言欢，听闻神雕侠的事迹，心生爱慕。就和西山一窟鬼，来了一场说走就走的旅行，之后见到了神雕大侠。郭襄爱上杨过，杨过给了她三根金针，可以满足她三个愿望。她想都不想就用了两根，只为看杨过的面目和邀请杨过跟自己过生日。在杨过揭下他面具的那一刻，她的青春也就由此定格。

十六岁那年的烟花太美，燃尽了此后的二十四年的年华。

四十岁那年，她在峨眉山底下，遇到一个说书人。

他说起一个很老的故事：有两条鱼，生活在大海里，某日，被海水冲到一个浅浅的水沟，只能相互把自己嘴里的泡沫喂到对方嘴里，这样才能生存，这叫相濡以沫。

海水最终要漫上来，两条鱼即将分别，最终要回到属于它们自己的天地，不去打扰彼此。这叫相忘于江湖。

郭襄听完大笑而去，听完痛哭一场。

峨眉山上，白云朵朵，烟熏雾绕。君应有语，渺万里层云，千山暮雪，只影向谁去？〔11.4〕

每个人都有弱点，只要知道什么是自己想要的和什么对自己最重要，可能就知道取舍了。宁静致远，心静些做自己喜欢的事儿挺好的。〔11.6〕

晚上没有月亮没有风，有的是冷清有的是暗淡的光，路长长地通向远方通向黑色，树是黄得灿烂天是青得无边。"神龟虽寿，犹有竟时；腾蛇乘雾，终为土灰。"所以人在有限的生命里应尽情地享受那份纯真的快乐，挥洒自己青春。尽情地释放自己能量，带给自己和别人一份激情与爱心。〔11.6〕

🐾 不识庐山真面目，只缘身在此山中。人只有站得高，像雄鹰一样飞得更高，视野开阔眼界更辽远。人不能坐井观天只限那一片天空，唯有走入生活独立思考，多读书多交友多磨难，洞天石扉，訇然中开。〔11.7〕

🐾 窗外又飘起了雪雨，懒在床上不想起，难得休息一天，"时人不识余心乐，将谓偷闲学少年。"保持一个良好的心态面对生活，面对现实，面对纷纷攘攘的世俗生活。做一块顽石没有那么容易，《红楼梦》第一回：原来是无才补天，幻形入世，被那茫茫大士渺渺真人携入红尘，引登彼岸的一块顽石。笑对人生笑对明天笑对无常。"外融百骸畅，中适一念无。旷然志所在，心与虚空俱。"〔11.7〕

秋末总是带着一丝的希望，希望冬来又怕寒冷，周末的早晨行人稀少，空荡荡的大街，树叶不时地飘落，绿衰红减，落红不是无情物，化作春泥更护花。秋天的味道开始减少，冬天的味道即将到来。此刻人不能颓废消沉，"老骥伏枥，志在千里；烈士暮年，壮心不已"。〔11.8〕

立冬作为冬天的开始，此节气，阳气潜藏，阴气盛极，天地万物的活动都趋向休止。情志调养上应保持精神情绪的安宁平静，含而不露，避免烦扰。早卧晚起，必待日光。"秋冬养阴"选择一些滋阴潜阳，热量较高的食物，少进盐，应多食些苦味的食物，以助心阳。逐光暖行，庭前负暄，今宵寒较昨夜多。待月半风孤，拟约寒炉美酒谈旧诗，闲话暖阳小火炉。〔11.8〕

早晨8点前安德里北街这条小街车来车往，送孩子的家长和孩子都拥挤在这条街上，从中轴路到青年湖小学门口也就三百米左右的距离，却是像走一条很长的路。校门口几个老师和七八个一排穿着校服戴着红领巾的学生向早上到校的学生问好，"同学早上好"。响亮的声音，听着特舒服。背着书包的学生一边点头鞠躬一边说着：老师早上好！同学们早上好！看着朝气蓬勃的校园，看着可爱的孩子们，觉得东边的朝阳正在冉冉升起。〔11.10〕

秋天要去，总得留些颜色，北京西郊最能体现秋的味道。金色的秋天是因为有金色的银杏，银杏大道上铺满了银杏树叶，走过秋天走过银杏大道，走过童话世界。秋不能尽显四季之美，文也不能尽达其意，但秋叶静美总是与生命的灿烂相搭。"等闲日月任西东，不管霜风著鬓蓬。满地翻黄银杏叶，忽惊天地告成功。"银杏一树擎天，玉树临风，在晨曦中叶子宛如无数只金色的蝴蝶在空中漫天飞舞。当我走在大道上，我仿佛就像六世达赖喇嘛仓央嘉措走在拉萨的街头，我是最美的情郎。"执子之手，陪你痴狂千生；深吻子眸，伴你万世轮回。"〔11.10〕

银杏树叶最美的时光，叶叶柔软金黄，述说这个秋天的故事。把名字写在叶上初阳升起闪闪发光，早餐走在落叶满地的小径上，听枝头的喜鹊欢叫，路边树下有不知名的小鸟寻觅食物，花园里的两只野猫不知躲在哪个角落睡懒觉。走了几圈回头一看，落叶被打扫卫生的师傅扫干净了。满地的落叶就是一首诗，师傅把字抹掉了。走过许多路，看过许多景，落叶纷飞也是别样的美丽。无边落木萧萧下，不尽长江滚滚来。〔11.12〕

秋日里最后的黄花，早晨在花园里散步，看到了这些最后努力开放的小花，尽管没有多少人关注她们，人们更多地关注那些高大的银杏树，欣赏银杏叶关心着它们的凋落。"秋日有黄花，南来孤雁叫，渊明落赏佳，举目在天涯。"思亲的时候可能想到了这小黄花，高兴的时候就淡忘了。寂寞或孤寂无以寄托可能只有黄花对你一笑，"东篱把酒黄昏后，有暗香盈袖。莫道不消魂，帘卷西风，人比黄花瘦。"可爱的小黄花，爱与不爱就在那里，迎朝阳披雨露，望明月沐秋风。〔11.12〕

世间所有的相遇，都是久别重逢。无论郭靖遇到黄蓉，杨过遇到小龙女，乔峰遇到阿朱，张无忌遇到赵敏，还是袁承志遇到阿九，段誉遇到了王语嫣，令狐冲遇到任盈盈。世间没有无缘无故的相遇，也没有无缘无故的爱。〔11.12〕

世间最美好的不是初遇，而是重逢。杨过十六年后与小龙女再度重逢，成就了人世的一段良缘。如果没有这16年，是否会彼此珍惜这来之不易的重逢？〔11.12〕

人生就的有个理想的世界，有诗和远方。丰富的精神世界就像人需要丰富的维生素和矿物质一样，否则自己的世界

太贫瘠。草色烟光残照里，无言谁会凭栏意。〔11.13〕

人人心中都有一座属于自己的桥，通向理想的世界。在现实中我们无法架构和设计这种幸福桥。彼岸花开，柳暗花明，云自无心水自闲。人生就是不如随分尊前醉，莫负东篱菊蕊黄。〔11.13〕

当读到《史记·宋微子世家》箕子答洪范九等一篇时讲到五种幸福：一是长寿，二是富有，三是平安，四是美德，五是善终。六种灾祸：一是早死，二是多病，三是多愁，四是贫穷，五是丑陋，六是懦弱。司马迁阐述得多么全面深刻，我们现在应该是幸福的一种，所以珍惜这美好的时光和生活，好好活着。〔11.24〕

今晚下雪了，晚饭后看了一会儿书犯困，出去听雪去。下楼了才知道雪已停，听雪似乎是听自己心情栖息于雪树的枝头，听自己心灵深处的声音和静谧。今晚难得有如此好的心情在这宁静的雪夜，凡尘有菩提，明月映禅心。〔11.24〕

感恩节的下午，太阳虽然明亮，气温下降明显，北风吹过脸颊感觉到寒冷。睡个安稳觉吧，隔壁邻居装修，在电钻的响声中醒来又睡去。感恩节把电钻声当作马头琴声，悠扬在冬季的下午。感恩节首先感恩带给你生命的人，感恩也要报恩。感恩带给你爱的人，茫茫人海中遇见是一种缘，是一种幸福，不是无缘无故的。感恩让这个冬季不再寒冷，让人心不再冷漠，让距离不再遥远，让繁星守望着明月，让爱点燃希望。〔11.26〕

昨晚还光风霁月，今天就又雾霾笼罩。今这样的天气只能待在室内，吃火锅最适合不过了。三五好友围炉夜话是冬季最温暖的一景。这个夜晚也适宜给孩子读一首诗，纪伯伦的小诗《论孩子》：于是一个怀中抱着孩子的妇人说，请给我们谈孩子。

他说：你们的孩子，都不是你们的孩子，乃是"生命"为自己所渴望的儿女。他们是借你们而来，却不是从你们而来，他们虽和你们同在，却不属于你们。你们可以给他们以爱，却不可给他们以思想，因为他们有自己的思想。你们可以荫庇他们的身体，却不能荫庇他们的灵魂，因为他们的灵魂，是住在"明日"的宅中，那是你们在梦中也不能想见的。你们可以努力去模仿他们，却不能使他们来像你们，因为生命是不倒行的，也不与"昨日"一同停留。你们是弓，你们的孩子是从弦上发出的生命的箭矢。那射者在无穷之中看定了目标，也用神力将你们引满，使他的箭矢迅疾而遥远地射了出去。让你们在射者手中的"弯曲"成为喜乐吧；因为他爱那飞出的箭，也爱了那静止的弓。〔11.27〕

"故水至清则无鱼，人至察则无徒。"人太精明了就没有伙伴没有朋友，因为精明者往往容不得他人有小小的过错或性格上的小小差异，他过分地要求与一己同一或者要求所有人一举一动均符合或者满足一己的标准，但人总是有着各种不同的性格和待人处事的方式，除非是克隆体，否则永远无法达到每事一致，因此出现摩擦以至矛盾、冲突就是必然的结果，此时如果不能以一种宽容的精神调和于其间，事势就将无法收拾，结局便是人心不附，众叛亲离。〔11.27〕

傍晚醒来想喝杯咖啡，更加清醒，昨晚刚在报纸上看到喝咖啡的好处，常喝咖啡利大于弊。嘴唇干裂上火了，喉咙也不舒服，需要大量的饮水。自己动手煮咖啡，也是一种感觉。看到咖啡煮开的刹那，感到冬天也被煮沸腾了。"征西府里日西斜，独试新炉自煮茶。篱菊尽来低覆水，塞鸿飞去远连霞。寂寥小雪闲中过，斑驳轻霜鬓上加。算得流年无奈处，莫将诗句祝苍华。"煮咖啡的味道不比煮茶的味道差。窗外冬阳西落，屋内咖啡飘香。初冬的寒意渐渐变淡，心中涌起一阵阵唐诗悠韵的波澜。〔11.27〕

刘邦曾经问过韩信，说你看看我能够带多少兵？韩信说：主公能带十万兵。刘邦又问：那你能带多少兵？韩信说：多多益善。刘邦戎马一生，只能带兵十万。大凡帅才与将才的不同点就在这里，统帅更关心的是整个战局以及战略部署，而将领更多的精力在于用兵完成战术任务。因此，统帅切不可做大将做的事情。〔11.28〕

老子在《道德经》第四十四章中说："名与身孰亲？身与货孰多？得与亡孰病？甚爱必大费；多藏必厚亡。故知足不辱，知止不殆，可以长久。"意思是名望和生命谁更值得亲近呢？生命与财货谁更值得赞美呢？得到与失去谁更值得担忧呢？过分爱惜名声就要付出很大耗费，过多贮藏财物一旦损失也必然巨大。所以，懂得满足就不会受到屈辱，懂得适可而止就不会遇到危险，这样才可以长久地平安。

知足于内而不争虚名，就不会有屈辱；知止于外而不贪得无厌，就不会有忧患。如此可以使身体健康长寿。知足、知止者，是体道之人，圣人之所以能够被褐怀玉，便是知足于内而知止于外的缘故。〔11.28〕

读罢《孔子世家》，我只记住几句话，余愿足矣。不怨天，不尤人。不降其志，不辱其身。毋意（不臆测），毋必（不绝对肯定），毋固（不固执），毋我（不自以为是）。〔12.1〕

"其实，这世上最灵的一种转运珠，它的名字叫：行善积德。"我觉得极对，求人求佛不如求己，自己就是心中最大的佛。佛曰：命由己造，相由心生，世间万物皆是化相，心不动，万物皆不动，心不变，万物皆不变。〔12.2〕

有风的早晨真好，虽然冬天的早晨有风有点寒冷，但是晴朗的天空让你心情绽放着快乐。青蓝的天空中飘着几朵白云，太阳还没有升起，歌在树中响起，舞在枝上轻扬。我喜欢这样的冬日："杲杲冬日出，照我屋南隅。负暄闭目

坐，和气生肌肤。"早上醒来以为自己早起，莫道君行早，总有闻鸡起舞之人。〔12.3〕

🐢 荀子在《劝学》中说："锲而舍之，朽木不折；锲而不舍，金石可镂。"鲁迅先生说过："做一件事，无论大小，倘无恒心，是很不好的。"家喻户晓的"滴水穿石""铁杆磨成针"的故事，"世上无难事，只怕有心人"的谚语，这些都深刻地说明了恒心的重要性。因为我是一个没有恒心的人，所以我佩服有恒心的人。记之以激励自己。〔12.4〕

🐢 《秋水》中："井蛙不可以语于海者，拘于虚也；夏虫不可以语于冰者，笃于时也；曲士不可以语于道者，束于教也。"意思是井底之蛙你不可以和它讲海，因为它被狭小的生活环境所局限；夏日之虫你不可以和它讲冰，因为四时不同；乡曲之士，不可能跟他们谈论大道，是因为教养的束缚。由于环境的差异，人各有不同；道不同者，难以与之相谋。能理解这句话的都是智者。当一只四季虫在侃侃而谈的时候，夏虫很难理解到夏之外的景色，就像哥白尼或者伽利略在发表新学说后，四周却很难有理解他们的人，于是盲目嘲之。木耳永远都分辨不出低音和高音。如果夏虫能够多活一季，也许就能多走一步，看出圈外的善恶，懂的更多。〔12.5〕

🐢 有人说"在爱情中，德国人和英国人胃口很好，感觉细腻，但品位粗粝。意大利人为此绞尽脑汁，西班牙人充满梦幻，法国人则喜欢偷嘴。"中国人呢？牛郎的心织女的梦。相思于天涯，两忘于烟水。〔12.5〕

🐢 这个世界很大，路很多，我们走过很多桥，遇过很多人，留在心底的牵挂着你，你惦记着的又那么少。茫茫人海中找到自己的影子的人更少，遇到了所爱其实遇到了未知的自己。佛说：与你无缘的人你与他说话再多也是废话；与你有缘的人，你的存在就能惊醒他所有的感觉。

遇到未知的自己轻松而愉悦心若无尘，带着喜悦，活出了独特而真实的自我；如一潭透明的湖水，如一片流翠的绿洲，似一座鸟语的深山，似一地皎洁的月光。〔12.5〕

"扬汤止沸，不如灭火去薪。"语出《三国志》。与其扬汤止沸，不如釜底抽薪。本来也是个比喻，扬汤止沸，水烧开了锅，你加瓢冷水，只是暂时压制了，一会儿还是要开锅的。扬汤止沸比喻对事情作暂时性的压制，而不从根本解决。釜底抽薪，锅底下把柴火抽了，这锅肯定冷了，从根本上解决问题。所以遇到问题与其解决一些枝节问题，勉强应对，不如从根本上予以解决。扬汤止沸——只是治标；釜底抽薪——才是治本。治病如此，做事也如此，道理简单，真的遇到问题时就忘了这句话。〔12.5〕

曾仕强说易经讲了三句话。被称为"大道之源，群经之始"的《易经》，自然是包罗万象，博大精深。但是最重要的，就是三句话。第一句话，吉无不利，自天佑之。第二句话，积善之家必有余庆，积不善之家必有余殃。第三句话，顺天应人。〔12.6〕

有气场比有气质更有魅力，气质容易孤芳自赏，气场是人人欣赏。一个有气场的人，不管有没有气质，他（她）都是优秀的。靠着为人、性格、品德等把朋友吸引到你身边，别人愿意与你交往，不管地位高低、有钱与否，你也是别人眼中的朋友。朋友愿意为别人着想，愿意为别人效力。交有气场的人舒心自然快乐！〔12.6〕

佛："世间何为最珍贵？"弟子："已失去和未得到。"佛不语。经数载，沧桑巨变。佛再问之，答曰："世间最珍贵的莫过于正拥有！"当我们拥有的时候我们很少有人珍惜它，包括健康、快乐、感情等等。失去了才觉得后悔莫及。人生总是一个充满着遗憾的过程，因为没有珍惜拥有的。每天清晨醒来睁眼说瞎话的时候一定要记住：珍惜正拥有！〔12.6〕

219

从朝阳门南小街向东北一望就是秦唐食府，店面不算太大，但装修干净利落，大红灯笼高高挂在门口尽显西北火热氛围，很有西北特色，服务员服务周到热情，就餐很是舒适温馨。这里西北口味菜系，味道正宗，份大量足，羊肉泡馍、擀面皮、臊子面都深得食客好评，值得一尝。温暖的小店有温暖的氛围，随便走走吃吃，小吃别有一番风味，尤其是心情最好的时候，有朋友相伴，更是晴天。心空有一弯纤月繁星满天。〔12.7〕

这样萧条的季节污浊的空气里，唯有眼前的一束鲜花让我觉得生活中还有一些新鲜和亮丽。坐在地铁里，希望穿过雾霾，走在绿意盎然中，走在阳光明媚中。生活，我们的需求如此简单。这个冬季的下午我想到李清照，想到了桂花飘香："暗淡轻黄体性柔，情疏迹远只香留。何须浅碧深红色，自是花中第一流。梅定妒，菊应羞，画栏开处冠中秋。骚人可煞无情思，何事当年不见收。"〔12.8〕

读《史记·萧相国世家》，当读到后面萧何一向与曹参不和，但是他临终前推荐曹参接替自己丞相的位置时，突然对萧何肃然起敬。这种人以大局为重，不以私利出发，人品高尚呀！〔12.9〕

为什么国人那么多的不开心？我认为国人一没有享乐的经济基础。二与传统的教育有关，不是去做一个幸福的人，而去做一个成功者。三是不遵循自己的内心，只在乎别人的评价。为什么国人太冷漠？冷漠是内心深处缺乏爱的能力。包括爱与被爱，又缺乏信任。世上其实除了生死都是小事。看淡了就看开了。〔12.9〕

"明鉴所以照形，古事所以知今。"透过明镜你可看到自己的容颜，通过古时的故事你可以理解眼下的情况。明镜用来照形，知古为了知今。这传达了《资治通鉴》的核心思想"以史为鉴，以人为镜"。所以人还是在闲暇之余读

读古典史籍，文化之精华，对于理解人生和社会很有帮助。〔12.10〕

🐦 天气转晴，心情立马变好。看来以后影响京城里老百姓心情的最主要的将是天气（雾霾）。连续几天的恶劣天气，晚上待在家里没有出去运动，只能看看书，听听歌。虽然五音不全，但我挺喜欢音乐的，听音乐让人心情愉悦产生创作的灵感，音乐是理想世界与自然的最好途径。凡音之起，由人心生也，人心之动，物使之然也。柴可夫斯基说："音乐是上天给人类最伟大的礼物，只有音乐能够说明安静和静穆。""音乐之目的有二，一是以纯净之和声愉悦人的感官，二是令人感动或激发人的热情。"罗杰·诺斯认为。〔12.10〕

今天看到爱默生的一句名言："一个人如果能看穿这个世界的矫饰，这个世界就是他的。"他的意思是不是我们看事物要看到它的本质，不能被他的外表所迷惑？无视一切粉饰，看到最真实的世界时，这一切都是你的。因为无人可以分享。想想多少人可以看穿世界的矫饰？因为自己就在矫饰，连自己都看不透，如何能看穿世界？活着就要真实，遵循自己内心，不能装饰自己，更不要装饰别人。这个世界是自己，与他人无关。〔12.11〕

诸如《百年孤独》《心是孤独的猎手》等著作试图告诉读者"孤独是人类的宿命"，而孤独又常被理解为"一种需修炼以达到的境界"。如何看待以上两者的区别？周国平在评述尼采的传记中有此一句："你孤独吗？你也配吗？"人类整体的孤独性在于对宇宙最初的茫然无知到现在的茫然无措。霍金大师都说了，外星智慧不会有善意。大刘也构建已经被各大媒体协会认证了的黑暗森林体系。在没有望远镜航天飞船出现之前，我们的活神仙老子大人就感叹过"天地不仁，以万物为刍狗"。在宇宙维度理论绝不可能被凡高读到的情况下，他就画出了《星空》。他们一定是深深地替整个人类感受到了孤独寂寞。"需要修炼以达到的境界"，大概可以这样理解，未经修炼的是寂寞，经过修炼的是孤独。寂寞时会思考但更需要排遣，"过尽千帆皆不是，斜晖脉脉水悠悠，肠断白蘋洲。"孤独嘛，"众里寻他千百度，蓦然回首，那人却在灯火阑珊处。"你身处熙熙攘攘的人群中细细品味欣赏着自己的孤独。当然这跟大师原来的意思不同，但很能表达那种"有境界孤独"的意味。真正习得孤独术的人，应该会"大隐隐于市"，而不会悲愤地在石头上刻下：独！孤！求！败！〔12.11〕

泰戈尔说："谢谢火焰给你光明，但是不要忘了那执灯的人，他是坚忍地站在黑暗当中呢！"生活中我们在获得时，要想到那些在暗地里默默付出的人们，要感恩。真正给我们最大帮助和关怀的人，往往被我们忽视，就如同自己站在黑暗中却为我们掌灯的人。要学会做个感恩的人，感恩也不易做，人心是自私，只想到自己的付出不想别人的付出，不以心换心。〔12.12〕

纪伯伦说："当你背向太阳的时候，你只能看到自己的影子。"我们要永远都心怀希望，有坚定的信念，否则就永远只会在黑暗中生活，甚至绝望。背向太阳就是面对影子，经历痛苦的时候应该知道幸福的方向。或许这个光明是一种希望，一种美好的向往，或者是璀璨的回忆，如果是回忆，也要让他成为过去，而不是阻挡自己前进路的东西。有句话叫"为了看看阳光，我来到这世上"。阳光，象征了快乐、温暖和爱，我们正是为了追求这些美好的东西才来到这个世上的。不要把自己束缚在内心的囚笼里，那样你的世界只会有寒冷和阴影。去接近那些快乐、幸福而具有美德的人们，你会被他的魅力所感染，慢慢地你也会学会爱与快乐，并去感染其他千千万万的人，你的人生才会真正有意义。这时你会发现，原来，你也可以成为别人心中的阳光。〔12.12〕

今天把日历翻到这一页：12月13日，农历十一月初三，择吉日。这月的星座显示着射手座。蓦然回首，星光依旧，白鬓相望江南。留不住的是时光的脚步，匆匆走过每一天的岁月。风雨人生路漫漫，有过阳光灿烂有过风雨飘摇。知我者，谓我心忧；不知我者，谓我何求？今夜临窗而望，远处灯火璀璨，苏子曰：人生如梦，一樽还酹江月。〔12.13〕

庞涓死有余辜，本是同门生，相煎何太急。嫉妒到了极限就是病态。庞涓是战国初期魏国名将，孙庞斗智故事的主角之一。相传其与孙膑同拜于隐士鬼谷子门下，因嫉妒孙膑的才能，恐其贤于己，因而设计把他的膝盖骨挖去。魏惠王二十八年（前342年），魏国进攻韩国，次年齐救韩，齐国采用孙膑的策略，直趋魏都大梁，旋即退兵，诱使庞涓兼程追击，在马陵（今河南范县西南）中伏大败，涓智穷，大叹"遂叫竖子成名"，自刎而死（一说被乱箭射死），史称马陵之战。〔12.13〕

清晨当我走在通往地铁的旧古楼大街时，北风吹过整个大街，寒冷刹那而至。东方旭日将要升起，一片粉红色的云游过，护城河水已放干，两岸是干秃秃的树干。有风的天虽然冷但是空气里弥漫着冬天的味道，有着清新和寒意。早晨脚步匆匆，时间飞逝，又即将迎来新年。过得不惊不喜不忧不虑，无波无澜。远方的园中似乎有一枝梅绽放着新喜，如我所期。〔12.15〕

有时候苦难是一种财富，如果当年家中不是一贫如洗，而是有良田两顷，苏秦怎么可能身兼六国宰相之职？当我读到《史记·苏秦列传》，对苏秦发奋图强，学以致用很佩服。苏秦功成名就，志得意满。作为一个出色的纵横家，苏秦成功地说服了赵、韩、燕、齐、楚、魏六国君王，采取"合纵"策略，一致对秦。他也因此被推为"纵约长"，身兼六国宰相之职。如此风光，真算得上是空前绝后了。

身佩六国相印的苏秦衣锦还乡，六国君主纷纷派车马相送。其浩浩仪仗连绵十余里，显赫堪比王侯。连周天子都专门派人打扫街道迎接他，洛阳百姓更是箪食壶浆，望尘而拜。那个在他潦倒落魄时对他不理不睬、冷眼相向的嫂子，此刻战战兢兢地跪拜道旁不敢抬头。

面对如此显赫的威仪，回想自己当初的寒酸窘迫之状，苏秦感慨万端，于是便有了这句流传千古的话："使我（当年）有洛阳两顷田，安能佩六国相印？！"〔12.15〕

清晨东方朝霞如河，赠我以虹，我送之以歌。晨光蕴藏在地平线下，冬日的寒风凛冽，背后的天幕青蓝抒写着冬的寒意，每一个冬天就像怀孕一场，等着新生的到来。心坦如平沙，快乐无限意。〔12.16〕

☯ "应该努力使子女有强健的身体，使他们在爱的环境中过和平而且宁静的童年，使他们那种美好的信心尽可能地延长。"——居里夫人。童年是人生中最美好一段记忆和时光。真的不想无情地剥夺孩子成长过程的快乐，可是现在孩子的童年过得很累，他们似乎不快乐。受社会环境影响，家长们都不希望孩子们输在起跑线上，过早地给孩子施加压力。巴尔扎克说过："童年原是一生最美妙的阶段，那时的孩子是一朵花，也是一颗果子，是一片懵懵懂懂的聪明，一种永远不息的活动，一股强烈的欲望。"希望孩子们的童年生活丰富多彩，快乐幸福！〔12.17〕

☯ 读《史记》时你会发现一个神奇的人从不露面，但是他的徒弟个个大名鼎鼎，他是谁呢？鬼谷子，名叫王诩，又名王禅，是历史上极富神秘色彩的传奇人物，春秋战国时期著名的思想家、谋略家、兵家、教育家，是纵横家的鼻祖，被誉为千古奇人，长于持身养性，精于心理揣摩，深明刚柔之势，通晓纵横捭阖之术，独具通天之智。他的弟子有兵家：孙膑、庞涓、尉缭子；纵横家：苏秦、苏代、张仪、毛遂；方士：徐福。最早记载鬼谷子的是司马迁的《史记·苏秦列传》中有："苏秦者，东周雒阳人也。东事师於齐，而习之於鬼谷先生。"道教认为鬼谷先生为"古之真仙"，曾在人间活了百余岁，而后不知去向。《鬼谷子》一书是其后学者根据其言论整理而成，被完整地保留在道家的经典《道藏》中。《鬼谷子》内容十分丰富，涉及政治、军事、外交等领域，主要讲述有关谋略的理论。〔12.17〕

☯ 一位作家朋友认为，最佳写作状态有两个，一个是当你陷入绝望时，一个是当你陷入爱情时。为什么呢？从古至今不平则鸣，司马迁认为书为发愤人所作，解释第一点；第二点可能是爱情带给人激情和灵感。这只是自己的拙见。〔12.18〕

古人养生五事：养生无甚可恃之法，其确有益者：曰每夜洗脚，曰饭后千步，曰黎明吃白饭一碗，不沾点菜，曰射有常时，曰静坐有常时。纪泽脾不消化，此五事中能做得三四事，即胜于吃药。——《曾国藩全集·家书》〔12.18〕

相传钟子期是一个戴斗笠、披蓑衣、背冲担、拿板斧的樵夫。历史上记载俞伯牙在汉江边鼓琴，钟子期感叹说："巍巍乎若高山，荡荡乎若流水。"两人就成了至交。钟子期死后，俞伯牙认为世上已无知音，终身不再鼓琴。学会倾听，不仅拉近心灵的距离，而且是遇到知己的途径。许多人总是在倾诉，自顾自讲，从不认真地听别人讲，如别人讲话，总是打断别人讲话。〔12.19〕

有的人举轻若重，有的人举重若轻，韩信举重若轻者，韩信领兵多多益善。司马懿做事举重若轻，诸葛亮做事举轻若重。毛泽东雄浑大气，举重若轻；周恩来精细雅致，举轻若重。举重若轻是一种气魄，而举轻若重是一种态度。邓小平举重若轻，刘伯承举轻若重。〔12.19〕

杨绛："保持知足常乐的心态才是淬炼心智、净化心灵的最佳途径。一切快乐的享受都属于精神，这种快乐把忍受变为享受，是精神对于物质的胜利，这便是人生哲学。"最喜欢读她的文字了，她的文字穿透纸背穿透人生，所有的不平静读后就平静了，所有附加的都是虚的，只有内心的平静和丰富是真实的。烦恼大多是来自于不知足，人生几人能看透？〔12.20〕

我认为教养与学历，与年龄没有关系。与什么有关呢？家庭教育，与处的环境有关，与所受的人文教育有关，与自己的领悟有关。肯定还有许多，是我想不到的。〔12.20〕

世界上只有两种动物可以到达金字塔塔顶，一种是鹰，天赋潜能；另一种是蜗牛，不断前行。在对的方向，以爱之心，付诸行动，勤能补拙。可惜我不是二者之一，我上不了金字塔，也不想上，我就远远地看着，看着从上面掉下来的。〔12.21〕

冬至了，真正的寒冷来了，今天的清晨湿气重，有一种冬天叫寒冷，有一种清晨叫不见太阳，有一种思念叫想家，有一种美食叫杀猪菜。有一个冬至早就被诗人写过——《小至》（唐）杜甫："天时人事日相催，冬至阳生春又来。刺绣五纹添弱线，吹葭六管动浮灰。岸容待腊将舒柳，山意冲寒欲放梅。云物不殊乡国异，教儿且覆掌中杯。"〔12.22〕

冬至吃饺子，是不忘"医圣"张仲景"祛寒娇耳汤"之恩。张仲景有名言："进则救世，退则救民；不能为良相，亦当为良医。"东汉时他曾任长沙太守，访病施药，大堂行医。后毅然辞官回乡，为乡邻治病。其返乡之时，正是冬季。他看到白河两岸乡亲面黄肌瘦，饥寒交迫，不少人的耳朵都冻烂了，便让其弟子在南阳东关搭起医棚，支起大锅，在冬至那天舍"娇耳"医治冻疮。他把羊肉和一些驱寒药材放在锅里熬煮，然后将羊肉、药物捞出来切碎，用面包成耳朵样的"娇耳"，煮熟后，分给来求药的人每人两只"娇耳"，一大碗肉汤。人们吃了"娇耳"，喝了"祛寒汤"，浑身暖和，两耳发热，冻伤的耳朵都治好了。后人学着"娇耳"的样子，包成食物，也叫"饺子"或"扁食"。〔12.23〕

傍晚时分天气放晴，心情大好，来一大碗羊杂汤庆贺北风来临。尽管姗姗来迟，也比不来得强。旧古楼大街的夜晚灯火通明，冬意浓浓，如果天好，习惯了步行回家。想想转眼又到年根，岁末年终，回首一年无憾无悔，来年继续！〔12.26〕

🐦 在我跌跌撞撞的人生里，我匆匆行走于世间，或悲或喜。
每天的阳光也有我的一份明媚，喜欢一种花开心态迎接繁
星闪烁的夜晚。——新年感言〔12.26〕

🐦 看着窗外的漫天的飞雪，喜上眉梢，这不就是期待已久的
时刻，纯净的世界里充满清新的空气。瑞雪兆丰年，新年

前的一场雪让人感到来年的春天将是美丽的吉祥的。片片
心情化飞雪，飘落城中各个角落里，绽放成一枝寒梅。
〔12.27〕

音乐和运动是心情疗伤的好方法。听音乐让你分泌快乐激
素，运动还能忘记忧愁和焦虑。〔12.27〕

喜欢这种不戴口罩的日子，冬日灿烂，北风吹，虽有寒冷
我不怕，找一家茶馆或咖啡店里坐在窗前静静欣赏冬日的
阳光。想写一首诗，因为诗最接近灵魂。〔12.27〕

情感的交流不仅要在同一频率上，也要在同一时差内。否
则就会天方夜谭，化为传说。〔12.28〕

找个丰富的人陪你度过坎坷曲折的人生，单纯的人经受不
住颠沛流离。丰富的人是从生活的磨砺中成熟的，即使有
伤疤。〔12.28〕

坚持做自己，坚持自己喜欢的事，坚持释放真我，才是人
生中最重要的事。罗素说人生重要的事情有三："对爱的
渴望，对知识的探索和对人类苦难的难以忍受的怜悯。人
这一生，对爱情的向往，对知识的渴求和一颗善良的心很
重要。人这一生归根到底其实就是追求释放真自我的一
生。上面所说都是现代人现代意识的追求，可是现实生活
中追求幸福是多么的困难，迫于生计，多少人能真正做到
做自己喜欢的事，更何况释放自己，解放自己都不容易。
这就是理想与现实之间的矛盾。〔12.29〕

过去对桂花不了解，只听说八月桂花香。当喝了桂花酒品
了桂花茶，就特别喜欢桂花的香味。当读了李清照赞美桂
花的词后，更是对桂花情有独钟。"暗淡轻黄体性柔。情
疏迹远只香留。何须浅碧深红色，自是花中第一流。（深
红，一作：轻红）梅定妒，菊应羞。画栏开处冠中秋。骚人
可煞无情思，何事当年不见收。"〔12.30〕

清晨，两片祥云飞过了天空，迎接即将到来的新年。观星辰望日月，明年将是一个吉祥的年份。清晨西边天空的月亮，特别亮即将迎来圆满，北风吹过结冰的河面，似乎传来一阵鼓楼的钟声。"昨夜斗回北，今朝岁起东。我年已强仕，无禄尚忧农。"〔12.30〕

钱锺书在《写在人生边上》中写道："天地间有许多景象是要闭了眼才得见的，譬如梦。"所以我有时觉得做梦是美好，那些不会做梦的人，我总觉得像是树上少了叶子，天空少云一样，有梦才有人生。〔12.31〕

2016

关关雎鸠

爱就要学会放手，紧握在手里的沙子最终还是流掉了。智者是给对方一片空间。〔1.1〕

古人有："秋饮黄花酒，冬吟白雪诗"。我特别喜欢喝桂花酒，昨晚上为了迎接新年饮了桂林酒。桂花酒，色呈琥珀，酒质香醇、浓厚，上口带桂花香，微甜，颇有特色。昨晚的桂林酒呈微黄绿色、酒质清新醇和、绵甜爽净，具有纯天然桂花香味，让人一尝动容、二尝开怀、三尝倾心。"问讯吴刚何所有，吴刚捧出桂花酒。"月夜浓浓，鲈鱼下酒，情深义重。仿佛穿梭到古代与宋之问去了灵隐寺中，"桂子月中落，天香云外飘"。今夜有月，与你品酒谈心，仿佛牵子之手赏三秋桂子，十里荷花。〔1.1〕

马克·吐温说："生命如此短暂，我们没有时间争吵、道歉、伤心。我们只有时间去爱。"人过中年就觉得时间更是比以往流逝得快，我们把许多时间浪费在讨论争执中，浪费在埋怨中，浪费在彼此的猜忌中，而不去安静地思考和享受，不去欣赏不去敞怀，让每一天心境明亮，咸淡相宜。真的人生很短！〔1.2〕

做男人就像秦王，给马一块奔跑的草原。有人问到，芈月面对每一个男人都曾痛哭流涕，撕心裂肺，而三个男人，都愿对芈月以命守护，到底哪一段才是真心的？每一段都是肺腑，爱子歇，源于青涩，儿女情长，那是少女的梦，美好无瑕；对秦王，更多于敬仰和知遇之恩，深入骨髓；而义渠君，少不了感激报恩。尽管子歇和义渠，无数次在芈月性命攸关之时伸手，送炭于雪中，但在我看来，最刻骨铭心的爱应当是秦王。每个女人都将铭记那个改变自己的男人，他让你知道，爱情并非只是卿卿我我，而是彼此成就非凡的人生；他让你知道，大地之大，胸怀之容量，你前所未闻，未想；他让你知道，自认不可为之事，你都可以为之……他给予的世界，是一种广揽天地的境界，他

给予的包容，是常人不能理解的懂得。这样的影响，将渗透一个女人的一生，从灵魂到感情。〔1.2〕

终将有一天，我们也会老去。没有什么可怕，人终将会告别尘世。但是老了就会有病，就会孤独，就会怕死，人之常情。因为总会有依恋的人，有牵挂的事。当你老了，依然能否优雅地放手所有，轻松地告别过去？所有所有总会到来，来了只要我在，世界就在。〔1.3〕

人与人之间的思想不可能完全相同，像是两片树叶。但是能站在彼此的立场考虑问题，理解、包容、支持就很难得了。每个人有不同的成长环境和不同人生经历，造就千差万别的思想，路遥知马力，日久见人心，是有道理的。人与人在共事中，在利益的处理中，对待金钱与利益的态度就能真正地看出一个人的本性。平时人们把最好的一面展示给别人，真正尾巴都夹着，人性闪亮的光辉在关键的处事时刻才显示出来，道不同不相与谋。〔1.3〕

三毛说："朋友这种关系，最美在于锦上添花；最可贵，贵在雪中送炭；朋友中的极品，便如好茶，淡而不涩，清香但不扑鼻，缓缓飘来，似水长流。"人不能没有朋友，朋友不在多在于精，朋友交往贵在真诚，忌在欺骗。看过《老炮儿》，就明白六哥的朋友才叫哥们儿，能喝酒，能帮忙，能患难。〔1.5〕

过去我特别喜欢的一首歌《追梦人》，是罗大佑为三毛写的一首歌。可能一直在追梦的年龄，天空中没翅膀的痕迹，我已飞过。曾经一直追求自己喜欢的、想要的，多年的今天还有多少坚持还有多少保留？抬头仰望星空，星光璀璨，梦还在。〔1.5〕

如果在这清风拂过的冬日的夜晚，看上一回《老炮儿》，再温一壶暖暖的清酒，吃上一份烤鳗鱼，真的是一份最好不过的新年礼物。电影让人感到人性中的真挚情感，边吃边聊，一杯热酒入口，酒香浓浓，月色朦胧。"昨夜星辰昨夜风，画楼西畔桂堂东。身无彩凤双飞翼，心有灵犀一点通。"〔1.5〕

我们一定要有自己的判断力和分析力，不能人云亦云，不能听所谓的大家说什么我们就跟着说什么。林语堂先生就曾说过，一个人必须能够寻根究底，必须具有独立的判断力，必须不受任何干扰，才能够有鉴赏力或见识。因此独立的思考很重要，从小就要培养孩子独立思考的能力，不能取而代之，替他思考。如果剥夺了孩子的思考能力，孩子只会说：老师说如何如何……〔1.6〕

"死生契阔，与子成说"是什么意思？无论生死离合，我们两情相悦。出自《诗经·国风·邶风·击鼓》"死生契阔，与子成说。执子之手，与子偕老。"此句至理真言体现了中国人最为典型的诠释"爱"的方式——含蓄而坚决，生死而不渝。契为合，阔为离，死生契阔，生死离合。沧海桑田，斗转星移，不变的是你我不渝的爱恋。〔1.6〕

寒水一瓶春数枝，人有五福，而梅花五五之数，恰是"花开五福"的好口彩。加之花期正值春节前后，红梅报春再画上两只喜鹊，唤作"喜上梅梢"，最是水墨中的吉庆图景。自古来就不止文人案头清玩爱赏梅花，乡村野老也乐于红梅插瓶，在百花寥落的冬季里图个喜庆。所谓"山家除夕无他事，插上梅花便过年"，年节插花称作岁朝清供，纵然无酒无茶、寻常餐饭，但一瓶梅花供天地，也算是足了礼数。〔1.7〕

获得美国演讲家最高荣誉的博恩·崔西表示："任何人只要专注于一个领域，5年可以成为专家，10年可以成为权威，15年就可以世界顶尖。但如果你只投入3分钟，你就什么也不是。"看来世上的事就怕坚持，多少人半途而废。苏东坡也说过："古今成大事者不唯有超世之才，亦必有坚韧不拔之志。"我是啥都没有，只能欣赏别人了。欣赏也是一种人生。就怕你连欣赏也没有，只看重自己。〔1.9〕

从苦难中成长起来的人，经历过磨难的人，成熟而坚强，比书本中来得更直接，更可靠。从小到大成长的环境我们选择不了，有的环境虽然给成长中的自己有过创伤，谁知多年后又变成了财富。体验过人生百般苦和不幸，把自己历练得如此透彻和灿烂，拥有包容万物的心胸。〔1.9〕

早阅读看到东麓书院里一篇文章的一句话："如果世界背叛了你，那么我会站在你这里背叛这个世界"。这可是爱的力量，爱就是一种义无反顾的勇气和将错就错的坚持。古有"愿得一人心，白首不相离"的执着，现代人缺乏一种忍耐与宽容，缺乏对真爱的安全感。所以分分离离，稀释了爱情，分解了那份长久的陪伴。〔1.10〕

张爱玲在《红楼梦魇》一书中，提到过人生"三大恨事"，她说："有人说过'三大恨事'是'一恨鲥鱼多刺，二恨海棠无香'。第三件不记得了，也许因为我下意识觉得应当是'三恨红楼梦未完'。"或许每个人一生中都在追求完美，可是造化弄人，事与愿违，不完美才是人生，完美的是故事。追求完美的我们本身就是一种完美。据宋代诗僧惠洪《墨客挥犀》记载，彭几曾经对朋友说："吾生平所恨五事。"朋友问其故。彭几说："一恨鲥鱼多骨，第二恨金橘太酸，第三恨莼菜性冷，第四恨海棠无香，第五恨曾子固不能作诗。"表达出他对白璧微瑕、美中不足的遗憾。而所谓"曾子固不能作诗"，是说与他同时代的散文家，也是唐宋八大家之一的曾巩，其文学成就诗歌不如散文，故有此叹。美景也有瑕疵，人生也有缺陷，太阳也有黑子，世界就是一种不完美的组合。〔1.14〕

梦里花落知多少？蓦然回首是最美的遇见。《红楼梦》第二十三回："宝玉一回头，却是林黛玉来了，肩上担着花锄，锄上挂着行囊。"宝玉偷看《会真记》，抖花瓣于水中，遇见葬花之黛玉。宝玉用《西厢记》中词句相戏，黛玉竖眉瞪眼，带怒含嗔，说宝玉"欺负"她。所以世上的最美的感情是自然的吸引，不是刻意的追求。感动不是爱情，爱是两厢情愿，心意相通。〔1.14〕

古时候，新娘嫁到婆家后的第三天，俗称"过三朝（zhāo）"。按照习俗，新娘要在这日下厨房做菜肴。一则表示新媳妇从今往后要侍奉公婆，另一方面也是新家庭对她料理家务能力的一次测验。对于新娘来说，此事非同小可，办好确是不易，这不光是"众口难调"，更主要的是不容易通过婆婆这一关。俗话说"多年媳妇熬成婆"，既然做了婆婆，在新媳妇面前摆摆资格，也是自然不过的事。对媳妇首次所作的菜，不免要挑剔一番，以显示自己经验丰富。再说，当时婚姻都是父母之命，媒妁之言，新媳妇对于婆婆的性情爱好乃至口味，是一无所知或者知之甚少的。因此，过三朝简直成了不少新娘的精神负担。聪明的小媳妇儿想到先请小姑尝尝，因为她才知道自己母亲的"食性"。"三日入厨下，洗手作羹汤。未知姑食性，先遣小姑尝。"现在的媳妇会做的不多，老人做好了还挑三拣四的。只想着自己，哪里还想着别人。孝道开始逐渐退化，家庭温暖也逐渐消失。说到底，古人有古人的古板，今人有今人的自私。聪明的人要学会平衡。〔1.14〕

一个人在同一件事上犯两次错误是可悲的，一个人在同一件事上犯三次是可恨的，一个人在同一件事上一而再，再而三地犯错误，是可气的，佛祖也不原谅。让他自生自灭吧！〔1.18〕

每天人们都上演着自己人生的正剧，看着人们在情感的纠纷中嬉笑怒骂，有的是谎言，有的是欺骗，有的是威胁，有的是抱怨，有的是利用，有的是伪装，以伤害的手段想得到圆满的结局都是徒劳的，要是我宁肯玉碎不愿瓦全。〔1.18〕

什么时候能看清一个人，只有遇事的时候，遇到大事的时候，这种场合把人性展现得淋漓尽致，我总是喜欢看到人性中阳光的一面，不喜欢看到人性中的丑陋和卑劣。因为阴暗的一面总让我怀疑人生，影响情绪。〔1.18〕

有的人所有的犯错源于内心深处的霸道，其实就是占有欲太强。彻底地想明白了，所有不成熟的表现，根本就不是别人不给你，是因为自己的不甘心。从小到大的生活中所有的事情都是自己说了算，去主宰！任何游戏，任何事情只能自己说结束，别人说就不成！所以养成了霸道、自私的表现。认识到了，才能克服才能改正。人生孰能无过，过而能改，善莫大焉！〔1.19〕

人要有点精神，人与人之间不同，就是精神不同，思想不同。"面对非议，我在追求真理。"在人生旅途中千万不要迷失了方向。〔1.19〕

110岁周有光长寿之道：首先，生活要有规律，规律要科学化；第二，要有涵养，不要让别人的错误惩罚自己，要能够"卒然临之而不惊，无故加之而不怒"。其实分析一下长寿之人就两点：一是饮食和运动规律，记住规律两字；二是心态，心态要平和和心静。中年以后什么最重要？养生。没有好的身体一切都是零。〔1.19〕

现在许多人不读书，一年也不读一本书，大脑中长满了茅草，这些茅草是从微信、电脑来的杂乱的信息、他们根本没有自己的独立思考。即使旅游去过许多地方，也没有每天散步的习惯。日复一日的工作吃喝玩乐睡觉，思想生锈自以为思想很深，没有新鲜的东西没有自己的思考，想要一个新生活也是妄想。新生活从读书开始！"人读书越多，越不会被外在的环境所困扰，越不会被寂寞孤独这样可怖的东西所折服。因为书籍逐渐在人的心灵里建造了一个完全独立于外界的力量的王国，这个王国是被心灵完全拥有的，在这个世界里栖居着令人神往的古今中外丰富而伟大的灵魂。当一个人的心灵完全拥有这样一个王国的时候，他灵魂的承受能力会有多么坚强！因为他完全不需要依靠任何外力来支撑他的生命。所以我常说：我读，故我在！"〔2.16〕

年少无知我们不懂爱情，却纯情如水，多少年后听起都如春天的声音。经历了太多，品味了生活的苦涩，看透了人心，就再也没有一份纯真的感情了，体会不到春天花会开。〔2.16〕

任何时候我们都要淡定从容，有一个阳光的心态，健康的心理。许多人根本不知道自己心理有障碍。社会、家庭、个人综合的不良因素容易造成一个人心理上的障碍。理解事件及处理问题偏激，以及对外界刺激的过度敏感或是以自我为中心不受任何影响，在自我的世界感觉良好。〔2.16〕

人心理上的成熟不是一定随着年龄的增长而逐渐递增，和见识和阅历和生活环境有必然的联系。我觉得情商是后天培养的，智商是天生的，智商高的人不一定情商高。读书，生活，思考，总结，人慢慢地形成独立的思维，自己想要什么，为什么活着。真明白了吗？每个人自以为聪明，其实不然。〔2.18〕

两个外表柔弱内心强大的人相处，久了就像两只刺猬一样，无意地刺痛了对方。保持适当距离彼此欣赏，但不要取暖。心与心之间一旦有了隔阂，就像墙上拔了钉子，看似除掉了却留下了伤痕，有时沟通也是掩耳盗铃。转身即是天涯，回首也非昨日。〔2.18〕

人要五量。一要有肚量，气量，不能锱铢必较。二要有耳量，善于听取不同意见。三要有眼量，不能鼠目寸光。四要有胆量，不能畏首畏尾。在人生的道路上没有一帆风顺的，总是充满了各种或大或小的坎坷，每一天都要向前走，只是终点时不想遗憾罢了。不要轻易地选择也不要轻易地放弃。人生其实就是一个坚持的过程。〔2.19〕

处理好情绪也是一个人成熟的标志，去留无意，宠辱不惊，风轻云淡，高山流水。调整好心态需要过程需要修养需要克己，那些道骨仙风的人那些童心未泯的人那些潇洒自如的人，都是经过刻苦的修炼，上善若水，厚德载物。〔2.19〕

说是人生难得糊涂，大多数人不想糊涂，因为做不到糊涂，争名逐利，见钱眼开。唯我独尊，让别人尊重自己，让人觉得自己最牛，最有本事。这样的人能做得到糊涂吗？孔子发现了糊涂，取名中庸；老子发现了糊涂，取名无为；庄子发现了糊涂，取名逍遥；墨子发现了糊涂，取名非攻；如来发现了糊涂，取名忘我。世间万事，唯糊涂难也。佛说，人不可太尽。凡事太尽，缘分势必早尽。糊涂不是谁都能做得到！〔2.20〕

人与人之间不可能完全相同，不论观点还是处事，求同存异，互相理解，互相包容，但是大道要相同，细节可不同，道不同不相为谋。不要彼此猜忌，不要彼此攻击。相互了解，相互尊重，相互沟通。彼此退一步，海阔天空。〔2.20〕

暴力教育能让孩子变得顺从，不会让孩子变得聪明和懂事；能让他们变得听话，不会让他们变得自觉和上进。《好妈妈胜过好老师》经典语录。凡从小有大量课外阅读的孩子，他的智力状态和学习能力就会越好，凡缺少阅读的孩子，学习能力一般都表现出平淡；哪怕是写作业的速度，一般来说他们也比那些阅读多的同学要慢得多。〔3.20〕

为什么现在的孩子总不愿和家长交流？我觉得孩子和我们是平等的。想让孩子什么都和我们说，什么都告诉我们，最好的办法就是我们和孩子成为朋友！〔3.20〕

别要求孩子门门功课满分，孩子会就可以，小学就是培养学习态度和好的学习习惯！其次就是阅读，必须让孩子多读书爱读书，阅读会影响孩子的一生。生活中，母亲不能太强势，母亲强势培养出来的孩子要不就是强势，要不就是软弱，软弱的占百分之八十。还有就是不能保姆式养育孩子，那样的孩子在社会上没有立足之地。玩是孩子的天性，但是一定要教会他合理安排好自己的时间！〔3.20〕

为什么我不会道歉？碍于面子？还是我本来就没错？春天来了我的大脑还停留在冬天里。道歉的作用是什么？缓解矛盾？还是提升自身素质？还是知错必改？还是……我在佛祖面前说：我本善良，前世是一头驴，是一头倔驴。佛祖说：你不是驴，是头牛，一只野牛。我明白了，您的意思是说我应该像牛一样老实诚恳。佛祖说：对你说话像对牛弹琴。〔3.23〕

席慕蓉说："诗人就是能够把我们每一个人心里的那个不知道如何释放的情感，用语言文字表达出来，所以有时候诗歌变成整个时代的精神象征。但是通常来讲，诗都是安静的，但诗是不会消失的，诗永远在。"我觉得不论何种艺术都是表达作者内心的一种情感。生活中人们忙碌奔波劳累，需要释放和表达，也是为了更好地生活，艺术的表达来源于生活又高于生活，让人觉得美好，去追求自己的梦想。其实一时放个屁也很舒坦，比憋在肚子里强，但是尽量不要臭着别人，抒发是主要的。〔3.23〕

夜色中的鼓楼大街在月色清风中扬起春光的灿烂，走在这龙头与龙尾相接的街面上，看着往来的车辆驶过，心中洋溢着浓浓的红酒清香。"葡萄美酒夜光杯，欲饮琵琶马上催"，美酒已饮琵琶未听，高山流水有知音，人生何处不相逢。星光大道之下胸怀暗藏花香，春风十里桃花树红，目视远方灯火阑珊，记忆深处花落谁家？一片浮云醒来尽在春梦中，千帆过尽，情断江南。〔3.26〕

风和日丽的春日里不出去走走似乎辜负了美好的春光。生活中总是忙碌奔波，闲暇时光里没有享受悠闲自得，其实生活没有趟不过的河，生命容不得你细思和浪费。穿过一条街住过一个城爱过一个人，最终都要以怎样的心情面对自己的内心，何去何从？一杯酒一轮月一条路，在我老去的日子里没有牵挂和惦念。既然选择了离开，就各自安好。你若安好，便是晴天！〔3.26〕

人生苦短，应及时行乐，没有什么错。非得说吃得苦中苦方为人上人，为什么不说享得福中福方为人上人？会享乐的人才体味生命之美，从小苦大仇深，给你一袋钱也不知怎花，每天忙日苦多闲日少，新愁常续旧愁生，有什么意思？"君不见，高堂明镜悲白发，朝如青丝暮成雪。人生得意须尽欢，莫使金樽空对月。"〔3.27〕

我要选择做一件事就有九马闯天涯的执着，但是我要放弃一件事更有十马不回头的勇气。选择与放弃一样重要。我们赞美春光灿烂的时候，也想到春光易逝。正如苏东坡的《蝶恋花》："花褪残红青杏小，燕子飞时，绿水人家绕。枝上柳绵吹又少，天涯何处无芳草。墙里秋千墙外道，墙外行人，墙里佳人笑。笑渐不闻声渐悄，多情却被无情恼。"〔3.28〕

春天里不能不读几首关于春天的诗，和季节相适应，感受一下大自然之美和生命之树般灿烂和温暖。但总是不踏实，夜晚躺在床上再拾起《老子》读上几段，觉得有一种落地的感觉。"不出户，知天下；不窥牖，见天道"。如何做到的呢？"大成若缺，其用不弊；大盈若冲，其用不穷。大直若屈，大巧若拙，大辩若讷。躁胜寒，静胜热，清静为天下正。"最完满的东西，好似有残缺一样，但它的作用永远不会衰竭；最充盈的东西，好似是空虚一样，但是它的作用是不会穷尽的。最正直的东西，好似有弯曲一样；最灵巧的东西，好似最笨拙的；最卓越的辩才，好似不善言辞一样。清静克服扰动，寒冷克服暑热。清静无为才能统治天下。读《老子》心中有道，脚下有路。〔3.29〕

真正的书香门第不是你出生于教授家或富豪家，而是一个有良好家风和读书氛围的家庭中，让你明白生命中读书和做人一样，散发出来儒雅的风度和高贵的气质，代代相传。不管交朋友还是找对象，人们喜欢找书香门第的家庭中长大的人。一代可造富翁，一代可做教授，可是一代做不了书香门第。几代人心中共同守护的思想和精神，将一种灵魂深处的声音传递出来。〔3.29〕

经过一场大风后，空气质量变得优良。在大院的花园里散步，星光满天，但是没有看见月亮。夜色中桃树在灯光照耀下显得格外美丽。常记起朱自清先生的《荷塘月色》，我也去过清华校园，只是一个普通不过的小荷塘，却让朱自清写成了千古流传的名篇散文。看来景色不仅存在于现实世界，更存在于作者的心灵世界。四月天的夜晚，我内心还算平静，每天习惯于在花园里走上几十分钟，一边锻炼身体一边静静地思考，这也成了我生活的一部分。人只有静下心来思考，许多想不通的事慢慢地想通了，还可以推敲赋诗，可以听听歌，慢慢地，思想如流水一般。春天的味道是淡淡的清香，四月天的夜晚是明亮通透。〔4.1〕

鼓楼地铁边上一株株海棠花开得正艳，在四月的阳光下，在春风里美艳如仙子。天正蓝，风正大，花正红。我吃着香草味的冰激凌走来，留步于树下。四月是一个怀念的季节，四月是一个梦幻的季节，四月是一个烟雨蒙蒙的季节，草长莺飞，爱上四月，不要犹豫不决不要举棋不定，人生大事不糊涂。"风透湘帘花满庭，庭前春色自多情。闲苔院落门空掩，斜日栏杆人自凭。"〔4.1〕

看再美的风景也不如有一个好心情。观景旅游、读书看报、运动健身都可以增添快乐。但是真正的快乐还是一种内心深处的平静，还有一种快乐是默契地与世界对话交流。像那种得道高僧，他与世界的交流是我们看不见的，而作为凡人的我们又没信仰又人云亦云，自己胡乱猜想更是很难找到自己的快乐。还有隐居山林的人，还有耕田劳动的人，简单却有快乐，因为简单所以快乐。今天我想我是快乐的，起码现在是快乐的。一天之际在于晨。〔4.3〕

每天醒来我想一想我正常吗？像检查一台机器。我今天没有心理障碍，近来没有强迫，没有抑郁。心理上有问题不像身体上有问题容易被发现。自省一下，也有好处，不要不好意思，总是找别人的不对，为什么不去反省一下自己？很多时候自己心理有病时间久了自己觉得很正常，外人也不会去提醒的，怕伤害了你。〔4.3〕

心有灵犀一点通是建立一个认知水平上，水平和理解能力不在一个层次上，你不可能理解别人，别人也不可能真正理解你。找个懂你的人必须你也懂别人。两个人必须在一个频道上才能相互理解。"高山流水遇知音，知音不在谁堪听？焦尾声断斜阳里，寻遍人间已无琴。"先秦的琴师俞伯牙一次在荒山野地弹琴，樵夫钟子期竟能领会这是描绘"巍巍乎志在高山"和"洋洋乎志在流水"。俞伯牙惊曰："善哉，子之心与吾同。"钟子期死后，俞伯牙痛失知音，摔琴断弦，终身不操，故有高山流水之曲。钟子期与俞伯牙一个频率上的人，所以能听懂琴声。〔4.4〕

现在谁还静心读书？现在人们都很忙，忙着挣钱忙着应酬忙着玩乐，读书占用宝贵的时间太奢侈了。看气质不修身，讲素质不读书，讲文化不做人。是什么让我们放弃了读书？为什么我们没有读书的习惯？急功近利的思想、浮躁的心态、享乐的思想、没有信仰让你放弃了读书，怕变成书呆子，怕被别人的思想武装自己。习惯是慢慢养成，读书也一样。有一个好的家庭氛围和社会氛围很重要。我见过打扮得漂漂亮亮的女士，一年也不读一本书，整天又美容又减肥又化妆，还要拼气质，还想找一个有钱人或是当官的，你说她的气质和优雅高贵从哪儿来？〔4.4〕

我们发现许多文章又臭又长，读完了也没有什么新意，占用了自己宝贵的时间。所以写文章先亮剑，把观点摆出来，赞同了读，不赞同扔掉，省得浪费别人的时间，谋财害命。〔4.4〕

赢得了道理却输掉了感情，这是许多人犯的错误。在爱情中或婚姻中没有真正意义上的谁对谁错，只有谁更能包容谁，能包容者就是胜利者。有的人一辈子婚姻不幸，因为她或他只想证明自己永远是正确的。自己的行为和思想没有错，错的是别人的认识。一生在做数学证明题，终于做对了，却输掉了一生的幸福。〔4.4〕

海棠花溪渐渐变身海棠花雨，草地上落满厚厚的花瓣，北土城贯穿海淀朝阳的那条绿色河面，花瓣如轻烟云彩般把河面罩满。漫步在浓浓的花丛中，不时有阵阵清香袭来。远远看去，海棠花形娇嫩柔美，花枝丰厚饱满，蕴含勃勃生机。在民间，海棠是一种代表富贵吉祥的花卉，因为"棠"与"堂"谐音，海棠花开，象征富贵满堂。〔4.10〕

刚刚看到一段文字，关于女人婚前必须检查的五大问题，曾经还风靡一时，引无数女人共鸣不已。这五大问题包含了男人的兴趣爱好、家庭背景、工作背景、朋友圈子、性能力，就算没有检查彻底也要给予自己时间去观察，不然以后后悔都来不及。我觉得因为这五个问题综合了他的现状，并决定了两个人能否相爱和走入婚姻。可是婚姻能否持久还取决于彼此相爱和理解的程度，以及两个人的性格和价值观念取向。〔4.12〕

读老子关于天论：古人惯于把天看作是世界的主宰，并往往赋予天以人格和宗教方面的涵义，先秦诸子们也大多继承了这种传统的天命观。夏王朝的建立，由于有了统一的君主专制政权，反映到宗教上，在多神之上便出现了众神之长，即上帝，又叫做"天"。从此，"天"被赋予了至高无上的神性，而成为天神。这种人格化的主宰者式的天神观念，到了商、周时期得到进一步强化和丰富。春秋时期，传统的天命神学并未完全解体，依然是当时占统治地位的意识形态。孔子关于"天"的理解是有矛盾的，就其思想的主导方面而言，仍是坚持了殷周以来的天神观念，肯定天是有意志的，并且肯定天命，鼓吹"死生有命，富贵在天"；而墨子则提出"天志""天意"，宣扬天有意志，认为天能赏善罚恶，并有"兼爱"精神；孟子更以人性的义理推及天道，说"诚者天之道；思诚者人之道"。时至今天，人们还常说"天理难容"这样的话，可见，传统天命观是如何广泛而深远地影响着我们思想方法。老子在关于"天"的问题上，既不同于孔子的"天命"，又区别于墨子的"天志",认为"道"是宇宙万物的根本。"天"是由"道"产生的,它没有意志,没有好恶,更不是一种超自然的精神力量。这无疑是一种自然之天。老子的功绩,就在于他否定了有人格的天神,重新恢复和提出自然之天。〔4.21〕

五月槐花香,大院里的槐树结满了白黄相间的槐花。"槐林五月漾琼花,郁郁芬芳醉万家,春水碧波飘落处,浮香一路到天涯。"五月花期来临,一串串洁白的槐花缀满树枝,空气中弥漫着淡淡的素雅的清香,沁人心脾。〔4.24〕

今天读到李白一首诗《赠内》,写给媳妇的诗,其中两句:"别来门前草,秋黄春转碧。扫尽更还生,萋萋满行迹。"我们不由得想到了白居易的那首很有影响力的诗《赋得古原草送别》,又名《草》:"离离原上草,一岁一枯荣。野火烧不尽,春风吹又生。远芳侵古道,晴翠接荒城,又送王孙去,萋萋满别情。"白居易少年时代做的这首诗其实是模仿李白诗写的,哪有一生下来就会有创造力的天才?〔5.1〕

读完了《红楼梦》像完整地体验一次人生,从繁华到苍凉。所以人生没有什么大惊小怪!活一回真我是人生赋予我们的使命。〔5.20〕

大多情况下,孩子带给父母的快乐比烦恼要多!因为你乐于接受孩子带给你全新的生活!〔5.28〕

金庸小说《神雕侠侣》中有一杀人魔头李莫愁。李莫愁名字取自梁武帝萧衍《河中之水歌》中"河中之水向东流,洛旧女儿名莫愁"一句。〔5.28〕

呼呼的风声和马路上车过的水声呼应着响过这个夏季的雨夜,不时的雷声隆隆像被用力敲打的大鼓。一天的疲惫被震醒了,醒在这个哗哗啦啦的雨声里。湿的雨声吵醒了我的孤寂，孤寂像躲藏在雨笼罩以外的天空浓云后面的一颗闪闪无言的星。推门而出，打窗而望，孤寂又化为一滴滴雨打在路边的花上，立刻就变为花的眼泪，晶莹剔透似醉非醉，似落非落流到花的梦中去，一个蓝色的梦，在雨夜沁入花的芳香中去了。等着明晨跳跃飞舞，随风飘散，和阳光一起灿灿地笑！〔6.6〕

雨像石子敲打着寂静的夜，夜如幽幽暗暗的湖面，胡思乱想的鱼不时跳出水面。风如鞭子抽打夜的黑色，灵魂深处的声音穿着红雨衣在夜色中飘荡，回来吧，我的心枝的小鸟，别飞了，即使是远处的天空下隐约的苍翠和闪亮的银色。当我弯腰时，记忆从背脊滑落跌碎，我回到被窝里睡了，梦中是薄薄的月亮，淡淡的清香，还有飘远的风！〔6.6〕

雨后的早晨，地面的湿气像翻滚的浪花向前涌去，中轴路如从森林中劈开的一条路，路两旁的树招摇着绿色和双手。上空游动一条金色的光芒，像一条头向南尾向北的龙，龙头向故宫方向吐着烟圈，龙尾向鸟巢方向摆动。又一个佛坐西方的早晨。夏季的风像女人柔软细腻光滑的手臂从颈部伸展开来，又游走了。我如每一天一样又要乘上地铁，钻入如海的人群。〔6.7〕

心灵的自由如风一般，轻松愉悦自乐，或大或小，或强或弱，或刚或柔，或亮或暗。不伪装不牵强，不说教不强持，让雨飘让花开，让月白水清。最幸福的人生就是心灵的自由，最美的心境就是有风一样自由吹过，思想生翼，阳光普照，广阔无垠的天地草绿花开。〔6.7〕

《老人与海》中圣地亚哥老渔夫总是梦到海滩的狮子。我在梦中却是游动的龙。老渔夫是强者，我不是。有时候梦到飞奔而去的白鹿。有时候什么也没有就到天亮，空空的感觉。有时候沿着河流走啊走，直到没有水的山。有时候会飞在空中听风在唱歌，看花在舒展开来轻盈飘逸地舞蹈。有梦的夜晚和没梦的夜晚都要睡觉，智者和愚者没有区别，有区别的是头脑中闪亮的智慧。即使这样他们的归宿是一样的，只是别人看待的眼光不同罢了！〔6.7〕

时间在流逝，似乎又静止在那儿，昨天的星星和今天的一样。老去的总是容颜，不变的是时间自个儿。人在消磨着时光，又害怕着时光。人类迄今为止也没弄明白自己的生存目的。在月光似水流泻的夜晚，从心头掉下的思绪转眼变成金灿灿的蝴蝶在如水的月色中翩跹飞舞。〔6.7〕

刚读塞万提斯的《堂吉诃德》的时候，觉得怎么会有这样的傻子，等阅历丰富了，年龄大了，就慢慢觉得一点也不可笑，每个人内心都有一个堂吉诃德，都追求过错误的东西。甚至有人现在也没发现自己追求的错误，依然做着骑士的美梦。〔6.30〕

气象万千，雷雨不断，总是在这样夏季的夜晚电闪雷鸣、风雨交加。这也让人想到了曹禺先生的《雷雨》。故事发生在二十世纪初的一个盛夏。在北方城市的一幢豪华住宅内，住着某煤矿公司董事长周朴园一家。董事长忙于矿务，庞大的住宅，只住着年轻的续弦夫人繁漪、儿子周冲和前妻生的长子周萍。故事情节就是这样展开的。今天雨夜里又有怎样的故事发生呢？生活就是有晴有阴，有雨有风，有盛开有败落，有平静有惊心，有欢喜有眼泪，有平淡有复杂。我们无从选择，只能自己承受与迎接挑战。"莫听穿林打叶声，何妨吟啸且徐行。竹杖芒鞋轻胜马，谁怕？一蓑烟雨任平生。料峭春风吹酒醒，微冷，山头斜照却相迎。回首向来萧瑟处，归去，也无风雨也无晴。"〔6.30〕

一个繁星闪烁的夜晚，风小小的却透着清新的凉快。七月的天空有着葡萄藤下的古老的传说，有着牛郎织女的爱情故事，有着十里稻香的诱惑，有着蛙声一片的丰收前景，有着荷塘月色的优美。城里城外夏季的夜像雨后的草疯狂地生长着茂密和浓绿。城市的灯亮着，从空中俯瞰城市由灯光组成的线构成一个个几何图案。遨游太空，地球也只是孩子手中的弹丸而已。记住吧！世界上你来我往，悲喜交织也是闪电一般瞬息而逝！〔7.1〕

早晨带着晴朗带着闪闪发亮的阳光走过热闹的大街小巷，几片淡淡的云飘在天空，清澈的湖水映着蔚蓝。风像一个羞涩的人跟在身后，一座城在天空下又刻画着新的生活。历史的长河之中今天或许和昨天一样继续向前流淌，个人的心情变化在这个世界上又算什么？或许此刻消失了一些东西或是增添了一些东西，只是和个人有关，对于时光的洪流是无声的。所谓的天人合一，也是精神上的弥合。当我身体挡住一轮朝阳的时候，已见山随平野尽，江入大荒流。〔7.1〕

生物钟自然地在每天早上六点唤醒我，周末睡个懒觉也睡不了。小鸟叽叽喳喳地在窗前鸣叫。虽然醒了，大脑中还有一些断断续续的片段留下来：格雷沃广场上，美丽善良的吉卜赛姑娘爱斯梅拉达翩翩起舞，身后跟着漂亮聪明的加里；撞钟人卡西莫多丑陋畸形的身躯在钟楼上来回跳荡，发出怪兽一般的咆哮；神父阴郁的影子幽灵一样，厚重溽湿，借着黑色的外衣，在钟楼顶层的院墙内闪烁不止……这就是昨夜大脑里的雨果的《巴黎圣母院》。天幕一旦被揭开，万丈的光芒将照亮整个世界，早晨来了。泛着淡淡的清香和悠扬的琴声。整个北京城像孩子手中摆弄的一个魔方，也开始了新的归位。每一个人像尘埃一样被阳光照亮了！〔7.1〕

夜慢慢地吞噬了城市，吞噬了安详宁静的北京城，像一个恶魔吞下了一个束手无策的孩子。今夜的月华似水，星光熠熠。虽然深夏的夜晚还是热得睡不着觉，但是只要是一个让人呼吸着新鲜空气、有着璀璨的星空就足以让人满足。更何况鲜橙似的啤酒让人感觉夏季不再孤单，生命不止于翠绿。一段旅程总有一个人相伴，那个明眸的眼神，那个如花的笑容。夜是如此的诗意，如此的美丽。即使是黄昏的太阳，我也把它当作黎明的曙光。〔7.2〕

读书是一切爱好中最持久最简单的。书如浩瀚的海洋，读书就读经典，古今中外的经典。经典让人心灵震撼，智慧飙升。别让那些花花绿绿的书迷惑了你的眼，浪费时间和生命。读经典，自己读，和孩子一起读。你读完了告诉孩子书里面的好内容，激发孩子的读书兴趣。曾国藩说：人之气质，由于天生，本难改变，唯读书则可以变其气质。三毛也说：读书多了，容颜自然改变，许多时候，自己可能以为许多看过的书籍都成过眼烟云，不复记忆，其实它们仍是潜在气质里、在谈吐上、在胸襟的无涯，当然也可能显露在生活和文字中。〔7.4〕

当太阳把仲夏时节最炙热的光芒照在大片的绿叶上时，绿叶浮动着闪闪的亮光。我的春天过去了，记忆在脑海中噼噼啪啪地作响。花儿在万丈光芒里、在流动的空气里唱歌。"你来自云南元谋/我来自北京周口/我握住你毛绒绒的手/轻轻咬上一口/爱情/让我们直立行走。"当人类思考明白自身走向的问题时，世界也到了末日。〔7.5〕

七月的一天，一个晴朗的早晨，像一块冰激凌蛋糕一口想吃下去，这一天就是七月后的第一个星期三的早晨。多年以后回想这个遥远的不复记忆的早晨又是一个什么样的日子？以文字记之。以后回想这一天是这样的：大朵的云游荡在天际，混合了所有的洁净的水气和幻想未来的雨滴，在它高兴的时候落地成水。地平线上升起半轮红日，被天空的一弯残月凝视着。一只雄鸡叫出了血一样的朝霞。浩浩荡荡的大河日夜不停地东流，带着今天的故事和往日的残留。沙漠咆哮如雷的雌狮在昨晚的梦中重现，酒多后梦中惊醒。今日和明日被谁记忆？又被谁遗忘？〔7.6〕

我仍然记得十二岁的那个遥远的夜晚，嘴里啃着玉米棒子看着满天星斗，蓝色的天幕上闪亮的是眼睛，哪是星星？觉得每双眼睛都会讲故事。盯着盯着我觉得自己长了翅膀能飞上天空，能摘掉任意一颗星星，甚至能化为一颗星。每颗星星发出清凉的光，世界是如此的美丽。单纯的心像单纯的星星，人像在缀满闪闪发光的星星的玻璃大房子里，世界也是那么大。除了那个十二岁，以后似乎再也没有关心过闪亮的星光。后来不知多大年龄读了苏轼的《前赤壁赋》："寄蜉蝣于天地，渺沧海之一粟，哀吾生之须臾，羡长江之无穷"。想到了人不仅是沧海一粟，也是苍穹一星。再后来读了杜甫《旅夜书怀》："细草微风岸，危樯独夜舟。星垂平野阔，月涌大江流"。又想到了星星想到了寂寞，满天的星斗，生生不息，人身在世界中何其渺小。而人心在世界中又何其伟大。〔7.8〕

我坐在星期五的下午，我完全能记起二十岁的自己，也能完全了解六十岁的自己，二十岁的我能和六十岁的我通话交谈，四十岁的我完全能听得懂隔了四十年的交谈。就像从六十级台阶向下看二十级台阶一样一目了然，二十级阶台向上向前望六十级台阶也不是那么遥远。生命就是这样一级一级奠基，人生的全部这样串联起来。人生风景如画，人生编排如书，开始和结尾都已写好！〔7.8〕

年轻时我们坐这个时光的列车有上有下，但拥挤不堪。年老了这列车变得没有了起点也没了终点，驶向无边的黑暗和空洞。星期五上午九点五十分，回望自己出生在云雾笼罩太阳的时候，我们无权选择自己的出生，同时也无法阻挡和预料我们的死亡。我们即使摆得像花丛一样美丽，也无法预料自己何时何地不在恐惧和平静中安息。安静地走好脚下的路，智慧地思考自己的人生，关心爱护身边的亲人。在未来，你上的列车消失在天际变成一个黑点变成一个原子的时候，你一路轻吟浅唱，一路烟花三月。〔7.8〕

二十年后回想今天，坐下来欣赏父母脸上的笑容，我们六十多岁。那时儿子就像我们今天、欣赏自己的父母。时光就这样在我们大脑的隧道里穿透着，明亮着，画一样挂在那里。人生就像金色的蝴蝶在闪闪发光的花丛中飞舞一样，惊吓着我们，空无着我们。时光、空间、岁月、生命、思想在一个黑暗的大球中，旋转着，排序着、喧唱着。〔7.8〕

一个周六闷热的夏季的夜晚，树沉默无语，星光溜走，在一棵大槐树下回想着过去，不敢想象未知的未来。花园里的花香，穿过小径穿过一排排的楼房，在眼前浓郁芬芳。弥散在我心里的除了今晚羊蝎子味道和道光二十五的酒味，就是陈旧的发霉的味道。夜是那么自由，随意变化着深浅明暗。而人的心情混合多种因素影响。人思考除了生与死，悲与痛，欢与乐，失与得，上与下，前与退，利与失，又有什么？〔7.9〕

晨曦微露，朝霞映照，花园里玫瑰的芬芳从窗户的细缝里袭来，喜鹊枝头歌声盎然，把周末的早晨渲染成一幅夏季的油画。星期六早晨的小巷，母狗躺在路边，面条放进油锅里发出吱吱声，一层层的蒸笼里包子冒着热气，摆摊的、买菜的、登车的热闹非凡。公园里大树下一排排敲腿拍屁股的市民在一个带头人吆喝下有节奏地敲拍着，西边不远处几个老人围着一个人在唱圣歌。闪亮的阳光和闪亮的日子在他们白背心后面移动，东边湖边坐着一位拉着破旧的二胡的人自拉自唱仿佛与世隔绝一般，幽幽怨怨的声音从20世纪传来。造物主创造了这个世界，就是让不同的声音、不同的人、不同的花草树木同时存在，如果单一了，世界就单调了，失去丰富的色彩。爱与不爱世界存在，你来我往，迎来送去！〔7.9〕

密密匝匝的小花在花园开了整整一个夏季，仿佛永远也不会凋落，要绽放到下一个世纪。通天的大树下一张长椅总是空着，几只叫声很好听的小鸟在椅背上落下，花园的小路就从椅子前通过。清晨的阳光洒满了小路，夏季的风躲躲闪闪地来到花园。周日宽街教堂里弥撒从早上七点开始举行。什刹海的游船停在水边，花花绿绿的酒吧熄了灯光。而通往奥森公园的路行人渐多，中轴线上空气畅通，天空晴朗。周日早晨就这样开始了，我也开始一天的修行。"清晨入古寺，初日照高林。曲径通幽处，禅房花木深。山光悦鸟性，潭影空人心。万籁此俱寂，惟闻钟磬音。"〔7.10〕

傍晚时分，几朵休闲的云飘荡于天空，一天的炎热慢慢地退去。不由得让人想起吃着西瓜看星星的遥远的年少时的夏夜。京城的夏夜晚风星空已不在，体会不到夜的美丽。喜欢在傍晚轻吟那首："两竿落日溪桥上，半缕轻烟柳影中。多少绿荷相倚恨，一时回首背西风。"唐时的风，唐时的柳，唐时荷，唐时的落日在心中成画。夏季又一次成画成梦，隔了多少时光隔了多少记忆。〔7.13〕

没有自己的思想，一味跟风，人云亦云，是现代人之病。培养独立的思考是多么的重要。〔7.14〕

雨断断续续地下了12小时，有时急雨如注，有时密雨如烟。整天世界笼罩在烟雨蒙蒙中，傍晚时分雨停了下来，但是天空浓云未散，似有一场大雨倾盆。远处的西山上空云雾缭绕，近处的树木荫荫风雨欲来。夜色来临，万籁寂静，鸟儿藏窝，虫儿伏土，大自然又处于暂时安静又将紧张的时刻。心情也跟着天气释放出一种燥热，一种不安，一种憋闷，一种抑郁，随风飘散在空气中慢慢地降临在远方的暮色中，化为尘埃落地。〔7.19〕

小雨飘落下来的时候，草地上的小黄花刹那间开满整个草坪。雨整整下了一个上午，没有停歇的意思。希望雨就这样下着一直直到灿烂秋季的来临。雨下着敲打在明亮的心镜上，暑气减退，清爽干净。雨气蒙蒙，树木苍翠，花草透着湿漉漉的芬芳。街头望着街尾，一幕电影画面的临场感。一个孩子和我长得一样，和三十二年前的自己一样的相貌。一位老人和我长得一样，和二十八年后自己一样的相貌。老人领着孩子穿过了细雨，穿过了夏季，回到了家，回到了没雨的明亮温暖的地方，那是爸爸带着儿子。多年来我一直喜欢着一场雨，喜欢着绿丝一样的雨，喜欢着一场自由地散发着淡淡的清香扑鼻的雨，在夏季在梦里在整个人生中。〔7.19〕

傍晚时分雨又下大了，像是从20世纪就已酝酿好的一场大雨，一直下到水漫金山寺。大雨敲窗，水落成花，让整个京城过足了雨瘾。城市在洗澡以后散发着清新脱俗的气质。城市的喧嚣消失殆尽，灯光在雨中迷离恍惚。城市的街道通畅而干净，整洁而湿润。树木的枝叶显得沉重而呆板，风在林梢而鸣。这样的雨天，喝点儿小酒吃点涮肉最适合不过了，忧郁的人在雨天更忧郁，兴奋的人在雨天更兴奋。没有闪电没有雷鸣，雨如决堤的河流汹涌而下。倾国倾城的一场雨，如一个古老的不再重复的故事在被老人讲述。〔7.20〕

大雨滂沱的上午，雨一直下着，终于明白下透的感觉是如何了，"石破天惊逗秋雨"，那种倾泻而下的雨水似乎是一种期待已久的渴望。下雨不再是寂寞，雨声叮咚，似音乐，似画面。自然的神奇力量让人那么渺小，那么孤独。那连续的雨形成的雨柱，仿佛一根根琴弦在夏季的中午弹出宏大雄伟壮丽的乐声。在人类的生活空间之外还有一个神秘的我们未知的存在生命的星球，那里的人们也许一样思考着生活空间之外的神秘的东西，思想的空间已非一场大雨一个地球所局限。"女娲炼石补天处，石破天惊逗秋雨。梦入神山教神姬，老鱼跳波瘦蛟舞。"雨是上帝的眼泪，谁又让上帝伤心了？〔7.20〕

每个人都自以为了不起，自以为是真理的朋友，人生中擦肩而过的岂止是风景和爱情，还有一晃而过的生命和不甘平凡的心灵。〔8.26〕

初秋的早晨，秋阳明媚，树木清秀。晨光下的鼓楼大街通畅而宽阔，晨风凉爽，平静而宁和的一个早晨，玫瑰色的朝霞已退去，留下一个亮丽的天空，像是一段爱情故事结束又迎来了新的生活。那种易逝的时光和流年里的记忆，随风飘散在秋季早晨的芬芳中。没有悲伤没有痕迹没有挽留，那静静的河水向远处流去，河岸的草依然碧绿，树叶飒飒。"游清灵之飒戾兮，服云衣之披披。"眺望远方的目光落在彼此起伏的山峦，心情像振翅欲飞的红蜻蜓，点水而过。〔8.26〕

猜忌是人交往中的天敌，它代替了真实，靠自己的感觉去推断和怀疑，最终破坏了友情或爱情。〔8.27〕

勇气或勇敢固然重要，坚持不懈才是真正的成功的关键。事业如此，爱情如此，人生大抵如此！〔8.27〕

红头鹦鹉在一棵叶子稀疏的树上发出叫声的星期六的早晨，晨风入骨带着秋天的清凉。空气中弥漫着淡淡的花粉的清香，让鼻涕像细水长流，鼻孔因堵塞发出像母猪睡着时发出的哧哧声和呼呼声。天空宁静而安详，像大海一样广阔无垠，像处女一样纯净而含着丰韵。走过这条熟悉的街，有熟悉的味道，熟悉的感觉，熟悉的面孔，有公园里熟悉的玫瑰的芬芳和恋人美丽的背影。秋阳发出成熟的柔软细腻的光芒，让我记起遥远的过去了的秋天水边的夕阳和夜晚的新月。遥远不是时间的概念而是从心里变模糊的开始，记忆的风筝断线的开始。飞过头顶的喜鹊，穿过柳条垂帘的小径，携走了我心头的阴霾和恐慌。〔8.27〕

鸡汤有时也害人，许多鸡是含了激素的，还有一些不良添加剂。有的鸡汤从别人的锅中舀的，不是自己苦心熬出来的。还有的人鸡汤给别人喝，自己不喝。言行不一致，讲述的仁义，行为却是无利不起早！两面人最害人！所以鸡汤不要轻易喝！〔8.28〕

许多年之后，当我老态龙钟地独步于秋季的花园，回想起我的女朋友要嫁人的那个遥远的早晨，我们未认识时我就认识了她心中的恐惧和焦虑。记得她在月光下与神的对话，她在春天的雨里看着草疯狂地生长，听草生长时发出美妙音乐。冬天的季风还未到时，上帝带走了她和她心中的爱。〔8.28〕

有人说时间像一条永无止境的连续的长线，可是在我眼中，它有时会断裂成片，如朵朵小黄花，在每个清晨醒来会缤纷飘落在心坎，铺满整个世界。〔8.30〕

一场三年零三个月三个星期零三天三个小时三十分钟五十三秒的爱情用788400小时的漫长的岁月去忘怀；一次13762.1公里长途旅行却用了一场醉酒就忘怀了。时间可以冲淡岁月里沉淀下来的芬芳，却冲淡不了自己对心上人的爱。那是系在灵魂深处树枝的金丝带打成了漂亮的蝴蝶结，在生命的长河里熠熠生辉。〔8.30〕

我骑着单车从大院门口风似的飞驰在鼓楼外大街上，飞驰在秋季阳光灿烂的早晨，飞驰在梦想自己还是二十年前年轻的季节里，驶向地铁。空气中流动着即将枯萎的花草的味道，时光倒流了，我像是回到了小时候骑着自家的白马驰骋于空旷的田野小道。时光短暂啊！岁月的荒芜和繁荣里留下了一股淡淡的马尿的味道。〔8.30〕

所有的人生像炒瓜子一样在垫着沙子的铁锅中均匀翻炒，在恰当的火候中成就香美。〔8.31〕

当风吹过秋天的大地，吹过京城高楼耸立的天空，吹过鸽声嘹亮的华北平原时，太阳也从铺满玫瑰红色朝霞的东方射出万丈光芒，点燃了这个世界的激情。我从那白云朵朵似的羊群里站了起来，为羊群点数，仿佛教室里老师站在讲台为学生点数。没有过去没有未来的现在，只有田野中野花孤独地凝望天空，最后无疾而终！人能如一朵野花自由盛开又自然地凋落，而无痛苦和记忆，一切归零，是多么幸福的一件事，当春回大地，随着河水的喧闹而芳芬世界。〔8.31〕

一群白鸽在鼓楼的上空盘旋飞翔，在秋日早晨阳光的照耀下发出点点闪亮光芒。胡同在绿树的掩映下一片宁静，似乎还没有从恬静的梦中醒来。单车又一次地飞驰于鼓楼外大街，路旁的树木像是用一首首长诗连接起来。顾不上仰望天空，一个劲地向前奔去。时间为什么用年月日、点分秒去分隔定位，在我心中有时没那么细微。时光是流动的河，我只是一条会呼吸的鱼。游荡在急湍的流沙中，飞跃于飘缈的世界里，思想于葱茏的岁月中，消失于天地无化的进程。〔8.31〕

时间的大钟永远写着两个字：现在。大脑里却有另两个字：过去。时光如梭，却留下许多不可磨灭的记忆，如记忆中的家乡味道，记忆中养育你的人，还有山和水。记忆中的秋色，记忆中的童年，还有满地牛羊和清凉的井水，院中的老狗，还有满天的星斗。〔9.4〕

不管是男人还是女人，一生中都得有一两个知己。失意时可以吐露真情，得意时分享快乐！不论在什么位置都是一样的。别交那些乱七八糟的朋友，见利忘义，只想你有没有用，从来不关心你的困难和心境，只想得利不想伸手！〔9.4〕

年轻时人们都很单纯，一心追求所爱，无所顾忌，得到了意中人。年龄大了，思前顾后，患得患失，终失所爱。世界上的事，总是物极必反！〔9.4〕

时间最终能证明一切，真的假不了，假的真不了。用无限的希望得到满意的结果，最大的努力和坚持得到最开心的笑容。就让那些只想得到不想付出的人后悔吧！〔9.5〕

人们喜欢在幻想中得到安慰，在劳作中去遗忘，在不自觉中去对比，在失眠时回想，在半夜里流泪，在醒来时装做若无其事，自我欺骗中心口不一，这些是现代人的通病。〔9.5〕

秋天里的春天，今天就是这样的天，秋阳温煦，秋风里有温润的味道。蓝莹莹的天空里流淌着几朵白云。大地上秋色未染，秋声未响。空气里弥漫着淡淡的花香和柔和的光线，秋天里的鸟还在欢蹦乱跳，秋天里虫声开始压低了声音。生命总是一去不复返，新的生命向旧的生命敬礼，新旧交替，自然规律。人生也有初老的真迹，像秋天里的草、虫，开始变得不想动，变懒。包括思想里没有那么活跃，有了善感，有了安宁。开始了回忆，开始了独处，开始了静思，开始了失眠。虽然人也逃不脱经历人生秋天，但在秋天里保持一个春天多好！〔9.5〕

喜欢读书的人很少有抑郁症，读书还是可以平静心理的，每天读一小时，一周读七小时，坚持下去，心里慢慢地能平静如水了。不信试试！繁忙的都市生活里读书是调剂生活的美味冰激凌。〔9.6〕

我觉得世界上最好的保健养生理论就是中国的中医理论，中医贵在治未病。中医含有中国古代传统的哲学思想，如阴阳平衡等。中医强调总体观，在一些慢性病治疗上优于西医，但是实事求是地说，在癌症治疗方面西医走在了前面。以西医为主，中医为辅。一些人盲目地找中老名医而放弃西医综合治疗是错误的。不能说中医没疗效，但是不显著，到目前为止西医是精准的。〔9.6〕

佛在心头坐：真正的灵山，就在我们的心中。这也就是孙悟空常常对唐僧说的那句话："只要你见性志成，念念可首处，即是灵山！"还有唐僧刚开始踏上取经路时，乌巢禅师传授他一部《心经》，并且也对他说："佛在灵山莫远求，灵山只在汝心头。"〔9.7〕

发自内心的声音总是生动的，胡扯八道的东西总是令人厌烦的。望着今夜的星光我想到了这些，天空像被漂白过的蓝布，在未漂白的地方闪亮着几颗星。我们不能把对生活的厌倦和烦闷传递给孩子，让他们对生活永远充满了希望和梦想，即使他们将来只是一个凡夫俗子。〔9.8〕

早晨阳光发出耀眼的光芒，临近中秋，桂花飘香，仿佛回到"三秋桂子，十里荷花"的境界。晨光中人们开始忙碌，在如流水的行云下，在清爽的秋空下。一个宁静和谐的早晨，充满了希望。这秋天的大地，我能触摸到它的跳动，能感知它的温度。秋，对于一个鼻炎患者虽然爱你不容易，常常满含深情的泪水和清澈如流的鼻涕，但是抛弃个人的恩怨，北京的秋还是美的，虽然美得让我发抖。站在这辽阔的大地，感觉每个季节的独特的气质和魅力，我如蚁过！〔9.9〕

爱的伟大之处在于包容，父母对子女的包容，子女对父母的包容。对爱人之间包容就不容易做到，没有血缘关系，不同环境，不同经历，不同思想的人做到包容，需要慢长的磨合，年老后爱情化为了亲情在互动需要的时候才包容彼此。谁能为爱改变自己？只是适应了。把爱的能力夸张到无限是幻想的结果。〔9.10〕

一个阳光明媚秋高气爽的九月的上午，当我行走在树荫浓密的旧鼓楼大街的时候，高空中飘下秋天里花草的清香。这个季节和这个年龄里不再有伤秋的味道，什么是我珍惜的，什么是我应舍弃的，我一清二楚的。经历过繁锦的春天，经历过旺盛的夏天，秋天就该明白美丽背后的凋落。在即将遗忘的记忆里，即将遗忘的空间里，即将遗忘的时光里，在那神秘的灵魂深处，长出一片罂粟花。〔9.10〕

"吃一堑，长一智"是成长过程中成熟和成功的最好方法，有的人却是在臭水沟里淹过一次，又要跳到臭水沟中游泳。之所以这样是因为不从错误中吸取教训，却因为爱面子自信自己的泳姿和技术。〔9.11〕

一个人身边多些朋友，多几个知己，多些亲戚，做什么事多商量，就不会一意孤行，最后犯错误。毕竟大多时候当局者迷，旁观者清。可是总有人认为自己是掌握真理的人。〔9.11〕

铁锅中慢火炖出的排骨就是好吃，可是有的人想速成，用高压锅炖，出来后怎么也没有慢火炖出的味道。人生何不如此，永远没有捷径，只有慢火炖排骨。〔9.11〕

未得到的才让你痴迷，让你神往，轻而易得的往往不珍惜，省略了追求的过程就没有因付出而得到的欣慰和快感。真经易得就没有了《西游记》。孙悟空为什么不背着唐三藏一个跟头就到了西天，非要历经磨难才要过去呢？因为你要自己去历练自己，把你的能力、你的境界、你的人生观、你的价值观统一提高，所以说西天取经这条路是重要的，这个经不是重要的。我们做一件事，成果肯定重要，但是最有影响价值的是你在做这件事的过程中如何磨炼你的心智。人生中没有一步可以省略的，省略了就付出更大的代价弥补。〔9.11〕

顺其自然不是得过且过，因循苟且。而是穷天理、尽道性，以至于命。生活中我们经常听到人们在抱怨完自己各种不顺心之后，会以"顺其自然吧"这几个字来作为结束语，却从没想过去分析造成不顺的症结所在，不愿意去改变现状，毕竟改变比维持现状要付出更多。道家讲顺其自然是努力之后用强大的内心去面对好或者坏的结果与环境，顺其五行生克等等一切原理而应当，是勇者的行为，绝不是懦夫的自怨自艾！很多人都误认为道家（道教）讲的顺其自然、无为是一种消极的思想，不然。真正的顺其自然、自然而然的最高境界，是指自己拼命努力之后却不迷恋于结果，心境舒适，胸怀豁达。顺其自然绝对不是指不努力，相信得来全不费工夫。顺其自然贵在顺，不是不管不问，是顺事相助！顺是不违背，不是听之任之，不是自生自灭，是掌握和控制好自然而成就自己。没头脑的人永远也不会理解！〔9.12〕

《百年孤独》告诉我们，人之所以孤独是缺少爱，现在社会也一样，人们之间缺乏爱，缺乏信任，缺乏安全感，所以心灵中孤独感并没有排除。我们的爱大都于家庭，外界的很少，一旦脱离开家庭，我们真正交往的朋友中知己不多，人们之间牢固的关系靠血缘关系和性关系维持外，就是利益关系，利益维护着大多数人的交往。可能其中遗漏了另外重要关系：友谊关系。友谊是人类共同需要的，呼唤的，也是最容易变化的。〔9.12〕

今天晚上北京下了雨，赏月是赏不了了，我是喜欢月亮，红月亮、黄月亮、白月亮、蓝月亮，新月、蛾眉月、上弦月、满月、下弦月，水中月、天上月、山间月、海上月、草原月我都喜欢。每种月都代表赏月时刻的心情和那时一段人生的经历，或悲或喜，或忧或痛，或乐或惧。生命不再重复，月亮从圆到缺依次循环。生命的珍贵让我们更加珍惜每次赏月，让每次的月在我们心头绽放美丽，熠熠生辉！〔9.16〕

生活中每个人都有两个月亮，一个在天上，一个在心中。天上的是真实的，心中的隐藏的。真实的总是有圆有缺，心中的永远是满月。两个月亮相映成辉，明亮着实际的人生，所以月亮总比喻为女子。〔9.16〕

生活的担子还得自己扛起，交给谁也不放心，交给谁也不如自己亲力亲为。尤其在孝上，谁也逃不脱养老，这是一个人的职责和使命！〔9.17〕

十五的月亮十六圆，十七的月亮呢？我觉得十七月亮甜甜圈。十七的月依然诱人，十七才能静下心来赏月，一轮明月满山岗，月静静地升起，与世无争的心态，带着田园般的笑容和梦想，包括我在内的中国人都有一种田园情怀，心素如简的追求，用一种平和的心境去认识世界，享有生活。不喜斗争，不喜纠纷，不喜算计，不喜斗殴，不喜吐槽。"不戚戚于贫贱，不汲汲于富贵。"生命短暂，享受生命之美好，何乐复求？"晚年惟好静，万事不关心。"十七的月升上了天空，像一个孩子明亮的眼睛，透着生气，透着甜美，透着好奇，透着童真和神秘。在大院里坐在花园长椅上赏月，一会儿阴云密布，一声响亮的秋雷，又要下雨了，起身回家。心里想着一首诗："行到水穷处，坐看云起时。偶然值林叟，谈笑无还期。"这似乎就是我向往的境界。〔9.17〕

🐢 一个多月坚持走马观花地读完罗曼·罗兰的《约翰·克利斯朵夫》，写了十多年的巨著想读一遍能吸收到许多养料是不可能的，也对不起作者十几年的心血，主人公的经历总是给人以力量，推动着读者向前走。傅雷先生翻译得特别好，前无古人，后无来者。因为他是翻译大家，懂得音乐，懂得作者所描述的音乐的精神和音乐家的思想状态。对于艺术、人生，傅雷这样说："先做人，其次做艺术家，再次做音乐家，最后做钢琴家。"〔9.18〕

🐢 世上贪图便宜的人很多，懂得感恩的人却很少，说别人不是的人很多，改正自己错误的人很少，自以为是的人很多，真正听取意见的人不多，所以庸人自扰，智者同行。〔9.21〕

🐢 最让人可气的人是同一件事上几次犯同样的错误，从来不吸取教训，宁愿被淹死而一意孤行。〔9.21〕

🐢 小事上很聪明的人，大事上就变糊涂了，聪明的人不是时时聪明样样聪明，在大是大非面前才能真正显示出聪明人不一样的做法。〔9.21〕

🐢 诗是愉悦身心的，诗主要是抒情的，如果用诗去讲道理，没人喜欢读诗了。〔9.23〕

屠格涅夫说："人生的最美，就是一边走，一边拣拾散落在路旁的花朵，那么他的一生将美丽而芬芳。"如果一个人拣拾的不是花朵，而是埋怨和牢骚，那么他的一生是痛苦而扭曲的。心态决定成败，性格决定命运，是有道理的。〔9.23〕

骂人时人总说：笨得像只熊。其实熊一点儿也不笨，看到人会作揖要吃的，会闻气味辨别真伪。熊的智商挺高的，人类是高估了自己低看了其他动物。〔9.27〕

小仲马是大仲马的私生子，他七岁时大仲马才认其为子。小仲马的《茶花女》上演后，盛况空前。大仲马正在外国，没能去看演出，小仲马给大仲马发出报喜的电报。大仲马立马回电："我最好的作品就是你，我亲爱的儿子!"〔10.17〕

读完了小仲马的《茶花女》，一个简单又不长的长篇小说，为什么能成为世界名著呢？二十四岁小伙离家一年就写下了和他父亲大仲马的《基度山伯爵》一样有名的的作品，编成歌剧流传至今。因为他打破世俗为妓女立名，敢真实地反映妓女也有高尚的灵魂。但客观地评价，小仲马的艺术成就比不上他父亲，他父亲好像汪洋大海，小仲马只是美丽的浪花。〔10.26〕

波德莱尔是散文诗的最初创造者之一。他说过："当我们人类野心滋长的时候，谁没有梦想到那散文诗的神秘——声律和谐而没有节奏，那立意精辟的辞章的跌宕，足以应付心灵的情绪、思想的起伏和知觉的变幻。"他还说：散文诗这种形式，"足以适应灵魂的抒情性的动荡、梦幻的波动和意识的惊跳"。动荡、波动、惊跳，这说出了散文诗的主要艺术特征。〔11.2〕

有没有发觉一个伟大的思想，往往都是一个伟大的人受到排挤、压抑、甚至被人斥为哗众取宠而陷于孤独中产生的？在幸福的环绕中，酒绿灯火中，你见过谁产生了伟大的思想？〔12.8〕

每个人生活中都有"速食朋友"，像方便面一样，只缓一时之饥。真正长久的朋友就是大米、青菜、土豆。而更多的人内心深处喜欢的是自己，喜欢别人是表面现象。希望被人爱戴或帮助是真实存在和渴望的，不知道欲所得必所给的道理。〔12.9〕

所有人都在乎来自别人的评价，而且都希望这些评价是正面的，伟大的，不被轻视的。然而这种在乎对个人来讲却是完全弊大于利的。〔12.11〕

对人来说，世上最好的最美妙的东西，是你得不到的东西。〔12.11〕

叔本华《人生的智慧》中说人们的幸福取决于我们的愉快情绪，而愉快情绪又取决于我们身体的健康状况。我们的幸福十占其九依赖于我们的健康。只要我们保持健康，一切也就成了快乐的源泉；但缺少了健康，一切外在的好处——无论这些好处是什么——都不再具有意义，甚至那些属于人的主体的好处，诸如精神思想、情绪、气质方面的优点等，仍会由于疾病的缘故而被大打折扣。〔12.12〕

不要成为与他人交往关系的牺牲品。有的人请你吃饭，只是利用你的价值向他的朋友推广，实质上是为自己谋利，这是社交圈子里常见的套路。而请客的人却自以为聪明，两方都被他利用。明眼的人从来不揭露真相，而他真正地从此失去了一个信任他的朋友。〔12.13〕

黑格尔说：我们可以断言，没有激情，任何伟大的事业都不能完成。我说：有了激情，任何伟大的事业也不一定就能完成。就如太监娶老婆，如果有了孩子也是别人的。〔12.13〕

苏格拉底说："孩子们，这就是人生——人生就是一次无法重复的选择。"面对无法回头的人生，我们只能做三件事：郑重地选择，争取不留下遗憾；如果遗憾了，就理智地面对它，然后争取改变；假若也不能改变，就勇敢地接受，不要后悔，继续朝前走。〔12.14〕

男人最痛苦的是你说他无能，女人最讨厌你说她丑陋。即使男人真的无能也要笑着对他说你很有能力，即使女人长得很丑也要说你长得很有气质。不是虚伪是善于讲话。〔12.14〕

2017

灼灼其华

🌙 人就应抛去所有顾虑说发自内心的想法，不迎合任何人，不管别人喜欢与否，说给自己听，说给世界听，说给大自然听。如一个人来到大草原，周围没有人烟，所有的话说给绿草听，说给蓝天听，说给风听。这种话最美最纯最自然最真诚！〔2.7〕

🌙 带着诗意生活就是，你不论遇到困境还是艰难，不论晴雨，都带着一种积极向上的乐观的心态去面对，过好每一天。诗意的人生其实就是对生活充满信心和希望的人生。相信生活热爱生活永不放弃。别把诗意庸俗化，别把诗意当作吃饱了撑的、没事找事干的生活。〔2.8〕

🌙 贫穷卑贱和令人忧伤的客观条件，其实可以磨炼人的意志，用来帮助你达到成功（贫贱忧戚，庸玉汝于成）。这是贫穷人没办法的事，现在条件好了你会让孩子去艰苦的环境磨炼意志吗？大多人舍不得，都是尽自己所有能提供最优越的条件。〔3.14〕

🌙 美国社会学家马克·鲍尔莱恩（MarkBauerlein）曾说，一个人成熟的标志之一，就是明白发生在自己身上的事99%对于别人毫无意义。〔4.2〕

🌙 要以平常心对待生活和人生，平常心看待高尚与卑鄙，真诚与虚伪，现实与虚幻，人前与人后。世界是五彩斑斓的，有青山就有土凹，有绿草就有蒺藜。有馒头就有咸菜，有美餐就有大粪，有人就有是非和纷争。活着吧！人生不过如此。"功名富贵无凭据，费尽心情，总把流光误。浊酒三杯沉醉去，水流花谢知何处"。——《儒林外史》〔4.20〕

🌙 文字就应真诚坦白，不要拿腔拿调，故作高深或咬文嚼字。文字应像皮肤一样，清新透亮白皙。文字应该有温度，让人感觉到你的热情和所言。〔4.21〕

一个人遵从自己内心的想法时就成熟了，一个人人云亦云，看着别人的方向行事还是幼稚的。世界上所有的事归根结底，对于你来说，还是你对生活和外界的感知。"世界上的风云大事，归根结底，都不重要。最重要的是个人的生活，这才是伟大变革的所在，整个未来、世界的整个历史，最终都是对个人潜在能量的宏大总结。"——卡尔.G.荣格〔4.21〕

有的鸡汤看似鲜美，其实是味精放多了。天天发鸡汤其实是自己喝醉了，鸡汤有时真不算什么。人的本质是在一点点小事中体现的，根本不是鸡汤喝出来的。麻痹了自己，清醒了他人。中国自古爱讲仁义礼智信，不重视行为。〔4.28〕

你不要听别人说这个人怎样，也不要听他自己说怎样，你要亲自看看他的行为，这好比别人说这个樱桃有多么甜一样。你自己摘一个尝尝就知道了，不要看它外表多么鲜艳透明。〔5.21〕

给生活一个亲吻，报之以阳光。给世界一个亲吻，报之以微笑。〔6.14〕

善于倾听的人总比那些滔滔不绝去表达的人更善于学习。从别人身上去学习而不是炫耀自己的见多识广。〔6.17〕

父亲就是一头含辛茹苦的骆驼，驮着我们走过万水千山，让我们看到了那水木清华、春山如笑、茂林修竹般的郁郁葱葱梦想中的风景。〔6.18〕

《庄子·逍遥游》描写道："北冥有鱼，其名为鲲。鲲之大，不知其几千里也。化而为鸟，其名为鹏。鹏之背，不知其几千里也；怒而飞，其翼若垂天之云。"庄子说他读过一本名叫《齐谐》的志怪书籍，说鲲鹏从北往南飞，"水击三千里，抟扶摇而上者九万里"。庄子塑造鲲鹏的

本意是，即使是这种横空出世、绝云气、负青天的神鸟，也要凭借空气的浮力才能高翔远举。〔6.21〕

🐦 孔子说："我十五岁立志于学习，三十岁有所建树，四十岁遇事不困惑，五十懂得了自然规律，六十能听得进不同的意见，七十随心所欲，想怎么做就怎么做，但也不会超出规矩。"我四十遇事还困惑，难怪孔子是圣人我是凡人！〔6.27〕

🐦 毛泽东同志曾经说过：我们的任务是过河，但没有桥或没有船就不能过，不解决桥和船的问题，过河就是一句空话，不解决方法问题任务也只是瞎说一顿。现在许多人说话办事只说过河，发挥奉献精神，死拉活拽，很少说怎样解决桥和船的问题，并且把桥和船的问题拖后解决，只想着游过去，不管风险多大。这就是一个人领导力的问题，没有抓住解决问题的核心。管理是一门学问，不是任何人都能当领导的。人们往往重视业务不重视管理，本末倒置啊！〔7.5〕

🐦 人与人之间有的相处很短却心有灵犀相通交流，彼此之间像是多年的朋友，能站在对方角度考虑问题。而有的相处多年也是见面多却无法接受彼此，观点和想法互相排斥。不是不交流，是彼此交流不到一起，不是一家人，进不了一家门。〔7.5〕

🐦 每个人的生活都表面光鲜，其实都不易，只是你不了解罢了！〔7.6〕

🐦 人性最大的特点是自私，因为人是动物转化而来的，生物性没变。但不能因此说一个人不高尚，人最大的优点是帮助别人。〔7.11〕

🐦 人生最美好的三种状态：不期而遇、不言而喻、不药而愈。〔7.16〕

弯下腰才能捡起地上的东西，放下自己的骄傲才能拥有想要的。〔7.18〕

约翰·密尔在其创作的《论自由》中，提出自由对于每一种生物的意义。他认为所有生命存在的价值就是自由，而这也是他们的最终目的，如果失去了自由，那么一切生命都是行尸走肉。〔7.24〕

相识于红尘，相戏于田野，相别于客栈，相念于网络，相忘于江湖。世间之事，人间之情。〔7.24〕

蝉声叫醒中年梦，人生宁静无为高。〔7.24〕

《易经》中有"吉人之辞寡，躁人之辞多。"有的人叽叽喳喳地说话，解释这个解释那个，很多时候是因为别人不相信他。一言九鼎的人，掷地有声，根本不需要多费唇舌。〔7.25〕

如果人类以别的物种为中心看世界，看人类会是什么样子？以世界角度看中国，中国人又会另一个样子。所以我们的局限都以自我为中心。〔7.31〕

思想来源于对生活的深沉的思考，思想不能填饱肚子，却可以清洗大脑，让你的眼界开阔精神丰满。〔8.11〕

《红楼梦》里，贾宝玉说，女儿没出嫁时是珍珠，一出嫁就成了鱼眼珠子。《红楼梦》第五十九回中，春燕和藕官等人闲谈时，转述了贾宝玉说过的这样一段话："女孩儿未出嫁，是颗无价之宝珠；出了嫁，不知怎么就变出许多的不好的毛病来，虽是颗珠子，却没有光彩宝色，是颗死珠了；再老了，更变的不是珠子，竟是鱼眼睛了……"结婚前的漂亮女孩自然就是男人眼中璀璨的"宝珠。"可女人结婚以后，在岁月的风刀霜剑下，昔日的红颜一天天老去，在生活的柴米油盐的熏染下，也渐渐失去了女孩儿家的那种清纯和浪漫，变得世俗起来。有的更是沾染了虚伪、自私、势利、斤斤计较等各种坏毛病，就成了贾宝玉所谓的没有光彩宝色的"死珠"。〔8.12〕

罗曼·罗兰在《米开朗琪罗》里说："世界上只有一种真正的英雄主义，那就是认清生活的真相后还依然热爱生活"。我改了一下：世界上只有一种真正的知己好友，那就是认清你是一个吃货以后，还依然带你去饭店。〔8.14〕

看着车窗外明艳的阳光，听着哗哗的雨声，没错！这是第一次坐在四十四路车感受着大自然的奇异。湿漉漉的二环上车显得很拥挤。秋雨连绵，秋凉渐起。桥落彩虹，水夹明镜。何时也能有像李白一样的感受："人烟寒橘柚，秋色老梧桐。谁念北楼上，临风怀谢公。"〔8.16〕

忙碌的生活使我们把眼中秋天的美景丢了，眼中只有早晨的出发傍晚的归途，和心中困乏的睡意。秋天就在眼前，美丽的风景就在眼前，一起去读读《诗经》中的诗句，《诗经·郑风·萚兮》："萚兮萚兮，风其吹女……萚兮萚兮，风其漂女。"落叶啊落叶啊，秋风吹你……落叶啊落叶啊，秋风吹得你轻飘飘。《诗经》还有："伐木丁丁，鸟鸣嘤嘤。出自幽谷，迁于乔木。"古人在秋天一边劳动一边欣赏着秋景感受着秋天。今天的我们似乎缺少了古人的兴致。〔8.18〕

人这辈子，要记得感恩三种人：一，能跟你同甘共苦的人；二，在你跌倒，能扶你起来的人；三，在你一无所有，依然不离不弃的人。〔8.22〕

心如卵石坚硬而透明，人如风后入江云，情似雨余黏地絮。〔8.29〕

不要老羡慕别人的成就而忘记了自己的拥有，一个年轻人不到25岁就当上一家大公司的老总，可现在刚过45岁就见

上帝。你虽然45还没当上CEO，但是你现在还活得虎虎生威！〔8.30〕

人们都希望多子多福，一个美好的愿望。古代皇帝多子，最后为了皇位争夺得你死我活血雨腥风。在病房里见多了，久病床前无孝子，多子多孙多福只是个传说。比起父母养育这么多子女付出的血汗，子女在父母老时病时伺候几天算得了什么？子女为了支付老人的医药费而打架，为了在谁家住而争执，都不想受累。即使儿女双全，为了争房产也是不和。生多了就要教育好，不是生猪娃。人多是往下亲，对自己的子女百般疼爱，对老人却觉得是个包袱。"不是我论黄数黑，怎禁他恶紫夺朱？争奈何人心不古，出落着马牛襟裾。"〔9.1〕

《史记·滑稽列传》中说："酒极则乱，乐极则悲。万事尽然，言不可极，极之而衰。"祸福之间是可以互相转换的，得意到了极点，往往就是失意的开始：最辉煌的时刻，就意味着你将开始走下坡。〔9.2〕

君子安其身而后动，易其心而后语，定其交而后求，笃其志而后行。聪明睿智的人会先安定好自己然后才行动，会先观察别人的心思然后发表意见，会先和别人做朋友然后才有所请求，会先定好自己的目标和志向然后才努力前进。〔9.5〕

生活中的快乐不在乎你是否戴眼镜，也不在乎你是否有一双明亮的眼睛，而是在于你是否有天真的童趣。〔9.7〕

《白鹿原》比同时代的小说写得有深度，因为人物塑造的是一个复合体，是真实的人性，不能用好人与坏人去定义。人性是复杂的，每个人内心也是复杂的，不断地变化，一生变化多端。某一刻也在变化，时好时坏，理性地克制自己人性中的恶。人性中有一部分是兽性。〔9.8〕

林语堂和廖翠凤婚后商量说："结婚证书只有在离婚时才有用，我们烧掉它吧，今后用不着它的。"一根火柴将结婚证书烧掉了。此后俩人果然相守了一生。他说幸福很简单，一是睡在自家的床上；二是吃父母做的饭菜；三是听爱人给你说情话；四是跟孩子做游戏。〔9.12〕

李世民是一位杰出的皇帝，很善于处理君臣之间的关系，恩威并施，双管齐下，把一个个能人异士治理得服服帖帖，却又使名将功臣多半得以善终。凌烟阁二十四元勋像就是例子。当时李世民年迈体衰，开始怀念往事，追想当年金戈铁马气吞万里的战斗岁月，将他那些老部下的形象绘入凌烟阁，以为人臣荣耀之最。此后，凌烟阁功臣成为唐代豪杰从军报国功成名就的标志。李贺《南园十三首》诗云"男儿何不带吴钩，收取关山五十州。请君暂上凌烟阁，若个书生万户侯。"〔9.13〕

处理好人际关系，要记住三句话，"看人长处、帮人难处、记人好处。"虽然简单，但是大多人做不到。〔9.13〕

钱锺书在他的《围城》中说，天下有两种人。比如一串葡萄到手，一种人挑最好的先吃，另一种人把最好的留到最后吃。照例第一种人应该乐观，因为他每吃一颗都是吃剩的葡萄里最好的；第二种人应该悲观，因为他每吃一颗都是吃剩的葡萄里最坏的。不过事实却适得其反，缘故是第二种人还有希望，第一种人只有回忆。〔9.13〕

大院的门口有一小院，名曰：枣园居，里面有一棵枣树长势喜人，树干粗壮，枝叶繁茂向外延伸，面向中轴路招手。从鼓楼外大街（中轴路）由南而北或由北而南路过总政大院东院时就看到醒目的大字：枣园居。字和枣一样的红。十多年前我刚到时以为里面住着风雅的居士，居住在院里的老人说是一个饭店。那年我和大院的同事进去吃过两次饭，现只记得手抓小王八的一道菜。每年秋天我就注意着这棵枣树什么时候结果？第一年没看到，来年又没看到，又一年还没看到，以为枣熟时自己忙得没看见。一晃就十几年过去了，细细算已是17年了，从青年到了中年，自己感觉像这棵枣树一样每年只开花不结果，只望天不低头。岁月匆匆，枣树静美。宋代诗人刘克庄写有"枣木流传容有伪，笺家穿凿苦求真"，此诗句是否能表达我此刻的心情？〔9.27〕

苏东坡说："大凡为文当使气象峥嵘，五色绚烂，渐老渐熟，乃造平淡。"他追求历经世事风雨之后的那份从容淡定，喜欢平淡之下的暗流涌动，喜欢收束于简约中的那种张力。他不喜欢张牙舞爪、剑拔弩张，"萧散简远""简古淡泊"，被苏东坡视为一生追求的美学理想。〔9.30〕

"纵浪大化中，不喜亦不惧。应尽便须尽，无复独多虑。"一种境界渗透都是经过坎坷颠沛流离后悟出来的。社会变化，人生不易，总是从喧哗到宁静，繁华到平淡。我的信仰我的目标最后回到生命的本体——自然无为。人生似幻化，终当归空无。〔10.5〕

老人总说：十分聪明用七分，留下三分传子孙。以前从未细细考虑过这句话，慢慢地人到中年，回味才知此话的重要和韵味。人不能太精了，要有三分糊涂。事事强力压人事事要高人一等，不为别人留余地。把事做绝了，以后对子女不好。古人留下的这句话是有许多例子可举的。做人聪明好，但要留有余地，留有三分糊涂。〔10.6〕

关于人生，木心有四个态度：彼佳，彼对我无情——尊敬之。彼佳，彼对我有情——酬答之。彼劣，彼对我无情——漠视之。彼劣，彼对我有情——远避之。〔10.7〕

人应以天地为大、父母为大、自己为大、妻儿为大、兄弟姐妹为大、朋友同学为大、他人为大。大而有序符合自然规律，顺应天时，符合地利，满足人和。〔10.9〕

🐦 人应该有侠气，正气，锐气，才气，运气！五气合一才"五谷丰登"。〔10.9〕

🐦 烦恼就是过去现在、新旧、贫富、喜怒、哀乐的交界，终会过去。〔10.24〕

🐦 人们形容一些领导不调查不研究、拍脑袋决策，用脑袋被驴踢了或脑袋被门挤了来形容，很贴切。民间语言才是有生命的语言。现在许多文人写作都是书面语言咬文嚼字，不是从生活中来到生活中去。太深奥太做作的文字老百姓不喜欢。〔12.13〕

人无癖，便无趣。人无癖，就活得百无聊赖。人有癖，功夫花在所癖之事上，物我两忘，不是高人，便是妙人。〔12.15〕

"千人之诺诺，不如一士之谔谔"，见于《史记·商君列传》，是战国策士赵良对秦相商鞅的谏言。赵良要投入商鞅帐下，提出了一个前提条件："终日正言而无诛"，换句话说，就是整天说真话但不被打击报复。赵良还举了前代的两个典型例子，周武王身边不乏谔谔之士，最后能够成就大业；殷纣王周围都是趋炎附势之徒，最后亡国亡身。商鞅欣然接受了这个条件，并且进一步引申出"貌言华也，至言实也，苦言药也，甘言疾也"的道理。不过，后世对此理解最透彻的，就是唐太宗李世民和魏征了。〔12.15〕

冬季养生："冬三月，此为闭藏。水冰地坼，勿扰乎阳，早卧晚起，必待日光，使志若伏若匿，若有私意，若已有得，去寒就温，无泄皮肤，使气极夺。此冬气之应，养藏之道也；逆之则伤肾，春为痿厥，奉生者少。"〔12.21〕

女人从三十五岁开始走下坡路，男人从四十岁开始走下坡路。所以我们知道什么时候自己开始养生了。"女子五七，阳明脉衰，面始焦，发始堕。""男子五八，肾气衰，发堕齿槁。"为什么男女不能大龄婚育，知道了吧?〔12.21〕

2018

将翱将翔

冬日明亮的阳光里，我醒了，又一个和昨日似乎一样的早晨。普通人总觉得平常的日子里今天重复着昨天，一样地感觉到工资不涨，物价上涨，房价昂贵。人们忙碌地生活着，习惯了这种追逐幸福的感觉。梦想就是梦想，实现了就改换名字了。人生就像河流汹涌而去，我们都是被动地接受，接受一种被岁月的时光遗忘的记忆和失落。当我突然发现我还是曾经的自己，初心未改，成熟地不再斤斤计较自己，冬日的风在脖子后吹过，就像被狠狠抽了一鞭子似的刺痛。此刻，岁月的风又撒下了一把把猪饲料，在阳光里闪闪发光。我对着一月数九严寒的蓝天叹息一声：继续生活。〔1.13〕

什么样的关系最铁？有人说一起扛过枪，一起同过窗，一起吃过苦。只要三者有其一关系错不了，如果三者都具备那就是铁打兄弟，生死之交。想必每个男人都有自己的铁把子，相见亦无事，不来常忆君。这样的兄弟不是以利相交，是以情动人。老来无事一起喝个小酒，吹个小牛，泡个小澡，人生不亦乐乎？〔1.24〕

深夜母猫连连频叫，西北老汉脱下厚厚的棉袄，粪巴牛推起了圆圆的粪球，年轻的母亲抱着胖乎乎的孩子出来晒太阳。我又开始发起了烈烈的春情，不用说，春天来了。冬天就是储藏，一冬的肥油，一冬的烧酒，一冬的酣睡，一冬的懒惰。所有的激情在春天到来时迸发。来吧，一起等待春天。〔1.24〕

诚信是一个人做人做事的灵魂，没有了灵魂人如行尸走肉一样。没有诚信的人往往自己把自己毁了，不是被别人毁了，他们走到世界各个角落都被别人嘲笑看不起。〔1.26〕

我们在不同的环境、不同的地方、不同的人群扮演着不同的角色，所以也就有不同的面具，但是我们静下来时，几个好朋友聊天时，我们有自己本真的一面。谁都喜欢简单的纯真的可爱的一面。为人不易处事不易，生活的快乐开心更不易。时而给自己放个假，卸掉所有的面具活一回本真的自然的我。〔1.31〕

为什么四十岁是人生的分水岭？四十岁后精力逐渐衰退，能准确地尿到马桶里不滴漏在外面的时候变少，清晨还能勃起如铁的很少了，喝多了话变得越来越多，肚子变大血压升高，怀旧气息浓厚。如果还没当官以后也几乎没有可能，如果还没挣到大钱以后也几乎没有机会。不能再好高骛远眼高手低，不能再那么自恋了。放平心态过日子，不和别人较劲，不和自己较劲，找几个老了还能一起喝酒还能唠嗑的朋友，要守约，要静心，要睡着。〔1.31〕

财富与权力每个人都想拥有，但是拥有多少和多大，和自己的能力有关。你拥有得太多太大你驾驭不了，它就是祸害。一定要明白这个道理。〔2.4〕

一个人能当多大官或挣多大的钱，过去一直认为归于机遇或背景或能力。现在新的认识是一个人的格局是很重要的因素。大气，团结，拼搏，为人，处事，比比就明白自己为什么不行。总想占便宜不付出，总以为自己比别人强，总想索取，总想投机，总想被崇拜，总以为自己明白一切，总自以为是。格局大得到自然会多，付出与回报也总是有比例的。〔3.4〕

记住要仰望星空，无论生活如何艰难，请保持一颗好奇心。你总会找到自己的路和属于你的成功。〔3.15〕

鲁迅的遗言，一，不能因为丧事收任何一文钱，但朋友不在此例。二，赶快收殓，埋掉，拉倒。三，不要做任何关于纪念的事。四，忘掉我，管自己的生活。如果不，那就真是糊涂虫。五，孩子长大，倘无才能，可寻点小事情过活，万不可去做空头文学家或美术家。六，别人应许给你的事物，不可当真。七，损着别人的牙眼，却反对报复、主张宽容的人，万勿和他接近。从鲁迅的遗言中也能看出，这位老人一直都秉持着自己做人的原则，即使去世，也依然如故。〔3.18〕

人生快事，无非四件事：一是年老了不睡病床上；二是做饭菜给年老的父母；三是听到彩票中大奖；四是孩子快乐成长和自感幸福。〔3.21〕

爱因斯坦说："我们一来到世间，社会就会在我们面前竖起一个巨大的问号，你怎样度过自己的一生？我从来不把安逸和享乐看作是生活目的本身。"巨人的认识与我不一样，这就是天与地差距。我觉得人类追寻的终极目标就是安逸和享乐。肯定不是为了受苦受难而来的。幸福感如果不是为了满足基本的人性需求，那就不能称为幸福了。咱是平凡人，所见不求相同。〔3.23〕

书名就好比人的眼睛，有的人眼神飘忽不定，而有的人目光炯炯有神。〔3.25〕

人在于放下，放下得与失，成与败，爱与恨。这是何其难。大千世界都在微尘里，我为什么要有喜爱和憎恨？"世界微尘里，吾宁爱与憎。"顺其自然，顺心顺事顺流年。走过了，明白了，想清了，放下了。〔3.26〕

诗文要走出小我的境界，站在人性的角度看问题和人类共同命运的基础上思考社会，要会当凌绝顶，一览众山小。走出孤芳自赏的境界，以世界的眼光看中国。〔4.11〕

文怀沙有两段关于长寿的经典句子，值得回味：①少要沉稳老要狂，少时不稳小流氓，老来不狂病恹恹；②多吃肥肉多喝酒，多与异性交朋友，最少活过九十九。〔4.16〕

保持一种谦卑，虚心，永远不满足，又对自己高度自信，吸收一切中外优良的文化精髓并扩展视野。走一条独特的与众不同的路，才能达到自己的最佳状态，创造出吸引人的作品。〔4.27〕

一个人除了才情还要有人生的积累，经过许许多多的磨难之后的思考和感悟。诗或者是天才的创造，不需要太多的人生阅历，但小说就不一样了。有天才没有阅历，创作不出动人心魄的作品。〔4.27〕

一时畅销的书不一定是真正意义上的好书，好书刚读或许无味，慢慢品尝才能体会其中妙趣和深刻。刚读《红楼梦》并不觉得好，随着年龄增长、阅历的增加，才体会到作品的伟大。一本书花费了一生的心血，阅尽了人世的沧桑。写几篇网文或散文，不要别人夸奖几句就忘了自己姓啥。真正好作品要有沉淀，要经得起岁月的考验，不要仅仅迎合流行的思想。〔4.27〕

汪国真逝世三周年了，人们祭奠他和他的诗歌。我是从高中读他的诗成长起来的。实事求是地说，他的诗适合中学生读，简单又励志。但是现在回头去读，写得不深刻写得不宏大，写得没有气魄雄伟壮观。汪国真虽然算不上最出色的一流诗人，但他给我们小时候读诗启蒙很重要。〔4.27〕

当春日的夕阳消失于远处的地平线时，土默川的大地沉倾于在春耕后的暮色中。最后的一片金光映照着西边的天空。一群可爱的鸟从霞光中飞过，它们将在四月栖息于粗大的杨树和浓密的柳树上，和这里的人们一样喜欢着这片广袤的大地。〔4.27〕

人到中年不要羞于谈钱，钱是交往、生活的基础。是诗和远方的支柱。谈钱不可耻，只谈感情，只谈梦想，只谈过去未来，有点望梅止渴。〔5.3〕

蜂寻求花，蜂又酿了蜜，这世上都是互相帮助互相支持，没有独立的事情。人生交往也是相互帮助、相互支持、相互理解、相互关心，才能体现出生命的真谛和魅力。〔5.6〕

生命来来往往，没有来日方长。不要说"以后"，不要说"改天"，请珍惜"现在"！〔5.14〕

生命从来不是一个孤独的个体，我们生活在这个世界上，需要彼此捧场，彼此搭台，今天你的伸手不仅仅帮助了别人，也是为了自己需要支持和帮助时有另一双手伸来。没有一个人能离开朋友离开群体而单独唱戏。如果这个世界上有公平的存在，那就是心与心的交换，要想得之必须给予。〔6.9〕

典故：齐人乞食。孟子为我们勾画的，是一个内心极其卑劣下贱，外表却趾高气扬，不可一世的丈夫形象。他为了在妻妾面前摆阔气，抖威风，自吹每天都有达官贵人请他吃喝，实际上却每天都在坟地里乞讨。妻妾发现了他的秘密后痛苦不堪，而他却并不知道事情已经败露，还在妻妾面前得意洋洋，令人感到既好笑，又有几分恶心。这里所谓的齐人，分明是当时社会上一个为追求富贵而不择手段的厚颜无耻的典型人物的缩影。他自欺欺人，做着连自己妻妾也被欺骗隐瞒的见不得人的勾当，却装出一副骄傲自满的神气。虽只寥寥几笔，但他的丑恶嘴脸已暴露无遗了。在现实社会中，我们可以看到，有很多人都是这样。明明穷得叮当响，却非要在别人面前显摆炫耀，以示自己的阔气和排场。〔6.14〕

大成若缺，其用不弊。大盈若冲，其用不穷。大直若屈，大巧若拙，大辩若讷。〔6.20〕

做一个心胸如草原辽阔的人。无边无际的大草原平坦、广阔，像一个硕大无比的墨绿色翡翠圆盘，苍茫浩渺，气魄慑人。〔7.21〕

大爱就是对人的命运的悲悯之情怀，对人的缺点之宽恕，对人的人道之救援。对人的痛苦之关切，对人类走向之思考。〔7.28〕

春秋笔法，也叫"春秋书法"或"微言大义"，是我国古代的一种历史叙述方法和技巧，是孔子首创的一种文章写法，即在文章的记叙之中表现出作者的思想倾向，而不是通过议论性文辞表达出来。春秋笔法作为中国历史叙述的一个传统，来源于《春秋》。《春秋》为鲁国史书，相传为孔子所修。学家认为它每用一字，必寓褒贬。《春秋》的记述，用词细密而意思显明，记载史实而含蓄深远，婉转而顺理成章，穷尽而无所歪曲，警诫邪恶而褒奖善良。孔子编写《春秋》，在记述历史时，暗含褒贬，行文中虽然不直接阐述对人物和事件的看法，但是却通过细节描写，修辞手法和材料的筛选，委婉而微妙地表达作者主观看法。《红楼梦》又何尝不是这样写成的呢？〔8.3〕

人生幸福，无非五件事：一是父母健在时自己敬到了孝心；二是有一个背后无怨无悔的爱自己的人；三是有一个自己满意的成长起来的孩子；四是有一个温馨的家庭。五是有一个自己喜欢的事业。〔8.6〕

🐑 人们常说三十岁奔腾，四十岁微软，五十岁松下，六十岁联想。步入中年雄心大志已消磨殆尽，只想平淡地生活，不再为了面子做些出格的事，不再为了逞能而冒险，不再为了别人的话语而改变自己。自己开心最重要，内心已静水深流。为了下半辈子，身体健康最重要。〔8.10〕

🐑 有人问我什么样的夫妻才算是好夫妻。本人愚笨，不敢妄加评断。但是私底下我认为就是三点：一能吃到一起，二能聊到一起，三能睡到一起。〔8.15〕

🐑 七夕情人节，何为情人？我觉得最少满足以下几点：一是彼此有共振的心弦，能弹在一个调上。二是彼此有欣赏的心态，能悦目。三是彼此有占有欲，不管身体还是心灵。四是此时无声胜有声，在一起愉快开心。五是彼此不仅相爱又有奉献精神，给予对方是一种快乐。〔8.17〕

🐵 一样的馅儿每个人包的饺子就不同，一样的山水每个眼睛中风景就不同，一样的书每个人读出体会和感受就不同。一千个人心中就有一千个林妹妹。〔8.31〕

🐵 "世有伯乐，然后有千里马。千里马常有，而伯乐不常有。"多年以后再读韩愈的《马说》，觉得还是他老人家说得对。一个人的发展，自己的努力和才能很重要，但是没有一个好的领导赏识你重用你，不给你发挥才能的平台，你永远也难以展现自己的才能。平台很重要，离开平台，千里马和一头普通的驴差不多。平台不是每个人能拥有，需要自己的努力争取，更需要伯乐的帮助！〔9.3〕

🐵 郭靖与江南七怪学武，十八岁也不得要领，被视为天亡鲁笨只能勤能补拙。后来巧遇九指神丐洪七公，一经指点武功大进，学会降龙十八掌。后来又遇到老顽童，学会了空明拳和九阴真经，最终成了一代大侠。没有不好的学生只有不好的老师，老师因人施教很重要。〔9.6〕

🐵 所有的抒情所有的论述你只想表达自己的思想和情绪，或许也想证明自己的与众不同。其实不同的是对待生活的态度和对待朋友的感情，如果这两点没有个人的想法和做法，所有的表达都是徒劳的。〔9.9〕

🐵 聪明人用脑袋讲话，智者用心讲话。〔9.14〕

🐵 马克思是一个幸福的人，因为他有执着的事业；有纯洁的友谊；有爱情的伴侣。〔9.15〕

🐵 人的另一个最重要的能力是节制能力，节制自己对物欲的无限追求。大量物欲的追逐使人容易膨胀。〔9.15〕

孔子和他的四个学生聊天，让他们谈谈自己的志向。其中三人分别表示想做军事家、经济家和外交家。唯有曾点说，他的理想是暮春三月，轻装出发，约了若干大小朋友，到河里游泳，在林下乘凉，一路唱歌回来。孔子听罢，喟然叹曰："我和曾点想得一样。"〔9.26〕

当《诗经》遇上"山曲儿"

"山曲儿好比牛毛多，三年唱不完一只牛耳朵。"随着远处悠扬的爬山调飘飘扬扬地穿过土默川上空，刺痒着你的耳膜，置身于曲调的乡野氛围中，你也会由不得合着节拍哼唱两句。那深邃的意境会招引你驻足谛听；那磁性的旋律会令你心驰神往；那曼妙悠长的乐音袅袅地回荡在大青山南坡绿植枝头；那熨帖心灵的歌词会让你瞬间淡忘自己的性格身份年龄，情不自禁地沐浴着乐曲的甘霖，荡涤纷繁的杂念，达到物我两忘之无穷韵味。

爬山调是蒙汉民族民间中艳丽多姿的花朵。在鄂尔多斯市叫漫瀚调，河套平原大漠南北叫爬山调，我们土默川叫"山曲儿"。"山曲儿"有如西北信天游般广受农牧民传唱不衰，有如草原上驰骋的骏马、悠闲的牛羊，有如大海上倾泻的波涛浪涌，有如蓝天上百灵鸟亮翅飞翔。

《诗经》大约两千多年前为中原地区传诵的民歌民风。"赋比兴"为其艺术表现手法。"赋"者"铺陈其事而直言之"。"比"为"以此物比彼物"，比喻者也。"兴"则是"先言他物以引起所咏之词"。山曲儿则是把赋比兴手法用得灵活自如，信口哼来。"关关雎鸠，在河之洲，窈窕淑女，君子好逑"；"头枕炕沿一对对，铡草刀铡脑袋也不后悔，想要叫俺回心也不难，除非地动山摇天翻转，三十三颗荞麦九十九道棱，妹妹是哥哥的心上人，站在山上瞭不见个人，泪蛋蛋洒在沙蒿蒿中"，多么美丽执着的值得托付终身的姑娘啊！生死置外，脑袋揾在裤腰带的爱的力量，何愁不是情爱付之风雨的"盼你盼得眼干啦，包下饺子放酸啦"的痴情伴侣呀！

"蒹葭苍苍，白露为霜，所谓伊人，在水一方"；"一对对鸳鸯凫水水，哥哥妹妹天生一对对，怕哥哥冷呀又怕哥哥热，怕哥哥放夜牛露水珠珠溻"，这爱简直登峰造极爱到极致了。她已把整个生命袒露无余地交给所爱的人，爱的境界不得不令人拍案叫绝了。

"一日不见，如三秋兮"；"你要是吃烟哉不是个火，你要是想我哉不是个我，山丹丹开花六瓣瓣红，日日夜夜想着我心上人。天上星星一点点，想着妹妹毛眼眼。胡麻开花一片片兰，想着妹妹白脸脸"。虽然直白，但直白得让你瞬间入境，百听不厌，又望眼欲穿。看不见人形，却看上了一团焦灼难忍的饥渴欲火。

"青青子衿，悠悠我心"；"想你想你真想你，泪蛋蛋就像乃连阴雨，大红公鸡毛腿腿，妹妹是哥哥的心嘴嘴，黄河流水呀九十九道弯，哥哥我上班呀见妹妹难"。形声兼备，淋漓尽致，赋比兴用活了，连阴雨、心嘴嘴形容相思之情，形到意尽，多么煎熬、悲切呀！

"风雨如晦，鸡鸣不已，既见君子立胡不喜。""切开西瓜舍不得吃，也不知哥哥来呀不？三十年榆树还要长，你不叫我想呀我还得想，想妹妹想得吃不下饭，拿起个筷子端不起个碗，想妹妹想得害下个病，浑身身软得不想动，前半夜想妹妹睡不着个觉，后半夜在你家大门缝缝瞭"，想你想得真是别有风味，想你了，看你来呀不？敢不来吗？难舍难分，耐人寻味。

浩瀚的多如牛毛的山曲儿歌海中，生动绝妙，意境无穷，粗狂与强烈如山洪暴发，温柔细腻如少女的脸蛋吹弹可破。唱出了炽热的情怀，唱出了土默川大地的饱经风霜，唱出了土默川大地的璀璨灵光。〔10.1〕

🐦 贫穷不是社会主义，贫穷不是有志青年。挣钱的理想是高尚的。君子爱财，取之有道。〔10.2〕

🐦 爱国是每个中国人的基本素质，有国才有家。从古至今有道义的中国人都是爱国的，侠之大者为国为民。〔10.2〕

人不能总占便宜不吃亏，其实吃亏是你积累财富的开始，有的人很聪明，就是不能风生水起，因为他吃不了亏，弯不了腰。任何时候都想得到不想付出，任何时候都觉得高人一等，我为什么要给别人付出，我又不欠谁的。这种思想形成了定式。慢慢地身边的人越来越对他敷衍，他失去了真正的感情，他没觉得。吃大亏享大福是有道理的。〔10.5〕

做人要厚道要诚信，一旦你不守承诺不守信用，就失去了别人对你信任的基础。以后不管什么事你就失去了支持的机会，所以失信是你败业的开始。〔10.5〕

毛主席说过当领导就是两项职能：一是出主意，二是用好人。现在想想，伟人就是伟人，把复杂的问题简单化，能抓住主要矛盾。将怂怂一窝，兵怂怂一个。没有一个明确的政策，和稀泥，模棱两可的态度，永远没有一个和谐的集体。更谈不上事业的发展和进步。〔10.7〕

"慈不掌兵，情不立事"，这是古人很有名的带兵名言。正如孙子所说："厚而不能使，爱而不能令，乱而不能治，譬若骄子，不可用也"，古来善用兵之人，皆知此理。这不是说要对部下黑脸，而是说关键的时候，绝不能因为妇人之仁而误了大事。所谓养兵千日，用兵一时，处此"一时"之时，统帅战将必要有钢铁一般的意志和决心以指挥行事，绝不能因心软而坏了大局。〔10.20〕

自古以来，成大事者天时地利人和缺一不可。但除了这些因素，自身的心态同样十分重要。曾国藩天资平庸，却位极人臣，被誉为近代唯一的圣人。他的成功对于我们普通人而言，具有十足的借鉴学习意义。纵观曾国藩一生经历，他的做人做事之道，集中体现在这九个字里：事不拖，话不多，人不作。一，事不拖：一勤天下无难事。二，话不多：为人处世的第一等功夫。三，人不作：有智者，方圆有度。〔10.23〕

🐄 《黄帝内经》里警告的话："以酒为浆，以妄为常，醉以入房，以欲竭其精"。俗话说"三十如狼四十如虎"，这个时候最容易透支生命能量。肾精可是元精，那是天生配给的，消耗完了就没了。〔10.26〕

🐄 学习，一，让自己明白自己知识体系的不足。二，让自己知道让知识进入大脑不容易，不如食品进肚子快。三，让自己知道上课容易打瞌睡。四，让自己知道进入大脑的知识别人抢不走。五，让自己知道一辈子真的学不了多少东西就老了。六，让自己明白不刷脸课白听了，先刷脸再签名再听课要有顺序。〔10.28〕

🐄 好的领头羊很重要，俗话说，一头狮子带着羊群队伍，比一头羊带着狮群队伍要有战斗力。主帅的意志力往往决定着胜败。一个人只有排长的能力，你让他当团长，就会坏大事。〔10.29〕

🐄 鲁迅和金庸相比："金庸在我们感情的底处。鲁迅是民族魂，金庸是华人心。"有井水处即有柳词，有华人处便有金庸，汉语文明自有斯文一脉。〔11.3〕

🐄 人生就是一场场不同的告别，告别昨天，告别过去，告别春天，告别心情，告别我们每个怀念的曾经和熟悉的场景和亲人……〔11.8〕

🐄 人体大部分情绪都是消耗阳气的，如嫉妒、憎恨、贪恋、执着等，都是负能量，消耗阳气很厉害的。唯有一个情绪能增加人体的阳气——那就是爱。〔11.8〕

🐄 寒星闪烁天幕黢黑白霜遍野，时令已过立冬，在这秋后辽阔的土地上散发着干草和寒冷的气息。野地里的两棵树守候着几个土堆，太阳慢慢升起，光芒万丈！妈妈静躺在这片她热爱的黄土下，听着风声呼啸，听着上帝赐予的福音……

人生一世，草木一秋。生如夏花绚烂，死如秋叶般静美！逝者安息，生者哀思。河水依旧，时光匆匆。每一天都是这样走过。人来到这世上，完成了自己的使命，就会回到出发点。《易经》上说：天道运行周而复始，永无止息，谁也不能阻挡，君子应效法天道，自立自强，不停地奋斗下去。〔11.11〕

日本的日野原重明先生曾经在《活好》一本书中说：活出真实的自己：第一，不在于身外之物；第二，不被他人评价所左右；第三顺其自然，不要勉强。〔11.11〕

冰心在《春水》里写道：墙角的花！你孤芳自赏时天地便小了。所以，很多时候，小我与大我之间，真就只隔着一朵花的距离。〔11.12〕

森林因为鸟儿，河流因为鱼儿，草原因为牛羊而生动有趣；一个人群聚集的地方，因为有人情而温暖，否则就是死水一潭。打造凝聚力很重要，许多人忽视了这点。〔11.15〕

过去我不会拒绝人，弄得自己疲惫不堪。学会拒绝也是一种能力，想让自己变得越来越轻松，就要学会拒绝。不是你尽力了别人就会感恩、就会有所成就，让自己有一片天空让自己活得自由精彩，学会爱自己，才能关爱别人。〔11.19〕

现代人越来越缺乏感恩的心，只想索取不想回报。感恩节首先感恩父母给予我们生命与养育之恩；二、感恩另一半和我们一起走过岁月中的那些美好与感动；三、要感恩子女带给我们为人父母的幸福；四、要感恩那些教育我们的老师，让知识充盈我们的大脑；五、感谢那些人生中的伯乐，让我们更快地奔跑发挥自己所长；六、感恩一生中支持和帮助我们的朋友，尤其在困难的时候，不为锦上添花，只为雪中送炭。〔11.22〕

🐟 我的婚姻观：两个人只有明确的相同的婚姻观，才能在漫长的岁月中深深浅浅的生活中相互支持，相互尊重，相互包容，相互理解，相互信任，相互吸引，相互学习，相互交流，相互帮助，相互进步，肝胆相照，荣辱与共，不离不弃。〔12.6〕

🐟 爱情原本就是个很娇气的东西，它经不起太多的矫情、你死我活和无理取闹，也经不起任何的伪装，刻意讨好和忍辱负重。当她拂去所有的惊喜、荣幸、不敢置信和小心翼翼，才是爱情最原本的样子。当她不再刻意感受他的存在，他才真正存在于她的生命。这或许才是爱情最恰当的模样，就像穿着一双好鞋，你感觉不到它，好像还是光着脚一样，它却能陪你去远方。〔12.16〕

🐟 这个世界上的纠纷，大到国家小到家庭个人，几乎都是因钱而起的。钱最能改变一个人，为了钱人性都可以改变。谈钱和谈恋爱一样说变就变，千万不要相信开始的山盟海誓。〔12.22〕

🐟 孔子在《礼记》里讲："饮食男女，人之大欲存焉。"孔子认为凡是人的生命，离不开两件大事：饮食、男女。一个生活的问题，一个性的问题。不论写书或生活，都离不开这两个主题。谈饮食就会谈到钱谈到工作谈到权力，谈到性就会谈到爱情。人的生命也就这一生，不论贫富不论南北。生命的意义到底在哪里？各有所论，但归根结底是为了快乐，没有人为了痛苦而活的。〔12.22〕

🐟 做一个有信仰、有梦想、有智慧、有担当、有责任的人不容易，至少是一个努力的方向。浑浑噩噩地过日子，死了也后悔当初没有勇气面对和没有选择。〔12.22〕

酒后吐真言，确实不假。酒后给你打电话的人，也是最信赖你的人。人为了生活在不同场合戴着不同的面具。酒后的放松让他回到本真回到原形。虽然是醉话但是真话，无所顾忌无所畏惧。〔12.23〕

"得失随缘，爱恨随意。"这八个字一般人做不到。得了好说，爱了随意。失了难受，恨了更难以释怀。人本性都是自私的，尤其对感情。〔12.23〕

做自己表达自己，很不易。人在江湖，身不由己，思想易被别人左右，没了自我。说是有个性，大多数人是类似的。太有个性的人，在这个传统的环境中不被容纳，不是被称为疯子就是有神经病。所以有个性的人大多数是成功者。不管生前还是死后，真理往往掌握在少数人手中是对的。走自己的路让别人去说的人，最后成功；走别人的路让自己去说，最后都失败了。〔12.24〕

世界上有三种关系就除血缘关系和夫妻关系之外，最特殊的最要好的关系：一是同学，二是战友，三是老乡。同窗学习同窗情深，战友一起扛过枪一起同过床一起……老乡是人不亲山亲，山不亲水亲。〔12.25〕

2019

景行行止

世上所有的不开心，源于你爱得不深或源于自己太在意自己。太在意自己就放不下，放不下重量压在了心上。如果别人比自己还重要，你就能宽容一切。除了生死，其他都是自己选择的，忍耐比坚强更重要。〔1.4〕

当人类的寿命在一百岁以内，夫妻可以说携手走完这一生，恋人可以说爱你一生不变，不论如何也就是六十年左右的相守时间。一旦人类突破一百岁，人的寿命达到二百岁或三百岁时，夫妻之间的感情，恋人之间的感情，朋友间的感情会发生深刻的变化。最多会说爱一百年。我想构思一部小说《爱你一百年》（当我们寿命是二百岁至三百岁的时候）。〔1.7〕

人生最大教养就是孝顺父母，让他们开心让他们快乐，让他们能安度晚年。善待父母要懂得尊重老人和关心他们的心理。不能把父母当成保姆，当作你做饭看孩子的工具。需要了父母就是宝，不需要了就破棉袄没地儿放。人常说：父母在，人生尚有来处；父母去，人生仅剩归途。这句话是有道理的。〔1.10〕

作为父母，对子女尤其是成家后的儿女，要有宽松的态度，不能像封建社会时代一样，儿女必须听从父母的意见。成人已有自己的处事方式的选择，人生观和价值观已经形成。一代人有一代人的生活和处事方式，不能上代人总想做下一代人的主。一是父母不能对子女骂粗口，这不仅是尊重人，更是自己素质和修养的体现，对下一代和下下一代的影响不好，让人觉得没有一个好家风，家风不好有多少钱也没用。二是父母不要在生气的时候对子女说过激的话，如："我死了也不用你管，老了也不用你养。""你等哪一天倒霉了落魄了潦倒了总会找我的。""白养你这么大了，还不如养条狗。""别人的儿女都比你强，为什么我命这么不好"……做父母要讲理不能耍性，抱倚老卖老的心态无理取闹。要善于把控善于引导，尊重子女，尊敬人格。不要以为自己生的想打骂就打骂。历史上有名望的大家族，都是有家教有家训有家规的，有良好的家风传承，不是今天让儿子离婚明天让女儿出走。封建家长制的风气还影响着一部分人，尤其是父母有一定地位或一定经济实力后，就想做子女的主，事事要求子女听从他的。父母一旦犯错，影响的将是三代人。所以做父母不易，养儿不易，教育更不易，有一个好家风真是更难。所以做父母的也要学习，多读书，尤其应该读几遍《红楼梦》。〔1.11〕

我宁可相信狗不吃屎，也不相信借钱人说的话。说明现在诚信已严重被破坏。所以能从个人手中借到钱的都不是生死之交，而是靠忽悠到的。人们见惯了鸡飞蛋打。借鸡生蛋的人多，生不了蛋连鸡都杀了吃掉。〔1.11〕

社会是个大江湖，公司单位就是一个小江湖，有江湖的地方就有争斗就有不平。办公室政治就是这样来的，人在江湖，身不由己就要学会立身处世之道。做到王阳明心学说的知行合一不容易。常听朋友分享他们公司的各种故事，以便了解社会了解人性，写出更好的作品。人性千古不变，人性也是一半好一半恶，人的本性弱点是贪婪、自私、自利，还有看不得别人好……〔1.15日〕

中国古代史上有两个人，很有名。他们是张仪和苏秦，都是位高权重，一个玩连横术，一个玩合纵术，将战国七雄玩弄于股掌，七国君主也是对他们两人唯命是从。但是司马迁对他们评价很差，他俩都是小人，都玩阴的。古代开国皇帝大多文化程度不高，读书少。但是他们能成大器，善于用人。比如刘邦，刘邦能够战胜项羽，并不是因为他自己的能力有多么的强，是因为他顺应了历史的潮流和懂得运用身边人的才华，并且能够做到虚心纳谏。帮助刘邦争霸天下的大功臣有三个，韩信、张良、萧何，没有这三人，刘邦想要得到天下，无异于痴人说梦。一个好的领导人，不但自己要有才，而且还要善于运用身边的有才之人，后者要比前者重要得多。〔1.15〕

🐟 《文心雕龙》里说："太白以气韵胜，子美以格律胜，摩诘以理趣胜。太白千秋逸调，子美一代规模，摩诘精大雄氏之学，篇章字句，皆合圣教。"唐朝是诗歌鼎盛时期，人才辈出，但是以李、杜、王为最。学古诗以此三人为模本足亦！〔1.16〕

🐟 女人不能太强势。论管家能力，王熙凤堪称一流；论人际交往，王熙凤也是左右逢源；但论婚姻美满，王熙凤却非常失败。她看似在家中占尽上风，不仅把钱管得死死的，还对贾琏处处打压，但这样的结果是把贾琏越推越远，自己最终也被休弃。〔1.18〕

🐟 现代科学也证明，人的心理行为直接影响身体健康，至少有百分之五十的疾病是由心理失衡造成的。"心藏神，喜伤心，恐胜喜。"一个人的忧愁和烦恼，直接影响人的气血。"肝藏魂，怒伤肝，悲胜怒。"情绪一上头，怒火中烧，人的肝脏就容易受到损伤。"肾藏志，恐伤肾，思胜恐。"一个人胆小懦弱，那么肾脏就不能藏养人的阳气。"脾藏意，思伤脾，怒胜思。"思虑过重的人，脾胃一般都很差。"肺藏魄，忧伤肺，喜胜忧。"忧愁的人，伤肺，头发容易白，皮肤容易长皱纹。与其吃保健品，不如控制情绪，稳定心态。保持心神安宁，尽量少动肝火，不要思虑过多，多乐观少忧愁，战胜恐惧心理。〔1.19〕

🐟 比才华更为可贵的是坚持的毅力。一天两天容易，一月两月不难，一年两年也能做到，长年累月地坚持就不是一般人能做到的，坚持到最后的人是伟大的，是值得点赞的。为了梦想跋山涉水赴汤蹈火在所不惜，风景总是在经历过千山万水后显示得更美更壮丽。〔1.19〕

🐟 平和不仅是一种心态更是一种阅历，阅历了各色的人们和各种事后，变得越来越沉稳和自若，不会被纷扰和喧嚣纠缠于心。看世界的眼睛更加透亮和深邃，也更加柔和。让岁月历练心态和砥砺人生。〔1.19〕

🐷 勤勤恳恳地做事，老老实实地做人。不要小聪明，不玩小阴谋，不玩小花招，不含小诡计。大事不糊涂，小事很明白。不虚头巴脑，不人前一套背后一套。玩一时心计，失去永久信任。人生不过如此，不如意事十之八九，留下一二分开心于自己。任何精神以外的东西生不带来，死不带去。〔1.21〕

🐷 做事业就要有视死如归的精神和不达目标不罢休的决心。让自己的主张与思想穿越时光的尘埃，汹涌地渗进每个毛孔。〔1.21〕

🐷 现在年轻人信奉"三不主义"：不主动不拒绝不负责。这完全是有害的，没有一个正常的人生观和价值观。从小要培养孩子勇于担当，甘于付出，乐于奉献的精神，整个人生才能充满阳光和温暖。〔1.22〕

🐷 时间观念也是考验一个人是否靠谱的重要原因之一，没时间观念的人对什么都不上心，你能指望他做什么。〔1.23〕

🐷 为文要接地气，不能只在天上飘着，讲话也一样。复杂的事情简单说，不能简单的事讲得啰里啰嗦，像老太太的裹脚布。不要给你刘姥姥戴花，朴实无华最容易让人接受，华丽的语言是给自己看的，像人一样太华丽的服装只适合上舞台，穿着婚纱割小麦是不合适的。萧红的语言就很简单接地气，深得鲁迅先生的喜爱。〔1.23〕

🐷 王小波笔下有只特立独行的猪，而我头脑里有一只快乐而会思考的猪。快乐不是别人给你的，是你自己创造的，个性也是自己喜欢的结果，通过思考可以改变自己的心态和去面对现实生活中的种种困惑和迷茫。〔1.23〕

🐷 有人认为，每个人都至少有三个自我，一个是由基因决定的，一个是在环境与文化影响下的，还有一个是由我们自己所追求的人生目标与价值所定义的。而最后这一个，才是最重要的、完全属于自己的自我。我觉得他分析得是对的，一个人性格形成是多种因素的结果，其中有遗传基因、社会和家庭环境、教育因素等。人的发展是在遗传、环境和教育的影响下实现的，其中教育在人的发展中起主导作用，这是因为：首先教育是一种有目的、有计划、有组织、系统地培养人的活动。它根据一定社会发展的要求，根据青少年身心发展的规律，选择适当的教育内容，采取有效的教育方法，对人进行系统的教育和训练，保证了人的发展方向，从根本上消除了环境对人的影响的自发性和盲目性。另外，教育是教师根据一定社会发展的要求，对青少年施加影响，促进他们获得全面发展的活动。在这里，教师的职责和工作特点保证了青少年发展的正确方向。再者，在人的一生中，青少年时期是最需要受教育也最适宜受教育的时期。青少年时期正是长知识、长身体和世界观逐步形成的重要时期，他们的知识比较贫乏，经验不足，独立思考问题的能力和判断是非的能力还不强，他们的成长有赖于正确教育的引导。由于青少年身心发展的特点，教育所起的作用是主导的。

我们研究影响性格形成与发展的因素，旨在寻找培养良好性格的方法，因为性格如何对人一生的成败影响极其重大，性格如何往往决定一个人的成败。每个人都有不同的性格，不同的性格又决定每个人不同的做事风格和做事领域。当一个人做了与性格相宜的事情时，往往就能够成功，因为他的性格给他这样的能力；当一个人蔑视自己的性格和天赋，执意做不适合的事情的时候，往往容易失败。〔1.23〕

过去皇帝最怕的是臣子功高盖主，主要是怕夺皇位。现在公司里如果经理怕员工比自己强，那是无能的表现。殊不知员工也是为经理卖力，孙悟空本事再大也跳不出如来佛祖的手掌。好的领导都是发挥员工的最大能动性，不是打压积极性。龙生龙凤生凤，老鼠生下会打洞。应该是强将手下无弱兵才对。〔1.23〕

中国传统的办事方式是和稀泥，没规矩，你好我也好，这个怕得罪，那个惹不起。自己以为左右逢源八面玲珑得心应手。不按章办事，没有倒追责任制。办事不仅没效率，而且最终事情也办不理想，稀里糊涂，得过且过混日子。没有担当没有责任心，这种人不可重用，否则未来会坏大事，而且形成不良风气会对未来工作形成极其恶劣的影响，以后消除这种影响也很难。〔1.23〕

与其抱怨，不如沉默思考。〔1.24〕

曾经的朋友不常联系，慢慢地淡忘，友情也慢慢地变淡了。生活环境的不同，事业的追求不同，各自适应了新的生活和环境，有了自己新的朋友圈。曾经也是往事，已是人生路上的一段交集。朋友要常联系，常交流是有道理的。〔1.25〕

现实生活中人们都说重事业重感情重爱情重友情，一旦把金钱放在桌面，再说此话的时候就没了底气。从不低头，但在金钱面前低下了高贵的头。民间也有"人为财死，鸟为食亡""人不为己、天诛地灭""有钱能使鬼推磨"之说。不是空穴来风，拜金主义是普遍现象。〔1.25〕

网上流行的一首歌，歌词实在太过经典、直戳人心：干活的干不过写PPT的……迅速登上热搜、抖音刷屏，这首年会神曲迅速爆红！说了一个现实问题，能干的不如会干的，会干的不如会说的，会下能说的不如领导面前会说的。这种投机取巧的做法将打击老实人的积极性，必将形成职场中死海效应。这个主要讽刺的是单位领导好大喜功，不深入实际，爱做表面文章。〔1.26〕

文化的开放性和包容性很重要，让人说真话，做到这一点就不容易。只喜欢赞歌不喜欢批评这不好。百花齐放，百家争鸣，就要自由开放，才能形成文化大格局。〔1.26〕

🐦 在年终总结时许多人说到自己的缺点时隔靴搔痒，含糊其词，模棱两可，新媳妇上花轿扭扭捏捏的，对自己下手不狠，不报家丑。这其实是一种掩耳盗铃的结果。〔1.26〕

🐦 人生总有三种状态，欺人，自欺欺人和被人欺。〔1.26〕

🐦 小别胜新婚，久别成陌路。〔2.1〕

🐦 一方水土养一方人，养的是人的情怀，养的是品位，还有精神和气质。〔2.1〕

🐦 小孩子盼过年又长了一岁，老人怕过年又老了一岁。人生就像一列开往远方的列车，一路春夏秋冬，有人上车，有人下车，新人来旧人去。〔2.1〕

🐦 真正的自由是灵魂与精神的解放。禁锢人类思想的锁链会让精神套上桎梏，让他不敢也不能展翅飞翔。〔2.2〕

🐦 生活简单就好，有微笑，有阳光，有朝气，有活力，有激情，有同情心，有感恩之心，有爱，有时间。〔2.2〕

🐦 真正的自由是灵魂与精神的解放。禁锢人类思想的锁链会让精神套上桎梏，让他不敢也不能展翅飞翔。〔2.2〕

🐦 一种陪伴叫幸福，一种温暖叫感动。人生的路上遇到很多事情，唯一的陪伴和温暖像阳光一样灿烂。让有爱的日子总是这样开心度过，让我们在跋山涉水中也是如此美好和向往。〔2.3〕

🐦 珍惜团圆的日子，团圆中能体味幸福和喜悦之情。不是所有的人生都能一帆风顺，都能够团圆。拥有的时光要懂得珍惜，懂得享受。逝去的时光和青春一样，一去不复返！〔2.3〕

人生就是在渐行渐远中不断寻找方向和遗忘一些事情。否则背负太多太沉重，走不了远路。轻装前行，快乐出发。没有我们放不下的东西，没有束缚我们远行的理由。心要自由，脚步才能达到。〔2.4〕

大多数有白发的人头发都很密，而秃顶的人就白发少。说明一个简单的道理：稀不生白，密不养黑。〔2.4〕

与文字为伍，一路芬芳，在追梦的路上，能用自己的双手去触摸缪斯女神那圣洁的翅膀。〔2.4〕

不与陌生人视频，不与失信人交心，不与富人说穷，不与穷人逞强，不与鬼说人话，不与人说鬼话，不在关公面前耍大刀。〔2.4〕

春的脚步越来越近，在清晨的第一缕阳光中，在春节炮竹声中，在大家的笑脸中，在互相的祝福中，我们在节日欢歌中寻找到一种属于自己的幸福。时光匆匆，岁月悠悠。我们在失去的时候又得到新的希望，青山不老，绿水长流。睁眼看世界，木、火、土、金、水，五行平衡，自然界风调雨顺，国泰民安！你若安好，便是晴天。〔2.4〕

我们需要一种仪式感，为节日增添几分庄严和喜庆。奔波在回家过年路上的人们的一种期盼，在外过年不能回家的一种祝愿，离开家出发的一种满足，坐在家里等待亲人的一种牵挂，还在工作岗位上人们的一种心愿，年的氛围陪伴着每个人，守卫边疆的战士，医院里奋战白衣天使，值班的警察，街道上的司机，打扫卫生的环卫工人，快递小哥……每个人都会得到祝福。春梅泌香，炮竹声声，让我们在一起追梦的路上遇见幸福遇到祥云。〔2.4〕

人生期盼风和日丽，春风化雨。走过的路不要回首，过往云烟。每个地方都是驿站可以歇脚，不要停留太久。在这个世界上最好的时光，就是我们前进的过程。〔2.5〕

🐟 每个人的生活都不同，大抵是平静与喧哗，失意与得意，眺望与欣赏，急走与慢行，信仰与随意，不论晴雨，任何人没有十全十美，没有完全满意的人生，都在想下一步更好，希望明天更精彩！这没有什么错，错的是我们不懂得在追求的过程享受生活。〔2.5〕

🐟 总是在长了一岁后才明白过去的一年自己办过不少幼稚的事，总是在长了一岁后才发现自己越来越喜欢安静地倾听别人的诉说，总是在长了一岁后才懂得生活里关心自己也很重要，总是在长了一岁后才感觉喝醉了难受的是自己，不再为陪好别人而损伤身体。〔2.5〕

🐟 韶光易逝，刹那烟花。璀璨夺目，落花流水！〔2.5〕

🐟 人生就是你方唱罢我登场，没有永远的舞台。〔2.5〕

🐟 满壁生辉的是家庭中的爱，唯有爱闪亮着温馨的阳光。〔2.5〕

🐟 小时候在磴口村过年，年前就做准备囤积年货：杀猪、蒸馒头、炸油饼、摊花儿、买麻糖、打扫家、洗户里、炒瓜子、买鞭炮、买新衣，而后剪窗花、贴春联、放鞭炮、包饺子、去祖坟烧纸、垒旺火、穿新衣、接神、守夜、拜年，拜年是要磕头的。正月里扭秧歌，踩高跷，正月十四看花灯，十五看烟花，直到二月二剃完龙头，年才算过完。年很长，年味也很味。〔2.6〕

🐟 无论何种高明武学，练到深处，道理都是相通的，阴极则阳生，阳极则阴生。哲学，佛学，科学，文化爬的是一座山，最终在山顶相遇。〔2.6〕

🐟 有一种爱叫陪你过年，有一种情叫和你一起喝醉，有一种幸福叫心灵的守候，有一种宁静是醉来睡不着，有一种喜悦叫隔空相望。〔2.6〕

过年是一个喜庆的团圆的日子，但是一家人先去谁父母家过年，得协商好，否则容易出问题，弄得各自堵心。在爱人父母家待几天在自己父母家待几天，得均匀开来。都想陪自己的父母多待几天，人之常情。一家人去三亚过年是带自己的父母，还是对方的父母，还是都带，还是都不带，这也容易发生矛盾。所以过年得互相为对方着想。小年轻们年轻气盛，互不相让，容易把年过成冷战或口角战。大家庭出来的孩子要有教养，最大的教养就是为对方着想。〔2.7〕

今天看到一句话觉得很有道理。父亲的大格局，母亲的好情绪，就是一个家最好的"风水"。父亲的格局，决定家庭的方向。所谓格局，"格"是人格，"局"是眼界、胸怀。母亲的情绪，决定了家庭的温度。用我自己的话说就是，男人要大气，女人要温和。〔2.7〕

过年不要把家变成空穴，陪同学喝酒，陪战友聊天，和朋友聚会，陪领导打麻将。家里待不住，陪别人过年，父母盼星星盼月亮终于盼到你回家过年，你却在外跑。〔2.7〕

连父母都不爱的人，说爱别人那是扯淡！〔2.8〕

讲规则比讲道德更重要，没有规则讲道理那流于说教。〔2.8〕

古代中国民间关于幸福观的五条标准，即《尚书》上所记载的五福：一曰寿、二曰富、三曰康宁、四曰攸好德、五曰考终命。即：五福的第一福是"长寿"，第二福是"富贵"，第三福是"康宁"，第四福是"好德"，第五福是"善终"。寿："长寿"是命不夭折而且寿数绵长；富："富贵"是钱财富足而且地位尊贵；康宁："康宁"是身体健康而且内心安宁；攸好德："好德"是心性仁善而且顺应自然；考终命："善终"是安详离世而且饰终以礼。

我觉得古人很智慧、很高明，就是现代人做到这五点也是幸福的。人生不过百年，如何幸福，值得我们认真思考，古人如此，今人何想？〔2.9〕

一个人心中最应敬的佛是父母，一个人心中最该迎的财神应是诚信，一个人最应敬畏的是法律，一个人最应珍惜的是眼前的幸福。〔2.9〕

做人要大度，不要小肚鸡肠；做人要厚道，不能奸诈；做人相互尊重互相抬爱，你敬我一尺我还你一丈，你待我不如玉，我视你如粪土。〔2.9〕

任何人都需要朋友的支持和帮助，不论你是做什么的，没有人孤立于世。人与人交往中才能得到真正的认同与理解，才能得到满足感和成就感。〔2.9〕

尊重你爱的人不仅仅是一个人的修养，更是一个人走向更高层次的台阶。〔2.9〕

富兰克林说："有三个朋友是最忠实可靠的——老妻、老狗和现款。"我觉得他这话的表面意思是老妻年老色衰背叛不了自己，老狗习惯了主人的喂养不会跑，钱装在自己的口袋里跑不了。其实这句话是对人性的看透。〔2.10〕

朋友应该像扒肉条，肥而不腻；像调豆芽，淡而不素。〔2.10〕

人品差，再会说也没用，再努力也白费！〔2.10〕

为人要大气要有胸怀，自己的风水自己的旗，打什么样的旗就有什么样的路，有什么样的路就有什么样的命！〔2.10〕

新的一年希望你猪联壁合，能二龙戏猪。能喷猪吐玉，好语如猪。能明猪生蚌，能欬唾成猪。愿你玉润猪圆，成为我掌上明猪。〔2.10〕

冬天没有雪，像人没有青春。〔2.11〕

即使在猪栏里，我们也要瞭望世界的美好。〔2.11〕

减肥最大的障碍是对美食不能视而不见，节而不制。运动是在节食上对减肥有效，否则猪八戒一样走了十万里还是有增无减。〔2.11〕

🐵 简单地说，爱情就是老了愿意陪伴伺候你的人，不仅仅是年轻是爱你身体和金钱的人。〔2.13〕

🐵 上了年纪，没病就是最大的幸福。〔2.13〕

🐵 有一种幸福叫在家等你回来吃饭。〔2.13〕

🐵 有一种幸福叫作我没病。〔2.13〕

🐵 说话要委婉一点，动听悦耳一些，见到漂亮的女孩说你长得像仙女，她绝对不会觉得是夸张；见到长相一般的，说你长得真有气质；见到长得很一般的，你就说你真有气场，磁场强大，让人不敢靠近。〔2.13〕

🐵 有句话说得很猛烈："要是爱得够深，全世界都会为你让路。"真爱是无法阻挡的，能被半路腰斩的，都不是真爱。〔2.14〕

🐵 如果真爱对方，就给他（她）自由，让对方活出真正的自己。〔2.14〕

🐵 爱不是要改变对方，而是经营好自己。〔2.14〕

🐵 在两个不同灵魂深处共同弹出和谐的旋律，才是最美的爱情。〔2.14〕

🐵 总有一把钥匙能开启你的那把锁！〔2.14〕

🐵 财富、权力、容貌与灵魂的契合相比，统统不值一提。世俗中没有伟大的爱情，就是因为太在意前者。〔2.14〕

🐵 你是土豆我是牛肉，只有我们的完美结合，才是一道闪亮而绝美的菜。〔2.15〕

🐟 像飞鱼的爱情，一起嬉耍，一起游泳，即使一起被煎或被红烧，赴汤蹈火在所不惜！〔2.15〕

🐟 你做你的蛋，我做我的面，可以分离，可以结合。共同演绎就是一个全新的故事，精彩着世界，缤纷着人生。〔2.15〕

🐟 中年以后能聚就聚一下，头发越来越少，过几年牙越来越少，再过几年话也越来越少了。〔2.16〕

🐟 家庭里从来不是一个讲理的地方、争论对错的地方。只有包容和谦让，才能春意盎然，其乐融融。〔2.16〕

🐟 相濡以沫、推心置腹，是治疗两个人之间最好的药方。〔2.16〕

🐟 夫妻是什么？一个屋里吃喝拉撒，共经柴米油盐，一个桌上吃饭，一个被窝里放屁。文明点说：举案齐眉，相濡以沫，相互扶持，共度风雨。〔2.17〕

🐟 世界上有三样东西别人抢不走，一是喝进肚子里的酒，二是进入别人洞房的新娘，三是书化成了思想放进了大脑。〔2.18〕

🐟 人在低谷时，看到天空的云都是灰暗的。〔2.24〕

🐟 1941年毛泽东给儿子毛岸英写信说，趁着年轻，多学点儿自然科学，少谈政治。为什么呢？〔3.26〕

🐟 女人在爱情面前比男人更勇敢，更奋不顾身。〔3.28〕

🐟 近代国学大师王国维曾在《文学小言》中这样评价到："三代以下诗人，无过屈子、渊明、子美、子瞻者。此四子者，若无文学之天才，其人格亦自足千古。故无高尚伟大之人格，而有高尚伟大之文章者，殆未有之也"。他认为自夏、商、周之后的诗人，没有谁能再超过屈原、陶渊明、杜甫、苏轼的了。这四个人不仅是文学上的天才，更有高尚伟大的人格。〔3.29〕

找到风口，猪也能飞。人的最大的两个特点：贪婪和恐惧。如果说冲动是魔鬼的话，那么淡定就是天使了！我们是猪，即使飞起来，也不要把自己当天鹅。要有农民意识——春耕秋收。女人要有胸脯，男人要有胸怀，一个为了哺乳，一个为做事。这句话不说是鲁迅说的，就是我说的。〔3.31〕

作家不应该当官，作协和文联主席也是官啊，官场上的歪风邪气无疑是对作家的荼毒。因为当了官，没有时间创作；因为当了官，有了工资，不能安心写作；因为当了官，忙于应酬，荒废写作；因为当了官，再也写不出来老百姓喜闻乐见的东西；因为当了官，渐渐忘了自己写作的初衷；所以，作家二月河说得好，作家还是好好写作。〔4.1〕

尼采说：道德有两种，有独立心而勇敢者曰贵族道德；谦逊而服从者曰奴隶道德。〔4.6〕

吃烩菜，还得自己做。走遍千山万水，还是烩菜最耐吃，百吃不厌。〔4.6〕

洛希极限是一个距离。当天体和第二个天体的距离为洛希极限时，天体自身的重力和第二个天体造成的潮汐力相等。如果它们的距离少于洛希极限，天体就会倾向碎散，继而成为第二个天体的环。它以首个计算这个极限的人爱德华·洛希的名字命名。人与人之间，上下级之间也一样，进入人生的洛希极限，就会被"欲望"吞噬。〔4.6〕

有人的地方就有争吵，有江湖的地方就有争斗。都说不要争争吵吵，人一晃就老！其实谈何容易。人的面前都流着一条利益的河。当武松得知宋江最后被朝廷的毒酒赐死的时候，他只说了六个字"一切都结束了"。用我的解释就是：宋江不死，天理难容！——不是仇恨，是必须的结果，做大哥的害死多少兄弟。〔4.10〕

苏东坡小老头的可爱和伟大在于他在挫折面前表现得豁达和乐观。"竹杖芒鞋轻胜马，谁怕？""一蓑烟雨任平生。"否则你读一千首宋词也枉然。〔4.11〕

如果干得比谁都多，拿得比谁都少，谁还愿意当领导。〔4.14〕

学会表扬他人也是一种能力。〔4.15〕

经济学家马光远：前几天一篇文章说马光远说中国房价降百分之三十，今天辟谣，那不是我说的。但是，按照现在工资水平，年轻人在北京要在四环之内买套一百平方米的房子，至少要在乾隆年间就得参加工作开始攒钱。〔4.15〕

感恩的另一种：今天你指导我，明天我搀扶你。〔4.15〕

人生的道路大多是逆愿望发展的，我们无法控制。《平凡的世界》里有一句话："在这个世界上，不是所有合理的和美好的，都能按照自己的愿望存在或实现。"〔4.16〕

我们要尽其所能做自己喜欢的事，否则后悔莫及。谁也掌控不了你的未来，只有自己的选择最重要。〔4.16〕

从另一个极端的角度考虑，为了你日后的追悼会多一个人哀悼，你也要做一些有益于他人的事。〔4.16〕

"领导"有两个意思：领，走在最前面；导，告诉下属方向。领导者的主要工作是要带领大家前进，要给大家带来希望。克劳塞维茨认为真正的领导者须具备两大要件：第一是在最黑暗的时刻发现微光的能力；第二是敢于跟随这线微光前进的勇气。最好的领导既提供思想，也提供意志。〔4.16〕

不要给人生留有遗憾，去做想做的事，去见想见的人，去看想看的景，世界不等你。〔4.16〕

今天的战略决定明天的绩效。〔4.20〕

无能而专注，专注而有所成。〔4.20〕

人为什么活着？是人的本能。其他都是扯淡！〔4.20〕

什么样的人能当一把手？简单地讲两点：一，有活过当下的能力；二，有情怀的战略思维。〔4.21〕

高层管理者应具备：①有哲学家的思想；②有心理学家的方法；③有公关大师的能力；④有战略家的高度。〔4.21〕

把别人的理论吃进去，消化了，废物排出，最后剩下的就是自己的了。〔4.21〕

责怪别人之前首先责怪自己。〔4.21〕

我们不仅要埋头苦干，也要学会仰望天空。〔4.22〕

一句名言是这样说的：不要把婴儿和洗澡水一起泼掉。我改一下：不要把枣肉同枣核儿一起唾掉。〔4.22〕

《易经》曾言：积善之家必有余庆；积不善之家必有余殃。明朝大儒方孝孺也曾说：存善心者家里宁，为善事者子孙兴。平日里积善心，做善事，不仅仅是为了自己，更是为了子孙后代。〔4.22〕

什么叫"追求卓越"？哪怕是放羊也要放到最好。〔4.22〕

有人说北大不仅名师荟萃，就连看大门师傅问的问题都是人生的三个终极问题：一，你是谁？二，你哪里来？三，你要到哪里去？〔4.25〕

男人就应该心有猛虎，细嗅蔷薇。〔4.28〕

喜欢老虎眼睛中透出的王气和霸气的光芒！〔4.28〕

人的智慧是由大脑决定的，不是屁股。〔4.28〕

美丽的花朵总有带刺的枝。〔4.28〕

夜读杨绛："在这物欲横流的人世间，人生一世实在是够苦。你存心做一个与世无争的老实人吧，人家就利用你欺侮你。你稍有才德品貌，人家就嫉妒你排挤你。你大度退让，人家就侵犯你损害你。你要不与人争，就得与世无求，同时还要维持实力准备斗争。你要和别人和平共处，就先得和他们周旋，还得准备随时吃亏。""少年贪玩，青年迷恋爱情，壮年汲汲于成名成家，暮年自安于自欺欺人。人寿几何，顽铁能炼成的精金，能有多少？"〔5.4〕

青年人要有自由之灵魂，高尚之情操，奋斗之精神，悲悯之情怀。〔5.4〕

人很少有真正的知足，当每次实现每个成就，大脑最常见的反应并非满足而是想要得到更多。〔5.5〕

313

当代文化最看重的价值：人的生命。人有权享有生命。〔5.5〕

如何赋予人类永恒的青春？恋爱与诗歌。事实上，到目前为止，现代医学连自然寿命的一年都没能延长，现代医学的成功之处，是让我们免于早死，能够过完应有的人生。〔5.5〕

生命的唯一目的就是享乐与创造享乐。〔5.5〕

信仰能够激励我们做某件事，并将之作为一种助力。〔5.6〕

科学和宗教就像夫妻，进行了许多许多年的婚姻咨询，仍未能真正了解彼此，丈夫还是想着灰姑娘，妻子也一心念着白马王子，然而两人却在为谁该倒垃圾而争吵不休。〔5.6〕

比王熙凤还厉害的人是贾探春。王熙凤对她非常看重，曾经私下里对平儿说过，"他虽是姑娘家，心里却事事明白，不过是言语谨慎；他又比我知书识字，更厉害一层了。"王熙凤此言非虚，贾探春聪明大气，能干。〔5.7〕

司马懿与诸葛亮不比智慧，比的是命长，最后司马懿胜。〔5.9〕

许多领导为什么一退休，早早地死了？〔5.9〕

做事看能力，做人看格局。格局大了能力自然强。〔5.10〕

读书三境界：一，写读书笔记，二，总结归纳，三，批判形成自己的思想体系。〔5.11〕

有生之年一定要读《资本论》。不放空炮！〔5.11〕

🐛 当年中学的校训：无怨无悔，有德有才。现在党校的校训：实事求是。〔5.18〕

🐛 老年人的三大毛病：贪财、怕死、睡不着。〔5.18〕

🐛 科学不等于真理，有时科学是有错误的。〔5.18〕

🐛 做人既不妄自菲薄，也不妄自尊大。〔5.18〕

🐛 三种使人产生快乐的方法：食物、性、权力。〔5.19〕

🐛 采豆夜雨后，悠然见南山。〔5.19〕

🐛 当山后一轮明月如狗一样爬上山顶的时候，它把如水的光倾泻在山脚下的院子里。寂静的树沉睡的鸟活跃起来，望着月的风情，这就是大城小苑的夜。〔5.19〕

🐛 要飞就早点儿飞，别被烤熟了才想起。〔5.19〕

🐛 每个人都是凡人，即使伟人也一样有跟凡人一样的儿女情长。〔5.20〕

🐛 减肥主要是两种方法：一是少吃，二是把吃的消化掉。少吃一些高脂肪高热量的食物，消化掉要靠足量的运动，两者结合起来才有效。减肥说起来容易做起来难，生活条件好了，应酬多了，吃是快乐的事情，少吃要克制自己的胃口，需要坚强的意志，运动需要坚持不懈和时间上的付出。减肥成功的人都是有毅力的人。〔5.20〕

🐛 在不违反法律的前提，只有剑走偏锋的人才能成功。〔5.22〕

🐛 只有远虑的人才无近忧，华为之所以是我们企业的骄傲，是刚起步时就想到了如果有一天美国不让用他们的核心技术了怎么办？〔5.22〕

- 无奸不商说的是不奸诈就不能作商人，原为"无尖不商"。无尖不商，典出旧时买米以升斗作量器，故有"升斗小民"之说。卖家在量米时会以一把红木戒尺之类削平升斗内隆起的米，以保证分量准足。银货两讫成交之后，商家会另外在米筐里余点米加在米斗上，如是已抹平的米表面便会鼓成一撮"尖头"，尽量让利，因此无"尖"不商。后来随着时间的推移，逐渐演变成了"无奸不商"，意思也发生了翻天覆地的变化：不奸诈就不能作商人。如果把奸反过解释，说成聪明会算计，就会把无奸不商变成另外一个意思。〔5.23〕

- 与放你鸽子的人谨慎交往，因为他对你的诚意根本不当回事！〔5.23〕

- 过去我对企业不了解，现在许多同学在央企国企里任职，我发现这些企业里文化氛围很浓，有企业文化，反而在政府和事业单位里文化味却很淡。不知为什么？〔5.23〕

- 警惕身边当大尾巴狼的人，自欺还要欺人。〔5.23〕

- 将军不是培养出来的，是"打仗"打出来的！宰相必起于州郡，猛将必发于卒伍。坚持从成功实践中选拔干部。〔5.23〕

- 做人四个字："尖"，能大能小，明世态。"斌"，能文能武，乃英才。"卡"，能上能下，淡名利。"引"，能屈能伸，福自来。〔5.23〕

- 判断一个人是否是将才，我认为主要的是看他是否有化解突发危机的能力。〔5.24〕

- 与智者共舞，与高手过招，才能有所收获，有所提高。与傻姑谈武功，与程咬金论斧术，日久必衰！〔5.24〕

🍃 人应该只为理想而奋斗，不为金钱而奋斗。这是正确的价值观，以前我们走偏了，所以人们太功利。〔5.25〕

🍃 历来都是没有叛逆精神难成大器！〔5.25〕

🍃 开放式创新正在取代封闭式创新，成为在全球配置创新资源的新范式。所以他说，不应关起门来自主创新，而应该拥抱世界、依靠全球创新——这样才能缩短我们进入世界领先的进程。〔5.25〕

🍃 天热沏一杯茶，读杨绛文，心有感悟。"一个人不想攀高就不怕下跌，也不用倾轧排挤，可以保其天真，成其自然，潜心一志完成自己能做的事。"〔5.25〕

🍃 羊肉烧茄子，香死个王年子。爱因斯坦说：一个快乐的人总是满足于当下，而不太浪费时间去想未来的事。〔5.25〕

🍃 多与能人喝喝咖啡，从思想的火花中，吸取营养，提高自己，超越自己！〔5.25〕

🍃 鸡蛋从外向内打破不算本事，从里面向外打破那才是真正的能力。〔5.25〕

🍃 做任何一件想要成功的事都要付出代价，天上不会掉馅饼。所以爱因斯坦说："有时候一个人为不花钱得到的东西，付出的代价最高。"〔5.26〕

🍃 爱因斯坦说："婚姻的确是披着文明外衣的奴隶制。"奴隶制随着人类社会的发展已经消亡了，而婚姻制度是否有一天也一样会消亡？张爱玲说如果结婚是为了生计，那么婚姻就是长期的卖淫。我觉得这是文人墨客的一面之词。婚姻制度初衷就是为了人类的繁衍而定的。任何一项制度都有好的一面和坏的一面。"婚姻是一座围城，城外的人想进去，城里的人想出来。"鞋合不合适，只有脚知道。〔5.26〕

🐸 创新是另类思维的结果 〔5.29〕

🐸 我同学说：我觉得在众多的个人素质诸如决策能力、抗压能力、口才、组织协调、语言文字……中应该把睡眠能力作为极其重要的一项，运用到使用人考察人的各种场景中……拥有随时随地随环境的睡眠能力绝对是实力，是天分，更是战斗力！我别的不行，睡眠能力绝对好，长年累月的夜班打造了我高睡眠能力。但是从没有领导考察过我的这个能力。〔5.29〕

🐸 在北京生活一定要学会熟练应用的：劳驾、借光（借过）、受累、辛苦、给您添麻烦了、谢谢……甭管跟谁说话，都要把你换成"您"。〔5.30〕

🐸 占别人便宜才做事，一定是机会主义。一个机会导向的商人，不可能有自己的事业。〔5.31〕

🐸 端午节南方人喜欢吃粽子，而内蒙古人都喜欢吃凉糕。凉糕蘸苣蓿玫瑰酱，味道和口感真的是一绝，不是粽子能比的。〔5.31〕

🐸 每个人的童年经历都不一样，但是渴望长大的心情是一样的，如同长大后的我们渴望回到童年一样。〔6.1〕

🐸 当断不断，必有祸乱；当断则断，不留祸患。精于理者，其言易而明，粗于事者，其言浮而狂。告知以难而观其勇，醉之以酒而观其性。因其言，听其辞。情变于内者，形见于外。〔6.3〕

🐸 如果作家没有童心和诗心，就没有文学创作。〔6.3〕

🐸 人生哪有那么多喜羊羊，倒总是遇见灰太狼。〔6.3〕

🐸 要将指挥所建在听得见炮声的地方。〔6.7〕

为什么军官要配手枪，而不是步枪，机枪呢？为了让军官指挥，避免分散注意力，而不是让他去射击消灭敌人！军官的主要职责是指挥，战士的指责就是听从指挥，指哪打哪！〔6.7〕

平衡之术才是王者之术。〔6.7〕

多与年轻人交流，年轻人身上都散发阳气，从中医上讲可以吸阳补阴，长寿。〔6.8〕

亲子书香在端午，好书陪你成长路。〔6.8〕

年轻人不能做精致的利己主义者，要有家国情怀。〔6.8〕

乾隆皇帝为什么喜欢和珅？因为和珅做事用心，事事为皇帝着想。〔6.9〕

所谓的好朋友就是少时一起喝酒，中年一起喝茶，老来一起喝药。人生苦短，岁月沧桑，知己知彼，方为真交。〔6.9〕

古代帝王家有子弱母壮必乱于天下之说。而今人们说母壮才能子强，是指身体，心理方面母壮子易弱，强势高压之下孩子缺乏自信。〔6.10〕

肥与不肥，胖与不胖，与爱无关，心里自知。〔6.10〕

我觉得人一生认清三件事很重要。一，当你老了，失去了平台以后，还有和你聊天喝酒的朋友。二，年轻时比权力比财富，当你年老时比的是寿命，看谁笑到最后。三，……明天请我喝酒告诉你。〔6.12〕

一个不懂哲学的人难以成为一名大作家，而一个真正的大作家本身就应该是一个哲人。作品的思想性决定了它的高度，比如《红楼梦》，比如鲁迅先生的作品，比如雨果，比如托尔斯泰。〔6.13〕

《西游记》中天宫中的大仙身边童子、坐骑偷偷下界后想做个山大王，如金毛犼（观音坐骑）、青牛精（太上老君坐骑）、狮象二妖（文殊、普贤坐骑）、青毛狮怪（文殊菩萨坐骑）、白鹿精（寿星坐骑）、九头狮精（救苦天尊坐骑）……这些坐骑在天宫中地位低下，想下界做个王。黄眉大王，人称黄眉老祖，主人是弥勒佛祖，自己也妄想成佛，所以自称黄眉老祖。在现实生活中这样的事情屡见不鲜，冒充着形形色色的角色，到处招摇过市。〔6.13〕

马云喜欢看人在饭桌上喝酒的表现：自己不会喝酒，但好强硬撑，结果三杯未下肚，就面红耳赤，开始手舞足蹈，之后又是烂醉如泥，丑态百出，这类人我不会重用；自己很能喝，但装着不会喝，并一边想方设法唆使别人喝，不看到别人烂醉倒地不罢休，这类人阴险狡诈，我也不会重用；那种自己会喝酒，依自己的酒量去喝，对别人不劝酒、不唆使，悉听尊便，则可以放心重用。〔6.14〕

王小波说："人在年轻的时候，觉得到处都是人，别人的事就是你的事，到了中年以后，才觉得世界上除了家人已经一无所有了。"个人觉得王小波虽然说得有点绝对，但也说明了一个重要的道理，就是人到中年关爱自己和家人最重要。人到中年朋友圈要缩小，不要花无谓的时间在无用的社交上，要有效交流。〔6.14〕

装修房子和修改文章是一样的，从毛坯房到精装修这个过程要付出大量的工作，所以有人说好文章是改出来的。〔6.15〕

要做就做一个有诗意的人，而不是会写诗的人。李银河曾这样说她与王小波的爱情："当时使我爱上他的也许不是他写诗的才能，而更多的是他身上的诗意。"什么是诗意呢？率真幽默，对生活充满了理想的激情！〔6.15〕

富贵对我如浮云，名利对我如粪土。能做到的人很少，太难了。欧阳修《读书》："纷华暂时好，俯仰浮云散。淡泊味愈长，始终殊不变。"〔6.16〕

你之所以看得远是因为你骑在父亲肩头的缘故。现在你老是低头走路，是因为我肩头承不起你屁股的重量。〔6.16〕

读书，思维远比观点重要。学习，体系远比知识重要。做事，方法论远比办法重要。〔6.17〕

考试是最有效的学习方法。认真读书是考试的一个最要环节。〔6.17〕

我不怕闭卷考试，因为闭了不会还说得过去；就怕开卷考试你还不会往上写，就有点说不过去了。〔6.17〕

人到中年以后随着年龄的增长应该返璞归真，返老还童。不应装模作样，装神弄鬼。老不读三国是有道理的，防止的是老谋深算。〔6.17〕

🐥 反思已经知道的，理清自己想要的，掌握人生必要的，遵循科学验证的。〔6.17〕

🐥 愿生活的图景永远是满头鸡毛，而非一地鸡毛。〔6.18〕

🐥 有了小错误要及时纠正，否则因小失大。正所谓：一针不补，十针难缝。〔6.18〕

🐥 胸有格局决定眼界，站得高望得远。"望远能知风浪小，凌空始觉海波平。"〔6.18〕

🐥 人若小肚鸡肠，牢骚满腹，怨天尤人，杯弓蛇影，最终会落得个生得伟大，死得可怜。〔6.19〕

🐥 好的下属是表扬出来的，同理，好的老公（婆）也是表扬出来的。〔6.19〕

🐥 成为最厉害的人，最直接、最高效的方法是什么？就是和最厉害的人在一起。〔6.19〕

🐥 华为强大是有道理的，从用人一点即可看出，不是任人唯亲。"优先从有成功实践和优秀团队中选拔干部，优先在主战场、一线和艰苦地区选拔干部，从出成绩的团队出干部。"〔6.19〕

🐥 真正的宝剑看上去是钝笨的。正所谓：重剑无锋，大巧不工。好的鸡蛋也不是光滑鲜丽的，而是带着鸡屎和污垢。真正的人生也不是一帆风顺的，而是充满了坎坷和波折。〔6.19〕

🐥 真正好的管理，应该努力帮助他人改变工作情境，创造积极情绪，激发内在动力，控制自身惰性。〔6.19〕

🐥 表扬过程而不是结果，表扬努力而不是天分〔6.19〕

🐢 一群人中最有实力的人最安静。"动如火掠，不动如山。" 〔6.19〕

🐢 承认错误和推脱责任是犯了错的不同的境界，前者会进步，后者会掉队。 〔6.19〕

🐢 每日清晨三颗葡萄入腹，自感内力日渐雄强无比，汩汩然，绵绵然，其势无止无歇、无穷无尽。 〔6.20〕

🐢 没有人无缘无故拒绝别人赞美自己。 〔6.20〕

🐢 游泳教练不一定比你游得快，但他能教你游得更快。 〔6.20〕

🐢 以创造而不是反映的观点来面对自己的生活与生命；看清自己真实的人生目的，学会建立个人愿景，找到自己人生的终极目标。 〔6.20〕

🐢 人生的成功是相似的，失败却各不相同。（这句话反过来说也能成立：失败虽然各有不同原因，但成功却总有共通之处！）〔6.20〕

🐢 法国谚语：拍马是为了骑马。当官的喜欢被人拍，因为心里舒服。但当你被拍得最舒服之时，也就是别人骑上之日。 〔6.20〕

🐢 人犯错大体有两种：一种是无能之错；另一种是无知之错。 〔6.20〕

🐢 企业发展滞后有许多原因，其中重要的一个原因是，以经验管理为主，没有形成科学管理，另外引进了新技术却没有引进新管理，重视技术轻视管理。 〔6.21〕

从今天开始夜短了天长了。古人说得好：昼晷已云极，宵漏自此长。这是好的，许多文人把一个简单的事情说得又臭又长，一句话里不加形容词就不会说。其实用最简洁的语言表达最复杂的事情才是能力。司马迁就是其中一个，美国的海明威也是。〔6.21〕

现在终于把几道大题倒背如流了，但是我越发担心了，因为我不会正背了。〔6.21〕

当夏日清晨的阳光透过窗帘照射在脸上时，一种清新甜美的感觉，仿佛看到了神灵的身影光临，伴随着鸟鸣和夏季里蔷薇淡雅的花香，弥漫在清爽的空气中。一个美好的周末一个属于自己生活中的早晨，像一个活泼可爱的少女带着青春的气息而来。让青春娇艳的花朵绽放美丽的容颜，飞来飞去的日子里我们生命中出现闪亮而光芒的时刻！〔6.22〕

随着年龄增长少了一个敢喝醉的胆，敢偷情的心，敢开花的勇气。〔6.23〕

君子坦荡荡，小人长戚戚。多少人能做到坦荡荡？心胸开朗，坦率洁净，一种自然的自由的境界。大智若愚，宠辱不惊！〔6.23〕

生活就像吃饺子，面和完了还得擀皮。以为完了，其实还有包馅，烧水，下锅煮。〔6.23〕

其实生活中大多数更喜欢听谎言，因为谎言更动听更悦耳。所以有人说：当真理还正在穿鞋的时候，谎言就能走遍半个世界。〔6.23〕

人们总喜欢做自己喜欢的事，如果一天你反过来试试会是什么样的效果？吃点你不想吃的，喝点你不想喝的，以及做点你不愿做的事情。当我和别人喝二锅头的时候，就有人说茅台酒的酱香味最难闻了；当我吃粉丝的时候，就有人说鱼翅根本没什么味；当我在门口的大排档吃饭的时候，就有人说五星级酒店吃饭没情调。我都深信不疑，直到有一天我试过以后也对别人这么说。〔6.23〕

不要完全相信别人说的话，鱼和熊掌可以兼得的。〔6.24〕

在人生的旅程上，害人者人恒害之，敬人者人恒敬之。〔6.24〕

学习好的高考分数高的孩子，是父母为国家培养的人才不属于自己，最后留学国外或远走他乡，老了很少能陪伴自己或照顾自己。而那些学习差的，才是上帝派来照顾自己、陪伴自己的孩子，知道父母养育之恩，没有考好慢慢陪你到老。〔6.24〕

没有信仰，人生的这辆马车就不知道驶向哪个方向。〔6.24〕

有钱能使鬼推磨，这话不好听，可它是一个屡试不爽的真理。活人没有不爱钱的，即使是死人也希望活人给他烧钱。〔6.24〕

等你长大，可能没有头发。愿你前程似锦，愿你浓发如初。〔6.24〕

人生要扔掉三件东西：一是大脑中的阻碍自己接受新思想的固执；二是逝去了的感情；三是背叛了诚信的友谊。〔6.26〕

幸福常常是一种感觉，和金钱无关。有的人赶毛驴车乐得屁颠屁颠的，有的人开着奔驰宝马要自杀！〔6.27〕

生命中的贵人就是在你迷茫的时候给你指明方向的人。人生中围观者常见，贵人不常有。〔6.26〕

- 人到中年最痛苦的是，新知识的增长幅度与体重增加的速度不成正比！〔6.27〕

- 草原太小，无法安放一颗奔驰的心。〔6.27〕

- 真正稳固长久恩爱的婚姻，属于平凡小夫妻。因为他们是没有太多资源的男女，所以要努力把资源放在一起使，以便生儿育女，面对人生风暴。他们从婚姻里获得实实在在的好处，比如安全感，比如共同抚养下一代所需的成本分担。他们的人生没有太多选择，所以也没什么诱惑，白头到老的可能性很大。"而太穷的男女和太富的男女，都不容易拥有长久稳定的亲密关系。太穷的人被生活压榨得太厉害，穷则生变。而太富的人呢？选择太多了，改变太容易了，凭什么要吊死在你这一棵树上呢？让我不爽了，我就走。这就是拥有最大选择权的人最经常选择的路，一般人认为天崩地裂的事，在他们那里不成其为问题。〔6.28〕

- 我们就是野外向阳开放的小花，自由地表达自己，没有与树争高，比有炫耀的地位，没有人去解读我们内心。在大自然中汲取灵感，得日月之精华，朝露之滋润，山野之清风，阳光普照，我心向善，走过春的明媚，夏的炎热，灿烂了自己，静美了人生。〔6.28〕

- 恋爱圈子里有句话，叫作"想要证明这个人靠不靠谱，俩人出门旅游一次就知道了"。这句话其实很有道理，旅游需要提前查路线、看天气预报、订机票、订酒店，精确规划好时间和景点次序，还要买好回程的机票或者高铁票，这是一件需要未雨绸缪、做到越精细越好的事情。如果你想要托付终身的另一半儿，能把这件事安排得妥妥帖帖、滴水不漏，两人玩得顺风顺水，平稳中还有惊喜，说明你这对象是个人才，是个实事求是的人才。〔7.1〕

人生的坏有三种最可恨：一是只许州官放火，不许百姓点灯。二是笑里藏刀，背后使坏。三是恩将仇报，见利忘义，背信弃义。〔7.1〕

朋友圈里人不少，靠谱的朋友不多。靠谱就是：一，欠钱要还；二，做事有回音；三，无事也登三宝殿；四，诚信，答应别人的事，要做；五，办事也要为对方考虑，不能只顾自己的感受。〔7.2〕

人生的三大不自信：一是怕老婆与陌生人说话，二是逢人送名片，三是总和别人说他认识谁谁。〔7.2〕

有的人外柔内刚，意志坚决，缺点是决断太快，缺乏仔细的分析。有的人外刚内柔，刀子嘴豆腐心，缺点是容易被别人掌控。不同的性格就有不同的命运，性格即命运是有道理的。〔7.2〕

不争论不嫉妒不惧怕〔7.3〕

在中国为什么喜欢当领导当一把手？因为一句话：这事我说了算！〔7.3〕

不要刻意讨好人做事也不要故意得罪人做事，这叫中道行事。"人生哪能多如意。万事只求半称心。"〔7.3〕

某领导在电梯里放了个屁，问周围的几个部下，谁放的？几个部下面面相觑，都说不是我放的。领导一生气，屁大点事都不敢承担，还能干成什么事？当领导你得敢承担。〔7.4〕

为人本色，直率坦诚，不虚伪，不矫情，不尿裤子。〔7.4〕

不讲四话：空话、假话、套话、大话。〔7.4〕

林黛玉比王熙凤有文采，武松比宋江武功高，孙悟空比唐僧能打怪，张飞比刘备战场上更能冲锋陷阵。不是能干的人就能当领导，当领导的有理想。〔7.5〕

有人问我暑期去哪儿旅游？我说：朋友圈。〔7.5〕

医者不能忘记治病救人的初心。〔7.5〕

骄阳下搬砖的往往挣（钱）不过空调下吃瓜的。〔7.5〕

三句被曲解的文句：第一句："人不为己，天诛地灭！""为"字应读二声，是修为的为。正解："做人如果不好好修为自己，就会为天地所不容！"人一定要养德。并非：人活着就是要自私自利，处处应为自己着想。第二句："量小非君子，无毒不丈夫！"毒字应读"度"，四声！出处为关汉卿《望江亭》："便好道：量小非君子，无度不丈夫。"度，指大度。正解：大丈夫要有足够的度量与格局，容人所不能容，才算真正的大丈夫。却被曲解为：要够狠、够阴毒才是大丈夫。第三句："女子无才便是德。""无"字是动词，应解释为：有才，心里却要自视若无才。正解：有才德的女子，却不显露才干，甚至自谦自己无才，这是一个女子最大的才德！被曲解为：女子不应该有才华，甚至女子不该读书学文化，类似无才的女子有德。我们确实曲解了中华五千年的优秀文化，误读这三句好话太久太久了，甚至直到今天也还未真正弄明白。〔7.5〕

什么让淑女变成辣妈？是望子成龙的心切还是望女成凤的愿望使然？〔7.6〕

一个真实的励志故事：我们彭主任的奶奶生活在云南，今年一百零三岁，平日爱吃白糖肥肉，身体"彪悍"！与一个九十八岁老奶奶打架不分胜负。想长寿吃肥肉，老了打架永不负！〔7.6〕

- 大多数北京人的一生：0—10岁，被迫学习各项课外技能，不断考级，多数是为了父母的面子和期望。10—20岁，死啃如山的书籍，应付如海的考试。20—30岁，到处投简历，着急自己找不到工作。30—40岁，成为房奴、车奴。40—50岁，为孩子的未来操心，省吃俭用，努力存钱。50—60岁，终于有了自己的生活，却发现马上要退休，又开始担忧退休后怎么办。60—70岁，花费大部分精力养生，却发现还要养孙子。70—80岁，终于安定下来度晚年。临死前，发现原来一块墓地都贵得要死！〔7.8〕

- 成功需要：高人开悟；贵人相助；内人支柱；对手鼓舞；小人成就。〔7.9〕

- 一个人要容得下看着不顺眼的人，听得进不顺耳的话，装得下不顺心的事。〔7.10〕

- 写作与练武一样不能杂而不纯，博而不精，要专攻一项，练得炉火纯青才有建树。〔7.10〕

- 好诗应该让别人读懂，并不仅仅是让自己读懂。好的古诗就是朗朗上口，意境优美，就连不识字的人都能理解诗意。现代诗越走越读不懂了。〔7.11〕

- 人与人之间的交往是复杂的，因为人性是复杂的。"白发如新，倾盖如故。"有的人相处到老还是陌生的，有的人停车交谈便一见如故。感情的厚薄是不以时间长短来衡量的。〔7.12〕

- 天高地迥，大千世界千姿百态，千奇百变，造化万千，不是语言所能穷尽的，就连李白这样的大诗人也身感如是。语言也有苍白的时候。"山高水长，物象千万，非有老笔，清壮何穷。"这是李白手书的《上阳台帖》自咏四言诗。〔7.12〕

现在做什么都不容易，做生意不易，上班也不易，但是最容易的是胖。〔8.24〕

马尔克斯认为，灵感既不是一种才能，也不是一种天赋，而是作家坚韧不拔的精神和精湛的技巧同他们所要表达的主题达成的一种和解。〔8.25〕

要尽力维持自己的天性，不受太多污染，也就是以天真天籁的心境，敏感察觉世间不同形态的美，并且不断寻找让自己喜悦的表达方式。〔8.26〕

别人是见缝插针，我是见缝插字，长城不也是一块块砖垒成的。〔8.27〕

找对象不仅要考虑年龄、学历、经济情况、情投意合，也要找个空调度数合得来的。〔8.28〕

现在用人单位对学历要求提高，所以现在毕业生参加工作年龄偏高。博士一毕业就成为中年人，像中年人那样为了柴米油盐精打细算。他们的生活从一开始就是物质的、世故的，而不能体验一段浪漫的人生，一种直指心灵的生活方式。〔8.29〕

每个人的童年都有几个梦：侠客梦、当兵梦、作家梦……〔8.30〕

远富近贫，以礼相交天下少；疏亲慢友，因财而散世间多。〔9.1〕

攻守之道的根本是无论何时何地都能保持谨慎敬畏，保证自己能明察秋毫，没有闪失。所以《周易》头一卦乾卦中有一句至关重要的话——"君子终日乾乾，夕惕若厉，无咎。"意思是说，君子除了要自强不息，更重要的是每天要存有如临危境的意识，并且不能松懈片刻，这样才能避免灾祸，以保平安。〔9.2〕

《淮南子·人间训》："大有阴德者，必有阳报；有阴行者，必有昭名。"意思是暗中积善的人,上天早晚会降下福禄给他。暗中行善事的人，总有一天会获得辉煌的声誉。〔9.3〕

孙悟空、猪八戒、沙僧辅保大唐高僧玄奘去西天取经，师徒四人一路抢滩涉险，降妖伏怪，历经八十一难，取回真经，终修正果。师徒四人被如来佛祖封予不同"荣誉称号"，唐僧被封为旃檀功德佛，孙悟空被封为斗战胜佛，沙和尚被封为金身罗汉，只有猪八戒被封为净坛使者。猪八戒似乎不满意，如来佛祖笑着说：你肚大肠宽，让你吃遍天下美食。猪八戒终于明白佛祖的好意。给你戴个什么帽子不重要，重要的是生活。〔9.4〕

中国人所说的"心"一般不会指心脏或头脑。"你有没有心""你是否用心了""你心里有没有我"。这"心"绝对是三维立体的，包含的意义很深，只可意会，不可言传。用情义也很难准确地表达。中国人看人最注重看心，你有没有心不是自己说了算，是用行动证明的，不是言语完全能表达的。〔9.5〕

有时创作好似品尝一场盛宴，成功是有快感的。〔9.6〕

大丈夫要有容人之心、度事之量。以克人之心克己，以容己之心容人。〔9.7〕

写世界上最干净的文章，看世界上最原始的景，与世界对话与自然交谈，听天籁之音踏天堂之路。〔9.8〕

献给我敬爱的老师们，祝你们节日快乐，幸福安康。生活之所以有光明，有绿色，有方向，是因为每个人的成长都离不开老师的教诲。〔9.10〕

虽然离月坛很近很近，但是我从没有看到过有人祭月。在土默川的老家，中秋节几乎家家是要祭月的。晚上祭月神，祈求来年五谷丰登，雨水充沛，牛羊成群，人畜平安。〔9.14〕

人生有两件事不能做，一是劝人离婚，二是劝人出轨。〔10.2〕

年轻的时候我以为有钱就有了一切，现在老了才知道，确实如此。〔10.3〕

多现实啊！现在谁还读诗，读小说？写诗写小说挣不了钱，而写论文能评职称，编专著能当专家。〔10.5〕

一个人应有才华，而不荒废；有天赋，依然勤勉；有所成，却能谦逊。〔10.6〕

你爱写诗，写诗时最幸福；你爱喝酒，喝酒时最幸福；你爱当官，当官时最幸福。幸福是建在爱的基础之上的。〔10.7〕

当别人都追求学历的时候，你去做生意；当别人都买房子时你去买地；当别人都去做生意你回家种田了。成功的人从来不凑热闹，而是做别人不愿做的事。〔10.8〕

估计没有一只羊活着离开萨拉齐。家乡的美食很单调。早点，老板，滚碗羊杂碎；午饭，老板，来碗羊肉面；晚饭，老板，上炖羊肉；夜市，老板，绵绵接来几个羊蹄子。〔10.9〕

有一个朋友说孩子在北京上大学，以后准备留在北京。我说如果准备买房，毕业时拿诺贝尔奖吧，奖金是900万瑞典克朗，约650万人民币。可以考虑在门头沟买个小三居。〔10.10〕

干得越多，错的机会就越多，比如孙悟空，干得多，受的委屈多，也最不受师傅青睐！还不如猪八戒，偷偷懒，告告状，卖卖乖！〔10.14〕

你目空一切，啥也看不惯，天降一片树叶子盖了你的眼。你伶牙俐齿，尖酸刻薄，上帝就让你哑。〔10.15〕

用人不疑，疑人不用。领导用人最忌讳的是不信任自己的下属，暗中调查，又怕抢功，总挑毛病，不鼓励，惩罚有余奖励不足，让下属看不到未来的前景，不提拔重用还暗中阻拦……领导格局的大小决定了他事业的成败。〔10.16〕

与人交往时，即便看透了对方的某种行为或者想法、动机，也需装出一副迟钝的样子。〔10.17〕

专家学者、文人雅士与平民百姓的阅读兴趣存在着较大差异，唐诗宋词元曲并不是每个读者都推崇和喜爱的。就是《红楼梦》这样的世界名著，也有一些读者对其并不青睐。老百姓喜欢的通俗言情小说，在中国文学界的评价并不是很高。鲁迅的母亲就不喜欢读鲁迅的小说，他让鲁迅给她买张恨水的小说。〔10.18〕

鲁迅作为新旧文学交替时期的人物，自然也是开创了一种全新的创作手法，他最惯用的就是白描手法。他在其文章《写作秘诀》中曾对白描手法做了说明，在他看来，白描具有有真意，去粉饰，少做作，不卖弄的特征，和自己追求的白话文价值取向是一脉相承的。鲁迅之所以会名垂青史，和他独特的艺术表达也是分不开的。能够写好文章的作家太多，但是有自己特色的作家，太少。〔10.19〕

一个人要有生活的体验，更要有对生命的体验。〔10.20〕

今天是农历九月二十八日，是母亲去世的一周年纪念日。妈妈离开我的365天里无时不想念她。母亲在儿子的心中永远有着最崇高的无法代替的位置。金灿灿的落叶铺满大地的时候，思念也在秋风中弥漫。此时正是曼陀罗花盛开在天堂的季节，我看到妈妈的微笑。〔10.26〕

凌翔老师说，写作，应该追求浅白，而不是深奥。浅白有时比深奥更受欢迎。〔10.27〕

热爱生活的人与敬畏生命的人，有些赫赫有名似乎高不可攀的名人身体里，都住了一个有趣的灵魂。〔10.28〕

我看人不看出身，要看他（她）的人品。如《倚天屠龙记》中张三丰所言："那有甚么干系？只要媳妇儿人品不错，也就是了，便算她人品不好，到得咱们山上，难道不能潜移默化于她么？天鹰教又怎样了？翠山，为人第一不可胸襟太窄，千万别自居名门正派，把旁人都瞧得小了。这正邪两字，原本难分，正派弟子若是心术不正，便是邪徒，邪派中人只要一心向善，便是正人君子。"〔11.29〕

《倚天屠龙记》中，张三丰教张无忌三招，张无忌每学完一招后，张三丰问的不是"你记住了吗"而是"你忘记了吗"，忘记了招数才能继续往下学。"忘"不是一无所获，而是化有形为无形，就是道家的"回归本我"，是学问的最高境界：无境。〔10.30〕

《神雕侠侣》中，雕兄把杨过带到它的原主人独孤求败住的山洞里，向杨过展示独孤求败的剑冢。每个剑冢上面都有立碑，碑上题着字，剑冢里埋着好几把他用过的剑，青锋剑、玄铁剑、木剑。上面的题字是这样的：凌厉刚猛，无坚不摧，弱冠前以之与河朔群雄争锋。紫薇软剑，三十岁前所用，误伤义士不祥，乃弃之深谷。重剑无锋，大巧不工。四十岁前恃之横行天下。四十岁后，不滞于物，草木竹石均可为剑。自此精修，渐近于无剑胜有剑之境。

这是讲武功的几个阶段，可再仔细想想，这哪里是在讲武功，明明是在讲人生，这不正是人生的几重境界吗？〔11.1〕

冯唐说："吃喝嫖赌抽，坑蒙拐骗偷，人间这么多乐趣，其实我都不能干，只剩喝酒这一项，如果再戒了，那活着还有什么意义呢？"为什么那么多人做坏事？因为坏事对人有诱惑力，让人产生快感！〔11.3〕

人与人的交往有的是相见恨晚，品性相投，三观相同。有的是一锤子买卖，利益心太重，品性太差，不讲信用，没有感恩心。〔11.5〕

在美国当农民是一种职业，中国的农民是一种身份，而且是最低的一种。〔11.6〕

房子是可以买来的，但是良心和诚信是买不来的。〔11.7〕

做人做事要不畏惧、不糊涂、不动摇、不停步！〔11.8〕

一生不长，时光有限。不要等来日，来日并不方长。做人要有情有义，有来有往，方可长交！〔11.9〕

写诗、喝酒、谈情说爱这些都没什么用，但是很有趣。人生需要一些有趣的东西来装饰心灵的窗户。〔11.10〕

秋天一到，北京又变成了传说中的北平，两点一线的生活令我无暇顾及视线以外的景色。不是不热爱生活，也不是北京的秋色不迷人，实在是我没有去寻找或观赏帝都的秋色。下午下班回到黄寺大院，走在院子里，浓浓的秋色映入眼帘，秋的味道直透鼻孔。没有特意去想，秋色已包围了我。让我不由得感叹时光荏苒、岁月的沉淀！大自然的神奇就是它会改变一个人的心情、对未来的想象和对过去的思考。虽然年复一年，景色依旧，人却渐渐地变老。这就造成对有感觉的跳动的心脏一个轻轻的撞击。活着真好！没有了生命所有的感知都无从知晓。深深地吸一口如烟如水的凉气继续迈步，嘴里嘟囔了一句：我也体味过这怡人的秋，也活过这灿烂的日子。我在低头找路的时候也仰望过星空。〔11.11〕

领导的眼睛才是雪亮的，永能发现员工身上的不足和工作中的失误。〔11.13〕

《时间简史》里面有一段精辟的论述：就算是在宗教上水火不容的基督徒和穆斯林，也可以在金钱制度上达成同样的信仰。原因就在于宗教信仰的重点是"自己相信"，但金钱信仰的重点是"别人相信"。〔11.14〕

苏东坡《前赤壁赋》《后赤壁赋》和《水调歌头·赤壁怀古》，是其文学创作的高峰。他因乌台诗案，几乎丢掉性命，被贬谪到黄州，从生命中嚼咀出一团火光，在火里、水里、油里浸泡，才炼出闪闪发光的金刚石般的名篇。在《水调歌头·赤壁怀古》中，他用长江、明月祭奠"人生如梦"的生命。〔11.15〕

女人最大的自负是总觉得自己长得还可以，只要打扮一下总有吸引人的地方；男人最大的自负是总觉得自己可以挣到钱，只要有机会，而且挣的是大钱。〔11.16〕

我必须要认清的一点是：无论任何时候任何事情发生失误、偏差或错误，一定首先从自身找原因。千万不要抛开自己从他人身上找问题。学习如此，婚姻如此，朋友交往也一样。任何事情自己一定是主因，否则任何问题都解决不了，即使一时解决了还会重蹈覆辙。〔11.18〕

做父母的最伤心的莫过于子女带给自己的痛苦，子女事业的不如意，婚姻的不幸，生活的遭遇和挫折、病痛的无奈……这些事情都和父母的心连在一起。如果做子女的软

弱无能或大脑无力，都会将痛苦转嫁到父母身上。做父母就埋怨命运不佳，却从不后悔自己教子无方。〔11.19〕

字和画大多数老百姓欣赏不了，分辨不出高低。也和世俗的眼光有关，看是什么人写的和画的。名家作品人们就会附庸风雅。文字却不同，好的就是好的，差的就是差的，不管它是谁写的。〔11.20〕

冬天的夜晚
冬天的夜晚/我骑上电瓶车/带上我的妹妹/奔驰在北京的街头/寻找红火的串吧/喝上一杯/撸上一串/听妹妹唱/三十里的明沙二十里的水/眊妹妹把哥哥跑成罗圈腿/秋风带走了最后一片落叶/留下灯火阑珊的夜/红火哇！红火哇！
〔11.23〕

看一个人先看看他最常交往的朋友。如果他身边都是些小混混，那他也痞性十足。物以类聚人以群分是有道理的，近朱者赤近墨者黑也是有道理的。人应该与高手过招，与英雄联盟，与强者亮剑。〔11.24〕

不管是同学还是战友或是朋友，得交往得来往，搁在那儿久了真的就凉了，不论曾经多么热乎。我们曾经……那是曾经不是现在。人的精力有限，不可能总是想着曾经的你。〔11.26〕

有的人太不讲究，不讲究礼貌，不讲究礼数，不讲究感恩，不讲究规则，甚至不讲究自己的脸面。只讲究他自己的私利。孟子曰："得道多助，失道寡助！"〔11.27〕

人生除了生死，一切都是擦伤。〔11.28〕

浪漫不是用来做事业的，是用来美化内心的，是用来点燃生活的。〔11.29〕

艺术家对自己作品的欣赏像女人对待自己的容貌，都是一个自恋和臭美的过程。〔11.29〕

妹子，每天不读书不运动，你能漂亮到哪儿去！〔11.29〕

我缺乏伟大的理想，我的理想就是在午后温暖的阳光下睡上一小觉。〔11.29〕

黄寺大院入冬第一场雪，在深夜寂寞无声地飞扬着，雪落在房顶、树梢、湖面、路上。一场雪就像一场梦，仿佛让人回到了民国时期，整个北京城刹那之间变成北平城，韵味十足。你想找林徽因谈诗，听梅兰芳唱京剧，与家人涮火锅，与老友喝酒。冬天没有雪还叫冬天？一场雪带来许多惊喜和欢乐，一场雪带来许多的梦想。〔12.29〕

冬日
———致二哥
巴彦淖尔的第一场雪/比京城来的更早一些/黄河的水流已失滔滔/河套大地被银毡覆盖/阳光普照在阴山山脉/炉火上炖羊肉的香味弥散四周/雪后的中午等着二哥的到来/兄弟情，三壶酒/千古事，笑谈中/人生不过百年/哪有那么多纠结/我们只在乎寒风凛冽的冬日/喝酒的感觉/想想同学上课的热烈/人生在世浓浓的情意/才是欢乐的一切/大雪纷飞团聚在一起/又是一个难忘的冬日〔11.30〕

说话点到为止，恰到好处。切不可画蛇添足。"你吃了吗？""昨晚睡好了吧？"如果再一句就变味了！"吃的什么玩意儿！""又和谁睡了？"〔12.1〕

"乐天"出自《周易》。乐天知命，乐从天道的安排，语出《周易·系辞上》："乐天知命，故不忧。"顺天道之常数，知性命之始终，任自然之理，故不忧也。就是说顺从天道的安排，就不会有什么忧患。〔12.2〕

人不能总贪图小便宜，见利就争，见利就贪，见利就忘义，世上也没有掉馅饼的好事，得到任何东西都是要付出代价的。切勿陷入其中！〔12.6〕

看人看长处，骂人骂短处。〔12.7〕

性格不同的人他办的事也不同，有的人举轻若重，有的人举重若轻。不过我更欣赏后者。〔12.7〕

做好事不要怕别人不知道，迟早会露馅儿的！〔12.7〕

战斗力和热情一是来源于利益，二是源于担当。〔12.8〕

有时候沟通挺难的，你说生活中的事，他觉得无所谓；你和他聊佛，他觉得话题太深刻。你什么也不说吧，他又觉得你不负责任。〔12.9〕

我发现一个现象，一看考试题一背考试题就容易打瞌睡。这是否可以应用于治疗失眠病人。〔12.9〕

最幸福的人其实就是最自由的人，自由的表达，真实地活着不伪装。什么也不敢说，什么也不敢做，你当了皇帝也是一只被圈的羊，享受不到自由的阳光。〔12.10〕

小事看人品，大事看格局，不大不小看担当。没做事让你啥都看不出来。〔12.10〕

同学光耀经常说，一个人的成功离不开四大元素：高人指点、贵人相助、个人学习、有人监督。〔12.10〕

千万不要低估一个女人的第六感，其实大部分男人心里都很清楚——女人的第六感大多情况下是很精准的。〔12.10〕

语言是我们感受这个世界的心灵触手。〔12.12〕

- 不虚伪、不做作、不矫情、不掩饰，这才是生命本来的样子。〔12.12〕

- 雪花是营造梦的精灵，平凡而朴素的生活需要一种浪漫的情怀和氛围。踏雪寻梅，踏雪而歌！〔12.16〕

- 一个人的成长和生活的环境、目前所处的位置等不同决定了他以后的梦想。有的人喜欢当官，十年以后希望当个厅部级官员，我称之为"官迷"；有的人喜欢做生意，希望十年后有个几千万，我称之为"财迷"；我没有"官迷"才智，也没有"财迷"的聪明。就梦想着做个书迷。十年以后写就十本书，带着孩子去新华书店时，指着架子上自己的著作，自豪地吹一下。〔12.16〕

回复同学的一封信

亲爱的同学任燕：

　　你好！在大雪纷飞的早晨我正坐下来读你给同学的信，在寒冷的冬季如一股暖流直冲心扉。在"岁月如歌，同学情深，不忘师恩，砥砺前行"的旗帜下我们站在一起，迎接东方的一轮旭日。在人生的众多感情中，同学情是非常特别的，如陌上花开，芳香四溢。作为班长，我代表全班同学送上我们的祝福。祝愿你幸福快乐，健康平安，祝贺你在学习中取得了优异的成绩。许多年后希望我们每个人依然能记起曾经一起学习的时光。我们是经管专业在职研究生最后一届学员，我们的学习生活必将成为我们一生最值的珍惜的时光和珍贵的记忆，在我们人生史册中熠熠生辉！

　　三人行必有我师，八十名同学中每个人都有值得我们学习的优点。每位老师都值得我们尊重和敬爱，他们尽心尽力地把最先进的管理理念和知识传授给我们。我们在一起产生了宝贵的同学情、师生情。在浓厚的学习氛围中，我们每个人思想和能力都得到了提升。

莫笑人生多情长，
同学相见又朝阳。
中央党校柳阴路，
不忘师恩橘绿黄。

　　亲爱的同学，感谢你的祝福和传递的爱心与友谊。我们会带着你的祝福开创自己的人生道路和梦想。相信明天会更好，在穿越人生的那片海时，蓦然回首，依然记得你粲然一笑，亭亭玉立的身影，依然记得你为边老师打伞遮阳的那刻。记得我们同行过！

　　在2020年新年来临之前，送上我及全体同学的祝福，祝你及家人：新年如意，平安喜乐！

你的同学张鹏飞

2019年12月16日

一场雪

　　下雪是不冷的，雪后结冰天气转冷。清洁工人和开车出行的司机不喜欢下雪天，孩子们喜欢，爱拍照的喜欢，写诗画画的喜欢。其实从医学角度来说，下雪是可以减少一些病菌的传播的。

　　现在人们忙碌的生活越来越降低了审美需求，想着升职想着赚钱养家。我的内心深处浮躁异常，静不下心来。谁还在意一场雪？雪下给谁？谁喜欢下雪？少了一种晚来天欲雪，能饮一杯无的情调；少了一种骑驴过小桥，独叹梅花瘦的感慨；少了一种今我来思，雨雪霏霏的悲腔。雪带给人们的感受应该是多样的。朋友圈里的雪下得似乎比外面更热闹，不过是随手拍的几张照片。

　　雪能给那些奔波的人和追梦的人营造一份宁静而美好的感觉。大雪过后离过年不远了，父母的期待，回家的温馨，提醒着我们一年又到头了，该停下来歇歇脚了。想想热腾腾的杀猪菜，想想那甘洌的家乡酒，"北风其凉，雨雪其滂"，饮一杯防寒保暖。

　　雪遮盖了一路的疲惫，呈现了未来的向往。踏雪而行，踏雪而歌。不惧严寒，不畏将来。欣赏一场雪，喜悦一个梦。让雪亮靓内心，让雪体贴岁月。就把雪当作一场盛宴，一场盛大的遇见，一场在最美的季节、最美的地点、最美的时间、最美的时候的遇见。〔12.16〕

同学王云林说，认真做事只是把事情做对，用心做事才能把事情做好。〔12.16〕

生活有两大误区，一是生活给人看，二是看别人生活。〔12.18〕

一个男人心中终有一个暗恋的女生。我暗恋过的女孩叫李娟。因为她写的《我的阿勒泰》。不是我不喜欢现在的文学作品，是现在的文学作品辜负了我。李娟不仅没辜负我而且让我知道什么是天然形成。明月松间照，清泉石上流！〔12.19〕

寒冷的刮风的冬夜，静静地喝上一碗奶茶。清空大脑沉重的杂念和不安的欲望，删除无用的贮存。身轻如燕才能穿越时空，创造新的草原。〔12.20〕

中年以后你应该懂得生命的脆弱，不要为难自己，也不要和别人较劲。做些自己喜欢的事，怎样活得舒坦怎样来，这是对自己的负责，对生命的敬畏。〔12.20〕

人生有三样东西经不起折腾和挥霍：身体、爱、金钱。〔12.21〕

为人处事要柔中带刚，刚中有柔，不可一味地刚。《道德经》中有言道："兵强则灭，木强则折。""故坚强处下，柔弱处上。"又说："天下莫柔弱於水，而攻坚强者莫之能胜，其无以易之。弱之胜强，柔之胜刚，天下莫不知，莫能行。"也就是说处事的至理之中，乃是以柔克刚，柔亦胜于刚。〔12.21〕

天空透白，薄雾蒙蒙。冬至早晨的农家小院，它像一头老牛安睡在村子的一头。一声鸡叫打破了磴口村的寂静，村庄醒了，从雪夜里睁开了迷蒙的双眼。雪雾挂满了树枝，仿佛春日满枝盛开的梨花，点缀着世界，寒冷的空气中弥漫着淡淡的花香，一幅静默的山水画呈现眼前。炊烟袅袅升起，闻到浓浓的杀猎菜的味道。一个人不管走得多远，飞得多高，家在自己心中永远是最温暖的地方。有家才有爱，有爱才能回。村头一轮朝阳从东方升起时，坐在炕头的人沉思着，静静地望着炉火在灿烂地燃烧，想着老人从记忆中归来，泪水变成凝结的霜。〔12.22〕

礼貌和教养不全是一回事，礼貌只是教养的表现形式之一，懂礼貌和礼节的人不一定具备教养，而有教养的人通常都懂得遵守他所在环境中的礼节和礼貌。比如一个有教养的农民会很好地遵守乡村礼节和礼貌。〔12.22〕

幸福其实很简单，白天有说有笑，晚上睡个安稳觉。〔12.22〕

力量来自你的热爱，一百斤的石头我可能提不起来，但是一百斤二十斤的人民币，我保证拎起来就跑。〔12.22〕

医生的工作具有其特殊性，面临高风险、高智力投入、高体能消耗，心理压力大，也为医务人员的身心健康带来风险隐患。另外，长期以来，人们往往强调医生的责任，忽视了他们的应有的权利，赋予医护人员'白衣天使'的属性，但却忘了他们作为普通人的健康和生活的诉求。〔12.22〕

父母对子女是引导和示范，是榜样的力量，而不应对子女事事干预插手，让子女听话（父母做不到对老人的孝顺，却要子女孝顺自己）。罗肖律师说，现在，八零后家庭出现不可调和矛盾，导致离婚或者伤害，有很大部分原因就是父母的介入。〔12.23〕

🐾 勤勤恳恳地付出容易做到，而任劳任怨却不易做到，活儿干着，还牢骚满腹，最后得不到好的结局。〔12.23〕

🐾 一个人一辈子没有不求人的，也没有永远被人求的。〔12.23〕

🐾 古人说"大丈夫，能屈能伸"，真正有能力的人，是不在乎面子的。韩信忍了胯下之辱，才能成为统帅百万雄师的将军；越王勾践受尽吴王的羞辱，卧薪尝胆终灭吴国；曹雪芹家道中落，忍受住市井之人的嘲笑，才有四大名著之一《红楼梦》。面子有时候是一种心灵的负担，当你学会放下不必要的面子时，你的生活想必会舒坦得多。当你还

停留在喝酒、吹牛，不懂装懂，只爱面子的时候，说明你这辈子也就这样了。〔12.23〕

周易占卜和天气预报一样，有它的科学性也有它的局限性，是根据已知的某些条件去找出该事物的规律，并依据其规律去推算事物的发展趋势。〔12.24〕

有人说，"医生应该做科研"。这话没错，但不是每个医生都必须做科研，更不是每个医生都可能做出有价值的科研。医生的主要职责是看病，纯为晋升目的而刻意选题做科研没有意义。现在有些医院的临床医学研究生是委托基础医学科室代培的，做的研究题目是基础医学课导师的研究方向，与临床医学专业没有关系，纯为学位做研究。〔12.24〕

说说内蒙古方言"圪泡"一词

圪泡，是流传于内蒙古西部的一个土语词，可能源自晋北或陕北。

据传说，早先"圪泡"指私生子，加了"灰"成了损人的话。真说谁是"灰圪泡"，当然是骂人了，一般指的是灰人、不正经的人、品德不良的人，这些意思一般人们都知道。但是这个词用久了居然产生了另一种意思——相互熟悉的人用来开玩笑竟互称"圪泡"，如甲见到乙张口叫：嗨！圪泡，去哪圪呀？这时的"圪泡"表示亲热之意，类似称呼别人"亲爱的"，虽粗野欠文明，但被招呼的对方也明白，不会为此恼火。此种情况通常发生在下层社会男性年轻人群体中。但在巴彦淖尔青年女子招呼男子时也敢用"圪泡"这种称呼，甚至还说：圪泡来来，看你泥圪求象！

我诗中用了"灰圪泡"，其意指的是"灰人"、行为不端、品质不好的人。又曾有人将"圪泡"解释为汉蒙协和语，我不以为然。我认为"圪泡"原指的就是"水圪泡"、"气圪泡"，由虚幻的、暂时存在的、假的这种意思，最早转意指"私生子"，再转成了评人行止的骂人

345

话，也演变成了民间开玩笑的口头称呼。

我认为圪泡的本意远不止私生子，如韦小宝在扬州丽春院的身份，再加上帮忙招呼客人，就是个标准圪泡。我认为"泡"应该写成"脬"，鼓起而轻软之物，比如猪尿脬，用在不干净之处，在本地方言里就带上了窝囊，松软，肮脏，鄙视之意。〔12.25〕

敕勒川在哪？

敕勒川是一个地名，根据专家解读，有不同说法。第一种说法，认为敕勒川在山西的朔州，宁武一带。第二种说法，认为敕勒川在内蒙古阴山地区，包括呼和浩特大黑河流域和包头昆都仑河流域。第三种说法，认为敕勒川在今内蒙古土默川平原，就是包头的土默特右旗大部和呼和浩特的土默特左旗小部分，土默特右旗如今在复兴敕勒川文化。今天的呼和浩特市赛罕区和土默特左旗都有敕勒川大街。

敕勒川来源有两种可能。其一，"敕勒川"本是南北朝时期敕勒（高车）部族对本部族聚居地的称谓。这一称谓并不被北魏官方所认可，只限于本部族对聚居地的"自称"。所以《魏书》《北史》在述及敕勒居地时，仍沿用北魏官方称谓。其二，最初的"敕勒川"，可能只是高车（敕勒）族某一部族聚居地的名称。后来，随着《敕勒歌》的流行，其名逐渐为人所知，并在北朝中后期蜚声中国。若是，《敕勒歌》必定出于该部族。

"敕勒川"的两种由来可能是同时存在。也正因此，导致了"敕勒川"在后世的认知中，扑朔迷离，不知其所。〔12.25〕

土默川和土默川人

我想，地域决定人的性格。土默川平原在阴山山系的中段南部，又称前套平原，西起包头市郊区东乌不拉沟口，东至蛮汉山，北靠大青山，南濒黄河及和林格尔黄土丘陵，东西长约330公里，南北窄，西部平均宽19公里，东部宽达200多公里，总面积约1万平方公里，由黄河及其支流大黑河冲积而成，又称为前套，巴彦淖尔称为后套平原，均是黄河在内蒙古高原上冲击出来的两块肥美的大平原。

这里野沃土肥，河流海子众多，大黑河蜿蜒贯注，自古肥美。土默川先后有多个民族居住，最有名的当属北纬鲜卑族，留下了"敕勒川，阴山下，天似穹庐，笼盖四野，天苍苍，野茫茫，风吹草低见牛羊"的美丽诗句，从诗词感受得到，当时草长得非常茂盛。

明清时，这里因蒙古族土默特部居住而得名。

后来，山西，陕西农民走西口到这里，租种蒙古土地，逐步形成了蒙汉杂居的环境。

土默特右旗的人分为两部分：一，大青山下居住的人，经商的多，见过世面的人多，比较聪明，官方评价为：群名刁悍，善于诉讼；民间评价：山尖水清，人比鬼精。二，黄灌区老百姓，淳朴，善良，精明，带有山西人的精打细算的特点，小日子过得井井有条，再穷，也要面子上干净，譬如，冬天一个小火炉也擦得黑油黑油的。

另外，这里的人爱说俏皮话，顺口溜，打油诗，这个在小说里也有很多体现。

这个地区的人，特别是靠近黄河边，与黄河南岸的鄂尔多斯的准格尔旗接壤地区的人特别爱唱，茶余饭后，特别是节假日，吹拉弹唱成为人们必不可少的文化娱乐活动。

说了这么多，总而言之一句话——尽管这里的老百姓面朝黄土，背朝天，但我是这里的儿子，我热爱这片土地。
〔12.25〕

到内蒙古喝白酒不要害怕，喝多了即使前面是地雷阵或是万丈深渊也不要胆寒，因为白酒喝醉了，会让你再喝啤酒，直到把你喝醒。〔12.25〕

女人都一样，她们只是些孩子，你得奉承她们，哄着她们，让她们觉得自己能随心所欲。〔12.26〕

🐾 每次的分离意味着别处的相逢。〔12.26〕

🐾 为什么结婚要找名门望族之后？一是礼仪的养成，二是道德的传承，三是文化的感染，四是修养的体现。〔12.26〕

🐾 男人没有健壮的体魄，就要有宽阔的胸怀，没有宽阔的胸怀就要远大的梦想，没有远大的梦想就要一颗安静的心。〔12.26〕

🐾 为了孩子你也要做一个诚信的人〔12.26〕

🐾 人老三件病：爱猜、怕事、没可否。老年人的通病是爱猜疑，胆小怕事，对发生的事情不表态，不置可否。〔12.27〕

🐾 山西有句民谚"人老三不贵：贪财、怕死、不瞌睡。"垂垂老矣而贪恋财富，确实是不贵气、不明智的。〔12.27〕

🐾 做人要孝顺有恒，喝酒有量，贪财有道，好色有品，玩笑有度，待人有礼，生活有序。〔12.27〕

🐾 人与人不能走得太近，一定要保持一定的距离。男人与男人之间，男人与女人之间，女人与女人之间，我们与子女之间、与父母之间，即使是夫妻之间都是如此。其实每个人体会的不同，只可意会，不可言传！〔12.27〕

🐾 在大疫时期，领导很重要，过年到基层走走，问问职工伙食如何，家人可好，有什么困难需要解决。不要说：同志们都是好样的，给我冲！自己扭头走了。〔12.28〕

🐾 病毒不是下属，它不认权力、誓言、更不认美丑、财富。所以不要盲目自信。〔12.28〕

有两种人平时一个被称为傻大兵，一个被称为白衣狼。大的危难时刻他们挺身而出，不顾生死，那些人改口了，一个被称最可爱的人，一个被称为白色天使或白衣战士。所以最险恶的不是病毒 而是人心。〔12.28〕

我早就说过，不要捕杀和吃野生动物，他们是有灵性的。迟早要报复那些馋嘴的人。〔12.28〕

原本想瘦的倾国倾城,现在却胖的五花三层。〔12.28〕

不谈钱生活过得多轻浮啊！开门七件事：柴米油盐酱醋茶。吃饱喝足了七件事：琴棋书画诗酒花。〔12.28〕

我们现在的生活水平还达不到把更多的时间花在家人、爱人、兴趣或生活的其他方面，比如文化。〔12.28〕

用一句话表达躁动、兴奋的心情——我太太出差了！〔12.28〕

夫妻之间不过就是，一个懂得迁就包容，另一个懂得适可而止。计较太多累人累己。但这些又有多少人能做到呢？〔12.28〕

最简单的事最难做到，守时守约守信。三守就不易做到。〔12.29〕

小姑娘的自我评价：人见人爱，花见花开。〔12.29〕

甘于寂寞，甘于平淡，甘于孤独，甘于平庸才能有所成长，有所成就，有所收获！〔12.29〕

① **镜泊湖旅记**

清晨，几声鸟鸣轻轻柔柔地从木屋间的树上透过晨光从窗户传进屋里，唤醒了醉眼蒙眬的我。清凉的空气，纯洁而带着杂草间花香。夜里开着窗户裹着被子睡觉。不用开空调。镜泊小镇早晨明朗清爽，宁静而淡雅。这是二零一六年八月初镜泊湖的早晨。

眼睛一样明亮清澈的湖水像一条玉带围绕着密密匝匝的松树覆盖的青山。鸟儿在天空飞翔，坐在鲨鱼一样的游轮上层的躺椅上观赏眼前风景。心灵的自由与享受此刻如海水一般，天空中飘过的洁白团状的云。闪亮的时光和蓝色的湖水映照着我香瓜一样的心灵，我躺着想睡觉了。

绿色拥簇山丘覆盖着茂密的原始森林，密不透风。阳光照亮的湖水从山角下流过，向森林深处望去，绿色的波涛汹涌翻滚。云层低低地压在山头，远处苍茫有雾气缭绕。山脚下似乎有两只黑色的大熊出来喝水。中午气温上升了，懒懒的阳光斜射下我在躺椅上睡着了。梦到六十年前爷爷和两个碗大的蜘蛛打架的故事。这是二零一六年八月初镜泊湖的中午。

没有感受的旅游就像盲人认真地读报一样。镜泊湖的水有多深？不知道。水里有多少种鱼不知道。湖水清清想下去游泳，又怕被大鱼吃掉。因为中午吃掉了他们兄弟姐妹20条。瀑布如水帘从高空倾泻而下，山谷发出轰隆隆的巨响。大峡谷泉水叮咚，怪石嶙峋。山路崎岖，小桥流水，阳光灿烂。凉爽的小凤尾随其后。一尊白玉雕成观音像背山面海，我心向佛，佛佑全家。一束下午的阳光透过云层，把轻柔而闪亮的光投射在我的脸上，我感受到佛的慈悲与智慧。这是二零一六年八月初镜泊湖的下午。

八月镜泊小镇的夜空烟花绽放，篝火熊熊，牡丹江朋友对远道而来的我们一片深情厚谊。让我们感动不已。大家载歌载舞纵情欢快，烤羊的香味弥漫在繁星闪烁的夜空，镜泊湖的酒入口化为清凉的泉水。四周高山上吹来了绿色而含着芬芳的风，月光洒满镜泊湖的水面。泉水昼夜不停地流向湖里，观音圣瓶里流出的水从远古就开始滋润着这片神奇的土地，形成秀美而飘逸的镜泊湖风光。深夜回到木屋就睡了，梦到一只万年神龟拖着我夜游镜泊湖的山山水水，明月清风，波光粼粼，峰回路转。是夜夜雾轻笼，此地化为仙境。这是二零一六年八月初镜泊湖的夜晚。

又一个阳光明媚的有风的早晨，凉爽的天气让人备感精神！杂草丛生各种小花开在其间，黄色的和白色的蝴蝶翩翩起舞，翅膀在晨光的照耀下闪闪发光，两只红蜻蜓落在我的肩上。草带着晶莹的露珠，草间跑过两只小兔，远处的山绵延起伏，云像草地上的羊群。这里香瓜和柿子特别的有味，像这里的人一样，豪爽而干脆。早晨乡野田间宁静而祥和，路上没有车辆，一排排木结构建筑整齐有序。燕子在房子间穿梭低飞，我跳动的心和寂静的阳光在广袤黑土地上闪烁着。鼻子里充满了花花草草和黑土的味道。灵魂没有翅膀却可以在湖面飞翔，高山眺望，草地静坐。这是第二天早晨。

小雨飘飞在牡丹江靓丽的清晨，落在大街小巷的地面，形成的薄薄的雨雾，遇到热空气化为无形，四周环山的城市在修路建高铁，路被划为许多单行线。城市的上空薄云笼罩，牡丹江的江水静静地流过。鱼儿在八月的江水里翻腾跳跃。孩子的心情像道边迷人的野花。九点，在早风的蒙蒙雾气中，太阳升到了对面南山山顶的上空了。这是第二天的上午。

坐在葡萄架下闻着百合的清香，阵阵清风吹过，阳光耀眼。中午奶头山下的农家小院里一片寂静。青蓝的天空两只黑头红尾的鸟飞过。在午困和两瓶冰啤的作用下我眯着双眼，听着大蜘蛛给小蜘蛛讲着祖先古老的传说。蜘蛛和我一样为了希望而活着。这是第二天的中午。

一线天的山下，是三道关风景区。水溪潺潺，水落石出，清澈见底，小鱼浅游。阳光把山脚下苍翠的树叶照得发出闪亮的绿光。这儿石头大得出奇，形态各异，溪水在大石间穿梭流下，发出哗哗啦啦的流水声。大石无声，像千年的老龟安静地爬在水里，享受着阳光的照射。从山顶俯视小溪中巨石如夜空的繁星点点，远处望来这儿如星罗棋布的棋盘，流水如棋盘中的线。我变成林间一只鸟，抖落了一身的疲惫，欢快地歌唱着八月里浓绿的歌。这是第二天的下午。

仅以两天的所见所思作为游记记之。

② 秋的热烈

二十岁谈爱情，三十岁谈事业，四十岁谈财富，五十岁谈儿女，六十岁谈养生。七十岁谈生死。我谈财富吧没有堆积如山，只是雾里看花；谈儿女吧，孩子学习正忙；谈儒家觉得欺世盗名，贾宝玉都讨厌；谈道的无为谈佛的因果都不是我的特长。秋色迷人，秋光乍起，谈谈秋。"故园三径吐幽丛，一夜玄霜坠碧空。多少天涯未归客，尽借篱落看秋风。"说不尽的秋色，道不尽秋思。年年岁岁花相似，岁岁年年秋不同。不同的人不同遭遇不同的人生就有不同的秋思。有人谈秋的凋零，有人谈秋的收获，有人谈秋的况味。

我谈谈秋的热烈。铺天盖地的红高粱火一样的热烈，金黄色的葵花梦一般的热烈。在成熟的季节热烈拥抱蓝天，最后倒下的也是一座山。不怕凋零这是四季的轮回，不怕衰败这是繁华落尽的坚强。人生何不如是！改变不了最终的尘埃落定，活着就要想尽一切热烈一回，展现生命的风姿，洋溢力量的雄伟，响彻云霄的歌唱。牛一样的劲，虎一样的胆。生何惧寒来，死何惧遗忘！千年不倒的是心灵的自由与尊严，像一株不倒的胡杨。

③ 深知身在情长在，怅望江头江水声

两只蝈蝈在秋夜里响亮地鸣唱着，此起彼伏，声音跌宕，像是为即将逝去的秋天唱着挽歌。浓绿的柳树梢头一轮明月寂静无声，大院的小湖里漂浮起一轮明月，湖水波荡着粼粼的月光，秋水如练。如贾宝玉在此肯定会吟出："池塘一夜秋风冷，吹散芰荷红玉影。"

湖中的荷花已败，但我对荷花的喜欢不减，如李商隐（字义山）喜欢他初恋情人一样，世间白眉青红，义山独爱荷花一种，这其中很有一段美丽感伤的爱情故事。相传义山与夫人王氏相恋结合以前，曾有一恋人，小名叫荷花。荷花天生丽质，清秀可人，心地善良淳朴。李商隐年轻有为，相貌出众，才华横溢。两人情投意合，非常恩爱。在荷花的陪读下，李商隐的才学进步很快，两人一起度过了一段幸福甜蜜的时光。就在李商隐快要进京赶考的前一个月。荷花突然身染重病，李商隐回天无术，只能日夜在病榻前陪伴荷花。随着病情的加重，一朵娇艳的荷花不幸早早地凋零了。荷花的早逝，给义山带来了无比沉重的打击。后来义山每见到湖塘里的荷花，心中便泛起阵阵忧伤。他自始至终也不能忘记那清秀美丽的荷花姑娘。《暮秋独游曲江》中："荷叶生时春恨生，荷叶枯时秋恨成，深知身在情长在，怅望江头江水声"。意思是说荷叶初生时相遇恋人，不久分离，春恨已生。荷叶枯时恋人辞世，秋恨又成。只要身在人世，对伊的情意，地久天长永存。多少惆怅像那流不尽的江水声。

一场秋雨后天气立刻变凉，秋风清，秋月明。院子里散步的人多了起来，天空晴朗，繁星闪烁。我走在高大银杏树下的

小径，疲惫的身体开始舒展开来，筋骨放松下来，仿佛一张皱褶的纸慢慢铺平。心情也如点亮的蜡烛，放出温情的光辉。

花园里树木依然浓绿，树叶在秋风中沙沙作响，几只野猫的眼睛在草丛里发出蓝色的光，还有月季花绽放得像跳动的火焰在秋夜里熊熊地燃烧。

夜晚秋凉骤至，秋声四起。

④ 一朵芙蓉著秋雨

已到深夜，病人散去，听着《挪威森林》，可能年龄与书中的人物相差太大了，节拍跟不上年轻人。此时才发现窗外有响声，原来下雨了，探窗而望，一阵凉气。雨不知什么时候下的，雨不算大但也不是小雨淅沥。雨点落地有声，听着深夜的秋雨，像是一场美妙的音乐。只是听音乐的人就我一人罢了。

我听着雨发呆，像是从精神病院出来的装着正常人的患者，雨从多高的空中落下？是垂直下落吗？雨点打到地面形成多大的力？我像村上春树《挪威的森林》里主人公一样。"我总是一边盯着飘浮在这静谧的空间里闪闪发光的光粒子，一边努力试着探索自己。我究竟在追求些什么？而人们究竟希望我给他们什么？但我始终找不到一个像样的答案。我对着飘浮在空中的光粒子伸出手去，却什么也碰不到。"

秋雨有声，有形，有力，一扫白日的喧嚣、嘈杂和雾霾。我感激起这场秋雨到来，灯光下显得那么轻灵而飘逸。不时有车披雨从二环路驰过，驶向远方。院中的树黑压压的，绿化带的草地湿漉漉的。秋夜凄凉，却因秋雨增添了雨韵。

我沏了一杯热茶，驱散了阵阵袭来的凉意，思绪随着雨声飞远，这场雨有易安的婉约，东坡的豪迈，陶潜的淡泊，李白的旷达，纳兰的心绪。

"春风桃李花开日，秋雨梧桐叶落时。西宫南内多秋草，落叶满阶红不扫。"我记起了白居易在《长恨歌》中那场秋雨，悲凄而伤感，那是一场感人的爱情雨。隔了千年我还能感受到那场雨的温度和凄美。

今夜的雨，没有伤感也没有凄凉，荡涤尘埃，尽显温涯靓丽，如同我平静的心一样。心中有盏灯，就不会感觉秋夜的黑暗。心中有股热情，就不会觉得秋雨的愁切，心中有爱，不会再感到生命的孤独。

相逢不语，一朵芙蓉著秋雨。

⑤ 磴口村的秋色

如果问我哪里的秋天好，我会说磴口村的秋天不错，因为我熟悉，我能说出她的好。

磴口村的秋走一趟地里你就一目了然，西瓜落了，葡萄甜了，李子圆了，葵花熟了，玉米黄了，牛羊肥了，村民笑了。

八月初，时令已到秋季，在薄暮斜阳时分，三四百户人家的砖瓦房舍整齐有序地平卧在广阔的土默川平原上，向北十里就是阴山，向南三十里是黄河，北面紧贴一条碧带似的民生渠，东边紧贴一条由萨拉齐到将军窑子的南北向公路，整个村子沐浴在红火的夕照里，这便是我的故乡磴口村。只要看看大青山上树木颜色的变化和黄河的水量就知道秋天到了。磴口村产小麦、玉米、葵花，金黄的玉米地和葵花地一望无垠，在旭日的秋光里磴口村在广阔的天空下宛如一个放在巨大篮子里的金鸭蛋，熠熠生辉。

中午金灿灿的麦收大地上，洋溢着苦涩的汗水和丰收的喜悦。风吹过大地，金黄色的麦浪浪涛翻滚，空气中弥散着干麦秸的味道，这种味道一直在三十年后我还熟悉得像闻到自己炒菜的香味。收麦唯一怕的就是下大雨，麦子没收的怕雨打，垛起来的怕捂霉。为了躲开火辣辣的阳婆，清晨在露水打湿了鞋子时就抢割麦子，下午太阳不太热时出割，直到月亮升上蓝蓝的天空时返家。割麦、捆麦、拉麦、垛麦、脱（打）麦、扬麦、装麦、运麦。这些我熟悉的场景时常出现在梦中。现在早已用上收割机了，吃饱了烩菜和焖面割麦的情景永远地存在了我的记忆里。我觉得磴口的秋应该从收完麦子开始，卖掉收回家的玉米结束。

母鸡带着一群淡黄色的毛茸茸的小鸡在割过的麦地上还有小草的丛中寻找虫子的时候，秋天正式开始了。麦地里有套种葵花的，葵花的盘又大又圆又沉，把葵花秆都压弯了。没有套种葵花的割了小麦种白菜，绿油油的白菜开始蔓延生长像海一样。长着两只灵敏耳朵的雪白的小山羊在地边吃草，吃着秋天最后的绿色和闻着秋天最后的一缕清香。母牛在院子里晒着太阳，牛犊偶尔发出几声哞哞的叫声。小花狗在大门口晃着小尾巴。两只小猫在葡萄架下玩耍，打扫得干干净净的院子里准备打葵花，墙的一角垒着熟透了的玉米棒，像一座金色的小山，发出亮晶晶的光芒。孩子们从麦秸堆里露出黑色的眼睛和灿烂的笑脸。母亲晒黑的脸上没有责怪的表情，手提一桶白花花的牛奶走进屋里。磴口村一派富饶祥和、安宁幸福的景象。这是九月中旬的一天，天空晴和，空气像纯洁的牛奶一样的清净。麻雀在高声鸣叫，鸽子在低声的咕咕，高大的树木枝叶婆娑。民生渠沿着村边静静地流过，就像为村子镶了一道靓丽的银边。

农闲的下午还有说书的，在村南五道庙墙下只见一老翁拿着一把扇子说道："话说天下大势，分久必合，合久必分。周末七国纷争，并入于秦。及秦灭之后，楚、汉纷争，又并于汉。汉朝自高祖斩白蛇而起义，一统天下，后来光武中兴，传至献帝，遂分为三国。"说的正是《三国演义》，我小时候经常围坐在老翁的身旁听书。

秋阳西落，夜幕来临，磴口村像秋季沙枣林中的鸟儿一样温顺而灵动。灯火通明，沉浸在丰收喜悦的村民坐在村头谈天说笑，吸烟论事。磴口村村风纯朴，村民与世无争。

磴口村的秋与别处有什么不同呢？秋来得早，天凉得快，秋的气息更浓，印记更深。天空的月亮更清晰，满天的星星随处可见。磴口村的空气很新鲜，大地很厚实，老人们说这儿百年来从没发生过自然灾害。算得上风水宝地。海子乡十几个村数这儿土地最肥沃。村北的民生渠渠水向东流去，水来源于黄河，秋季渠水透亮。渠边的白杨像是守卫磴口村的哨兵，在秋季的阳光下树叶闪闪发光沙沙作响。

二十多年前我当兵离开了磴口村，秋天回去的时候不多，去年回去，村里路铺了，路灯亮了，房子和院墙粉刷了，新建了戏台剧场，变化很大。麦子收完后有一段农闲，我记忆里最深刻的是位于村子中央的戏场唱山西梆子的晋剧，唱腔高亢，锣声响亮，山西晋剧的特点是旋律婉转、流畅、曲调优美、圆润、亲切、道白清晰，具有晋中地区浓郁的乡土气息和独特风格。好听的晋剧有《渭水河》《打金枝》《临潼山》《乾坤带》《沙陀国》《战宛城》《白水滩》《金水桥》《双锁山》等。还有卖吃喝的吆声："碗坨儿，吃碗坨儿！"过去有拉骆驼来卖"一二三的果子"和水李子的，赶骡车卖西瓜的。还有卖衣服卖玩具、饭馆卖烧卖、炖羊肉的，后来周围村舍的人都赶来看戏赶交流。赶交流就变成了秋季里农村的集会。

时光荏苒，磴口村的秋、秋天的月依然记忆犹新，热爱不变。行笔到此想到季羡林老先生的话："每个人都有个故乡，人人的故乡都有个月亮。人人都爱自己故乡的月亮。"

⑥ 八月晨曦微露下的磴口村

清晨醒来，就听到院子里喜鹊的叫声，一种欢快的叫声，它已是院子里飞动的风景了，一会儿站在电线上，一会儿落在院墙上，一会儿飞到李树上。清晨的宁静被叫声剪破，太阳透过剪破的宁静把立秋后的晨光洒在院子里，院子里的玉米、豆角、西红柿、大豆铺展开来，在晨曦中苏醒。

院外的玉米在广阔的天空下呼吸新鲜空气，整个院子笼罩在绿色中。村的东头是一座教堂，教堂上有着红色十字架。村的西头是一座村委会的小楼，楼的南面是一个戏台，空空旷旷。戏台往南就是五道庙。楼的北面是供销社，我小的时候买糖的地方。楼的西边就是磴口村南北最长的一条平整的大路。村的北面是静静地流淌着黄河水的民生渠。村的南面就是广阔的庄稼地，地里是长势旺盛的玉米，就像情欲旺盛的壮年。

秋收未到，农民有一段悠闲的日子，今年雨水充沛，庄稼收成一定会好。这个时候人们不再担心收成的问题，只是希望今年粮食能卖个好价钱。

过去村里的骡马牲口多，现在平展的水泥路面上过往的都是车辆。唯一能看到牛群的地方是村东北头郭全全的养牛场。民生渠在村北东西流向，渠上有一条公路桥连接南北，桥西北角就是著名的宏乡源蔬菜基地。各种蔬菜水果运往呼和浩特、包头二市。

磴口村的历史，被我写进了《奶奶的灯光》，名扬四海。让我再来说说磴口村的历史。磴口村的历史有详细的记载：海子乡磴口村坐落于大青山南，黄河以北中间段，距离土右旗旗政府所在地萨拉齐镇十公里，村东紧邻萨托公路，村后为民生渠。交通便利，土地肥沃，旱涝保收，适合种养殖业发展。

磴口村历史久远，据考证，早在清朝年间，有一位姓狄的人家在此居住，随后又有赵姓、郭姓、王姓、张姓、乔姓、宋姓等家族来此居住，以种植养殖为生。清朝时期，土地归官府所有，村民向官府租地种植，自然形成了纵横交错的河沟、高低不平的复杂地形，其中有平坦的田野。人们在四面环水的沙丘上建造民房居住，在平坦的田野上开垦耕种、放牧。旧时经常河水泛滥、山洪暴发，村子经常被水包围，村民造木筏以搬运物资，久而久之形成了通行的水陆渡口。据说郭家姓人祖辈便是这里的艄公。因这一带地形特殊，加之是渡口，故称为磴口村。

自古以来，磴口村村民坚强不息。民国初期，人们为了生存，自发组织起来与自然灾害斗争，拦河做坝，防洪排涝。当时兵荒马乱、土匪横行，村民组织了民团自卫队，村中修建了炮台，昼夜轮流放哨防卫土匪骚扰进犯。磴口村自古以来很热衷于文化娱乐活动，村东南一处空地上修建了一座较为壮观的庙堂，外有钟鼓楼，内塑有神像，彩绘壁画。清朝光绪年间，村民在庙前建了戏台，从此每年在此开庙会唱戏，场景热闹繁华。

无情的自然灾害和腐败的国民党政权给旧时磴口村民带来不少灾害。最为严重的是1929年大旱，庄稼颗粒无收，随后瘟疫流行，百姓病、死多人。之后国民党常抓丁，有钱人以钱顶人，穷苦百姓则逃荒离家。新中国成立前，磴口村只余四百人。

新中国成立后，百姓当家作主，在中国共产党的领导下，磴口村成立了农会，乡政府展开了轰轰烈烈的革命运动，举行了多次的宣传会、运动会以及其他文艺活动，周边各村的民兵队、秧歌队、高跷队、舞龙队齐集磴口村，彩旗飞扬，伴着民兵的操练曲、文艺队的歌声、百姓的欢呼声，人们喜庆翻身，开始了新生活。

随着党的农村政策的深入，磴口村和全国农村一样由各家各户组成了互动队，逐步走上了集体化道路，人民的生活开始一天天变好，虽然村中的领导干部新老更替，但为村民做过贡献、带领村民致富的干部都被村民铭记于心，一直怀念。

改革开放以来，为了加快基层建设步伐，让百姓过上富足的生活，磴口村全体村民在村党支部和村委会的带领下，创新思路，综合治理，发展为一千五百多人的大村，村民团结一条心，全面发展已初见成效。

八月的清晨，历史早已走远，今天的磴口村是崭新的面貌。八月晨曦微露下的磴口村仿佛是一棵生机蓬勃的大树，枝叶茂盛，根扎大地，伸展开双臂迎接着阳光，迎接着每个美好的时光，迎接着我讲述着她的故事和历史。让故事精彩，让历史永存！